MAYDAY !

Du même auteur

« Renflouez le Titanic », Robert Laffont, 1977

« L'Incroyable Secret », Grasset, 1983

« Panique à la Maison Blanche », Grasset, 1985

« Cyclope », Grasset, 1987

« Trésor », Grasset, 1989

« Dragon », Grasset, 1991

« Sahara », Grasset, 1993

Clive Cussler

MAYDAY !

ROMAN

Traduit de l'américain
par
PATRICK DELPERDANGE

CLAUDE
LEFRANCQ
EDITEUR

Titre original : **The Mediterranean Caper**
Cet ouvrage est publié avec l'accord de Peter Lampack Agency, inc.
New York - USA.

Pour Amy et Eric,
leur souhaitant longue vie.

PROLOGUE

Il faisait une chaleur infernale, et c'était un dimanche. Dans la tour de contrôle de la base aérienne de Brady, l'opérateur alluma une cigarette au mégot rougeoyant de la précédente, posa ses pieds nus sur le conditionneur d'air portable, et attendit que quelque chose se passe.

Il s'ennuyait prodigieusement, et il y avait de quoi. Le trafic aérien est plutôt réduit le dimanche. Il est même quasiment nul. Les pilotes militaires et leur flotte volent rarement ce jour-là dans ce qui s'appelle le Théâtre d'Opération Méditerranée, surtout depuis que ne couve plus aucun conflit politique international. De temps à autre, un avion se pose ou décolle, mais il s'agit le plus souvent d'un appareil transportant une importante personnalité. L'appareil s'arrête un instant pour faire le plein, avant de repartir aussitôt, emportant son passager vers une conférence en Europe ou en Afrique.

Le contrôleur aérien examina, pour la dixième fois depuis qu'il avait pris son service, le grand tableau des plans de vol. Il n'y avait aucun départ, et la seule indication d'arrivée prévue était à 16 heures 30, soit quelque cinq heures plus tard.

L'homme était jeune, une petite vingtaine d'années, et son teint contredisait de manière frappante l'opinion qui veut que les blonds ne bronzent pas facilement. Partout où sa peau était visible, elle était d'un brun de noix contrastant avec ses cheveux blond platine. Les quatre galons sur sa manche lui donnaient le grade de sergent d'Etat-Major et, malgré la température qui frôlait les trente-cinq degrés, les aisselles de son uniforme kaki n'arboraient pas la moindre tache de sueur. Le col de sa chemise était ouvert, et il ne portait pas de cravate, léger laisser-aller d'ordinaire autorisé aux agents de l'Armée de l'Air travaillant sous un climat chaud.

Il se pencha en avant, et régla les déflecteurs du conditionneur pour que l'air froid lui remonte le long des jambes. Cette nouvelle position parut le satisfaire, et il sourit en sentant le picotement rafraîchissant. Ensuite, les mains derrière la tête, il se mit à observer le plafond métallique.

Le souvenir de Minneapolis et des majorettes paradant dans Nicollet Avenue lui traversa l'esprit. Il fit une fois de plus le compte des cinquante-cinq jours qu'il lui restait à tirer ici avant d'être renvoyé aux Etats-Unis. A la fin de chaque jour, il le rayait cérémonieusement d'une croix sur le petit agenda qu'il trimballait dans sa poche de poitrine.

En bâillant pour la vingtième fois peut-être, il s'empara de la paire de jumelles qui se trouvait sur l'appui de fenêtre, et examina la flottille d'appareils rangés sur la piste d'asphalte sombre qui s'étendait au bas de la tour de contrôle.

La piste se trouvait sur l'île de Thasos, dans le nord de la Mer Egée. L'île était séparée de la Macédoine grecque par une bande de 25 kilomètres d'eau, opportunément appelée le Détroit de Thasos. L'île en elle-même consistait en 440 kilomètres carrés de rochers, de bois et de vestiges archéologiques datant d'un millénaire avant Jésus-Christ.

Brady Field, ainsi nommée par le personnel de la base, avait été construite selon un traité signé entre les Etats-Unis et le gouvernement grec, à la fin des années soixante. A part dix jets Starfire F-105, les seuls appareils qui s'y trouvaient en permanence étaient deux monstrueux Cargomaster C-133, faisant penser à d'énormes baleines argentées qui scintillaient sous le soleil flamboyant de la mer Egée.

Le sergent pointa les jumelles vers la piste endormie et

chercha des signes de vie. Toute l'étendue était déserte. La plupart des hommes étaient soit dans la ville voisine de Panaghia, en train de boire de la bière, ou ils se prélassaient sur la plage, ou bien encore ils se contentaient de somnoler au frais, à l'intérieur des casernes. Seul un MP solitaire, surveillant l'entrée principale, et la rotation perpétuelle de l'antenne radar au sommet de son bunker de béton trahissaient une présence humaine. Le sergent releva lentement ses jumelles et fouilla l'azur de la mer. L'air était pur, sans aucun nuage, et il put facilement distinguer des détails de la côte grecque dans le lointain. Les jumelles glissèrent vers l'est et rejoignirent la ligne d'horizon où le bleu profond de l'eau se fondait dans le bleu clair du ciel. Dans la brume miroitante des ondes de chaleur, la tache blanche d'un navire à l'ancre attira l'attention du sergent. Il y jeta un coup d'œil, tout en ajustant la molette de réglage, pour lui permettre de distinguer le nom du bateau sur l'étrave. Avec un peu de peine, il parvint à déchiffrer les fines lettres noires qui disaient : *First Attempt*, c'est-à-dire *Coup d'essai.*

Quel nom stupide, pensa-t-il. La signification lui échappait. D'autres inscriptions apparaissaient sur le flanc du navire. De hautes lignes noires au centre de la coque traçaient les lettres verticales du sigle NUMA. Cela, il savait ce que ça voulait dire : National Underwater Marine Agency, l'Agence Nationale de Recherches Océanographiques.

Une énorme grue à crochet était installée à la poupe, au-dessus des eaux, et tirait des profondeurs un objet rond comme une balle. Le sergent pouvait apercevoir des hommes s'agitant autour de la grue, et l'idée de civils obligés de travailler un dimanche le réjouit en son for intérieur.

Brusquement, son examen fut interrompu par une voix métallique sortant du poste radio.

— Allo, Tour de Contrôle, ici Radar... Vous m'entendez ?

Le sergent posa les jumelles et appuya sur l'interrupteur du micro.

— Ici, Tour de Contrôle, Radar. Que se passe-t-il ?

— J'ai un contact à une quinzaine de kilomètres à l'ouest.

— Quinze kilomètres ouest ? s'écria le sergent. Ça veut dire l'intérieur de l'île. Votre contact est quasiment sur nous.

Il pivota et jeta un nouveau coup d'œil au tableau, pour vérifier une fois de plus qu'aucun vol n'était inscrit au programme.

— La prochaine fois, prévenez-moi plus tôt, reprit-il.

— J'comprends pas d'où ça vient, bourdonna la voix du bunker radar. Il n'est rien passé sur l'écran à cent cinquante kilomètres à la ronde depuis plus de six heures.

— Eh bien, restez éveillé ou alors, laissez votre fichu équipement branché, lança le sergent.

Il relâcha le bouton du micro et saisit les jumelles. Puis, il se leva et scruta le ciel vers l'ouest.

C'était bien là en effet... Un minuscule point noir, survolant les collines, à basse altitude au-dessus de la cime des arbres. Sa vitesse était réduite, pas plus de cent cinquante kilomètres-heure. Pendant un court instant, il parut suspendu immobile dans le ciel, puis, tout à coup, ses formes commencèrent à se préciser. Le profil des ailes et la forme du fuselage se dessinèrent dans les jumelles. C'était si précis que cela ne laissait aucune place au doute. Le sergent demeura bouche bée d'étonnement, tandis que le crépitement du moteur d'un vieux biplan à une place déchirait l'air sec de l'île. Avec ses deux roues à rayons en guise de train d'atterrissage, l'appareil semblait en parfait état.

A part la protubérance causée par la tête du cylindre, le fuselage présentait une forme profilée, se terminant en pointe sous la cabine ouverte. La grande hélice de bois tournait dans l'air comme un vieux moulin à vent, déplaçant l'antique coucou dans le ciel à la vitesse d'une tortue. Les ailes recouvertes de toilage ondoyaient dans l'air. Leur bord de fuite en dentelures était caractéristique. Du moyeu de l'hélice jusqu'à l'extrémité des ailerons arrière, tout l'appareil était peint d'un jaune flamboyant. Le sergent baissa les jumelles juste au moment où l'avion, exhibant la familière Croix de Malte noire, datant de la Première Guerre mondiale, survolait la tour de contrôle dans un éclair de lumière.

Dans d'autres circonstances, le sergent se serait probablement jeté au sol si un avion était passé en bourdonnant à moins de deux mètres de la tour de contrôle. Mais à la vue d'un véritable fantôme tout droit sorti du front de l'ouest, son étonnement fut tel qu'il ne parvint pas à saisir ce qui arrivait. Il resta frappé de stupeur. Au moment où l'avion passait, le pilote se pencha effrontément hors du cockpit. Il était si près que le sergent put distinguer les traits de son visage sous le masque de cuir décoloré et les grosses lunettes. Le spectre venu du passé grimaçait, tout en caressant les crosses des mitrailleuses jumelles, installées sur le capot du moteur.

S'agissait-il d'une énorme blague ? Le pilote était-il un Grec un peu timbré travaillant dans un cirque ? Le cerveau du sergent bouillonnait de questions sans réponse. Brusquement, il aperçut deux traits de lumière, qui prenaient naissance derrière l'hélice de l'appareil. Et les vitres de la tour de contrôle volèrent en éclats.

Pendant un instant, le temps s'arrêta, et puis la guerre éclata sur Brady Field. Le pilote fit plonger son chasseur de la Première Guerre mondiale en piqué le long de la tour de contrôle et entreprit de mitrailler les jets modernes resplendissants, garés paresseusement sur la piste. L'un après l'autre, les Starfires F-105 furent laminés et mis en pièces par d'antiques balles de neuf millimètres qui s'enfonçaient dans leur peau d'aluminium. Trois d'entre eux explosèrent au milieu des flammes lorsque leurs réservoirs emplis de carburant prirent feu. Ils brûlèrent avec violence, faisant fondre l'asphalte qui monta dans l'air en nuages de goudron. Encore et encore, l'antique biplan jaune flamboyant revint survoler le champ d'aviation, pour cracher son torrent de plomb ravageur. L'appareil suivant sur sa liste fut un des Cargomasters C-133. Il explosa dans un gigantesque rugissement de flammes qui envahirent le ciel sur des centaines de mètres.

Dans la tour, le sergent, étendu sur le sol, observait d'un air ahuri les filets de sang rouge qui suintaient de sa poitrine. Il sortit délicatement l'agenda noir de la poche de sa chemise et y découvrit avec fascination un petit trou net au beau milieu de la couverture. Un voile noir obscurcit son regard, et il se secoua pour s'en débarrasser. Ensuite, il se mit péniblement à genoux, et jeta un regard autour de lui.

Des éclats de verre scintillants recouvraient le sol, le poste radio, et tous les meubles. Au centre de la pièce, le conditionneur d'air trônait les quatre fers en l'air, comme une carcasse d'animal mécanique, répandant son produit réfrigérant sur le sol par les trous de ses nombreux points d'impact. Lentement, le sergent leva les yeux vers la radio. Par miracle, elle n'avait pas été touchée. Péniblement, il se mit à ramper sur le sol, s'entaillant mains et genoux aux éclats de verre. Il finit par atteindre le micro, qu'il empoigna fermement, en laissant du sang sur la poignée de plastique noir.

Les ténèbres obscurcissaient les pensées du sergent. Quelle est encore la procédure à suivre ? se demanda-t-il. Qu'est-ce qu'on doit dire dans un cas comme celui-ci ? Dis quelque chose, lui cria une voix. *Dis n'importe quoi !*

— A tous ceux qui peuvent m'entendre. MAYDAY ! MAYDAY ! Ici, Brady Field. Nous sommes attaqués par un appareil non identifié. Ce n'est pas un exercice. Je répète, Brady Field est attaqué...

CHAPITRE UN

Le Major Dirk Pitt ajusta les écouteurs sur son épaisse chevelure noire et fit lentement tourner le bouton de réglage de la radio, pour tenter d'affiner la réception. Il écouta attentivement pendant quelques instants, ses yeux d'un vert profond trahissant un début de trouble. Il fronça les sourcils, et son front se creusa d'une série de rides qui plissèrent sa peau tannée comme le cuir.

Ce n'était pas parce que les mots qui jaillissaient en craquant du récepteur n'étaient pas compréhensibles. Ils l'étaient parfaitement. Mais il n'arrivait tout simplement pas à y croire. Il écouta à nouveau avec quelque peine, au milieu du ronronnement des deux moteurs de l'hydravion PBY Catalina. La voix qu'il entendait était en train de faiblir, alors qu'au contraire elle aurait dû enfler. Le volume était branché à fond, et Brady Field ne se trouvait qu'à une quarantaine de kilomètres. Dans ces conditions, la voix du contrôleur aérien aurait dû crever les tympans de Pitt. L'opérateur perd de la puissance, songea Pitt, ou bien il est sérieusement blessé. Il réfléchit une minute, puis se pencha sur sa droite, et secoua la personne endormie sur le siège du copilote.

— Réveille-toi, Belle au bois dormant.

Il parlait d'une voix posée et sans effort, parce qu'il avait l'habitude de se faire comprendre tant au milieu des trépidations d'un avion que dans une pièce bourrée de monde.

Le Capitaine Al Giordino leva la tête d'un air las et bâilla à s'en décrocher la mâchoire. La fatigue due au fait de rester installé dans la carlingue d'un vieil hydravion tout vibrant pendant treize heures d'affilée se lisait dans son regard sombre et injecté de sang. Il écarta les bras, fit gonfler sa large poitrine et s'étira. Ensuite, il se redressa et se pencha en avant, pour jeter un coup d'œil au loin à travers le hublot.

— On est déjà au-dessus du *First Attempt* ? marmonna Giordino en poussant un nouveau bâillement.

— Quasiment, répondit Pitt. Thasos est juste devant nous.

— Oh, merde, grogna Giordino.

Puis, il ajouta, en souriant :

— J'aurais pu dormir dix minutes de plus. Pourquoi m'as-tu réveillé ?

— Je viens d'intercepter un message du contrôle de Brady, qui disait que la base était sous le feu d'un appareil non identifié.

— Tu n'es pas sérieux, dit Giordino incrédule. Ça doit être une blague.

— Je ne le pense pas. La voix du contrôleur aérien ne m'a pas donné cette impression.

Pitt hésita, tout en gardant un œil sur la surface des flots, qui étincelait à cinq mètres seulement sous l'hydravion. En guise d'exercice, il avait volé au ras des vagues au cours des trois cents derniers kilomètres, une façon de garder ses réflexes affûtés.

— Il se pourrait bien que le contrôle de Brady dise la vérité, reprit Giordino, en observant à travers le pare-brise du cockpit. Jette un coup d'œil là-bas, vers l'est de l'île.

Les deux hommes portèrent leur regard en direction de la butte qui dépassait des eaux et dont ils s'approchaient. Les plages tout autour étaient jaunes et désertes, mais les pentes des collines qui les encerclaient présentaient la teinte verte des arbres. Les couleurs dansaient au milieu des ondes de chaleur et contrastaient vivement avec la masse bleue de la Mer Egée. A l'est de l'île de Thasos, une grande colonne de fumée grimpait dans l'air immobile et formait un énorme nuage noir s'enroulant en spirale. Le nez de l'hydravion se rapprochant de l'île, très vite ils aperçurent les flammes oranges qui dansaient au pied de la colonne de fumée.

Pitt saisit le micro et pressa le bouton sur le côté de la poignée.

— Contrôle de Brady, Contrôle de Brady. Ici PBY-086, à vous.

Il n'y eut pas de réponse. Pitt répéta son appel à deux reprises.

— Pas de réaction ? demanda Giordino.

— Rien, répondit Pitt.

— Tu as dit un appareil non identifié. Si je comprends bien, ça signifie un seul ?

— C'est exactement ce que le contrôle a dit avant de s'éteindre.

— Ça n'a pas de sens. Pourquoi un avion isolé s'attaquerait-il à une base de la Force Aérienne des Etats-Unis ?

— Qui sait ? dit Pitt, en relâchant doucement le manche à balai. C'est peut-être un fermier grec en colère qui en a marre de voir nos jets effrayer ses chèvres. De toute façon, il ne peut pas s'agir d'une attaque de grande envergure, sinon Washington nous l'aurait déjà fait savoir. Il va falloir patienter avant d'en savoir plus.

Il se frotta les yeux et refoula sa fatigue d'un battement de paupières.

— Tiens-toi prêt, reprit-il. Je vais survoler l'île, en tournant par-dessus ces collines, pour revenir dans le soleil et jeter un coup d'œil.

— T'excite pas.

Les sourcils de Giordino se rejoignirent et il fit une grimace sévère.

— Ce vieux bus ne va pas faire long feu, si c'est un jet qui joue avec ses roquettes là-bas.

— Ne t'inquiète pas, répliqua Pitt en souriant. Mon ambition dans la vie, c'est de rester aussi longtemps que possible en bonne santé.

Il appuya sur la manette des gaz et les deux moteurs Pratt &

Whitney montèrent de régime. Ses larges mains bronzées, se plaçant avec adresse, tirèrent sur le manche à balai, et l'avion pointa son museau plat vers le soleil. Le gros Catalina se mit à grimper sans à-coups, gagnant aussitôt de l'altitude, et vira au-dessus des monts de Thasos en direction du nuage de fumée qui ne cessait de s'étendre.

Tout à coup, une voix jaillit dans les écouteurs de Pitt. Ce vacarme inattendu faillit lui briser les oreilles avant qu'il parvienne à réduire le volume. C'était la voix qu'il avait déjà entendue, mais beaucoup plus puissante cette fois.

— C'est le contrôle de Brady qui appelle. Nous sommes attaqués ! Je répète, nous sommes attaqués ! Il faut venir... Quelqu'un, par pitié, répondez !

La voix était proche de l'hystérie.

Pitt répondit.

— Contrôle de Brady, ici PBY-O86. A vous.

— Grâce à Dieu, enfin quelqu'un, haleta la voix.

— J'ai essayé de vous répondre tout à l'heure, Contrôle de Brady, mais vous avez perdu de la puissance avant de disparaître complètement.

— J'ai été touché par la première attaque, je... Je crois bien que je me suis évanoui. Ça va mieux maintenant.

La voix semblait brisée, mais cohérente.

— Nous sommes approximativement à quinze kilomètres à l'ouest de votre position, à six mille pieds, dit Pitt en articulant lentement. Il ne répéta pas sa position, mais ajouta : «Quelle est votre situation ? »

— Nous n'avons plus aucun moyen de défense. Tous nos appareils ont été détruits au sol. L'escadron d'interception le plus proche se trouve à plus de mille kilomètres. Ils n'arriveront jamais à temps. Est-ce que vous pouvez nous aider ?

Pitt remua la tête par habitude.

— Négatif, Contrôle de Brady. Ma vitesse maximum ne dépasse pas les cent nœuds, et je n'ai à ma disposition qu'une paire de fusils. Nous perdrions notre temps à combattre un jet.

— Il faut nous aider, implora la voix. Notre agresseur n'est pas un jet bombardier mais un biplan de la Première Guerre mondiale. Je répète, notre agresseur est un biplan datant de la Première Guerre. S'il vous plaît, aidez-nous.

Pitt et Giordino échangèrent un regard, sans pouvoir dire un mot. Il se passa une bonne dizaine de secondes avant que Pitt reprenne ses esprits.

— O.K., Contrôle de Brady, nous arrivons. Mais vous auriez intérêt à potasser votre identification d'appareils, sinon vous allez rendre sacrément tristes deux vieilles mères aux cheveux gris si mon copilote et moi on se paie un billet de parterre. Terminé.

Pitt se tourna vers Giordino et parla rapidement, sans montrer d'expression particulière, d'un ton sûr et délibéré.

— Va à l'arrière et libère les écoutilles latérales. Prends une des carabines et joue au tireur d'élite.

— Je n'arrive pas à croire ce que je viens d'entendre, dit Giordino stupéfié.

Pitt remua la tête.

— Je n'y arrive pas vraiment non plus, mais il va falloir qu'on donne un coup de main à ces types-là, au sol. Maintenant, dépêche-toi.

— Je vais le faire, murmura Giordino. Mais je n'arrive toujours pas à avaler ça.

— Ce n'est pas une raison pour raisonner, mon ami, dit Pitt, citant Shakespeare.

Il cogna doucement le bras de Giordino et lui adressa un bref sourire.

— Bonne chance.

— Garde ça pour toi, dit Giordino tranquillement. Tu saignes aussi facilement que moi.

Puis, marmonnant à voix basse, il quitta le siège du copilote et prit le chemin de la soute de l'appareil. Une fois là, il sortit d'un casier droit une des carabines de calibre trente et y inséra un chargeur de quinze coups. Un souffle d'air chaud lui frappa le visage et envahit le compartiment lorsqu'il ouvrit l'écoutille. Il vérifia son arme à nouveau, s'assit pour attendre, et ses pensées se mirent à divaguer sur le sacré personnage qui était en train de piloter cet hydravion.

Giordino connaissait Pitt depuis de longues années. Ils avaient joué ensemble lorsqu'ils étaient gamins, fait partie des mêmes équipes de sport à l'Université, donné rendez-vous aux mêmes filles. Il connaissait Pitt mieux que n'importe quel autre homme, et même mieux qu'aucune femme. Pitt était, d'une certaine façon, deux individus en un seul, qui n'étaient pas en relation directe l'un avec l'autre. Il y avait d'un côté le Pitt froid et efficace, qui commettait rarement une erreur, et qui pourtant avait de l'humour, n'était pas prétentieux et qui devenait l'ami de tous ceux qui entraient en contact avec lui ; un cocktail plutôt rare. De l'autre côté, il y avait le Pitt maussade, qui se renfermait en lui-même pendant des heures, qui devenait réservé et distant, comme si son esprit était constamment occupé à ruminer des rêves lointains. Il devait sûrement exister une clé qui ouvrait et fermait la porte entre ces deux Pitt, mais Giordino ne l'avait jamais trouvée. Ce qu'il savait pourtant, c'est que la transition d'un Pitt à l'autre s'était opérée à un rythme croissant au cours de l'année écoulée — depuis que Pitt avait perdu une femme dans une mer près d'Hawaii, une femme qu'il avait aimée profondément.

Giordino se souvint d'avoir remarqué les yeux de Pitt juste avant de quitter la cabine de pilotage, la façon dont le vert profond s'était transformé en un éclat étincelant. Giordino n'avait jamais vu d'yeux comme ceux-là, à une exception près, et il fut parcouru d'un léger frisson à l'évocation de ce souvenir, tout en jetant un coup d'œil au doigt qui manquait à sa main droite. Il reporta ses pensées sur la situation présente et fit coulisser le cran de sûreté de la carabine. Après cela, bizarrement, il se sentit en sécurité.

A l'intérieur du cockpit, le visage tanné de Pitt était un modèle parfait du genre masculin. Il n'était pas beau dans le sens où pouvait l'être une star de cinéma, loin de là. Les femmes se jetaient rarement sur lui, sinon jamais. Elles étaient généralement intimidées par sa présence, et mal à l'aise. D'une façon ou d'une autre, elles sentaient qu'il n'était pas homme à succomber aux séductions féminines ou à prendre plaisir aux jeux niais du flirt. Il aimait la compagnie des femmes et le doux contact de leur corps, mais il n'appréciait guère les subterfuges, les mensonges et toutes les tactiques destinées à séduire la femme ordinaire. Non qu'il soit dénué d'habileté à amener une femme entre des draps : c'était un expert en la matière. Mais il lui fallait se forcer pour jouer le jeu. Il préférait les femmes franches et sans détours, mais elles étaient si peu nombreuses qu'elles devenaient difficiles à dénicher.

Pitt poussa le manche à balai vers l'avant, et le PBY piqua légèrement du nez vers l'enfer de Brady Field. L'aiguille blanche de l'altimètre pivota lentement dans le cadran noir, enregistrant la descente. Il augmenta l'angle de chute, et l'appareil — vieux de vingt-cinq ans — se mit à vibrer. Il n'avait pas été construit pour des vitesses pareilles. Il était plutôt conçu pour des reconnaissances à faible régime, en toute sécurité, ou alors des longs parcours, et c'était tout.

Pitt avait demandé à acquérir l'appareil après son affectation à l'Agence Nationale de Recherches Océanographiques, à la requête du Directeur de l'Agence, l'Amiral James Sandecker. Pitt avait gardé son grade de Major et, en accord avec les épreuves écrites, avait été affecté pour une durée illimitée à une mission de service à la NUMA. Son titre officiel était Officier de Sécurité de Surface, ce qui pour lui n'était rien de plus qu'un terme fantaisiste destiné à éloigner les faiseurs d'embarras. Quoi qu'il arrive à un projet en fait de difficultés imprévues, ou de problèmes ne relevant pas d'un domaine scientifique précis, c'était le boulot de Pitt d'éclaircir la situation et de remettre le projet sur les rails. C'était la raison pour laquelle il avait requis l'hydravion PBY Catalina. Si lent fût-il, il pouvait transporter sans aucun problème passagers ou matériel. Et, plus important encore, il pouvait décoller à partir d'un plan d'eau et amerrir sans plus de difficultés ; caractéristique primordiale lorsqu'on sait que près de 90 pour cent des activités de la Numa se passent en pleine mer.

Brusquement, un éclair de couleur au milieu du nuage noir attira l'attention de Pitt. C'était un avion d'un jaune flamboyant. Il vira sèchement, démontrant une grande maniabilité, et plongea dans la fumée. Pitt réduisit les gaz pour ralentir la vitesse de son angle de chute et pour éviter que le PBY ne dépasse son étrange adversaire. L'autre avion réapparut dans le ciel de l'autre côté de la colonne de fumée et se mit, sous le regard de Pitt, à bombarder Brady Field.

— Que je sois damné, s'exclama Pitt. C'est un vieil Albatros allemand.

Le Catalina s'avançait avec le soleil en plein dans le dos, ce qui fit que le pilote de l'Albatros, tout à son travail de destruction, ne l'aperçut pas. Un rictus sardonique apparut sur le visage de Pitt tandis que l'affrontement approchait. Il maudit le fait de n'avoir pas à sa disposition une arme qui puisse cracher par le nez du PBY. Il appuya sur les pédales de gouvernail et les commandes d'ailerons pour fournir à Giordino la meilleure ligne de tir. Le PBY tempêta, ce qu'il n'avait jamais fait. Ensuite, de façon soudaine, Pitt entendit les crépitement de la carabine de Giordino au milieu du vrombissement des moteurs.

Ils se trouvaient quasiment au-dessus de l'Albatros au moment où, dans le cockpit ouvert, le pilote releva sa tête casquée de cuir pour examiner les environs. Ils étaient si proches que Pitt put apercevoir l'autre pilote, bouché bée à la vue du gros hydravion déboulant dans le soleil — le chasseur était devenu gibier. Le pilote se ressaisit vite et l'Albatros s'éloigna brusquement, mais pas avant que Giordino l'ait arrosé d'un plein chargeur de sa carabine.

Le drame sinistre et absurde qui se jouait dans le ciel enfumé de Brady Field connut un brusque regain de tension lorsque l'hydravion datant de la Deuxième Guerre mondiale entra en lutte avec le chasseur de la Première. Le PBY était plus rapide, mais l'Albatros avait l'avantage de ses deux mitrailleuses et d'un degré de maniabilité incomparablement plus élevé. L'Albatros n'a jamais connu la gloire de son célèbre confrère, le Fokker, mais il s'agissait d'un excellent chasseur, cheval de bataille des Forces de l'Air de l'armée impériale allemande de 1916 à 1918.

L'Albatros changeait de cap, virevoltait et tourbillonnait autour du cockpit du PBY. Pitt agit rapidement. Il ramena d'un coup sec le manche à balai entre ses genoux et pria pour que les ailes restent attachées au fuselage tandis que le pesant hydravion effectuait un looping. Il oublia toute prudence ainsi que les règles communément admises du pilotage ; l'excitation d'un combat d'homme à homme lui échauffait le sang. Il entendit quasiment éclater les rivets alors que le PBY se retournait sur le dos. Cette manière peu orthodoxe de s'échapper prit son adversaire au dépourvu, et les deux coulées de feu jaillies de l'avion jaune se perdirent dans le ciel, manquant complètement le Catalina.

C'est alors que l'Albatros vira sèchement sur l'aile gauche et piqua droit sur le PBY. Ils foncèrent l'un vers l'autre de plein front. Pitt pouvait apercevoir les balles traçantes de son adversaire strier l'air à moins de trois mètres de son pare-brise. Heureusement pour nous que ce gars tire comme un cochon, pensa Pitt. Il avait une drôle de sensation dans le ventre tandis que les deux appareils fonçaient l'un vers l'autre. Pitt attendit le dernier moment avant de relever le nez du PBY et d'effectuer un virage rapide, remportant ainsi un bref mais net avantage sur l'Albatros. Giordino se remit à tirer. Mais l'avion jaune plongea hors de portée de la grêle de balles de la carabine et chuta comme une pierre en direction du sol. Pitt le perdit de vue. Il bascula brutalement sur la droite et scruta le ciel. C'était déjà trop tard. Il perçut, plutôt qu'il ne sentit réellement, le flot de balles qui martelaient le flanc de l'hydravion. Pitt laissa tomber violemment son engin en feuille morte et parvint à esquiver les piqûres mortelles du petit avion. Ils l'avaient échappé belle.

Le combat irrégulier se poursuivit encore pendant plus de huit minutes, sous le regard des militaires, cloués au sol de stupeur. L'étrange affrontement à mort se déplaça légèrement à l'est vers le bord de mer, et l'assaut final commença.

Pitt s'était mis à transpirer. De fines gouttes de sueur perlaient sur son front et coulaient le long des rides sinueuses de son visage. Son adversaire était roublard, mais Pitt jouait lui aussi un jeu serré. Avec une infinie patience, pêchée dans les réserves cachées de son organisme, il guetta le moment propice. Lorsque celui-ci arriva, Pitt était prêt.

L'Albatros manœuvra pour se placer derrière et légèrement au-dessus du Catalina. Pitt garda sa vitesse constante et l'autre pilote, sentant venir la victoire, s'approcha à moins d'une cinquantaine de mètres de la queue de l'hydravion. Mais avant que les deux mitrailleuses aient parlé, Pitt réduisit les gaz et abaissa les volets, ralentissant le gros engin quasiment jusqu'à la perte de vitesse. Le pilote fantôme, pris par surprise, continua sa course et doubla le PBY, arrosé au passage par de nombreux coups de carabine qui tracèrent, à bout portant, des trous bien placés dans le corps de l'Albatros. L'avion millésimé vira devant le nez de Pitt qui, avec le respect qu'un homme courageux peut porter à un autre qui l'est tout autant, contempla l'occupant du cockpit ouvert sur le ciel. Il le vît ôter ses épaisses lunettes et lui adresser un bref salut. Ensuite, l'Albatros flamboyant et son mystérieux pilote se détournèrent et prirent la direction de l'ouest, survolant l'île et répandant une traînée de fumée noire, preuve que les tirs de Giordino avaient atteint leur cible.

Le Catalina avait fini par tomber en chute libre, en perte de puissance quasi totale. Pitt lutta avec les commandes pendant plusieurs secondes terrifiantes, avant de rattraper l'appareil et de repartir en vol stabilisé. Ensuite il effectua un large mouvement ascendant dans le ciel. A cinq mille pieds, il s'arrêta et examina l'île et la mer qui l'entourait. Il n'y avait plus aucune trace de l'avion jaune à la Croix de Malte. Il avait disparu.

Une sensation de moiteur froide envahit Pitt. L'Albatros tout jaune lui avait semblé familier, d'une façon ou d'une d'autre. C'était comme si un fantôme oublié avait surgi du passé pour venir le hanter. Mais ce sentiment mystérieux s'estompa aussi vite qu'il était arrivé, et Pitt poussa un grand soupir pour évacuer sa tension. Un sentiment de soulagement satisfait apaisa lentement son esprit.

— Alors ? Quand est-ce que je reçois ma médaille de tireur d'élite ? dit Giordino du fond de la cabine.

Il était souriant malgré une vilaine estafilade au cuir chevelu. Le sang dégouttait du côté droit de son visage, tachant le col de son épaisse chemise à fleurs imprimées.

— Quand nous aurons atterri, je pense bien te payer un verre, répliqua Pitt sans se retourner.

Giordino se glissa sur le siège du copilote.

— Je me sens comme si je venais de faire dix tours de montagnes russes à Long Beach.

Pitt ne lui rendit pas son sourire. Il se relaxa, se calant contre le dossier de son siège, sans dire un mot. Puis il finit par se tourner vers Giordino, et son regard se figea.

— Qu'est-ce qui t'est arrivé ? Tu es touché ?

Giordino lui adressa un regard moqueur et méprisant.

— Qui t'a dit qu'on pouvait effectuer un looping avec un hydravion ?

— J'ai trouvé que c'était la seule chose à faire à ce moment-là, dit Pitt, un éclair de malice dans l'œil.

— La prochaine fois, préviens les passagers. J'ai rebondi

dans cette cabine comme un ballon de basket.

— A quoi t'es-tu cogné la tête ? demanda Pitt d'un ton railleur.

— Tu veux vraiment le savoir ?

— Dis-moi.

Giordino parut soudain embarrassé.

— Si tu veux les détails, c'était la poignée de la porte des chiottes.

Pitt demeura un instant ahuri. Puis il rejeta la tête en arrière et éclata de rire. Cette allégresse se révéla contagieuse et Giordino l'imita bientôt. Les rires explosèrent dans le cockpit et couvrirent le bruit des moteurs. Ce n'est qu'au bout d'une trentaine de secondes qu'ils parvinrent à s'arrêter, et que tout le sérieux de la situation leur revint.

L'esprit de Pitt était clair mais une grande fatigue l'avait peu à peu envahi. Les longues heures de vol, puis la tension du récent combat, pesaient lourdement et l'engourdissaient comme un brouillard humide. Il songea au doux parfum d'un savon sous une douche froide et au contact de serviettes propres sur sa peau, et soudain tout cela devint terriblement important pour lui. Il jeta un coup d'œil par la vitre du cockpit vers la base de Brady Field et se souvint que sa destination première était le *First Attempt*, mais un vague pressentiment, une prémonition a posteriori si l'on peut dire, lui fit comprendre qu'il devait changer ses plans.

— Au lieu d'amerrir dans les environs du *First Attempt*, je pense qu'on ferait mieux de se poser sur la piste de Brady. J'ai dans l'idée que le fuselage a encaissé quelques tirs.

— Bonne idée, rétorqua Giordino. Je n'ai aucune envie d'écoper.

Le gros hydravion réalisa son approche finale et s'aligna sur la piste jonchée d'épaves. Il prit contact avec l'asphalte surchauffé, le train d'atterrissage rebondit, puis les pneus chantèrent leur plainte habituelle, signe que l'appareil s'était posé.

Pitt obliqua pour éviter les flammes et s'éloigna en direction des hangars. Quand le Catalina s'immobilisa, il repoussa les interrupteurs d'allumage, et les deux hélices aux pales argentées cessèrent peu à peu de tourner pour finir par s'arrêter complètement, étincelantes sous le soleil. Tout était calme. Lui et Giordino ne firent pas un geste pendant quelque temps, profitant du premier instant de silence dans ce cockpit après treize heures de vacarme et de trépidations.

Pitt fit sauter le loquet de sa vitre latérale et la repoussa, tout en observant d'un air détaché les pompiers de la base qui s'affairaient à combattre les feux de l'enfer. Des tuyaux emmêlés traînaient un peu partout sur le sol, semblables à des tracés d'autoroutes sur une carte routière, et les hommes qui s'agitaient en poussant des cris ne faisaient qu'ajouter à la confusion. L'incendie des jets F-105 était presque maîtrisé mais l'un des Cargomasters C-133 était toujours en flammes.

— Jette un coup d'œil de ce côté, dit Giordino en pointant le doigt vers l'extérieur.

Pitt se pencha par-dessus les commandes et, par la fenêtre de Giordino, aperçut une camionnette bleue de l'Armée de l'Air qui fonçait le long de la piste en direction du PBY. Le véhicule contenait plusieurs officiers et était suivi, comme par une meute de chiens de chasse, de trente ou quarante soldats qui poussaient des hourras et frappaient dans les mains.

— Eh bien, c'est ce qui s'appelle un comité d'accueil, dit Pitt amusé, avec un large sourire.

Giordino essuya sa blessure sanguinolente à l'aide d'un mouchoir. Lorsque le tissu fut complètement imbibé de sang, il le roula en boule et le jeta au dehors par la vitre. Son regard se tourna vers la côte toute proche et il resta un moment dans le vague, comme plongé dans ses pensées. Il finit par se tourner vers Pitt.

— J'espère que tu te rends compte qu'on est des sacrés veinards de se retrouver ici tranquillement assis.

— Oui, je sais, dit Pitt avec raideur. Il y a eu quelques

occasions, là haut, où je me suis dit que ce fantôme allait nous descendre.

— Bon Dieu, j'aimerais bien savoir qui est ce type et ce qu'il avait en tête pour venir détruire tout ça ?

L'expression de Pitt était un parfait exemple de curiosité et de méditation.

— Le seul indice, c'est cet Albatros jaune.

Interloqué, Giordino observa son ami.

— Qu'est-ce que la couleur de cette antiquité volante pourrait bien avoir comme signification ?

— Si tu t'intéressais à l'histoire de l'aviation, dit Pitt avec une pointe de sarcasme, tu saurais que les pilotes allemands, pendant la Première Guerre mondiale, peignaient leurs appareils à leurs couleurs personnelles, ce qui donnait parfois des résultats assez bizarres.

— Epargne-moi tes leçons d'histoire, grommela Giordino. Pour l'instant, tout ce que je veux c'est me tirer de cet endroit puant de sueur, et déguster le verre que tu m'as promis.

Il s'extirpa de son siège, et prit le chemin de l'écoutille de sortie.

La camionnette bleue fit une embardée avant de s'immobiliser à côté du gros hydravion argenté, et les quatre portières s'ouvrirent aussitôt. Ses occupants en jaillirent en poussant des exclamations, avant de se mettre à marteler le panneau d'aluminium de l'avion. La foule des recrues entoura l'appareil, applaudissant, criant des hourras et agitant les bras en direction du cockpit.

Pitt, resté assis, leur retourna leur salut d'un signe de la main. Son corps était fatigué et ankylosé, mais son cerveau restait actif, travaillant à plein régime. Un nom se fraya un chemin parmi ses pensées, lentement, jusqu'à ce qu'enfin il en murmure les syllabes à voix basse.

— Le Faucon de Macédoine...

Près de la porte, Giordino se tourna vers lui.

— Que dis-tu ?
— Oh, rien, répondit Pitt, rien du tout.
Il libéra son souffle en un long soupir.
— Viens. Je m'en vais t'offrir ce verre, maintenant.

CHAPITRE DEUX

Lorsque Pitt s'éveilla, il faisait encore nuit. Il ne savait pas combien de temps il avait dormi. Peut-être ne s'était-il assoupi qu'un instant. Il pouvait aussi bien être resté plongé dans un profond sommeil des heures durant. Il ne le savait pas, et ne s'en préoccupait pas davantage. Le sommier métallique de la couchette de l'Armée de l'Air gémit tandis qu'il se tournait à la recherche d'une position plus confortable. Mais le sommeil profond et douillet l'avait abandonné. Son esprit conscient tenta malaisément d'en découvrir la raison. Etait-ce à cause du ronronnement continu du conditionnement d'air ? Il avait l'habitude de piquer des sommes dans le terrible tintamarre des moteurs d'avion, ça ne pouvait donc être cela. C'était peut-être dû à une galopade de cafards dans la pièce. Dieu sait que Thasos pullulait de ces bestioles. Non, il s'agissait d'autre chose encore. C'est alors qu'il comprit. La solution perça les brumes de son esprit ensommeillé. C'était l'autre partie de son cerveau, cette zone inconsciente, qui le gardait éveillé. Pareille à un projecteur de cinéma, elle repassait le film des événements étranges de la veille, sans arrêt, encore et encore.

L'une des images qui lui traversaient l'esprit sortait du lot. Il s'agissait d'une photographie faisant partie des collections du Musée Impérial de la Guerre. Pitt parvenait à s'en souvenir dans les moindres détails. L'appareil avait saisi un aviateur allemand posant devant un chasseur de la Première Guerre mondiale. Il était revêtu de l'accoutrement des pilotes de cette époque, et sa main droite reposait sur la tête d'un gigantesque berger allemand au pelage blanc. Le chien, sans aucun doute une mascotte, haletait et gardait la tête levée vers son maître, l'air protecteur. Le pilote regardait fixement l'objectif, et son visage un peu enfantin semblait bien nu sans ces habituelles cicatrices gagnées lors de duels et sans le monocle qu'arboraient traditionnellement les officiers prussiens. Pourtant, la fierté militaire teutonne se distinguait facilement dans le fin sourire empreint d'insolence et dans la pose rigide et sévère.

Pitt se souvenait même de la légende qui courait sous la photo :

Le Faucon de Macédoine

Lieutenant Kurt Heibert, de l'Escadrille des Chasseurs 91, qui remporta 32 victoires contre les Alliés sur le Front de Macédoine ; l'un des as les plus remarquables de la Grande Guerre. Présumé abattu et disparu en Mer Egée, le 15 juillet 1918.

Pendant quelque temps, Pitt resta étendu dans l'obscurité. Je n'arriverai plus à retrouver le sommeil cette nuit, pensa-t-il. Il se redressa, et, s'appuyant sur un coude, fouilla le plateau de la table de nuit, à la recherche de sa montre Omega. Il l'approcha de ses yeux. Le cadran lumineux indiquait 4 heures 09. Alors, il s'assit au bord du lit et posa les plantes de ses pieds nus sur le plancher recouvert de carreaux de vinyle. Un paquet de cigarettes traînait à côté de la montre, il en sortit une et l'alluma à l'aide d'un briquet Zippo en argent. Aspirant une longue bouffée, il se mit debout et s'étira. Il fit la grimace ; les muscles de son dos étaient parcourus d'élancements dus aux claques que lui avaient administrées les recrues de Brady Field, juste après que lui et Giordino soient descendus du cockpit du PBY. Pitt sourit dans le noir en repensant aux chaleureuses poignées de mains et aux félicitations qui lui avaient été adressées de toutes parts.

Le clair de lune, se glissant par la fenêtre dans le quartier des officiers, et l'air déjà chaud du petit matin achevèrent de réveiller Pitt. Il ôta son short et farfouilla dans sa valise à la lueur de cette faible lumière. Il finit par reconnaître au toucher la forme d'un slip de bain, qu'il enfila aussitôt. Puis, après avoir saisi une serviette dans la salle de bains, il sortit dans la nuit tranquille.

Dehors, l'éclat de la lune méditerranéenne enveloppa son corps. Elle conférait au paysage un bizarre aspect fantômatique et dénudé. Le ciel était entièrement parsemé d'étoiles parmi lesquelles on remarquait la Voie Lactée, dessinée en blanc sur fond de velours noir.

Pitt suivit lentement le sentier longeant le quartier des officiers, en direction de l'entrée principale. Il s'arrêta un instant, pour examiner la piste d'envol déserte. Il remarqua que, parmi les rangées de lampes multicolores bordant la piste, apparaissaient de nombreuses zones sombres. Les ampoules de signalisation ont dû être détruites pendant l'assaut, pensa-t-il. Néanmoins, la configuration générale restait facilement lisible pour un pilote obligé de se poser la nuit. Par delà les points lumineux, il pouvait apercevoir la forme sombre du PBY, rangé comme à l'abandon à l'autre bout du hangar, pareil à un canard dans son nid.

Les impacts de balles sur le fuselage du Catalina s'étaient révélés moins graves que prévu et le service d'entretien de la base avait promis de s'en occuper en priorité dès le matin ; la réparation allait prendre trois jours. Le Colonel James Lewis, l'officier commandant la base, avait présenté ses excuses pour ce délai mais le plus gros de l'équipe de maintenance devait concentrer ses efforts sur les jets endommagés et sur le Cargomaster C-133 restant. Pour ces quelques jours, Pitt et Giordino avaient accepté l'hospitalité du Colonel et décidé de rester à Brady Field, en utilisant la baleinière du *First Attempt* pour circuler de la plage au navire. Cet arrangement avait été pris à la satisfaction générale. En effet, l'espace vital à bord du *First*

Attempt était réduit à sa plus simple expression et c'était un peu comme s'il avait été fourni en prime.

— Un peu tôt pour piquer une tête, tu ne penses pas, mon gars ?

La voix sortit Pitt de ses pensées, et il se rendit compte qu'il se tenait juste sous la clarté blanche des projecteurs installés au sommet de la guérite des gardiens, à l'entrée principale. La cabine était placée au beau milieu d'une sorte d'îlot aménagé entre la voie qui pénétrait dans le camp et celle qui en sortait, et était juste assez grande pour qu'un homme puisse s'y installer. Un policier de l'Armée de l'Air, trapu et plutôt costaud, jaillit de la guérite et se mit à examiner Pitt de plus près.

— Je n'arrivais pas à dormir, lança ce dernier, et il se sentit aussitôt un peu bête de n'avoir rien trouvé de plus original. «Mais bon sang, pensa-t-il, après tout, ce n'est que la vérité.»

— Je peux pas dire que ça m'étonne, répondit le policier. Après tout ce qui s'est passé aujourd'hui, je serais plutôt surpris que quelqu'un réussisse à ronfler.

Le simple fait d'évoquer le sommeil provoqua une sorte de réflexe chez la sentinelle, qui ne réussit pas à étouffer tout à fait un bâillement.

— Vous devez sacrément vous emmerder, à rester là tout seul pendant la nuit, dit Pitt.

— Ouais, c'est plutôt assommant, dit le policier, agrippant d'une main sa ceinture tandis que l'autre restait serrée sur la crosse d'un Colt 45 automatique, attaché à hauteur de sa hanche.

— Si vous avez dans l'idée de quitter la base, reprit la sentinelle, il vaudrait mieux me montrer votre passe.

— Désolé, je n'en ai pas.

Pitt avait oublié de demander au Colonel Lewis un laisser-passer pour entrer et sortir de la base.

Un air crâne et obstiné passa sur le visage de l'agent.

— Alors, il va vous falloir retourner vers les casernes et aller le chercher.

Il chassa un papillon nocturne qui passait devant ses yeux, voletant dans l'éclat d'un projecteur.

— Ça va être une perte de temps, répondit Pitt, avec un léger sourire. Je ne possède même pas de laisser-passer.

— Ne joue pas à l'idiot avec moi, mon petit gars. Personne ne franchit cette barrière sans passe. Tu n'as pas pu entrer si tu n'en as pas.

— C'est ce que j'ai pourtant fait.

Le regard de la sentinelle devint soupçonneux.

— Et comment est-ce que tu as bien pu t'y prendre ?

— En volant.

L'agent militaire resta un instant sous le coup de la surprise. Ses yeux brillaient dans la lumière des projecteurs. Un autre papillon voleta à proximité de son casque blanc, mais il n'y prit pas garde. Puis, il finit par comprendre et s'exclama :

— Vous êtes le pilote de cet hydravion Catalina !

— Je plaide coupable, dit Pitt.

— Eh bien, j'ai envie de vous serrer la main, dit le garde avec un large sourire. C'était la plus belle démonstration de pilotage que j'ai vue de ma vie.

Il tendit sa large main. Pitt la prit dans la sienne et fit une petite grimace. Il possédait pour sa part une solide poignée de main, mais elle semblait chétive comparée à celle du garde.

— Je vous remercie, dit Pitt, mais je me sentirais encore beaucoup mieux si mon adversaire s'était écrasé.

— Oh, bon sang, il ne peut pas être allé très loin. Ce vieux tas de ferraille faisait une fumée d'enfer en dépassant les collines là-bas.

— Est-ce qu'il aurait pu s'écraser de l'autre côté ?

— Aucun espoir. Le colonel a envoyé l'escadron de jeeps de la Police de l'Air en entier fouiller l'île, pour mettre la main dessus. On a cherché jusqu'à la tombée de la nuit, sans rien trouver.

Il prit un air dégoûté.

— Ce qui me fait le plus chier, c'est d'être rentré trop tard pour la bouffe.

Pitt sourit.

— Il s'est peut-être abîmé en mer, ou bien il a atteint le continent avant de tomber.

La sentinelle haussa les épaules.

— Ça se peut. Mais il y a au moins une chose de sûre : il n'est plus sur l'île. Vous avez ma garantie personnelle à ce sujet.

Pitt se mit à rire.

— Elle me convient parfaitement.

Il jeta sa serviette sur son épaule et réajusta son slip de bain.

— Et maintenant, ce serait gentil à vous...

— Seconde Classe Moody, sir.

— Je suis le Major Pitt.

Le visage de la sentinelle blêmit.

— Oh, je m'excuse, sir. Je ne savais pas que vous étiez officier. Je croyais que vous faisiez partie de ces civils qui travaillent pour la NUMA. Je vous laisse sortir pour cette fois, Major, mais ça me ferait plaisir que vous ayez un laisser-passer.

— Je m'en occupe dès que j'ai pris mon petit déjeuner.

— On me relève à 08h00. Si vous n'êtes pas encore rentré à ce moment-là, je passerai la consigne pour qu'on vous laisse rentrer sans problème.

— Merci, Moody. Peut-être qu'on aura l'occasion de se revoir.

Pitt s'éloigna. Il emprunta le chemin qui descendait vers la plage.

Il marchait du côté droit de la petite route pavée et, au bout d'un kilomètre et demi, déboucha sur une baie entourée de hautes rocailles escarpées. Il aperçut un chemin dans le clair de lune, et il le suivit jusqu'à ce que ses pieds s'enfoncent légèrement dans le sable de la plage. Il abandonna sa serviette et s'avança vers la mer. Une vague déferla ; son écume blanche vint mousser sur la bande de sable humide et dure et lui lécha les pieds. La vague expirante hésita un moment, puis se retira, formant le creux pour la suivante. C'est à peine si l'on sentait le souffle du vent, la mer scintillait dans un calme relatif. La lune promenait ses reflets sur l'eau sombre et y laissait des traînées d'argent qui tremblaient à la surface jusqu'à l'horizon, où mer et ciel se mélangeaient dans les ténèbres les plus noires. Pitt s'imprégna de cette atmosphère chaude et apaisante, puis il s'engagea dans l'eau, et se mit à nager le long des traits argentés.

Un sentiment profond envahissait toujours Pitt lorsqu'il se trouvait seul, à proximité de la mer. C'était comme si son âme s'échappait de son corps, et qu'il devenait une chose sans substance et sans forme. Son esprit s'en trouvait nettoyé et purifié : tout travail mental cessait et ses pensées se dissipaient. Il ne restait vaguement conscient que du chaud et du froid, du goût, du toucher et de ses autres sens, excepté l'ouïe. Il percevait le silence dans son néant le plus absolu ; le plus formidable, mais le moins connu des trésors humains. Oublieux pour l'heure de toutes ses défaillances, de toutes ses victoires et de toutes ses amours, sa vie elle-même était anéantie, diluée dans le silence.

Il resta allongé comme une dépouille mortelle pendant presque une heure, flottant au gré des vagues. Finalement, une petite onde vint frapper son visage et, sans le vouloir, il aspira quelques gouttes d'eau salée. Il se mit à tousser, pour se débarrasser de cette gêne, et il fut à nouveau conscient de ses sensations corporelles. Sans s'inquiéter de sa progression, il glissa sur les flots, toujours couché sur le dos, et sans efforts visibles. Lorsque ses doigts se replièrent en entrant en contact avec le fond sableux, il cessa de nager et dériva vers la plage comme une épave flottante. Ensuite, il se traîna sur le sable jusqu'à que la moitié de son corps soit hors de l'eau, laissant les vagues rouler autour de ses jambes et de ses fesses. La chaude plage baignée par la Mer Egée prenait forme dans la faible lumière. La peau caressée par le sable, il s'endormit.

Les étoiles commençaient à s'éteindre les unes après les

autres dans la pâle clarté de l'aube naissante lorsqu'un signal d'alarme retentit dans l'esprit de Pitt, et le rendit brusquement conscient d'une présence. Il s'éveilla instantanément, mais ne fit d'abord aucun geste, se contentant d'observer les environs au travers de ses paupières mi-closes. Il parvint à distinguer une ombre qui se tenait près de lui. Faisant le point en tendant le regard dans la timide lumière, il essaya de discerner le détail des formes. Petit à petit, une silhouette se matérialisa. Il s'agissait d'une femme.

— Bonjour, dit-il en s'asseyant.

— Oh, Mon Dieu, sursauta la femme.

Elle mit la main devant sa bouche comme pour retenir un cri.

Il faisait encore trop sombre pour qu'il parvienne à distinguer l'effroi qui passait dans ses yeux, mais Pitt savait qu'il était bien là.

— Je suis désolé, dit-il doucement. Je ne voulais pas vous effrayer.

La main s'abaissa lentement. La femme demeura debout près de Pitt, les yeux fixés sur lui. Elle finit par retrouver la voix.

— Je... Je croyais que vous étiez mort, dit-elle en balbutiant quelque peu.

— Je ne peux vraiment pas vous en vouloir. Je suppose que si j'avais buté sur quelqu'un dormant dans les vagues à une heure aussi matinale, c'est ce que j'aurais imaginé moi aussi.

— Vous m'avez donné un sacré choc, vous savez, en vous relevant comme ça et en vous mettant à parler.

— Je vous présente à nouveau toutes mes excuses.

Tout à coup, Pitt se rendit compte que cette femme parlait anglais. Son accent était manifestement britannique, avec toutefois une légère pointe d'accent germanique. Il se mit debout.

— Permettez-moi de me présenter : mon nom est Dirk Pitt.

— Je m'appelle Teri, dit-elle, et je ne peux pas vous dire à quel point je suis heureuse de vous voir vivant et en parfaite santé, monsieur Pitt.

Elle n'avait pas précisé son nom de famille, et Pitt ne l'interrogea pas à ce sujet.

— Croyez-moi, Teri, tout le plaisir est pour moi.

Il montra la plage du doigt.

— Est-ce que vous voulez vous joindre à moi pour m'aider à faire lever le soleil ?

— Merci, dit-elle en riant, ça me plairait beaucoup. Mais je dois vous avouer que c'est à peine si j'arrive à supporter votre vue. Pour ce que j'en sais, vous pourriez tout aussi bien être un monstre ou quelque chose du genre.

Il y avait une note d'amusement dans sa voix.

— Qui me dit que je peux avoir confiance en vous ? reprit-elle.

— Pour être tout à fait honnête, vous ne devriez pas. Il faut que je vous fasse un aveu : je viens d'agresser deux cents vierges innocentes dans les environs.

L'humour de Pitt était exagérément effronté, mais il savait que c'est une bonne manière de tester la personnalité d'une femme.

— Oh zut ! J'aurais tellement aimé être le numéro deux cent un sur cette liste, mais malheureusement je ne suis pas une vierge innocente.

Il y avait assez de luminosité à présent pour que Pitt puisse apercevoir l'éclat de ses dents découvertes par son sourire.

— Puis-je espérer que vous ne m'en tiendrez pas rigueur ? demanda-t-elle.

— Il est vrai que je suis très à cheval sur ce genre de principes. Mais si vous me juriez de garder le silence sur le fait que le numéro deux cent un de ma liste n'était pas pure comme neige... Vous comprenez, ma réputation de monstre ne tiendrait pas longtemps si cela s'apprenait.

Ils éclatèrent de rire, puis s'installèrent sur la serviette de Pitt et continuèrent à bavarder alors que le chaud soleil se levait, surgissant de la Mer Egée. Tandis que la grosse orange flamboyante dardait ses premiers rayons dorés de l'autre bout de l'horizon, Pitt promena ses regards sur la femme baignée de cette lumière toute neuve, et l'observa plus attentivement.

Elle avait dans la trentaine, et portait un bikini rouge. Ce maillot n'était pas du genre exagérément minuscule, même si la moitié inférieure n'apparaissait que cinq bons centimètres sous le nombril. Sa texture possédait l'éclat du satin et moulait son corps comme une seconde peau. Son physique présentait un séduisant mélange de grâce et de fermeté ; son ventre était lisse et plat et ses seins étaient parfaits, ni trop petits ni trop gros ou disproportionnés. Elle avait de longues jambes de couleur crème et aux mollets un peu minces. Pitt décida de ne pas tenir compte de cette légère imperfection et releva les yeux vers son visage. Son profil était délicieux. Ses traits étaient ceux d'une statue grecque, belle et mystérieuse, et auraient touché à la perfection sans une petite marque ronde apparaissant sous sa tempe droite. D'ordinaire, cette cicatrice devait se trouver cachée par ses longs cheveux noirs, mais pour l'heure elle avait ramené la tête en arrière pour profiter du soleil levant, et ses mèches d'ébène avaient roulé sur ses épaules, jusqu'à frôler le sable, et du même coup révélaient la petite tache.

Soudain, elle se tourna vers Pitt et le surprit en train de la détailler.

— Vous êtes censé apprécier le lever du soleil, lança-t-elle avec un sourire empreint d'un léger trouble.

— J'en ai déjà vu pas mal, alors que c'est la première fois que je suis face à une adorable et authentique Aphrodite grecque.

Pitt remarqua que ses yeux d'un marron profond se mettaient à briller, à cause du plaisir qu'elle ressentait à ce compliment.

— Merci de cette flatterie, mais Aphrodite était la déesse grecque de l'amour et de la beauté, et je ne suis grecque que pour moitié.

— En quoi consiste l'autre moitié ?

— Ma mère était allemande.

— Dans ce cas, il me faut remercier les dieux de vous avoir octroyé la part de votre père.

Elle fit la moue.

— Il vaudrait mieux que mon oncle n'entende pas une chose pareille.

— Le Boche typique ?

— Parfaitement. En fait, c'est grâce à lui que je me trouve à Thasos.

— Alors, il ne peut pas être tout à fait mauvais, dit Pitt, plein d'admiration devant son regard noisette. Est-ce que vous vivez avec lui ?

— Non, en réalité je suis née ici, mais j'ai été élevée en Angleterre. C'est là que j'ai subi mon éducation, et à l'âge de dix-huit ans, je suis tombée amoureuse d'un fringant vendeur de voitures et je l'ai épousé.

— Je ne savais pas que les vendeurs de voitures pouvaient être fringants.

Elle ignora sa remarque sarcastique et poursuivit.

— Il adorait piloter des voitures après son boulot, et il était bon dans ce domaine également. Il a gagné des épreuves sur circuit, des courses de côte et bien d'autres encore.

Elle haussa les épaules, et se mit à dessiner des cercles dans le sable avec un doigt.

— Et puis, un week-end, il a pris le volant d'une MG surcomprimée. Il pleuvait, il a perdu le contrôle de sa voiture et il a heurté un arbre. Il était mort avant même que j'arrive près de lui.

Pitt demeura un instant silencieux, contemplant son visage triste.

— C'est arrivé il y a longtemps ? demanda-t-il simplement.

— Cela va faire huit ans et demi, répondit-elle dans un soupir.

Pitt resta abasourdi. Puis la colère l'emporta. Quel gaspillage, pensa-t-il, quel fichu gaspillage qu'une femme splendide comme celle-là porte le deuil d'un homme pendant près de neuf ans. Plus il y songeait, et plus sa colère montait. Il pouvait voir des larmes s'écouler de ses yeux alors qu'elle était plongée dans ses souvenirs, et cette vision le rendit malade. Il tendit le bras et lui administra une lourde gifle du plat de la main, au beau milieu du visage.

Ses yeux tressaillirent, et son corps tout entier se tendit sous le choc. On aurait dit qu'elle venait de ressentir l'impact d'une balle.

— Pourquoi m'avez-vous frappée ? dit-elle en haletant.

— Parce que c'est ce qu'il vous faut, dit-il d'un ton sec, et vous en avez méchamment besoin. Ce flambeau que vous trimballez partout est usé comme un vieux paletot. Je m'étonne que personne ne vous ait jamais allongé sur ses genoux pour vous donner la fessée. Ainsi votre mari était fringant. Et alors ? Il est mort et enterré, et le pleurer pendant toutes ces années ne l'a pas fait sortir de sa tombe. Enfermez son souvenir à clé quelque part et oubliez-le. Vous êtes jolie — vous ne devriez pas rester enchaînée à un cercueil rempli de vieux os. Vous devez vous intéresser à tout homme qui se retourne et qui vous jette un coup d'œil admiratif quand vous le croisez, et qui montre une furieuse envie de vous posséder.

Pitt se rendit compte que ses mots venaient à bout des faibles défenses de la femme.

— Maintenant, prenez ça comme vous l'entendez, reprit-il. C'est votre vie, après tout. Mais ne la gaspillez pas en jouant «Camille» jusqu'à ce que vous soyez grise et flétrie.

Elle parut bouleversée, dans la lumière de l'aube, et elle éclata en sanglots. Pitt la laissa pleurer un long moment. Lorsqu'elle finit par relever la tête pour se tourner vers lui, il s'aperçut que ses joues étaient baignées de larmes, et par endroits couvertes de minuscules grains de sable qui avaient adhéré aux parties humides. Elle plongea son regard dans le sien, et il saisit une lueur dans ses yeux. Ils étaient dociles, avec également un air un peu effrayé, comme ceux d'une petite fille. Il la prit dans ses bras, et posa un baiser sur sa bouche. Ses lèvres étaient chaudes et humides.

— A quand remonte la dernière fois ? murmura-t-il.

— Pas depuis..., répondit-elle avant que sa voix ne s'éteigne.

Pitt la prit tandis que l'ombre des rochers s'étendait sur la plage, protégeant leurs corps des rayons du soleil. Un vol de bécasseaux tournoya dans le ciel avant se poser sur la bande de sable humide, à la frontière entre l'eau et le sable. Ils trottinèrent de-ci de-là, jouant avec le ressac. De temps à autre, l'un des oiseaux dardait un œil rond vers les deux amants dans l'ombre, les observait fugitivement puis reprenait sa besogne consistant à piquer le sable de son long bec recourbé, à la recherche de nourriture. Les ombres se ramassaient sur elles-mêmes à mesure que le soleil grimpait dans le ciel. Un bateau de pêche passa en soufflant à un kilomètre environ de l'extrémité des rochers. Les pêcheurs, jetant leurs filets à la mer, étaient trop occupés pour remarquer quoi que ce soit d'inhabituel sur la plage. Au bout du compte, Pitt se redressa et contempla sous lui le visage apaisé et souriant de Teri.

— Je ne sais si je dois implorer ta gratitude ou ton pardon, dit-il d'une voix douce.

— Accepte les deux avec ma bénédiction, fit-elle dans un murmure.

Il posa un léger baiser sur ses paupières.

— Tu te rends compte de ce que tu as manqué pendant toutes ces années, dit-il avec le sourire.

— Je suis d'accord. Tu viens sans aucun doute de m'administrer le plus merveilleux des remèdes à la dépression.

— Je prescris toujours la séduction. J'en garantis l'efficacité contre les affections les plus rares de même que pour la plupart des maladies connues.

— Et quels sont vos honoraires, docteur ? demanda-t-elle, avec un petit rire féminin.

— J'estime avoir été payé jusqu'au dernier franc.

— Mais n'espère pas t'en tirer aussi facilement. Dois-je insister pour t'inviter à dîner chez mon oncle, ce soir ?

— Je considérerai cela comme un honneur, dit-il. A quelle heure et comment dois-je me présenter ?

— J'enverrai le chauffeur de mon oncle. Il t'attendra à l'entrée de Brady Field à 6 heures.

Pitt dressa les sourcils.

— Qu'est-ce qui te fait penser que je suis stationné à Brady Field ?

— Il n'y a aucun doute sur le fait que tu sois américain. Or, tous les Américains se trouvant sur l'île sont rassemblés là.

Teri lui prit la main, et l'attira pour s'en caresser le visage.

— Parle-moi un peu de toi. Quel genre de boulot fais-tu dans l'Armée de l'Air ? Tu pilotes les avions ? Tu es officier ?

Pitt fit tout son possible pour rester sérieux.

— Je suis l'éboueur de la base, dit-il.

Les yeux de Teri s'ouvrirent largement sous la surprise.

— C'est vrai ? Tu es beaucoup trop intelligent pour t'occuper des ordures.

Elle observa son visage buriné et fixa ses yeux d'un vert intense.

— Oh c'est bon, je ne t'en veux pas pour ton travail. Est-ce que tu as déjà été promu sergent ?

— Non, je n'ai jamais été sergent.

Soudain, un éclat lumineux dans les rochers à quelques centaines de mètres attira l'attention de Pitt. Un objet brillant venait de refléter un bref instant les rayons du soleil. Il examina le coin d'où l'éclair avait jailli, mais n'aperçut plus ni lumière ni mouvement.

Teri sentit sa tension.

— Il y a un problème ? demanda-t-elle.

— Non, non, ce n'est rien, mentit Pitt. Il m'avait semblé apercevoir quelque chose flottant dans la mer, mais ça a disparu.

Il plongea ses yeux dans les siens, et son regard se fit diabolique.

— Je crois que je ferais mieux de rentrer à la base maintenant. J'ai un tas de poubelles à ramasser.

— Je vais rentrer moi aussi. Mon oncle doit se demander ce qui m'est arrivé.

— Est-ce que tu vas lui raconter ?

— Ne sois pas stupide.

Elle se mit debout en riant, se frotta pour se débarrasser du sable sur sa peau et réajusta son bikini. Pitt sourit, en se relevant à son tour.

— Pourquoi les femmes donnent-elles toujours l'impression d'être timides et réservées avant de s'allonger et si vives et si sûres d'elles par la suite ?

Elle haussa les épaules gaiement.

— Je suppose que c'est parce que le sexe nous libère de toutes nos frustrations et nous rend plus terre à terre.

Ses yeux bruns flamboyèrent avec vivacité.

— Parce que, tu vois, nous les femmes nous avons aussi nos instincts animaux.

Pitt lui donna une claque enjouée sur les fesses.

— Allez, je te ramène chez toi.

— Ça va te faire une longue marche. La villa de mon oncle se trouve dans les montagnes, derrière Liménas.

— Où sont ces montagnes et où est Liménas ?

— Liménas est un petit village à une dizaine de kilomètres sur cette route, dit-elle en indiquant le nord. Mais je ne comprends pas pourquoi tu me demandes où sont les montagnes.

Son doigt tendu pivota pour désigner les dénivellations de l'intérieur de l'île, qui naissaient à un ou deux kilomètres par-delà la route.

— Comment appelles-tu ça ? demanda-t-elle.

— En Californie, là d'où je viens, on appelle tout ce qui fait moins de mille mètres de haut des *collines*.

— Vous les Yankees, vous n'arrêtez jamais de vous vanter.

— C'est un des nos passe-temps favoris.

Ils quittèrent la petite crique, en remontant le sentier sans se presser. Au sommet, rangée sur le côté du tarmac, se trouvait une petite Mini-Cooper, très chic et décapotable. La peinture verte du Racing Club britannique était clairement visible sous la couche de poussière de Thasos.

— Qu'est-ce que tu penses de ma voiture de sport ? Plutôt craquante, non ?

Pitt se mit à rire. Non pas tant à cause de son expression exagérée, mais parce que les Anglais étaient bien les seuls à qualifier une voiture de «craquante».

— Parbleu ! Un sacré beau petit lot ! dit-il en essayant d'imiter sa façon de parler. Elle est à toi ?

— Oui, je l'ai achetée neuve le mois passé à Londres et je suis venue ici en la conduisant moi-même depuis Le Havre.

— Combien de temps comptes-tu rester chez ton oncle ?

— J'ai trois mois de vacances, donc je suis là pour six semaines encore environ. Ensuite, je prendrai le chemin du retour, par bateau. Traverser le continent en voiture, c'était très amusant, mais j'étais vraiment sur les genoux en arrivant.

Pitt lui ouvrit la portière, et elle se glissa derrière le volant. Elle farfouilla sous son siège pendant un moment, avant d'en sortir un trousseau de clés. Elle introduisit l'une d'elles dans le contact et fit démarrer le moteur. Le pot d'échappement toussa un peu avant de se mettre à ronfler.

Pitt s'appuya au montant de la portière et l'embrassa avec douceur.

— J'espère que ton oncle ne m'attendra pas avec un fusil.

— Ne t'inquiète pas. Les armes, il se contentera d'en parler. Il apprécie les membres de la Force Aérienne. Il était pilote pendant la Première Guerre mondiale.

— Pas possible, dit Pitt, sarcastique. Je parie qu'il raconte avoir volé avec Richthofen.

— Oh non, il ne se trouvait pas en France. Il a combattu ici, en Grèce.

Les sarcasmes de Pitt s'évanouirent et une bizarre sensation de fraîcheur l'envahit. Il agrippa le montant de la portière si fort que ses articulations pâlirent.

— Est-ce que ton oncle a jamais évoqué le nom de... Kurt Heibert ?

— Souvent. Ils avaient l'habitude de voler en patrouille ensemble.

Elle enclencha la première. Ensuite, elle fit un petit signe à Pitt, en lui souriant.

— A ce soir. Ne te mets pas en retard, chéri. Salut.

Avant que Pitt ait pu dire quoi que ce soit, la voiture miniature s'était éloignée sur la route. Il la suivit du regard, qui zigzaguait vers le nord. Le petit véhicule vert, entouré d'un nuage de poussières, franchit une crête sur la chaussée, et la dernière chose qu'il vit fut la chevelure noire de Teri qui s'agitait dans le vent.

Déjà la chaleur commençait à se faire moins plaisante. En flânant, il reprit le chemin de la base. De son pied nu, il marcha sur un objet pointu. Il poussa un juron étouffé, tout en sautant sur un pied pour essayer de se débarrasser du petit éclat de verre. L'ayant extirpé de son talon avec rage, il l'envoya valser dans un buisson le long de la route. Il reprit sa marche, mais en examinant le sol cette fois, pour s'éviter une nouvelle blessure. C'est alors qu'il remarqua des traces de pas dans la poussière. Quelle que soit la personne qui les avait laissées, elle portait manifestement des gros souliers ferrés.

Pitt s'agenouilla et examina les empreintes. Il pouvait facilement repérer ses propres traces ainsi que celles de Teri puisqu'ils étaient l'un et l'autre pieds nus. Sa bouche se tordit en une grimace sévère. A plusieurs endroits, les traces de chaussures recouvraient les empreintes de pieds nus. Quelqu'un avait donc suivi Teri jusqu'à la plage. Il leva une main pour protéger ses yeux, et regarda en direction du soleil. Il était encore assez tôt, aussi décida-t-il de suivre ces traces.

Les empreintes continuaient jusqu'à mi-chemin sur le sentier et obliquaient ensuite en direction des rochers. Les traces disparaissaient ensuite. Pitt escalada les rocs accidentés, descendit de l'autre côté et retrouva la piste qu'il suivait. Les traces retournaient vers la route, à quelques mètres du sentier cette fois. La branche d'un buisson épineux griffa le bras de Pitt, traçant de fines lignes ensanglantées sur sa peau, mais il n'y prit pas garde. Il s'était mis à transpirer lorsqu'il reprit pied sur la route. C'est là que les empreintes de chaussures ferrées se terminaient et que de larges traces de pneus apparaissaient. Les sculptures des pneus avaient dessiné dans la poussière de la chaussée une piste de forme très particulière, constituée de losanges.

Il n'y avait aucun trafic visible dans aucune direction, aussi Pitt installa-t-il tranquillement sa serviette au beau milieu de la route, s'y assit et entreprit de se figurer mentalement la scène telle qu'elle s'était vraisemblablement déroulée.

Celui qui avait filé Teri avait abandonné ici son véhicule, était allé jeter un coup d'œil à la Mini, puis avait suivi la jeune femme jusque sur la plage. Mais avant d'atteindre la crique, son suiveur avait dû entendre des voix, c'est pourquoi il avait bifurqué pour aller se cacher dans l'ombre des rochers. De là, il avait pu épier Pitt et la fille. Avant que la lumière de l'aube ne soit trop forte, l'intrus s'en était retourné vers la route, en se cachant derrière la ligne de rochers.

Le puzzle était élémentaire, et presque complet, à l'exception de trois pièces manquantes. Pourquoi Teri était-elle suivie, et par qui ? Une pensée surgit dans l'esprit de Pitt, et le fit sourire. La réponse la plus évidente était qu'il s'agissait d'un voyeur du coin. Si c'était bien le cas, le type avait eu droit à plus que ce qu'il espérait.

Un nœud se forma dans l'estomac de Pitt. C'était la troisième pièce manquante qui le préoccupait davantage. Quelque chose ne prenait pas dans cette construction logique. Il examina les traces de pneus à nouveau. Elles étaient trop larges pour appartenir à une voiture ordinaire. Elles n'avaient pu être faites que par un véhicule beaucoup plus massif, un camion par exemple. Il plissa les paupières, et son esprit rumina cette idée. Il n'avait pas pu entendre Teri s'approcher en voiture parce qu'il était endormi. Et le camion avait probablement roulé moteur éteint, avant de s'immobiliser, sans faire aucun bruit.

Dans son intense réflexion, Pitt se tourna vers les dessins de losanges tracés par les roues du camion, et qui couraient jusque sur la plage. La marée montante effaçait toute trace d'activité humaine. Il jaugea la distance entre la route et la mer et se mit à poser le problème à la façon d'un professeur de cinquième.

Si un camion se trouve en un point A et que deux personnes se trouvent sur une plage en un point B, distant de 750 mètres de A, pour quelle raison les deux personnes n'entendraient-elles pas le camion faire démarrer son moteur dans le silence du petit matin ?

La réponse lui échappait, aussi Pitt haussa les épaules et abandonna la partie. Il saisit la serviette, et se l'enroula autour du cou. Il reprit le chemin de la base, en marchant le long de la route déserte et en sifflant «It's a long Way to Tipperary».

CHAPITRE TROIS

Le jeune membre d'équipage à la chevelure blonde largua les amarres, la petite baleinière de huit mètres s'éloigna paresseusement du dock de fortune aménagé près de Brady Field, et entama sa traversée sur le tapis bleu des flots en direction du *First Attempt*. Le quatre-cylindres Buda pétaradait pour emmener la robuste embarcation à la vitesse de huit nœuds, en répandant dans l'atmosphère l'habituelle puanteur des fumées du diesel. Il était presque neuf heures à présent, et le soleil n'avait cessé de chauffer, au point que même la légère brise soufflant sur la mer ne prodiguait aucune fraîcheur.

Pitt se leva et observa la plage qui s'éloignait jusqu'à ce que le dock prenne l'aspect d'une tache sombre sur la ligne des eaux. Ensuite, il hissa ses quatre-vingt-huit kilos à hauteur de la rampe tubulaire qui entourait la poupe de la grande barque et s'y installa de manière plutôt précaire, les fesses au-dessus de l'écume blanche et des remous. Dans cette position plutôt inhabituelle, il pouvait sentir les pulsations de l'arbre de transmission, et en portant le regard directement sous lui, il apercevait l'hélice forant son chemin dans l'eau. La baleinière n'était plus qu'à un quart de mille du *First Attempt* quand Pitt se rendit compte que le jeune membre d'équipage à la barre l'observait avec un air de respect.

— Excusez-moi, sir, mais vous me donnez l'impression d'avoir passé pas mal de temps sur une embarcation de ce genre.

Le marin blond fit un geste de la tête pour montrer la pose de

Pitt sur la rampe. Le jeune homme avait un air académique qui était le signe d'une éducation scientifique. La peau uniformément bronzée par le soleil d'Egée, il portait en tout et pour tout un bermuda, et une longue barbe claire aux poils épars.

Pitt s'agrippa d'une main à la lampe de poupe pour garder l'équilibre et fouilla de l'autre dans sa poche de poitrine à la recherche d'une cigarette.

— Je me servais d'une barque comme celle-ci quand j'étais à l'univ', dit-il négligemment.

— Vous deviez habiter près de la mer, dit le jeune membre d'équipage.

— Newport Beach, en Californie.

— C'est un chouette endroit. J'avais l'habitude d'y aller en voiture quand je suivais les cours de post-graduat au Scripps[1] de LaJolla.

Le visage du jeune homme se fendit d'un large sourire.

— Oh mon vieux, c'était vraiment un endroit terrible question filles. Vous êtes un sacré veinard d'avoir grandi là-bas.

— Je peux imaginer de pires endroits où passer sa jeunesse, dit Pitt.

Voyant que le jeune homme s'était mis à parler en toute liberté, il ajouta, changeant de sujet :

— Dites-moi, quel genre d'ennuis est-ce que vous avez subis sur ce projet ?

— Tout s'est bien passé les deux premières semaines, mais à partir du moment où on a découvert un emplacement à sonder qui donnait l'impression d'être prometteur, les choses ont tourné à l'aigre. Depuis, on n'a plus récolté que des emmerdements.

— Par exemple ?

— La plupart des équipements ont foiré ; des câbles cassés, des pièces manquantes ou bien endommagées, des pannes de générateur, vous voyez, ce genre de trucs.

Ils étaient à proximité du *First Attempt* à présent. Le jeune membre d'équipage reprit la barre et manœuvra pour amener la

[1] SCRIPPS est le nom du fondateur de cet institut de recherche biologique et océanographique, qui étudie le comportement et le mode de communication des poissons et mammifères marins (requins, dauphins, baleines, etc.)

petite embarcation le long de l'échelle de coupée.

Pitt se mit debout et leva les yeux vers le grand navire, examinant son aspect extérieur. Selon les standards maritimes, il s'agissait en fait d'un petit vaisseau : huit cent vingt tonnes, un peu plus de quarante-cinq mètres hors tout. Sa quille avait à l'origine était montée sur un remorqueur dans les chantiers navals hollandais de Rotterdam, un peu avant la Deuxième Guerre mondiale. Immédiatement après que les Allemands eurent envahi les Pays-Bas, son équipage l'emmena en douce vers l'Angleterre où il rendit de précieux et d'extraordinaires services tout au long de la guerre, remorquant des navires torpillés ou endommagés jusque dans les ports britanniques, au nez et à la barbe des U-Boats nazis. A la fin des hostilités en Europe, sa coque fatiguée et délabrée avait été vendue par le gouvernement hollandais à la Marine des Etats-Unis, qui l'annexa aussitôt à sa flotte de réserve. Il dormit bien au chaud dans la naphtaline, à Olympia, Etat de Washington, dans un cocon de plastique gris, pendant plus de vingt-cinq ans. Ensuite, l'Agence Nationale de Recherches Océanographiques, la NUMA, récemment créée, fit l'acquisition de sa dépouille, le reconvertit en un bâtiment moderne de recherches océanographiques, et le rebaptisa *First Attempt*.

Pitt cligna des yeux dans l'éclat de la peinture blanche, qui couvrait le bateau de l'étrave à l'étambot. Il grimpa l'échelle de coupée et, sur le pont, fut accueilli par son vieil ami, le Capitaine de Frégate Rudi Gunn, chef d'équipe et directeur du projet.

— Tu me sembles en bonne santé, dit Gunn sans un sourire, à part tes yeux injectés de sang.

Il prit une cigarette. Avant de l'allumer, il en offrit une à Pitt, qui hocha la tête et se servit.

— J'ai entendu dire que tu avais des problèmes, dit-il.

Le visage de Gunn grimaça.

— Tu parles que j'en ai, lâcha-t-il d'un ton brusque. Je n'ai pas demandé à l'Amiral Sandecker de te faire venir d'aussi loin pour des prunes.

Les sourcils de Pitt se dressèrent sous le coup de la surprise. Gunn n'avait jamais fait preuve d'une telle rudesse. Dans les circonstances normales, le petit commandant était quelqu'un de chaleureux, doué du sens de l'humour.

— T'énerve pas, Rudi, dit Pitt doucement. Mettons-nous à l'abri de ce soleil, et raconte-moi un peu ce que c'est que ce bordel.

Gunn ôta ses lunettes à monture d'écaille et s'épongca le front à l'aide d'un mouchoir roulé en boule.

— Excuse-moi, Dirk, mais c'est la première fois que je vois autant de choses foirer en même temps. C'est vraiment très frustrant. On avait fondé beaucoup d'espoirs sur ce projet. Je crois bien que ça a fini par me mettre de sacrée mauvaise humeur. Même l'équipe m'évite ostensiblement depuis trois jours.

Pitt passa le bras autour des épaules de l'homme et sourit.

— Je promets de ne pas t'éviter, même si tu n'es qu'un affreux petit salopard.

Pendant un instant, Gunn eut l'air ahuri, puis une espèce de soulagement sembla passer dans son regard. Il redressa la tête et se mit à rire.

— Grâce à Dieu, tu es là, déclara-t-il en serrant le bras de Pitt avec fermeté. Il se pourrait que tu ne viennes à bout d'aucun mystère, mais peu importe. Je me sens déjà sacrément mieux de t'avoir à mes côtés.

Il se retourna et indiqua la proue.

— Viens par là. Ma cabine est à l'avant.

Pitt suivit Gunn, qui grimpait le long d'une échelle en pente raide vers le pont supérieur. Ils pénétrèrent ensuite dans une petite cabine qui avait dû être construite par un fabricant de toilettes. Le seul confort, et il était de taille, consistait en un ventilateur, installé en hauteur et qui soufflait un vent frais.

Pitt resta un moment devant cette bouche d'aération et

s'imprégna de cette brise froide. Ensuite, il prit une chaise et s'y installa à califourchon. Les bras posés sur le dossier, il attendit que Gunn commence son exposé.

Gunn ferma le hublot et resta debout.

— Avant que je commence, permets-moi de te demander ce que tu sais de notre expédition en Mer Egée ?

— Tout ce que j'ai entendu, c'est que le *First Attempt* effectue des recherches zoologiques en Méditerranée.

Gunn lui jeta un coup d'œil, atterré.

— Ne me dis pas que l'Amiral ne t'a fourni aucun détail relatif à ce projet avant ton départ de Washington ?

Pitt alluma une autre cigarette.

— Qui te dit que je suis venu directement de la capitale ?

— Je ne sais pas..., fit Gunn avec hésitation. J'avais pensé que...

Pitt l'arrêta, en souriant.

— Je ne me suis pas trouvé à proximité des Etats-Unis au cours des quatre derniers mois.

Il souffla un nuage de fumée en direction du ventilateur et observa le halo bleu qui s'évaporait dans l'air.

— Ton message à Sandecker a eu comme simple résultat de m'envoyer directement sur Thasos. Il a manifestement oublié de te préciser ma provenance et l'heure de mon arrivée. C'est la raison pour laquelle tu t'attendais à me voir jaillir du ciel bleu il y a quatre jours déjà.

— Excuse-moi encore, dit Gunn avec un haussement d'épaule. Tu as raison, évidemment. Je m'étais dit que deux jours était un délai raisonnable pour que ton vieux coucou t'amène ici depuis la capitale. Quand tu as finalement déboulé au beau milieu de ce fiasco, à Brady Field, tu avais déjà quatre jours de retard sur mes prévisions.

— Je n'ai pas pu faire mieux. Giordino et moi avions reçu l'ordre de ravitailler la mission arctique, dont le camp se trouve sur un iceberg au nord du Spitzberg. Juste après notre atterrissage, le blizzard a commencé à souffler, et nous sommes restés cloués au sol pendant soixante-douze heures.

Gunn se mit à rire.

— Tu as donc volé d'une température extrême à l'autre.

Pitt ne répondit pas, se contentant de sourire.

Gunn ouvrit le tiroir supérieur d'un petit bureau trapu et tendit à Pitt une grande enveloppe de papier bulle qui contenait plusieurs dessins d'un poisson d'aspect bizarre.

— As-tu déjà rien vu de semblable ?

Pitt examina les dessins. La plupart étaient l'œuvre d'artistes différents, mais concernaient le même poisson, même si les détails variaient de l'un à l'autre. Le premier consistait en une illustration retrouvée sur un vase datant de l'antiquité grecque. Un autre faisait manifestement partie d'une fresque romaine. Il remarqua que deux d'entre eux remontaient à une époque plus récente. Il s'agissait de dessins stylisés, dépeignant le poisson dans une série de mouvements. Le dernier était la photographie d'un fossile emprisonné dans la roche. Pitt leva les yeux vers Gunn, avec un air interrogatif.

Gunn lui tendit une loupe.

— Tiens, jette un coup d'œil de plus près.

Pitt ajusta la hauteur de la loupe et se mit à scruter chaque illustration. A première vue, le poisson avait l'apparence et la taille du grand thon *Thunnus thynnus,* mais après un examen plus précis, on pouvait voir que les nageoires anales avaient pris l'aspect de petites pattes palmées. Il y avait deux membres semblables situés juste en vis à vis de la nageoire dorsale.

Pitt poussa un léger sifflement.

— Spécimen plutôt étrange, Rudi. Comment appelle-t-on ça ?

— Je n'arrive pas à prononcer le nom latin, mais les scientifiques à bord du *First Attempt* l'ont affectueusement surnommé le *taquin*.

— Pourquoi donc ?

— Parce que, selon toutes les lois naturelles, ce poisson devrait avoir disparu de la surface de la Terre depuis deux millions d'années. Comme tu peux t'en rendre compte sur ces dessins, certains prétendent qu'il existe encore. Tous les cinq ou six ans, il y a un boom dans les apparitions, mais malheureusement pour la science, aucun *taquin* n'a encore été capturé.

Gunn observa la réaction de Pitt, puis détourna le regard.

— S'il existe vraiment un poisson de ce genre, poursuivit-il, il doit posséder des dons de magicien. Il existe littéralement des centaines de témoignages de pêcheurs et d'hommes de science qui sont prêts à jurer, les yeux dans les yeux, qu'ils ont pris un *taquin* à l'hameçon ou dans leur filet, mais qu'il a réussi à s'échapper avant d'être hissé à bord. N'importe quel biologiste au monde donnerait sa couille gauche pour obtenir un spécimen de *taquin*, mort ou vif.

Pitt écrasa sa cigarette dans le cendrier.

— Qu'est-ce qui rend ce poisson tellement important ?

Gunn rassembla les dessins.

— Tu as remarqué que les artistes n'étaient pas d'accord sur l'aspect extérieur de la peau. Ils ont représenté de petites écailles, ou bien ont figuré une peau douce comme celle d'un dauphin, et l'un d'eux a même dessiné une espèce de fourrure pareille à celle d'un lion de mer. Alors, si tu prends en compte la possibilité d'une peau poilue, ajoutée aux excroissances en forme de membres, ça pourrait très bien être les débuts du premier mammifère.

— Exact, mais si la peau était douce, tu te retrouverais avec rien de plus qu'un ancien reptile. La terre en était couverte en ce temps-là.

Les yeux de Gunn miroitèrent d'un sentiment de confiance.

— Le point suivant à considérer est celui-ci : les Taquins vivaient dans des eaux chaudes et peu profondes, et tous les témoignages recueillis ont eu lieu à moins de cinq kilomètres des côtes, et tous concernent cette zone-ci, l'est de la Méditerranée, où la température moyenne descend rarement en-dessous de 17 degrés Celsius.

— Qu'est-ce que ça prouve ? demanda Pitt.

— Rien de très solide, mais vu que les mammifères primitifs survivaient plus facilement sous des climats tempérés, ça laisse une petite chance à la possibilité qu'il en reste encore à notre époque.

Pitt contempla Gunn pensivement.

— Je suis désolé, Rudi. Tu ne m'as pas encore convaincu.

— Je savais que tu avais la tête dure, dit Gunn, c'est pourquoi j'ai gardé le meilleur pour la fin.

Il s'interrompit, ôta ses lunettes et entreprit d'en essuyer les verres avec un kleenex. Puis, il replaça la monture foncée sur son nez aquilin. Il se remit à parler comme s'il était plongé dans un rêve.

— Au cours de la période triasique, en temps géologique, et avant que ne se forment la chaîne de l'Himalaya et celle des Alpes, une mer énorme couvrait une région où se trouvent maintenant le Tibet et l'Inde. Elle s'étendait sur l'Europe Centrale et se terminait avec la Mer du Nord. Les géologues donnèrent un nom à cette gigantesque masse d'eau, et ils l'appelèrent la Mer de Téthys. Tout ce qu'il en reste de nos jours constitue les mers Noire, Caspienne et Méditerranée.

— Tu me pardonneras mon ignorance des ères géologiques, fit Pitt en l'interrompant, mais à quand remonte la période triasique ?

— Entre cent quatre-vingts et deux cent trente millions d'années, répondit Gunn. Pendant cette période survint une avancée importante dans l'évolution des vertébrés, quand les reptiles réalisèrent un grand bond en avant et se dégagèrent franchement de leurs ancêtres primitifs. Certains de ces reptiles marins atteignirent une longueur d'environ sept mètres et devinrent de vrais durs à cuire L'événement le plus remarquable fut l'arrivée des premiers véritables dinosaures, qui apprirent à marcher sur leurs pattes postérieures en se servant de leur queue comme d'une sorte de canne.

Pitt se pencha en arrière et croisa les jambes.

— Je pensais que l'époque des dinosaures arrivait beaucoup plus tard.

— Tu as vu trop de vieux films, dit Gunn en riant. Tu penses sans aucun doute aux monstres qui sont représentés dans les anciens films de science-fiction, et qui attaquent une tribu d'hommes des cavernes chevelus. On y trouve toujours un brontosaure de quarante tonnes ou un féroce tyrannosaure, ou encore un ptéranodon volant qui poursuit une héroïne aux gros seins et à moitié nue à travers une jungle primitive. En réalité, ces dinosaures couvraient la terre entière et ils ont disparu de la surface du globe soixante millions d'années avant que l'homme fasse son apparition.

— Qu'est-ce que ton poisson vient faire là-dedans ?

— Imaginons, si tu veux, un *taquin* d'un mètre de long qui vit, qui gambade, qui fait l'amour et finalement qui meurt quelque part dans la Mer de Téthys. Rien ni personne ne prête attention à l'existence de cette obscure créature qui s'enfonce doucement dans la boue rouge des fonds marins. La sépulture anonyme est recouverte par des sédiments qui se transforment en pierre, tout en constituant une légère couche de carbone. C'est cette trace de carbone qui va garder la forme des tissus du *taquin*, comme si elle était gravée dans les strates profondes. Les années passent, s'ajoutent les unes aux autres, deviennent des millénaires, et les millénaires se succèdent pendant presque une éternité, jusqu'au jour où, au début du printemps, le temps se réchauffe et un fermier des envions de la ville de Neunkirchen en Autriche décide de remuer son champ. Il enfonce sa bêche dans le sol. Et illico presto, notre *taquin*, sous sa forme actuelle d'un fossile en état quasiment parfait, revoit la lumière du jour.

Gunn hésita et passa les doigts dans ses cheveux clairsemés. Il avait les traits tirés, et semblait fatigué, mais ses yeux brillaient d'excitation lorsqu'il parlait du *taquin*.

— Il y a un élément primordial à ne pas perdre de vue, reprit-il. Quand le *taquin* est mort, il n'existait encore aucun oiseau, pas d'abeilles, pas d'animal portant des mamelles, pas de jolis papillons, même les fleurs n'étaient pas encore apparues sur terre.

Pitt étudia à nouveau le cliché du fossile.

— Ça semble presque impossible qu'un être vivant, quel qu'il soit, ait pu survivre aussi longtemps sans subir des changements importants causés par l'évolution.

— Incroyable, non ? Et pourtant, on connaît des cas de ce genre. Le requin est à nos côtés depuis trois cent cinquante millions d'années. La limule existe sous sa forme actuelle, à peu près inchangée depuis plus de deux cents millions d'années. Et bien sûr, il y a l'exemple classique, le cœlacanthe.

— Oui, j'en ai entendu parler, dit Pitt. C'est ce poisson qu'on croyait éteint depuis soixante-dix millions d'années jusqu'à ce qu'on en retrouve un exemplaire, au large des côtes est de l'Afrique.

Gunn acquiesça de la tête.

— Le cœlacanthe s'est révélé une découverte sensationnelle et primordiale, mais ce ne serait rien à côté de ce que pourraient obtenir les scientifiques si on parvenait à capturer un *taquin* dans nos filets.

Gunn s'interrompit un instant pour allumer une autre cigarette. Son regard brillant trahissait sa parfaite concentration.

— Toute l'affaire se résume à ceci : le *taquin* pourrait bien être le chaînon manquant dans l'évolution des mammifères, ce qui inclut l'homme. Ce que je ne t'ai pas dit au sujet de ce fossile découvert en Autriche, c'est qu'il présentait les signes évidents de la présence de mamelles dans son anatomie. Les excroissances et la configuration de ses organes internes, tout cela le place dans la droite ligne de l'arbre de l'évolution, sur la branche qui mène des animaux jusqu'à l'homme.

Pitt jeta un nouveau coup d'œil distrait à la photographie.

— Si ce prétendu fossile vivant est toujours en train de flotter dans le coin sous sa forme originelle, comment aurait-il pu évoluer vers des formes plus avancées ?

— Chaque végétal et chaque animal est comme un membre de familles apparentées, répliqua Gunn. Une des branches peut produire une descendance qui reste stable en taille et en forme, tandis que les cousins vivant de l'autre côté de la montagne produisent une race des géants à deux têtes et quatre bras.

Pitt ne répondit rien. Il alla ouvrir la porte et fit quelques pas sur le pont. L'air chaud lui sauta au visage comme un nuage de vapeur et il fit la grimace. Toutes ces dépenses et tous ces hommes transpirant comme des bêtes pour attraper un poisson puant, pensa-t-il. Sacré bon Dieu, qui se préoccupe de savoir si nos ancêtres étaient des singes ou des poissons — quelle différence au bout du compte ? A la vitesse à laquelle l'espèce humaine courait vers sa propre destruction, elle aura probablement disparu dans mille ans, ou peut-être moins. Il se retourna vers l'ombre de la porte et fit face à Gunn.

— O.K., dit Pitt lentement. Je sais maintenant ce que toi et ta cargaison de cerveaux universitaires êtes en train de chercher. Mais la seule question qui me vient à l'esprit est celle-ci : qu'est-ce que je suis censé faire là-dedans ? Si tu as des problèmes avec des câbles qui se cassent, des générateurs qui défaillent ou des outils qui disparaissent, tu n'as pas besoin de moi. Ce qu'il te faut, c'est un bon mécanicien qui sait comment s'occuper de ton équipement.

Gunn parut un moment dans l'embarras, puis il sourit.

— Je constate que tu as tiré les vers du nez du Dr. Knight.

— Le Dr. Knight ?

— Oui, Ken Knight. Le jeune type qui t'a amené ici dans la baleinière, ce matin. C'est un brillant géophysicien de la marine.

— Voici une description impressionnante, dit Pitt. Il m'a semblé plutôt sympathique pendant cette petite traversée, mais il ne m'a pas donné l'impression d'être brillant.

La chaleur au dehors était devenue torride et la rambarde métallique miroitait de façon inquiétante. Sans y penser, Pitt posa la main sur le métal et poussa aussitôt un juron causé par la brûlure qui venait d'incendier sa paume. Tout à coup, cette douleur le fit bouillir d'un intense sentiment d'exaspération. Il retourna dans la cabine, en claquant la porte derrière lui.

— Cessons ce petit jeu merdique, lança-t-il d'un ton acerbe. Dis-moi simplement quel miracle je suis sensé réaliser pour déposer un *taquin* dans ta cheminée et je me mets tout de suite au boulot.

Il s'allongea sur la couchette de Gunn, prit une longue respiration, et se détendit quelque peu sous l'effet apaisant de la fraîcheur régnant dans la cabine. Il jeta un coup d'œil à Gunn dans l'autre coin de la pièce. Le visage de celui-ci était sans expression, mais Pitt le connaissait assez pour percevoir sa gêne. Pitt eut un sourire, se releva et alla prendre Gunn par les épaules.

— Je ne tiens pas à passer pour un mercenaire, mais si tu veux que je rejoigne ta troupe de pirates scientifiques, ça va au moins te coûter un verre. Toute cette discussion m'a donné sacrément soif.

Gunn rit avec soulagement et utilisa l'intercom pour demander qu'on lui apporte de la glace de la cuisine. Ensuite, il sortit une bouteille de Chivas Regal et deux verres du tiroir du fond de son bureau.

— Pendant qu'on attend la glace, tu pourrais prendre connaissance de ce rapport que j'ai établi au sujet des disfonctionnements du matériel, dit-il en tendant une chemise de couleur jaune à Pitt. J'ai relaté chaque incident en détail et dans un ordre chronologique. Au début, j'ai cru qu'il s'agissait d'accidents purs et simples, je me suis dit qu'on n'avait simplement pas beaucoup de chance, mais à présent la situation est allée beaucoup trop loin pour que cela reste du domaine des simples coïncidences.

— Est-ce que tu as découvert des signes de tripatouillages ou de sabotages ? demanda Pitt.

— Pas le moindre.

— Le câble rompu dont Knight m'a parlé, est-ce qu'il a été coupé ?

— Non, les bouts étaient effilochés, répondit Gunn avec un haussement d'épaules. Mais c'est un autre mystère. Je vais t'expliquer.

Il fit une pause pour secouer la cendre de sa cigarette, puis reprit.

— Nous travaillons avec une marge de sécurité de cinq pour un. Par exemple, si les spécifications du câble précisent qu'il existe un danger qu'il se rompe sous une traction de dix mille kilos, nous ne l'utilisons jamais pour soulever des masses de plus de deux mille kilos. C'est grâce à cette large marge de sécurité que la NUMA ne déplore à ce jour aucun accident mortel survenu au cours de ses missions. La vie des gens qui travaillent dans ce cadre est plus importante à nos yeux que les découvertes scientifiques. L'exploration sous-marine reste une occupation à risques et la liste est longue des noms de ceux qui, avant nous, sont morts pour avoir essayé de percer le secret des mers.

— Quelle était la marge de sécurité quand ton câble s'est brisé ?

— J'allais y venir. La marge était près de six pour un. La traction dans ce cas précis n'était pas supérieure à dix-huit cents kilos. On a eu beaucoup de chance que personne ne soit blessé par le coup de fouet du câble au moment de sa rupture.

— Est-ce que je peux y jeter un coup d'œil ?

— Bien sûr. J'ai gardé les deux bouts en sachant que tu allais venir.

Quelqu'un frappa lourdement à la porte et un jeune garçon aux cheveux roux, qui n'avait pas plus de dix-huit ou dix-neuf ans, entra dans la cabine, porteur d'un petit seau à glace. Il le déposa sur le bureau et se tourna vers Gunn.

— Vous désirez autre chose, sir ?

— Oui, tu peux encore faire quelque chose pour moi, dit Gunn. Cours au pont d'entretien et déniche-moi les sections du câble qui s'est cassé récemment. Tu me les ramèneras ici.

— Bien, sir.

Le garçon fit un brusque demi-tour et quitta rapidement la cabine.

— Un des membres de l'équipage ? demanda Pitt.

Gunn distribua la glace, laissant tomber les cubes dans le scotch. Ensuite, il tendit un verre à Pitt.

— Oui, dit-il. Nous avons huit membres d'équipage et quatorze scientifiques à bord.

Pitt agita son verre pour remuer les glaçons.

— Est-il possible que l'une de ces vingt-deux personnes soit responsable de tes problèmes ?

Gunn remua la tête.

— J'y ai pensé, j'en ai même fait des cauchemars, et j'ai étudié à fond le dossier de chacun d'eux à cinq reprises au moins. Et après tout ça, je ne vois pas quel motif plausible pourrait avoir l'un d'entre eux d'entraver le projet.

Gunn s'arrêta et avala une gorgée d'alcool.

— Non, je suis persuadé que l'opposition vient d'ailleurs. Quelqu'un, pour une raison encore inconnue, veut nous empêcher de chercher un poisson qui n'existe peut-être même pas.

Le garçon revenait déjà avec les deux moitiés du câble cassé. Il tendit l'acier torsadé à Gunn et sortit aussitôt, refermant la porte derrière lui.

Pitt but une autre gorgée de son scotch et sauta de la couchette. Il posa son verre sur le bureau de Gunn et, tenant le câble entre ses doigts, il en examina les bouts avec attention.

Cela ressemblait à n'importe quel câble graisseux. Chaque morceau était long d'une soixantaine de centimètres et était constitué de 2400 brins d'acier tressés, d'un diamètre standard de cinq huitièmes de pouce. Le câble ne s'était pas brisé de manière nette. Les cassures s'étalaient sur une longueur de trente centimètres, ce qui donnait aux brins effilochés l'aspect irrégulier et ébouriffé de queues de cheval.

Quelque chose attira l'attention de Pitt. Il prit la loupe posée sur le bureau et observa les bouts de câble à travers la lentille grossissante. Ses yeux se mirent à briller de façon plus intense et ses lèvres se retroussèrent lentement en une grimace de satisfaction. Un sentiment familier d'excitation et d'intrigue courut dans ses veines. Après tout, cette affaire pourrait bien se révéler intéressante, pensa-t-il.

— Tu vois quelque chose ? demanda Gunn.

— De grandes choses, répondit Pitt. Quelque part sur la piste que tu as toi-même trouvée, se tient un ennemi qui ne veut pas vous voir pêcher plus longtemps sur son territoire.

Le visage de Gunn s'enflamma et il ouvrit de grands yeux.

— Qu'est-ce que tu as trouvé ?

— Ce câble a été délibérément coupé, dit froidement Pitt.

— Que veux-tu dire, coupé ? s'écria Gunn. Où vois-tu la preuve d'un acte malhonnête ?

Pitt lui tendit la loupe.

— Observe les cassures. Elles descendent en spirale et se resserrent vers le noyau. Et regarde les brins, on dirait qu'ils ont été écrasés. Si on tire de chaque côté d'un câble de ce diamètre jusqu'à ce qu'il se brise, les brins sont nets et les bouts ont tendance à pointer vers l'extérieur, en s'écartant du noyau. Ce n'est pas ce qui s'est passé dans ce cas-ci.

Gunn examina le câble cassé.

— Je ne comprends pas. Qu'est-ce qui a bien pu causer une chose pareille ?

Pitt demeura pensif pendant un moment.

— Je pense à du Primacord, dit-il enfin.

Gunn en fut abasourdi. Ses yeux s'ouvrirent tout grand derrière ses lunettes.

— Tu n'es pas sérieux ? C'est un explosif, non ?

— En effet, dit Pitt calmement. Le Primacord ressemble à de

la ficelle ou de la corde et on peut lui donner n'importe quelle épaisseur. La plupart du temps, on l'utilise pour abattre des arbres ou pour programmer plusieurs explosions simultanées à différents endroits. Ça explose comme des fusées mais beaucoup plus rapidement, presque à la vitesse de la lumière.

— Mais comment quelqu'un aurait-il pu placer des explosifs sous le bateau sans être vu ? L'eau est transparente comme du cristal dans le coin. La visibilité est de plus de trois cents mètres. Un des scientifiques ou un des hommes d'équipage remarquerait n'importe quel intrus... Et je ne parle même pas du bruit de l'explosion.

— Avant que j'essaye de répondre à ça, permets-moi de te poser deux questions. Quel était l'équipement attaché au câble quand il s'est rompu ? Et à quel moment avez-vous découvert la cassure ?

— Le câble était attaché à la chambre de décompression sous-marine. Les plongeurs avaient travaillé à plus de cinq cents mètres de profondeur et c'est pourquoi il était nécessaire de commencer la décompression sous l'eau, par paliers, pour éviter le mal des caissons. Nous avons découvert le câble cassé à environ 7 heures du matin, juste après le petit déjeuner.

— J'en déduis que vous laissez la cabine immergée pendant la nuit.

— Non, répliqua Gunn, nous avons l'habitude de mettre la cabine de décompression à l'eau un peu avant l'aube, de sorte qu'elle est en place et prête à accueillir les plongeurs en cas d'urgence dès le matin.

— Voilà ta réponse ! s'écria Pitt. Quelqu'un a nagé alors que je jour n'était pas levé, s'est approché du câble dans l'obscurité et a placé le Primacord. La visibilité est peut-être de trois cents mètres quand le soleil brille, mais la nuit, elle fait moins de trente centimètres.

— Et le bruit de l'explosion ?

— Elémentaire mon cher Gunn, dit Pitt en souriant. J'estime

qu'une petite quantité de Primacord détonant à environ une vingtaine de mètres de profondeur doit produire un son très semblable au bang du mur du son d'un des jets F-1O5 de Brady Field.

Gunn regarda Pitt avec respect. La thèse était plutôt solide, et manifestement, il n'y voyait pas grand-chose à redire. Son front se plissa.

— Qu'est-ce qu'on fait alors ?

Pitt termina le scotch et fit claquer son verre en le déposant sur le bureau de Gunn.

— Tu continues simplement à baigner dans la saumure, et tu essayes d'attraper ton *taquin*. Moi, je vais retourner sur l'île, et voir si je peux me mettre en chasse. Il se pourrait qu'il y ait un rapport entre tes ennuis et l'attaque de Brady Field d'hier. L'étape suivante sera de découvrir qui est responsable de ce bordel et quelles sont ses motivations.

Soudain la porte s'ouvrit et un homme bondit dans la cabine. Il ne portait qu'un minuscule maillot de bain et une large ceinture où étaient accrochés un couteau et un filet de nylon. Ses cheveux humides et décolorés par le soleil étaient striés de jaune clair et son nez et sa poitrine étaient semés de taches de rousseur. L'eau dont il était couvert dégouttait sur le tapis autour de ses pieds, formant déjà des auréoles sombres.

— Commandant Gunn, cria-t-il avec excitation. J'en ai vu un ! Je viens vraiment de voir un *taquin*, en face, à moins de dix mètres de mon masque.

Gunn sauta sur ses pieds.

— Vous êtes sûr ? Est-ce que vous avez pu le voir de plus près ?

— Mieux que ça, sir, je l'ai pris en photo.

L'homme aux taches de rousseur se redressa, souriant de toutes ses dents.

— Si seulement j'avais eu un fusil à harpon, reprit-il, j'aurais pu l'attraper, mais j'étais en train de photographier les bancs de corail avec mon appareil.

— Vite, lança Gunn. Apportez ce film au labo pour qu'ils le développent.

— Oui, sir.

Le type pivota et repassa la porte, aspergeant Pitt de quelques gouttes d'eau salée au passage.

Le visage de Gunn était content mais résolu.

— Seigneur ! s'exclama-t-il. Dire que j'étais tout près d'abandonner, et de rentrer chez moi la queue entre les jambes. Et maintenant, nom de Dieu, me revoilà coincé sur ce bateau jusqu'à ce que je meure de vieillesse ou bien que je finisse par attraper un *taquin*.

Ses yeux brillaient alors qu'il regardait Pitt.

— Eh bien, Major, qu'est-ce que vous en pensez ?

Pitt haussa légèrement les épaules.

— Personnellement, je préfère pêcher les filles.

Sans beaucoup d'effort, son esprit cessa de songer à ce qui venait de l'occuper, tandis que naissait l'aguichante image de Teri allongée sur la plage, dans son bikini rouge.

CHAPITRE QUATRE

Il était cinq heures passées de quelques minutes quand Pitt fut de retour dans ses quartiers de Brady Field. Après s'être débarrassé de ses vêtements poisseux en quelques secondes, il se précipita vers une des étroites cabines de douche. Il tenait tout juste à l'intérieur, la tête coincée dans un angle, le dos pressé contre le carrelage humide, ses jambes poilues repliées à quatre-vingt-dix degrés dans l'autre coin. Pour n'importe quel observateur, cette position aurait semblé une contorsion plutôt fatigante pour les articulations. Mais Pitt la jugeait parfaitement confortable et y trouvait une immense satisfaction. Lorsqu'il en avait le loisir, il avait l'habitude de se détendre sous la douche de cette façon. Quelquefois, il s'assoupissait, mais le plus souvent il mettait à profit l'ambiance de pluie artificielle et la solitude pour réfléchir. Pour l'heure, une multitude de questions troublantes lui venaient à l'esprit.

Il se mit à jongler mentalement avec les faits établis et avec les inconnues, pour les assembler en un seul plan d'ensemble et se concentrer sur les problèmes les plus importants. Mais en vain. Ses pensées s'égaraient au hasard et revenaient avec obstination se fixer sur une énigme mineure et négligeable, celle qui concernait le camion sur la plage, ce camion qui n'avait fait aucun bruit en démarrant.

Pour quelque inexplicable raison, ce mystère l'agaçait. Il s'efforça de le repousser au second plan, mais n'y parvint pas. En désespoir de cause, il décida de se concentrer sur ce détail, il ferma les yeux et se représenta la scène, avec l'espoir d'y dénicher un signe ou une solution.

Tout à coup, une silhouette floue apparut de l'autre côté de la paroi translucide.

— Oh, là, dans la douche.

La voix de Giordino couvrit le bruit de l'eau jaillissante.

— Tu es là dedans depuis quasiment une demi-heure. Tu dois être complètement imbibé, non ?

Pitt abdiqua devant cette intrusion, leva la main et ferma le robinet.

— Tu ferais bien de te dépêcher, cria Giordino.

Puis il se rendit compte que l'eau s'était arrêtée de couler, et reprit d'un ton plus bas.

— Le Colonel Lewis s'amène ici. Il sera là d'une seconde à l'autre.

Pitt laissa échapper un soupir. Il passa en position assise, avant de prendre appui sur ses pieds pour se remettre debout, assez maladroitement. Il faillit glisser sur le sol de carrelage lisse. Une serviette vola par-dessus la porte de douche et s'abattit sur sa tête. A la seule pensée d'être pressé et bousculé pour faire bonne figure devant un officier de haut rang, ses poils se hérissèrent. Il lança un regard furieux à travers le panneau de verre translucide.

— Dis au Colonel Lewis de prendre un peu de bon temps en m'attendant, déclara-t-il d'un ton glacial. Je sortirai d'ici quand j'en aurai envie, sacré nom d'un chien. Et maintenant, fous le camp de ma salle de bain, espèce de bâtard, avant que je te flanque une brique de savon dans le cul.

Brusquement, Pitt sentit ses joues s'échauffer. Il n'avait pas eu l'intention de se montrer à ce point grossier envers son vieil ami. Le regrettant aussitôt, il fut pris de remords.

— Excuse-moi, Al. Je déconnais.

— Ça ne fait rien.

Sans rien ajouter, Giordino haussa les épaules et quitta la

salle de bain, refermant la porte derrière lui.

Pitt se sécha vivement, puis se rasa. Après en avoir terminé, il nettoya le rasoir électrique, le débarrassant des minuscules poils noirs, puis s'aspergea le visage de British Sterling, sa lotion après-rasage. Lorsqu'il pénétra enfin dans la chambre, Giordino et le Colonel Lewis l'attendaient.

Lewis avait pris place sur le bord du lit et tortillait le bout de sa gigantesque moustache rousse en guidon de bicyclette. Sa large face vermeille et ses yeux d'un bleu étincelant, en plus du buisson qui garnissait sa lèvre supérieure, tout lui donnait l'aspect d'un joyeux bûcheron. Ses gestes et ses paroles étaient alertes, presque saccadés, donnant à Pitt l'impression que le Colonel avait un kilo d'éclats de verre dans le fond de son pantalon.

— Désolé de débarquer chez vous de cette manière, mugit Lewis. Mais j'aimerais savoir si oui ou non vous avez appris quelque chose au sujet de l'attaque d'hier.

Pitt était complètement nu, mais il fit comme si de rien n'était.

— Non, rien de positif. J'ai plusieurs pressentiments, et deux ou trois idées, mais pas assez de faits avérés pour échafauder quelque chose de concret.

— J'avais espéré que vous aviez déniché une piste. Mon escadrille d'investigation aérienne a fait chou blanc.

— Avez-vous retrouvé des débris de l'Albatros ? demanda Pitt.

Du plat de la main, Lewis essuya son front en sueur.

— Si ce vieux coucou s'est abîmé en mer, il n'a laissé aucune trace, pas la plus petite tache d'huile. On dirait que l'appareil et son pilote se sont évanouis dans les airs.

— Peut-être a-t-il réussi à rejoindre le continent, dit Giordino.

— Négatif, répondit Lewis. On n'a pas trouvé un chat là-bas qui l'ait vu arriver ou même passer.

Giordino remua la tête pour acquiescer.

— Un vieil appareil peint en jaune éclatant et qui vole à la vitesse maximale de cent-soixante kilomètres-heure ne pourrait pas ne pas attirer l'attention s'il empruntait le détroit vers la Macédoine.

— Ce qui est le plus troublant, dit Lewis en sortant un paquet de cigarettes, c'est que cet assaut a été parfaitement planifié et exécuté. Quel que soit celui qui a attaqué la base, il savait qu'aucun appareil n'était prévu ni au décollage ni à l'atterrissage, au moment où il avait décidé de bombarder.

Pitt boutonna sa chemisc et ajusta les feuilles de chêne en or sur ses épaules.

— Obtenir des informations n'a pas dû être trop difficile, puisque tout le monde sur Thasos sait que, le dimanche, Brady Field se transforme en cité fantôme. En fait, toute cette affaire ressemble de fort près, du point de vue stratégique, à l'attaque de Pearl Harbour par les Japonais, même pour ce qui est de se faufiler entre la rangée de montagnes de l'île.

— Vous avez raison, évidemment, répondit Lewis en allumant sa cigarette, tout en prenant garde de ne pas faire roussir sa moustache. Le fait est que l'arrivée inattendue de votre hydravion a pris notre agresseur par surprise, ainsi que nous-mêmes d'ailleurs. Notre propre radar n'a pas pu repérer votre approche, puisque vous voliez au ras des eaux depuis trois cents kilomètres.

Il exhala un nuage de fumée.

— Je n'arrive pas à vous dire à quel point nous avons été surpris et heureux de vous voir jaillir dans le soleil, aux commandes de votre vieux coucou.

— Cela a dû surprendre notre ami dans l'Albatros également, dit Giordino avec un sourire. Vous auriez vu sa mâchoire tomber quand il a relevé la tête et qu'il nous a aperçus pour la première fois !

— Personne ne s'attendait à nous voir, précisa Pitt en serrant son nœud de cravate, parce que Brady Field n'entrait pas dans mon plan de vol. Au départ, j'avais prévu de me poser sur l'eau près du *First Attempt*. C'est pourquoi ni notre avion fantôme ni le contrôle de Brady n'étaient informés de l'heure de notre arrivée.

Il s'interrompit, et réfléchit un instant, le regard braqué sur Lewis.

— Je vous conseille vivement, Colonel, de prendre les mesures de défense les plus extrêmes. J'ai comme l'impression que ce n'est pas la dernière fois que nous aurons vu l'Albatros.

Lewis contempla Pitt avec curiosité.

— Qu'est-ce qui vous fait croire qu'il va revenir ?

Un éclair passa dans les yeux de Pitt.

— Son but était clair : attaquer la base, dit-il. Et il ne s'agissait pas pour lui de tuer des hommes ou de détruire des appareils appartenant aux Etats-Unis. Son projet était simplement de semer la panique.

— Qu'espérait-il obtenir de cette manière ? demanda Giordino.

— Arrêtons-nous pour y songer un moment, répondit Pitt en jetant un coup d'œil à sa montre. Si la situation actuelle se révèle vraiment menaçante et dangereuse, Colonel, il va vous falloir évacuer tous les civils américains en direction du continent.

— Oui, en effet, admit Lewis. Mais pour l'instant, je ne vois pas de raison valable d'en arriver là. Le gouvernement grec m'a promis son entière collaboration dans la recherche de l'appareil et de son pilote.

— Mais si vous estimiez qu'il y a de bonnes raisons pour évacuer ? reprit Pitt. Est-ce que vous donneriez des ordres au Commandant Gunn pour qu'il éloigne le *First Attempt* de la zone de Thasos ?

Lewis plissa les paupières.

— Par mesure de sécurité, bien entendu, dit-il. Ce navire blanc constitue une cible sacrément tentante pour un agresseur aérien.

Pitt pressa la molette de son Zippo pour allumer une cigarette, puis déclara :

— Croyez-moi ou non, sir, voici la réponse à vos questions.

Giordino et Lewis échangèrent un regard, puis se tournèrent vers Pitt, l'air déconcerté.

— Comme vous le savez, Colonel, reprit Pitt, l'Amiral Sandecker nous a envoyés vers Thasos, Giordino et moi, pour enquêter sur les incidents étranges survenus au cours d'une mission off-shore de la NUMA. Ce matin, au cours d'une conversation avec le Commandant Gunn, j'ai découvert la preuve d'un sabotage. Cela m'amène à penser qu'il existe un lien entre le raid et les accidents à bord du *First Attempt*. Maintenant, si nous suivons cette hypothèse, on peut commencer à comprendre que Brady Field n'était pas l'objectif principal de notre agresseur fantôme. Le raid n'était qu'une façon détournée de chasser le Commandant Gunn et le *First Attempt* des eaux de Thasos.

Lewis observa Pitt pensivement.

— Je suppose que la question suivante est : pourquoi ?

— Je ne connais pas encore la réponse, dit Pitt. Mais je suis persuadé que notre mystérieux ami, avec ses dons pour le théâtre, doit avoir une raison de la plus haute importance. Il n'aurait certainement jamais employé des moyens aussi tordus s'il n'avait mis que des piécettes dans le pot. Son jeu doit vraisemblablement cacher quelque chose de grande valeur et les chercheurs de la NUMA sont peut-être à la veille de tomber dessus par hasard.

— Ce quelque chose dont vous parlez pourrait être un trésor englouti, dit Lewis, les lèvres luisantes.

Pitt tira de sa valise une casquette de marin et se la posa sur la tête de manière désinvolte.

— C'est une conclusion assez logique.

Le regard de Lewis se perdit dans le vague, et il ajouta, à voix basse :

— Je voudrais bien savoir de quoi il s'agit, et quelle peut être sa valeur.

Pitt se tourna vers Giordino.

— Al, contacte l'Amiral Sandecker et demande-lui de rechercher tous les cas de trésors disparus ou engloutis en Mer Egée, dans les environs de Thasos, et de nous faire parvenir la réponse aussi vite que possible. Dis-lui que c'est urgent.

— C'est comme si c'était fait, dit Giordino. Il est onze heures du matin à Washington, donc on peut obtenir la réponse pour le petit déjeuner de demain.

— Il me semble qu'on avance, mugit Lewis. Au plus tôt j'aurai des réponses, au plus tôt j'aurai le Pentagone hors des pieds. Est-ce que je peux vous être utile en quoi que ce soit ?

Pitt jeta un nouveau coup d'œil à sa montre avant de répondre.

— Comme disent les scouts, «Toujours prêts !». C'est tout ce qu'on peut faire pour le moment. Vous pouvez être sûr que Brady Field et le *First Attempt* sont observés de près. Lorsqu'il sera clair que personne n'est évacué et que le navire océanographique continue de flotter sur la Mer Egée, nous pourrons nous attendre à une nouvelle visite de l'Albatros jaune. Vous avez déjà eu votre tour, Colonel. A mon avis, le suivant sera celui du Commandant Gunn.

— Je vous prie de dire au Commandant, répliqua Lewis, que je lui fournirai toute l'assistance dont je dispose.

— Merci bien, sir, dit Pitt. Mais je ne pense pas qu'il serait avisé de prévenir le Commandant Gunn pour l'instant.

— Pour l'amour du ciel, et pourquoi pas ? sursauta Giordino.

Pitt eut un froid sourire.

— Autant qu'on sache, tout ceci n'est encore que pures conjectures. En outre, tous préparatifs à bord du *First Attempt* entraînerait la faillite de notre plan. Non, il nous faut appâter notre fantôme de la Première Guerre mondiale pour le faire sortir de son trou.

Giordino contempla Pitt avec calme.

— Tu ne peux pas mettre en péril la vie des scientifiques et des hommes d'équipage sans même leur donner une chance de se défendre.

— Gunn n'est pas directement en danger. Notre pilote fantôme va vraisemblablement attendre au moins encore un jour, pour s'assurer que le *First Attempt* reste ou s'en va, avant d'attaquer à nouveau.

Pitt sourit jusqu'à faire plisser les rides au coin de ses yeux.

— Pendant ce temps-là, je vais mettre à profit mon talent créatif pour imaginer le plan d'un piège.

Lewis se mit debout et se tourna vers Pitt.

— Pour la sécurité de tous ces gens sur le navire, j'espère que votre plan sera bon.

— Aucun plan n'est considéré comme sans défauts, rétorqua Pitt, jusqu'à ce qu'il ait fait ses preuves.

— Je fais un saut à la base d'opérations, dit Giordino en se dirigeant vers la porte, et j'envoie le message à l'Amiral.

— Lorsque vous en aurez terminé, dit Lewis, rejoignez-moi dans mes quartiers pour le dîner.

Tortillant sa moustache, il se tourna vers Pitt.

— Vous êtes invité aussi. Qu'est-ce que vous diriez d'un petit festin ? Je vais vous préparer ma célèbre spécialité : les escalopes au vin blanc et aux champignons.

— Cela me paraît très appétissant, dit Pitt. Mais j'ai bien peur de devoir refuser. J'ai déjà accepté une autre invitation à dîner... Celle d'une dame ravissante.

Giordino et Lewis en restèrent bouche bée, ahuris, tandis que Pitt essayait de garder un air nonchalant.

— Elle doit envoyer une voiture me prendre à la porte principale à six heures, dit-il. Ce qui me laisse environ deux minutes trente pour m'y rendre. Je crois que je ferais bien d'y aller. Bonsoir, Colonel, et encore merci pour votre invitation. A charge de revanche, poursuivit-il, puis se tournant vers Giordino, il ajouta : Al, préviens-moi à la minute même où la réponse de l'Amiral arrivera.

Il fit volte-face, ouvrit la porte et quitta la pièce.

Lewis remuait lentement la tête.

— Est-ce qu'il raconte des conneries, ou bien il a vraiment rendez-vous avec une fille ?

— Je n'ai jamais vu Dirk raconter de conneries quand il s'agit de femmes, sir, dit Giordino.

L'état de stupeur de Lewis commençait à l'amuser.

— Mais où a-t-il bien pu la rencontrer ? A ma connaissance, il n'a été nulle part, excepté à la base et sur le navire.

— Ça me dépasse, dit Giordino avec un haussement d'épaules. Mais connaissant Pitt comme je le connais, ça ne m'étonnerait pas qu'il ait déniché une fille sur le chemin qui sépare l'entrée du camp et le quai d'embarquement... Un kilomètre à peine.

Le rire de Lewis explosa dans la pièce.

— Eh bien, allons-y, Capitaine, dit-il. Je n'ai rien d'une fille sexy, mais au moins je sais cuisiner. Qu'est-ce que vous pensez de ces escalopes ?

— Pourquoi pas ? dit Giordino. C'est la meilleure proposition qu'on m'ait faite, à moi, cet après-midi.

CHAPITRE CINQ

L'atmosphère de fournaise commençait à se rafraîchir, tandis que le soleil disparaissait derrière les monts de Thasos. Les ombres immenses et dentelées des sommets boisés des collines s'allongeaient sur leurs flancs et atteignaient déjà les abords de Brady Field quand Pitt emprunta l'entrée principale. Une fois dehors, il s'arrêta sur la chaussée et inhala une bouffée d'air pur de la Méditerranée, goûtant la sensation de picotement dans ses poumons. Comme d'habitude, l'envie d'une cigarette le titilla, mais il la repoussa en aspirant une nouvelle bouffée d'air, le regard en direction du large. Par delà les vagues déferlantes, le soleil couchant avait peint le *First Attempt* d'un magnifique orange doré. L'air était d'une pureté cristalline et, à plus de trois kilomètres, ses yeux parvenaient à distinguer une foule extraordinaire de détails à bord du navire. Il resta immobile et tranquille pendant deux bonnes minutes, perdu au sein de ce spectacle magnifique. Puis il jeta un coup d'œil aux alentours, cherchant la voiture que Teri avait promis de lui envoyer.

Elle était là, rangée sur le bord de la route, semblable à un yacht à l'ancre, superbe et somptueuse.

— Que Dieu me damne, dit Pitt dans un murmure, en observant la voiture.

Il s'approcha et son visage trahit son admiration pour les automobiles de collection.

Celle-ci était une Maybach-Zeppelin en parfait état, disposant même de la vitre coulissante qui séparait le compartiment des passagers du siège du chauffeur, dont l'habitacle était à l'air libre et exposé au soleil. Au-delà du gros écusson en double M qui ornait le radiateur, le capot s'allongeait sur plus d'un mètre quatre-vingts et se terminait par un étroit pare-brise, conférant à la voiture une grande puissance animale. Les longues ailes gracieuses et les marchepieds étaient d'un noir étincelant, alors que le reste de la carrosserie était peint d'argent sombre. Il s'agissait d'un classique parmi les classiques ; le travail soigné des artisans allemands éclatait dans chaque détail, chaque écrou et chaque boulon. Si la Rolls-Royce Phantom III de 1936 personnifiait l'idéal britannique d'efficacité mécanique distinguée et silencieuse, son équivalent avait été atteint en Allemagne la même année avec la Maybach-Zeppelin.

Pitt s'approcha davantage de la voiture et posa la main droite sur le gigantesque pneu de rechange solidement arrimé à la grille du radiateur. Il fit une grimace de satisfaction en constatant que la bande du pneu portait de profondes sculptures en losanges. Il tapota à deux ou trois reprises le pneu semblable à un énorme beignet, et se tourna ensuite pour jeter un coup d'œil sur le siège avant.

Le chauffeur était affalé derrière le volant et, du bout des doigts, tambourinait négligemment sur le montant de la portière. Pour prouver qu'il n'avait pas seulement l'air ennuyé, il se mit à bâiller. Il portait une tunique gris-vert qui ressemblait étrangement à un uniforme nazi de la Deuxième Guerre mondiale ; mais ni les manches ni les épaulettes n'arboraient d'insignes. Une casquette à larges bords couvrait son crâne, mais on parvenait néanmoins à distinguer qu'il avait les cheveux blonds grâce au léger indice que constituaient ses rouflaquettes. Une paire de lunettes démodées, cerclées d'argent, cachaient ses yeux et brillaient dans la lumière du soleil couchant. Une longue et fine cigarette pendait à un coin de sa bouche, crispée en une moue méprisante, ce qui lui donnait un air de prétention et d'arrogance qu'il ne faisait rien pour dissimuler.

Instantanément le chauffeur déplut à Pitt. Posant le pied sur le marchepied, il examina avec pénétration le personnage en uniforme derrière le volant.

— Je crois que vous m'attendez. Je m'appelle Pitt.

Le chauffeur aux cheveux blonds ne prit même pas la peine de lui retourner son regard. Il envoya simplement valser sa cigarette sur la chaussée, par-dessus l'épaule de Pitt, se redressa et mit le contact.

— Si vous êtes l'éboueur américain, dit-il avec un fort accent germanique, vous pouvez monter.

Pitt sourit, mais son regard se durcit.

— Devant avec l'infecte populace ou à l'arrière avec la noblesse ?

— Où ça vous chante, dit le chauffeur.

Son visage était devenu cramoisi, mais il ne tourna pas davantage la tête pour regarder Pitt.

— Merci, dit ce dernier sans sourciller. Je vais choisir l'arrière.

Il manœuvra la lourde poignée chromée, ouvrit la porte pareille à celle d'un caveau et s'introduisit dans la voiture. Un rideau roulé, d'un style ancien, était installé sur le bord supérieur de la cloison vitrée, et Pitt le tira jusqu'en bas, dissimulant le chauffeur à sa vue.

Ensuite, il s'enfonça confortablement au creux de la banquette garnie d'un maroquin délicat et précieux, alluma une cigarette et se disposa à apprécier cette balade de fin de journée à travers l'île de Thasos.

Le moteur de la Maybach reprit lentement vie, le conducteur passa en vitesse dans un bruissement et fit avancer l'immense véhicule sur la route en direction de Liménas.

Pitt baissa la vitre d'une des portières et observa les pins et les châtaigniers qui parsemaient le flanc des collines, ainsi que les oliviers centenaires qui bordaient les plages étroites. Çà et là, de petits champs de tabac et de blé apparaissaient au sein du paysage accidenté et cela lui rappela les fermes qu'il avait souvent aperçues en survolant le sud des Etats-Unis.

La voiture était déjà en train de traverser le pittoresque village de Panaghia, faisant gicler les quelques flaques qui déparaient les rues garnies de vieux pavés. La plupart des maisons étaient de couleur blanche, pour refléter la chaleur de l'été. Les toits s'élevaient dans le ciel que la lumière abandonnait peu à peu, et se rejoignaient presque par-dessus les rues étroites, leurs bords se tendant l'un vers l'autre. Quelques minutes suffirent pour parvenir aux limites de Panaghia et, aussitôt, Liménas fut en vue. C'est alors que la voiture vira sèchement, évitant le centre de la petite cité, et pointa son capot de dinosaure vers un chemin poussiéreux et escarpé. La pente commençait en douceur, mais très vite elle se transforma en une série plutôt raide de virages en épingle à cheveux.

Pitt pouvait percevoir les efforts du chauffeur au volant de la Maybach ; la lourde voiture citadine avait davantage été conçue pour d'occasionnelles balades sur Unter den Linden plutôt que pour des périples brise-ressorts sur des sentiers muletiers. Le regard de Pitt plongeait au fond de véritables précipices donnant sur la mer, et il se demanda ce qui se passerait si un autre véhicule arrivait en face. Ensuite, il eut à nouveau une vue dégagée sur l'avant. Un large espace blanc avait été aménagé, s'appuyant sur les contreforts gris foncé des collines. Les virages prirent fin et les gros pneus aux moulures en losanges roulèrent sans plus d'à-coups sur la surface plane d'une allée.

Pitt fut passablement impressionné. Par sa taille, la villa évoquait la magnificence du Forum romain. Le parc était parfaitement entretenu. Partout régnait une atmosphère d'abondance et de bon goût. La propriété était nichée dans une vallée entre deux pics montagneux et surplombait un large panorama sur la Mer Egée. La grille principale d'une haute clôture s'ouvrit mystérieusement, poussée par une personne invisible, et le chauffeur fit avancer la voiture le long d'une allée bordée de pins, jusqu'à une volée de marches en marbre. Au centre de l'escalier se tenait une haute statue ancienne, représentant une femme tenant un enfant dans les bras. Elle accueillit Pitt en silence, tandis qu'il descendait de la Maybach.

Il avait déjà grimpé quelques marches lorsqu'il s'arrêta brusquement et revint à la voiture.

— Je suis désolé, chauffeur, dit Pitt, mais je n'ai pas retenu votre nom.

Le conducteur leva les yeux, étonné.

— Je m'appelle Willie, dit-il. Pourquoi vous me demandez ça ?

— Willie, mon ami, répondit Pitt avec sérieux, j'ai quelque chose à vous dire. Voudriez-vous descendre un instant de la voiture ?

Le front de Willie se plissa, puis il haussa les épaules et sortit de la voiture, se postant face à Pitt.

— Eh bien, Herr Pitt, dit-il. Qu'est-ce que vous vouliez me dire ?

— Je vois que vous portez des bottes de cavalier, Willie.

— Jawole, des bottes de cavalier.

Pitt prit son plus beau sourire de vendeur de voitures d'occasion.

— Et les bottes de ce genre sont ferrées, n'est-ce pas ?

— Ja, ces bottes sont ferrées, dit Willie avec irritation. Pourquoi me faites-vous perdre mon temps avec ces bêtises ? J'ai encore du travail qui m'attend. Qu'est-ce que vous voulez dire ?

Le regard de Pitt se durcit.

— Mon ami, dit-il, j'estime que, si vous voulez mériter la médaille du parfait voyeur, il est de mon devoir de vous avertir que vos lunettes cerclées d'argent reflètent les rayons du soleil, et peuvent vous faire repérer facilement.

Les traits de Willie se figèrent. Il voulut répondre, mais le poing de Pitt s'écrasa sur sa bouche, repoussant les paroles à l'intérieur. Le choc rejeta la tête de Willie en arrière, tandis que sa casquette s'en allait valdinguer dans les airs. Ses yeux perdirent leur éclat, se vidèrent de toute expression, tandis qu'il vacillait comme une feuille avant de s'effondrer sur les genoux. Il resta dans cette position, étourdi et déboussolé. Un filet de mucus ensanglanté jaillit de son nez brisé et vint éclabousser les revers de son uniforme, créant de la sorte, selon l'avis de Pitt, un contraste du plus bel effet artistique sur l'étoffe vert-de-gris. Ensuite, Willie bascula en avant, sur les marches de marbre et se recroquevilla en une masse inerte.

Pitt massa les articulations de sa main meurtrie, avec un sourire de froide satisfaction. Ensuite, il fit volte-face et entreprit d'escalader les marches, trois par trois. Au sommet, il passa sous une voûte de pierre et se retrouva dans une cour circulaire dont le centre était occupé par un bassin. La cour était entourée d'une vingtaine de majestueuses statues grandeur nature, représentant des soldats romains portant des casques. Leurs yeux de pierre sans regard fixaient d'un air sombre leurs propres reflets blancs dans l'eau du bassin, comme s'ils cherchaient à retrouver les souvenirs enfouis de batailles victorieuses et de guerres où ils s'étaient couverts de gloire. L'ombre de plus en plus profonde du soir tombant enveloppait ces personnages d'un manteau fantomatique, et Pitt eut l'étrange sensation que les guerriers de pierre allaient se remettre à vivre d'un instant à l'autre, pour assiéger la villa.

Il pressa le pas pour contourner le bassin et s'arrêta devant le double battant massif de la porte qui se trouvait au bout de la cour. Un lourd marteau de bronze en forme de tête de lion y pendait de manière saugrenue. Pitt saisit la poignée, et en frappa le battant avec force. Puis, il se tourna et contempla à nouveau la cour. La façon dont tout cela était disposé lui fit songer à un mausolée. Il n'y manque, pensa-t-il, que quelques gerbes ici et là et une musique d'orgues.

La porte s'ouvrit silencieusement. Du seuil, Pitt jeta un coup d'œil à l'intérieur. N'apercevant personne, il hésita un moment.

Le moment se transforma en minute, et une deuxième minute suivit la première. Finalement, un peu fatigué de cette partie de cache-cache, il redressa les épaules, serra les poings, franchit le portail et se retrouva dans un vestibule décoré d'une profusion d'ornements.

Des tapisseries figurant des batailles antiques étaient accrochées sur tous les murs, leurs armées en points de croix marchant au combat à l'unisson. Une haute coupole couronnait la pièce, et de son apex en cintre tombait un douce lumière jaunâtre. Pitt promena son regard aux alentours et, comprenant qu'il était seul, s'assit sur un des deux bancs de marbre qui trônaient au centre de la pièce. Ensuite, il alluma une cigarette. Le temps passa, et bientôt il se mit à la recherche d'un cendrier.

C'est alors que, sans aucun signe précurseur, une des tapisseries se souleva, et un vieux monsieur corpulent entra dans la pièce, accompagné d'un immense chien blanc.

CHAPITRE SIX

Passablement surpris, Pitt observa avec circonspection le gigantesque berger allemand, et ce ne fut qu'ensuite qu'il leva les yeux vers le visage du maître. Un sourire mauvais, si courant dans les vieux, tout vieux films à la télévision, était enchâssé au milieu de traits typiquement germaniques au grand complet, le crâne rasé, les yeux fuyants et l'absence de cou. Les deux lèvres fines étaient étroitement serrées l'une contre l'autre, comme si leur possesseur souffrait de constipation. Le reste du corps parachevait cette image de méchant ; son torse corpulent était serré dans une charpente d'étoffe épaisse, sous laquelle on ne distinguait pas un gramme de graisse. Tout ce qui manquait à l'ensemble, c'étaient une cravache et une paire de bottes cirées. Pendant une seconde, Pitt pensa : «L'homme que vous aimerez haïr, Eric Von Stroheim, est revenu à la vie et se tient prêt pour diriger une scène des Rapaces.»

— Bonsoir, dit le vieil homme d'une voix gutturale et emplie de méfiance. Vous êtes, je le suppose, le monsieur que ma nièce a invité pour le dîner ?

Pitt se leva, en gardant un œil sur le grand chien qui haletait.

— Oui, sir. Major Dirk Pitt, à votre service.

Une expression de surprise traversa le front sous le crâne rasé.

— Ma nièce m'a porté à croire que votre grade était au-dessous de celui de sergent, et que votre travail à l'armée consistait à ramasser les ordures.

— Vous avez dû oublier mon humour américain, dit Pitt, appréciant la confusion de son hôte. J'espère que ma petite tromperie ne sera la cause d'aucun inconvénient.

— Non, une légère inquiétude sans doute, mais pas d'inconvénient.

Le vieil Allemand tendit la main, sans cesser d'étudier Pitt.

— C'est un honneur de vous rencontrer, Major. Je suis Bruno von Till.

Pitt serra la main tendue et rendit le regard.

— Tout l'honneur est pour moi, sir, dit-il.

Von Till écarta une tapisserie, découvrant une porte.

— Veuillez me suivre, Major. Nous allons prendre une verre en attendant que Teri ait fini de s'habiller.

Pitt suivit le volumineux bonhomme et son chien blanc dans un couloir menant à un grand bureau qui rappelait une caverne. Le plafond formait une voûte à plus de neuf mètres et était supporté par de nombreuses colonnes ioniques cannelées. Des meubles, classiques dans leur simplicité, trônaient çà et là et conféraient à la pièce imposante un air de distinction. Un chariot avait été garni d'insolites hors-d'œuvre grecs, et une alcôve, aménagée dans un coin retiré de la pièce, contenait tout l'attirail d'un bar parfaitement équipé. Le seul élément décoratif, remarqua Pitt, qui ne semblait pas à sa place, était un modèle réduit de sous-marin allemand, posé sur une étagère au-dessus du bar.

Von Till invita Pitt à s'asseoir.

— Qu'est-ce qui vous ferait plaisir, Major ?

— Un scotch sur glace me conviendra parfaitement, répondit Pitt en s'installant dans un fauteuil dépourvu d'accoudoirs. Votre villa est très impressionnante, ajouta-t-il. Son histoire doit valoir le coup.

— Oui, elle a été construite par les Romains en 138 avant Jésus-Christ. Ils en avaient fait un temple dédié à Minerve, leur déesse de la Sagesse. J'en ai découvert les ruines un peu après la Première Guerre mondiale et je l'ai reconstruite dans son état actuel.

Il tendit un verre à Pitt.

— Porterons-nous un toast ?

— A quoi ou à qui pourrions-nous boire ?

Von Till sourit.

— A vous l'honneur, Major. Aux jolies femmes... A la fortune... A une longue vie. Pourquoi pas au Président de votre pays. Faites votre choix.

Pitt prit sa respiration, puis lança :

— Dans ce cas, je propose de porter un toast au courage et à la compétence du pilote Kurt Heibert, le Faucon de Macédoine.

Les traits de von Till se figèrent. Il s'assit lentement sur une chaise et but une gorgée de son verre, du bout des lèvres.

— Vous n'êtes pas quelqu'un d'ordinaire, Major. Vous vous faites passer pour un éboueur. Vous vous rendez à ma villa, vous assommez mon chauffeur, et ensuite vous me stupéfiez en portant un toast à mon vieux camarade Kurt, le pilote.

Il adressa à Pitt un sourire rusé, par-dessus son verre.

— Et pourtant, votre performance la plus remarquable reste d'avoir séduit ma nièce sur la plage ce matin. Je vous félicite de cet exploit et je vous en remercie. Aujourd'hui, pour la première fois depuis neuf ans, j'ai vu Teri chanter gaiement et rire avec une intense joie de vivre. Je crains bien d'être obligé de fermer les yeux sur votre conduite libidineuse.

C'aurait dû être au tour de Pitt de se montrer surpris, mais il se contenta de rejeter la tête en arrière et se mit à rire.

— Je plaide coupable pour tous les chefs d'accusation, dit-il, excepté en ce qui concerne la raclée à votre chauffeur. Il l'avait bien méritée.

— Vous ne devriez pas accuser ce pauvre Willie. Je lui ai donné l'ordre de suivre Teri et d'assurer sa protection. Elle est le seul membre de ma famille encore en vie. Je tiens beaucoup à ce qu'il ne lui arrive rien de mal.

— Quel mal pourrait-il lui arriver ?

Von Till se leva, se dirigea vers la porte-fenêtre, qui donnait sur une terrasse, et contempla la mer qui s'assombrissait. Puis, il reprit.

— Au cours du dernier demi-siècle, je n'ai pas ménagé mes efforts et j'ai souvent payé de ma personne pour mettre sur pied une importante organisation. Au fil du temps, je me suis fait, par la même occasion, quelques ennemis. Je ne puis imaginer ce dont l'un d'eux serait capable en guise de revanche.

Les yeux de Pitt cherchèrent von Till.

— Est-ce la raison pour laquelle vous portez un Luger dans cet étui d'épaule ?

Von Till se détourna de la fenêtre et rajusta consciencieusement sa jaquette blanche par-dessus le renflement sous son aisselle gauche.

— Puis-je vous demander comment vous savez qu'il s'agit d'un Luger ?

— C'est une supposition, dit Pitt. Je trouve que vous êtes le genre de personne à porter un Luger.

Von Till haussa les épaules.

— D'ordinaire, je n'agis pas de façon aussi mondaine, mais d'après la manière dont Teri vous a décrit, j'ai eu quelques raisons de croire que vous étiez d'un caractère plutôt suspect.

— Je dois reconnaître qu'il m'est arrivé de commettre quelques actes inavouables dans ma vie, dit Pitt avec un grand sourire. Mais le meurtre et l'extorsion n'en font pas partie.

La mine de von Till se renfrogna.

— Je ne vous trouverais pas aussi irrévérencieux si vous... Comment dit-on ? Si vous ne piétiniez pas mes plates-bandes.

—Vos plates-bandes commencent à se révéler plutôt mystérieuses, Herr von Till, dit Pitt. De quoi vous occupez-vous donc ?

Un éclair de suspicion traversa le regard de von Till, à la suite de quoi ses lèvres grimacèrent un sourire de façade.

— Si je vous le disais, je ne ferais qu'exciter votre curiosité.

Et ceci, mon cher Major, mettrait Teri dans une colère terrible, elle qui a passé la moitié de l'après-midi à surveiller la préparation de notre dîner.

Il eut un haussement d'épaules, et ajouta :

— Une autre fois, peut-être, lorsque nous nous connaîtrons davantage.

Pitt fit rouler la dernière gorgée de whisky au fond de son verre, tout en se demandant sur quoi il venait de mettre le doigt. Von Till, conclut-il, est soit une espèce de malade mental, soit un interlocuteur très habile.

— Puis-je vous offrir un autre verre ? demanda von Till.

— Ne vous en faites pas, je vais me servir.

Pitt termina son verre, s'avança vers le bar et se versa un autre whisky. Puis il se tourna vers von Till.

— D'après ce que j'ai pu lire sur l'aviation durant la Première Guerre, les circonstances de la mort de Kurt Heibert ne sont pas éclaircies. Selon le rapport officiel des Allemands, il aurait été abattu par les Anglais et se serait abîmé en Mer Egée. Cependant, ce rapport omet de préciser le nom du vainqueur de Heibert. Il se garde également d'établir si le corps a été retrouvé.

Von Till caressait négligemment son chien. Ses yeux semblèrent se perdre un instant dans le passé.

— Kurt a livré à sa façon bataille aux Anglais jusqu'en 1918, dit-il finalement. Quand il se jetait sur eux, c'était rarement avec froideur ou même de façon réfléchie. Il pilotait son appareil avec violence et attaquait leurs formations comme un homme possédé par le démon. En vol, il jurait et délirait et martelait le bord du cockpit avec ses poings jusqu'à ce qu'ils saignent. Au décollage, il emballait son moteur plein gaz, et le faisait rugir, si bien que son Albatros quittait le sol comme un oiseau effrayé. Et pourtant, lorsqu'il n'était pas en service et qu'il oubliait la guerre pour quelques instants, il lui arrivait de faire preuve de beaucoup d'humour, et de ne pas correspondre du tout à votre conception du soldat allemand.

Pitt remua lentement la tête, avec un léger sourire.

— Pardonnez-moi, Herr von Till, mais mes compagnons d'arme et moi-même n'avons jamais rencontré de soldat allemand qui soit un joyeux drille.

Le vieil Allemand chauve ignora la remarque de Pitt.

— La mort de Kurt, poursuivit-il, lorsqu'elle survint, a été provoquée par une fourberie des Anglais. Ils ont étudié sa tactique en détail et se sont très vite rendu compte qu'il ne pouvait s'empêcher d'attaquer et de détruire leurs ballons d'observation. L'un de leurs vieux ballons a été réaménagé, et dans la nacelle de l'observateur, bourrée d'explosifs, ils ont installé un mannequin de paille qu'ils ont revêtu d'un uniforme. Une mèche pendait jusqu'au sol. Il ne restait plus aux Anglais qu'à attendre que Kurt fasse son apparition.

Von Till s'assit sur un canapé garni de nombreux coussins. Il avait le regard braqué sur le plafond, mais ne semblait pas le voir. Son esprit paraissait au contraire être retourné dans le ciel de 1918.

— Ils n'ont pas dû attendre longtemps. Au bout d'une seule journée, Kurt a effectué un survol des lignes alliées et aperçu le ballon qui se balançait lentement dans la brise du littoral. Il ne s'est sans doute pas demandé pourquoi aucun tir ne venait d'en bas. La vigie, accrochée à la rampe de la nacelle, semblait assoupie, c'est pourquoi il n'a pas trouvé étonnant qu'elle ne tente rien pour se mettre à l'abri et qu'elle ne saute pas en parachute avant que les balles de Kurt ne fasse exploser l'hydrogène en un nuage de feu.

— Il n'a pas deviné qu'il s'agissait d'un piège ? demanda Pitt.

— Non, répondit von Till. Le ballon était là devant lui et il représentait l'ennemi. De façon presque automatique, Kurt a plongé à l'attaque. Il s'est approché du ballon et ses mitraillettes Spandau se sont mises à balayer l'enveloppe lisse et gonflée de gaz. Brusquement le ballon a explosé dans un tonnerre monstrueux qui a fait jaillir flammes et fumées aux alentours. Les Anglais avaient allumé la mèche.

— Heibert s'est écrasé derrière les lignes ennemies ? demanda Pitt d'un air pensif.

— Kurt ne s'est pas écrasé après l'explosion, répondit von Till, en se forçant à revenir une fois de plus à l'époque présente. Son Albatros s'était retrouvé plongé en enfer. Le brave appareil qui l'avait accompagné fidèlement à travers tant de batailles aériennes était gravement endommagé, et lui-même sérieusement blessé. Avec ses ailes aux toiles déchirées, ses commandes hors d'état et son pilote ensanglanté dans le cockpit, l'avion a vacillé au-dessus des côtes de la Macédoine et a disparu en mer. Nul n'a jamais plus revu le Faucon de Macédoine et son légendaire Albatros jaune.

— Jusqu'à la journée d'hier.

Pitt prit une grande respiration et attendit la réaction. Les paupières de von Till s'ouvrirent en grand mais ne laissèrent filtrer qu'un regard sans expression. Von Till ne dit rien, et parut soupeser les mots de Pitt.

Pitt revint aussitôt au sujet précédent.

— Heibert et vous avez souvent volé ensemble ?

— Oui, nous avons effectué de nombreuses patrouilles ensemble. Nous avions l'habitude d'utiliser un bombardier Rumpler à deux places et d'aller jeter des bombes incendiaires sur l'aérodrome britannique qui se trouvait ici même sur Thasos. Kurt pilotait tandis que je tenais le rôle de l'observateur et du bombardier.

— Où était donc basée votre escadrille ?

— Kurt et moi étions en poste à Jasta 73. Nous utilisions l'aérodrome de Xanthi, en Macédoine.

Pitt alluma une cigarette. Ensuite, il contempla le visage de von Till, marqué par l'âge mais toujours bien planté sur ses épaules.

— Merci pour ce compte rendu précis et détaillé de la mort

de Heibert. Vous n'avez rien oublié.

— Kurt était un de mes plus chers amis, dit von Till avec nostalgie. De telles choses ne s'oublient pas facilement. Je peux même me souvenir de la date et de l'heure exactes. C'est arrivé le 15 juillet 1918, à neuf heures du matin.

— Il est étrange que personne ne connaisse l'histoire dans sa totalité, murmura Pitt, en le fixant froidement. Ni les archives de Berlin ni le British Air Museum à Londres ne possèdent d'informations concernant la mort de Heibert. Tous les livres que j'ai consultés à ce sujet le mentionnent comme disparu dans de mystérieuses conditions, un peu comme ce qui a eu lieu avec d'autres as de l'aviation, comme Albert Ball et Georges Guynemer.

— Bon Dieu, lança von Till avec exaspération. Les archives allemandes ne rapportent pas les faits parce que le Haut Commandement Impérial ne s'est jamais beaucoup préoccupé de la guerre en Macédoine. Et les Anglais n'accepteront jamais de publier un mot relatif à un acte aussi peu chevaleresque. En outre, l'avion de Kurt se trouvait encore dans les airs lorsqu'ils le virent pour la dernière fois. Les Anglais peuvent seulement jurer que leur plan insidieux a été couronné de succès.

— Aucune trace de l'homme ni de son appareil n'a été retrouvée ?

— Rien. Le frère de Heibert s'est lancé à sa recherche après la guerre, mais la dernière sépulture de Kurt reste un mystère.

— Son frère était-il pilote lui aussi ?

— Non. J'ai eu l'occasion de le rencontrer à plusieurs reprises avant la Deuxième Guerre mondiale. Il était officier supérieur dans la marine allemande.

Pitt resta silencieux. L'histoire de von Till tombe sacrément à pic, pensa-t-il. Il avait l'étrange sensation qu'on se servait de lui, comme d'un leurre en bois devant un vol de canard. Il fut envahi par un léger picotement de mauvais augure. Il entendit le bruit de hauts talons qui claquaient sur le sol et, sans se retourner, compris que Teri venait d'entrer dans la pièce.

— Bonjour tout le monde, dit-elle d'une voix fine et enjouée.

Pitt pivota sur lui-même et la contempla. Elle avait enfilé une mini-robe, coupée comme une toge romaine, qui découvrait ses jambes minces. Il apprécia la couleur — un orange doré qui contrastait avec l'ébène de sa chevelure. Elle rendit son regard à Pitt, et ses yeux glissèrent sur son uniforme. Elle pâlit quelque peu, tout en portant une main à sa bouche dans le geste qu'il lui avait déjà vu faire sur la plage. Puis, avec un léger sourire, elle s'avança, rayonnante de beauté et de sensualité.

— Bonsoir, splendide créature, dit Pitt d'un ton dégagé, s'emparant de sa main tendue pour y déposer un baiser.

Teri se mit à rougir, puis releva la tête vers le visage souriant de Pitt.

— J'étais venue te souhaiter la bienvenue, dit-elle. Mais à présent que je me rends compte du vilain tour que tu m'as joué, j'ai bien envie de te jeter dehors, toi et ta sale petite...

— Ne dis pas ça, fit Pitt en l'interrompant.

Ses lèvres se retroussèrent de façon diabolique.

— Je sais que tu ne me croiras pas, reprit-il, mais pas plus tard que cet après-midi le commandant m'a fait descendre de mon camion poubelle, m'a nommé pilote, et m'a promu au grade de Major.

Elle rit.

— C'est honteux. Tu m'as déclaré que ton grade était en dessous de celui de sergent.

— Non. J'ai seulement précisé que je n'avais jamais été sergent, et c'est la pure vérité.

Elle glissa une main sous le bras de Pitt.

— Oncle Bruno t'a certainement ennuyé avec ses histoires de pilotes de la Grande Guerre.

— Il m'a captivé sans aucun doute, sûrement pas ennuyé, répondit Pitt.

Le regard de Teri semblait craintif, malgré son sourire. Il se demanda quelles pouvaient être ses pensées.

Teri dodelina de la tête.

— Ah, vous les hommes et vos histoires de batailles.

Elle se remit à observer l'uniforme de Pitt et ses insignes. L'ensemble ne ressemblait pas à l'homme avec qui elle avait fait l'amour sur la plage. Celui-ci faisait preuve de beaucoup plus de charme et de sophistication.

— Vous récupérerez Dirk après le dîner, Oncle Bruno, dit-elle, mais pour l'instant, il est à moi.

Von Till fit claquer ses talons en expert et s'inclina.

— Il en sera fait selon vos volontés, ma chère. Pour l'heure et demie qui suit, vous serez notre officier commandant.

Elle fronça le nez en regardant von Till.

— C'est très chic de votre part, mon Oncle. Dans ce cas, je vais commencer en vous ordonnant à tout deux de vous diriger vers la table.

Teri poussa Pitt sur la terrasse et lui fit descendre un escalier qui menait à un balcon circulaire en surplomb.

La vue était à couper le souffle. Tout en bas, les lumières de Liménas scintillaient de maison en maison. Et sur la mer, les premières étoiles s'étaient mises à piquer de points brillants la vaste et sombre étendue. Au centre du balcon, une table avait été dressée pour trois. Un large globe jaune contenant six chandelles éclairait l'ensemble et répandait sur la table des lueurs fascinantes, conférant à l'argenterie des reflets dorés.

Pitt recula une chaise pour Teri.

— Tu ferais bien d'être sur tes gardes, lui souffla-t-il dans l'oreille. Tu sais à quel point je peux être inspiré par les ambiances romantiques.

Elle leva les yeux vers lui, un sourire dans le regard.

— Pourquoi penses-tu que j'ai tout arrangé de cette façon ?

Avant que Pitt ait pu répliquer, von Till s'approcha, suivi de son énorme dogue. Il claqua dans les doigts, et instantanément, une jeune fille vêtue d'un costume grec traditionnel se matérialisa pour servir le hors-d'œuvre, un mélange de fromages, d'olives et de concombres. Vint ensuite un consommé de volaille, parfumé au citron et dans lequel on avait poché un jaune d'œuf. Puis le plat principal : des huîtres au four garnies d'oignons et d'un émincé de noix. Von Till avait débouché la bouteille de vin — du retsina, un vieux vin grec délicieux, même si son parfum de résine rappelait un peu à Pitt la térébenthine. Après avoir emporté les assiettes, la jeune servante vint déposer un plateau de fruits et servit ensuite le café, préparé à la manière turque, le marc stagnant dans le fond de la tasse comme de la vase.

Pitt se força à avaler ce café fort et sans sucre, tout en caressant du genou la jambe de Teri sous la table. Il s'était attendu à ce qu'elle lui réponde par un de ses petits sourires féminins, mais au lieu de cela, elle lui jeta un regard apeuré. On aurait dit qu'elle essayait de lui faire comprendre quelque chose.

— Eh bien, Major, dit von Till, j'ose espérer que vous avez apprécié notre petit repas.

— Oui, je vous remercie, répondit Pitt. C'était délicieux.

Von Till, de l'autre bout de la table, posa les yeux sur Teri. Son visage avait pris l'apparence de la pierre, et sa voix se fit de glace.

— J'aimerais rester seul avec le Major quelques instants, ma chère. Pourquoi n'irais-tu pas nous attendre dans le bureau, nous ne serons pas longs.

Teri ne put retenir un sursaut étonné. Elle frissonna légèrement, et agrippa le bord de la table avant de répondre.

— S'il te plaît, Oncle Bruno, il est encore très tôt. Ne pourrais-tu pas attendre et reprendre cette petite discussion avec Dirk plus tard ?

Von Till lui lança un regard cinglant.

— Obéis à ton oncle. Il y a quelques sujets importants dont j'aimerais m'entretenir avec le Major Pitt. Je suis persuadé qu'il ne s'en ira pas avant de t'avoir revue.

Pitt sentit l'irritation monter en lui. Pourquoi cette soudaine dispute familiale ? se demanda-t-il. Il prit une longue inspiration, devinant que quelque chose n'allait pas. Un étrange fourmillement courut dans son dos, le vieux sentiment familier du danger. Pareil à un vieil ami en qui l'on pouvait avoir confiance, il revenait toujours lui frapper l'épaule pour l'avertir que la situation tournait mal et qu'il y avait de l'orage dans l'air. A l'insu de ses hôtes, Pitt fit glisser un petit couteau du plateau de fruits et, soulevant le bas de son pantalon, le glissa entre sa chaussette et la peau.

Teri se tourna vers Pitt, le visage blême.

— Excuse-moi, s'il te plaît, Dirk. Je ne tiens pas à ce que tu me prennes pour une gamine qui fait des caprices.

— Ne t'en fais pas, dit Pitt en souriant. J'ai un faible pour les jolies gamines.

— Tu trouves toujours le mot qu'il faut, fit-elle dans un murmure.

Il lui prit la main.

— Je te rejoins dès que possible.

— Je t'attendrai.

Soudain ses yeux s'emplirent de larmes, elle fit volte-face et escalada rapidement l'escalier.

— Je suis désolé d'avoir parlé aussi rudement à Teri, s'excusa le vieil Allemand. Je désire vous parler en privé, et elle apprécie peu ma volonté de converser sans être interrompu par une femme. Il est souvent nécessaire de se montrer ferme avec les femmes, n'êtes-vous pas d'accord ?

Pitt hocha la tête. Il ne trouvait rien à ajouter qui en vaille la peine. Von Till inséra une cigarette dans un long fume-cigarette d'ivoire et entreprit de l'allumer.

— Je suis particulièrement désireux d'obtenir des détails au sujet de l'attaque d'hier sur Brady Field. Mes informations venant de cette partie de l'île parlent d'un très vieil appareil inconnu ayant détruit vos installations.

— Vieux sans doute, dit Pitt, mais pas inconnu.

— Voulez-vous dire que vous avez découvert le nom de l'appareil ?

Pitt étudia les traits de von Till. Il remua une fourchette sans un bruit, puis la reposa sur la nappe.

— L'engin a été formellement identifié. Il s'agit d'un Albatros D-3.

— Et le pilote ?

Les mots sortaient lentement de la bouche de von Till. Il répéta :

— Avez-vous identifié le pilote ?

— Pas encore, mais cela ne saurait tarder.

— Vous semblez certain de le capturer très prochainement.

Pitt prit son temps pour répliquer. Il alluma une cigarette sans se presser.

— Pourquoi pas ? finit-il par dire. Il ne devrait pas être très difficile de suivre la trace d'un antique aéroplane jaune vieux de soixante ans et de remonter jusqu'à son propriétaire.

Une sourire de suffisance barra le visage de von Till.

— La Macédoine grecque est un mélange de terrain accidenté et de campagnes désolées. Il existe des milliers de kilomètres carrés de montagnes, de vallées et de plaines érodées où l'on pourrait dissimuler à tout jamais même l'un des vos monstrueux bombardiers.

Pitt lui rendit son sourire.

— Qui a jamais parlé de fouiller monts et vallées ?

— Où voudriez-vous chercher ailleurs ?

— Dans la mer, dit Pitt en pointant le doigt vers l'eau noire tout en bas. Probablement à l'endroit même où Kurt Heibert s'est abîmé en 1918.

Von Till souleva un sourcil.

— Me demandez-vous de croire aux fantômes ?

— Lorsque nous étions gamins, dit Pitt avec un sourire, nous croyions au Père Noël. Et quand nous devenons des grands garçons, nous croyons aux filles vierges. Pourquoi ne pas ajouter les fantômes à cette liste ?

— Merci beaucoup, Major. J'ai plus d'estime pour les faits bruts et les chiffres que pour n'importe quelle superstition.

Le ton de Pitt resta ferme.

— Cela nous laisse d'autres pistes à explorer.

Von Till se redressa sur sa chaise, les yeux à demi-clos braqués sur Pitt.

— Que pensez-vous de l'idée que Kurt Heibert soit toujours vivant ? reprit Pitt.

Von Till en resta quelques secondes bouche bée. Puis il finit par se ressaisir et exhala un nuage de fumée bleue.

— C'est ridicule. Si Kurt vivait encore, il aurait plus de soixante-dix ans. Regardez-moi, Major. Je suis né en 1899. Pensez-vous qu'un homme de mon âge puisse piloter un appareil au cockpit ouvert, sans même parler d'attaquer un champ d'aviation ? Non, je ne le crois pas.

— Vous avez les faits pour vous, bien sûr, dit Pitt.

Il s'arrêta un instant, passa ses longs doigts dans ses cheveux.

— Et pourtant, je continue de croire que Heibert est lié d'une façon ou d'une autre à cette affaire.

Son regard quitta le vieil Allemand pour s'arrêter sur le grand chien blanc, et il sentit une vague tension l'envahir. C'était comme si une ambiance de complot alourdissait l'atmosphère. Il s'était rendu à la villa à l'invitation de Teri, s'attendant à apprécier un agréable repas. Au lieu de cela, il se trouvait engagé dans un affrontement, où il lui fallait jouer au plus fin avec son oncle, un vieux Teuton roublard qui, Pitt en était persuadé, en savait plus au sujet du raid sur Brady Field que ce qu'il voulait faire croire. Il n'était plus temps de prendre des gants, au diable les conséquences. Il fixa son regard sur von Till.

— Si le Faucon de Macédoine a effectivement disparu il y a soixante ans, pour réapparaître aujourd'hui, la question intéressante devient celle-ci : où était-il passé durant tout ce temps ? Au paradis, en enfer... ou sur l'île de Thasos ?

Le masque arrogant sur le visage de von Till se mua en une grimace de confusion.

— Je ne comprends rien à ce que vous voulez dire.

— Et merde ! grogna Pitt. Ou bien vous me prenez pour un parfait imbécile ou bien c'est vous qui jouez à l'idiot. Je ne peux pas vous raconter quoi que ce soit concernant l'attaque sur Brady Field, mais je crois au contraire que c'est vous qui avez des choses à me dire à ce sujet.

Il s'attarda sur ces mots, appréciant la situation. Von Till fut sur pieds en un instant, sa face ronde tordue par la colère.

— Vous poussez vos investigations trop loin et trop profondément, Major Pitt, dans des zones qui ne vous concernent pas. Je n'écouterai pas plus longtemps vos insinuations grotesques. Je me vois forcé de vous demander de quitter ma villa.

Une expression de mépris traversa le visage de Pitt.

— C'est entendu, dit-il en se dirigeant vers l'escalier.

Von Till lui lança un regard furieux.

— Il n'est pas nécessaire de repasser par le bureau, Major, dit-il en indiquant une porte basse qui se trouvait dans le mur, au fond du balcon. Ce corridor vous mènera à l'entrée principale.

— J'aimerais voir Teri avant mon départ.

— Je ne vois aucune raison de prolonger votre visite, déclara von Till en soufflant avec dédain au visage de Pitt un nuage de fumée, qui semblait porter ses paroles chargées de colère. Je vous demanderai également de ne plus parler à ma nièce, ni même de la revoir.

Pitt serra le poing.

— Et si je n'obtempère pas ?

Von Till eut un sourire menaçant.

— Je ne m'en prendrai pas à vous, Major. Si vous persistez à faire montre de votre stupide agressivité, je me contenterai de punir Teri.

— Espèce de sale schleu de merde, lança Pitt d'un ton hargneux, sentant en lui l'envie grandissante d'envoyer son pied dans l'entrejambes de von Till. Je ne sais pas ce que cache votre petite machination, mais je peux vous assurer que je me ferai un plaisir de la bousiller. Et je commence tout de suite, en vous apprenant que l'attaque sur Brady Field n'a pas eu l'effet escompté. Le navire de l'Agence Nationale Sous-Marine va rester là où il se trouve jusqu'à l'aboutissement de ses recherches scientifiques.

Les mains de von Till se mirent à trembler, mais ses traits demeurèrent impassibles.

— Merci bien, Major. Voilà un élément d'information que je n'espérais pas obtenir aussi rapidement.

Finalement, le vieux Boche baisse sa garde, pensa Pitt. Il n'y avait plus aucun doute à présent : c'était bien von Till qui avait manigancé pour se débarrasser du *First Attempt*. Mais pourquoi ? La question restait toujours sans réponse. Pitt tenta un coup en aveugle.

— Vous perdez votre temps, von Till. Les plongeurs du *First Attempt* ont déjà mis la main sur le trésor englouti. On est en train de le remonter pour le moment.

Le visage de von Till se fendit d'un large sourire, et Pitt comprit aussitôt que son mensonge était une erreur.

— Tentative plutôt maladroite, Major. Vous n'auriez pas pu vous tromper davantage.

Il sortit le Luger de son étui et pointa le canon d'un bleu sombre en direction de Pitt. Puis il ouvrit la porte du corridor.

— Je vous en prie, dit-il en indiquant le chemin du bout de son arme.

Pitt jeta un rapide coup d'œil sur ce couloir obscur. Le passage était faiblement éclairé par des chandelles et semblait complètement désert. Il hésita.

— Vous voudrez bien exprimer mes remerciements à Teri pour cet excellent dîner.

— Je lui transmettrai vos compliments.

— Et encore merci, Herr von Till, ajouta Pitt sarcastique,

pour votre hospitalité.

Von Till eut un léger sourire narquois, claqua des talons et s'inclina.

— Tout le plaisir était pour moi.

Il posa la main sur la tête du chien, qui retroussait les babines, découvrant de prodigieux crocs blancs.

L'encadrement de la porte était très bas, ce qui obligea Pitt à se pencher pour pénétrer dans le couloir, sombre comme un tunnel. Il fit quelques pas avec précaution.

— Major Pitt !

— Oui, répondit Pitt, se retournant pour contempler la robuste silhouette qui se tenait dans l'entrée.

Il y eut dans le ton de von Till comme une nuance de sadisme lorsqu'il ajouta :

— Quel dommage que vous ne puissiez assister au prochain vol de l'Albatros.

Avant que Pitt ait pu répliquer, la porte claqua, faisant retentir ses gonds comme un coup de tonnerre, dont l'écho, en un sinistre présage, se répandit dans les ténèbres du corridor.

CHAPITRE SEPT

Un accès de colère envahit Pitt. Il fut à demi tenté de cogner la porte à coups de poings, mais un simple regard au solide revêtement lui fit changer d'avis. Se tournant à nouveau vers le couloir, il le trouva toujours aussi vide. Ses nerfs se tendirent inconsciemment. Il ne se faisait aucune illusion sur ce qui l'attendait un peu plus loin. Il était persuadé à présent que von Till n'avait jamais eu l'intention de le laisser quitter la villa sain et sauf. Il se souvint du couteau à dessert glissé dans sa chaussette et retrouva un brin d'assurance en le prenant en main. Les lueurs jaunes et vacillantes des chandelles, installées dans des bougeoirs de métal rouillé tout en haut des murs, scintillèrent faiblement sur la lame du petit couteau pointu, qui se révéla cruellement inadapté à toute forme de défense. Une seule pensée réconfortante traversa l'esprit de Pitt : aussi petit qu'il soit, ce couteau était mieux que rien.

Brusquement un grand souffle d'air froid se répandit dans le corridor et, telle une main invisible, éteignit les chandelles, enveloppant Pitt de ténèbres oppressantes.

Il fit un effort pour percer l'obscurité, mais ne parvint à distinguer aucun son, ni le moindre éclat de lumière.

— C'est maintenant que la fête commence, murmura-t-il, rassemblant ses forces pour affronter l'inconnu.

Le moral de Pitt était à zéro et il pouvait percevoir les premiers symptômes d'une panique grandissante qui s'immisçaient rapidement dans son esprit. Il se souvint avoir lu quelque part que rien n'était plus terrifiant et insupportable pour l'esprit humain que l'obscurité totale. Ne pas savoir et ne pas pouvoir distinguer ce qu'on touche ou ce qu'on sent, agit sur le cerveau comme un court-circuit dans un ordinateur : cela fait perdre tout contrôle. Ce que le cerveau ne peut pas voir, il l'imagine ; d'ordinaire sous une forme cauchemardesque exagérément amplifiée, comme l'illusion d'être attaqué par un requin ou écrasé par une locomotive alors que vous êtes simplement enfermé dans les toilettes. Se souvenant avec précision de ces termes plutôt amusants, il sourit dans l'obscurité et les premiers signes de panique refluèrent peu à peu laissant la place à un sentiment logique d'apaisement.

Il eut ensuite l'idée d'utiliser son Zippo pour rallumer les bougies. Mais si quelqu'un ou quelque chose lui avait tendu un piège au bout du corridor, raisonna-t-il, il était sans doute préférable de rester dans une obscurité complète, pour ne pas donner l'avantage à ces éventuels agresseurs. Se penchant, il délaça ses chaussures, les ôta, et se mit à avancer le long du mur glacé. Il suivit le corridor et dépassa plusieurs portes de bois, garnies de barreaux métalliques. Il allait essayer d'ouvrir l'une d'elles quand il s'arrêta, pour écouter de toute son attention.

Un bruit se faisait entendre quelque part, au milieu des ténèbres. Cela restait indéfinissable et inexplicable, mais parfaitement audible. Un gémissement ? Un grognement ? Pitt ne parvint pas à le définir avec précision. Le son faiblit jusqu'à disparaître tout à fait.

Pitt en fut alors persuadé : il existait bien une réelle menace, quelque part dans ces ténèbres, une créature de chair et d'os, qui pouvait produire un son et qui était probablement douée de raison. Cela ne fit que l'encourager à prendre davantage de précautions. Il se coucha sur le sol du corridor, et se mit à ramper vers l'avant, aussi silencieusement que possible, les oreilles aux aguets, tâtant le chemin du bout des doigts. Le sol était lisse et dur, humide par endroits. Il pataugea dans une flaque huileuse qui souilla son uniforme, imbibant le tissu et le collant à sa peau. Cet incident le fit jurer dans son for intérieur, tandis qu'il reprenait sa reptation.

Au bout de ce qu'il lui parut des heures, Pitt s'imaginait avoir traîné son ventre sur plus de trois kilomètres de ciment, mais son esprit rationnel savait que cette distance était plus proche des deux cents mètres. Une odeur de moisi, comme celle des anciens monuments, flottait au niveau du sol. Cela lui rappelait l'intérieur d'un vieux coffre de marin qui avait appartenu à son grand-père. Il se souvenait s'être caché dans cette sombre alcôve comme un passager clandestin embarqué sur un navire faisant route vers l'orient mystérieux. C'est étrange, pensa-t-il de manière incongrue, comme les odeurs peuvent réveiller des souvenirs endormis, enfouis au plus profond de vous.

Brusquement, le sol et les murs cessèrent d'être lisse pour se changer en une rugueuse maçonnerie. Le couloir de construction moderne laissait la place à un vieux passage creusé à même la pierre.

De la main, Pitt sentit que le mur faisait un coude, pour continuer sur la droite. Un léger souffle d'air sur sa joue... il était arrivé à un carrefour. Il se figea et tendit l'oreille.

Cela avait recommencé... Le bruit hésitant et furtif. Cette fois, il s'agissait d'un cliquetis, comme celui d'un animal pourvu de longues griffes qui marchait sur une surface dure.

Pitt ne put réprimer un frisson et son corps fut envahi d'une sueur froide. Il s'étendit de tout son long sur le sol humide, le couteau pointé dans la direction du bruit qui approchait.

Le cliquetis se fit plus net. Ensuite, il cessa pour laisser la place à une silence angoissant.

Pitt essaya de retenir son souffle, pour écouter avec plus d'attention. Ses oreilles ne perçurent rien, sauf les propres battements de son cœur. Quelque chose se tenait là, tapi dans l'obscurité, à moins de trois mètres. Il se dit qu'il devait ressembler à un aveugle traqué dans une rue mal famée. La sinistre atmosphère dans laquelle il se trouvait plongé lui glaçait le sang et engourdissait ses facultés de réflexion, jusqu'au désespoir. Il se ressaisit, en obligeant son esprit à se concentrer sur la manière d'affronter cette terreur invisible.

Les relents de moisi du souterrain s'accentuèrent brusquement, et faillirent presque le rendre malade. Il distingua également une faible odeur animale. Mais de quel sorte de bête s'agissait-il ?

Rapidement, un plan prit forme dans l'esprit de Pitt, et il décida de tenter le tout pour le tout pour affronter la bête inconnue. Il sortit le Zippo de sa poche, et fit tourner la petite molette contre la pierre, jusqu'à ce que la mèche s'enflamme. Il souleva le briquet. La mince flamme répandit sa lumière dans les ténèbres et deux yeux de braise fluorescents scintillèrent, au milieu d'une ombre gigantesque qui se mit à vaciller sur le sol et les murs du couloir de façon effrayante. Le briquet tomba sur la pierre avec un tintement, et la flamme s'éteignit dans la chute. Un grondement sourd et menaçant partit de l'endroit où avaient brillé les deux yeux et les murs de pierre du labyrinthe le répercutèrent en écho.

Pitt réagit instantanément en roulant sur le sol rugueux. Puis, couché sur le dos, il tendit le couteau à bout de bras dans le vide obscur, en tenant le manche serré fermement de ses deux mains couvertes de sueur. Il ne pouvait distinguer son agresseur fantôme, mais il savait à présent de quoi il s'agissait.

La bête avait repéré la position exacte de Pitt pendant le court instant où la flamme du briquet avait brillé. Elle hésita une seconde, puis bondit en avant.

Elle avait obéi à cet instinct sauvage, venu du fond des âges, et avait humé l'odeur de sa proie avant de l'attaquer. Ce léger retard causa la perte du gros animal. Pitt avait pu mettre ce laps de temps à profit pour rouler sur lui-même, et donc changer brusquement de place. L'énorme chien blanc rata sa cible. La suite se déroula à une telle vitesse que tout ce dont Pitt put se rappeler plus tard, ce fut d'abord la sensation du couteau s'enfonçant dans un pelage soyeux et ensuite celle d'un liquide épais giclant sur son visage.

Le grognement du tueur fit place au hurlement d'une bête mortellement blessée, tandis que le couteau taillait les flancs du grand dogue, juste sous les côtes. Les rugissements qui jaillissaient du gosier massif et poilu firent résonner les murs de pierre du couloir, une fraction de seconde avant que les quatre-vingt-dix kilos de furie animale aillent s'écraser sur la paroi de roc derrière Pitt, et tombent lourdement sur le sol, où ils restèrent à l'agonie, agités de mouvements spasmodiques.

Pitt avait d'abord cru que le chien l'avait manqué. Puis il sentit une entaille sur sa poitrine, et il comprit qu'il s'était trompé. Il resta étendu sans bouger, à l'écoute des affres de la mort qui convulsaient la bête dans l'obscurité. De longues minutes après que le couloir avait retrouvé sa tranquillité, il resta avachi sur le sol inégal. La tension finit par décroître, ses muscles se détendirent, et la douleur s'installa pour de bon, lui rendant sa clarté d'esprit, aiguisant ses facultés.

Pitt se mit lentement debout, s'appuya au mur à côté de lui, et comprit que la paroi était couverte de sang alors qu'il ne pouvait même pas la voir. Il fut parcouru d'un nouveau frisson et il attendit que ses nerfs se détendent avant de tâtonner du pied dans l'obscurité environnante, jusqu'à ce qu'il finisse par retrouver son briquet. Il l'alluma pour examiner ses blessures.

Du sang suintait de quatre écorchures placées à intervalles réguliers sous son sein gauche. Les traces de griffes s'enfonçaient assez profondément dans sa chair, mais n'avaient pas déchiré les tissus musculaires. La chemise de Pitt pendait lamentablement sur son torse comme une bannière en lambeaux, rouge et kaki. Tout ce qu'il pouvait faire pour le moment, c'était arracher les morceaux d'étoffe du vêtement déchiqueté et de bander sommairement ses blessures. La chose la plus souhaitable au monde aurait été de s'étendre sur le sol et de se laisser submerger par une vague d'inconscience et de réconfort. Il parvint à résister à la tentation. Il se planta fermement sur ses jambes, et, l'esprit clair comme le cristal, se mit à réfléchir à ce qu'il allait faire.

Au bout d'une minute, Pitt enjamba le chien. Levant son briquet, il contempla la dépouille de l'animal. Il était couché sur le flanc, le ventre ouvert et répandant la masse épouvantable de ses entrailles. Des traînées de sang s'étalaient sur le sol, courant en minces filets depuis l'endroit obscur d'où il avait bondi. Un sentiment de lassitude et de tristesse s'abattit sur Pitt à la vue de cet horrible spectacle. La rage et la colère l'envahirent. Jusqu'alors, il avait pris garde à sa vie, mais à présent, c'est une sorte d'indifférence envers le danger et la mort qu'il éprouvait. Ne lui restait qu'une pensée, qui s'agrippait de toutes ses forces à son esprit : il devait tuer von Till.

L'étape suivante lui apparut dans toute sa simplicité, son absurde simplicité : il lui fallait découvrir la façon de sortir de ce labyrinthe. Ses chances étaient minimes, ses espoirs faibles. Et pourtant, l'idée d'un échec ne l'effleura pas. Les paroles de von Till relatives à un autre vol de l'Albatros ne lui laissaient aucun doute. Les rouages du cerveau de Pitt se mirent à tourner, de façon à analyser la situation, tenant compte des faits et des possibilités.

A présent que le vieil Allemand rusé avait appris que le *First Attempt* allait rester ancré au large de Thasos, il allait se décider à l'attaquer avec l'Albatros. Il serait sans doute trop risqué pour le vieux coucou d'effectuer un nouveau raid dans le courant de l'après-midi, raisonna Pitt. Von Till, sans aucun doute, lui ferait prendre l'air aussi tôt que possible, probablement dès l'aube. Il fallait prévenir Gunn et son équipe avant. Il jeta un coup d'œil au cadran lumineux de sa montre. Elle indiquait 9 heures 55. L'aube se lèverait à environ 4 heures 40, se dit-il, à cinq minutes près. Ce qui lui laissait six heures et quarante-cinq minutes pour trouver la sortie de cette crypte et pour alerter le navire !

Pitt glissa le couteau dans sa ceinture, referma le briquet pour épargner l'essence et prit le couloir de gauche, d'où semblait provenir un léger souffle d'air. Sa progression était plus facile à présent. Qu'il soit damné plutôt que de recommencer à ramper. Il avançait rapidement et sans plus d'hésitation. Le passage se rétrécit jusqu'à une largeur d'un mètre, mais le plafond demeurait hors de portée au-dessus de sa tête.

Soudain, sa main tendue vers l'avant rencontra une surface solide. Le couloir se terminait en cul-de-sac. Il alluma le briquet et comprit son erreur. Le courant d'air provenait d'une fente étroite entre les rochers. Un bourdonnement, faible mais audible, s'échappait également de cette faille. Il s'agissait du bruit d'un moteur électrique, niché quelque part derrière la paroi, au cœur de la montagne. Pitt se mit à écouter, mais le bruit s'interrompit au bout d'un moment.

— Si tu échoues à ta première tentative, se dit-il à voix haute, essaye une deuxième fois.

Il revint sur ses pas et retourna rapidement à l'embranchement, puis emprunta l'autre partie du tunnel, juste en face de celle qu'il avait traversée en rampant sur le ventre.

Il allongea ses foulées et s'enfonça dans les ténèbres impénétrables, ses pieds nus glacés peu à peu par l'humidité et la fraîcheur du sol. Il songea négligemment au nombre d'hommes, et peut-être de femmes, que von Till avait littéralement jetés dans la gueule de son chien. Malgré l'air froid qui l'environnait, la sueur inondait son corps. La douleur qui traversait sa poitrine lui semblait lointaine, trop lointaine pour le concerner. Il pouvait sentir le sang se mélanger à la sueur et s'écouler jusque dans son pantalon. Il continuait d'avancer, décidé à continuer jusqu'à ce qu'il s'écroule. Une pensée fusa en lui, et s'installa dans son esprit, mais il la repoussa et pressa le pas.

De temps à autre, de ses mains tâtonnantes et grâce à l'éclat momentané mais bienvenu du briquet, il découvrait de nouveaux passages qui bifurquaient vers le néant sans fond. Certains d'entre eux étaient obstrués par des éboulis de rocailles, les condamnant sans doute à jamais.

Le briquet finit par jeter ses derniers feux, tout son carburant consommé. Pitt y recourrait aussi peu que possible, comptant de plus en plus sur ses doigts meurtris et égratignés. Une heure passa, et puis une autre. Il ne cessait d'avancer, glissant son corps fatigué et blessé dans ces boyaux datant d'un autre âge.

Son pied heurta quelque chose de solide, et il bascula en avant, sur les marches d'un escalier de pierre. L'arête de la quatrième marche vint cogner son nez, l'entaillant jusqu'à l'os. Du sang jaillit aussitôt, dégoutta le long de ses joues et lui empoissa les lèvres. Tout à coup, l'épuisement, la faiblesse émotionnelle et le désespoir s'unirent pour submerger son corps maltraité, et il s'effondra sans plus d'énergie sur les degrés de l'escalier. Tout se mit à marcher au ralenti. Il demeura étendu, et écouta les gouttes de sang qui coulaient de sa blessure s'écraser sur la pierre. Un doux nuage blanchâtre perça les ténèbres et l'enveloppa.

Pitt remua sa tête endolorie, pleine de confusion, en essayant de s'éclaircir les idées. Lentement, très lentement, comme un homme soulevant un poids énorme, il redressa tête et épaules et entreprit de franchir les marches en rampant. Avec effort, il les escalada, degré par degré, et finit par atteindre le but qu'il s'était fixé.

Un entrelacs d'épais barreaux barrait le sommet de l'escalier. La grille était ancienne et couverte de rouille, mais épaisse et toujours assez puissante pour résister à la charge d'un éléphant.

Pitt se hissa péniblement sur ses pieds. Un souffle d'air frais lui caressa la joue, remplaçant l'odeur moisie du labyrinthe. Il jeta un coup d'œil à travers les espaces entre les barreaux et fut tout ragaillardi d'apercevoir les étoiles briller dans le ciel. Au sein de ce couloir battu par le vent, il avait cru se transformer en cadavre dans son cercueil. Il lui semblait n'avait pas vu le monde extérieur depuis une éternité. Il prit appui sur ses pieds et remua la grille. Il n'y eut pas le moindre mouvement. La serrure de l'imposante barrière venait d'être récemment soudée.

Il mesura l'ampleur de l'espace entre chaque barreau, à la recherche de la plus large ouverture. Le troisième trou en partant de gauche était le plus grand : un peu plus d'une vingtaine de centimètres. Il s'extirpa laborieusement de tous ses vêtements et les déposa de l'autre côté de la grille. Puis il se barbouilla de sang et de sueur et repoussa l'air de ses poumons jusqu'à ce qu'ils lui fassent mal. Alors, glissant son crâne entre les barreaux, il s'efforça de faire passer ses quatre-vingt-dix kilos de l'autre côté. La rouille des barreaux s'effritait au contact de sa peau glissante et venait se coller aux taches de sang gluantes. Un affreux gémissement de douleur s'échappa de ses lèvres tandis que ses parties génitales frottaient le bord rugueux d'un des barreaux. Il tendit désespérément les bras pour s'agripper au sol et fit un dernier et terrible effort. Son corps se trouva libre.

Pitt massa son entrejambes meurtri et s'assit, sans tenir compte de la douleur lancinante, et sans parvenir à croire à son succès. Il était passé, c'était entendu, mais était-il vraiment hors de danger ? Ses yeux, qui avaient fini par s'habituer à l'obscurité, scrutèrent les alentours.

Les barreaux voûtés du labyrinthe donnaient directement sur la scène d'un large amphithéâtre. Ce solennel édifice était baigné d'une vague lueur surnaturelle, produite par l'éclat des étoiles et le clair de lune. Son demi-cercle était entouré par les sommets de monts obscurs. L'architecture était grecque mais l'aspect massif de l'ensemble était le signe d'une construction romaine. Le bord de la scène circulaire était séparé du mur d'enceinte du théâtre par une quarantaine de rangées de chaises. A part d'invisibles insectes effectuant leur vol nocturne, l'amphithéâtre était parfaitement désert.

Pitt enfila les lambeaux de son uniforme. Nouant les bouts humides et collants de sa chemise, il se fit un bandage de fortune.

Le simple fait de marcher et respirer dans la chaleur de la nuit lui rendit des forces. Il avait risqué le tout pour le tout, là dans ce labyrinthe et, sans même l'aide du fil d'Ariane pour le guider, avait vaincu le sort et avait gagné. Un éclat de rire s'échappa de ses lèvres et se répandit dans l'amphithéâtre, avant d'être répercuté en échos sonores. Il oublia douleur et épuisement en imaginant la tête que ferait von Till lors de leur prochaine rencontre.

«Ça vaut combien, un spectacle pareil ?» cria-t-il en direction des tribunes vides.

Il attendit, gagné par l'atmosphère de ce cadre singulier. Il n'y eut ni réponse, ni applaudissementsnon plus, seulement le silence flottant dans la chaleur de la nuit. Pendant un instant, il s'imagina qu'une foule de spectateur romains l'acclamaient, mais les silhouettes vêtues de toges se fondirent dans le marbre blanc, sans un bruit, abandonnant Pitt à lui-même.

Il leva la tête vers le ciel d'une pureté de diamant, et tenta de trouver des points de repère. L'étoile Polaire fit aimablement scintiller sa lumière, et lui indiqua le nord approximatif. Le regard de Pitt scruta la voûte céleste, sur trois cent soixante degrés. Quelque chose clochait. Le Taureau et les Pléïades auraient dû se trouver juste au-dessus de lui. Au lieu de cela, elles brillaient loin à l'est.

— Nom de Dieu ! jura Pitt à voix haute, en jetant un coup d'œil à sa montre.

Il était 3 heures 22. Il ne restait qu'une heure et 18 minutes avant l'aube. D'une façon ou d'une autre, il venait de perdre presque cinq heures. Qu'est-il arrivé ? songea-t-il. Comment le temps a-t-il passé aussi vite ? Ensuite il se souvint être resté évanoui après sa chute dans les escaliers de pierre.

Il n'y avait plus une seconde à perdre. Il se dépêcha de traverser la scène couverte de pavés ronds, et finit par découvrir, dans la pénombre environnante, un étroit sentier qui descendait en direction des montagnes. Il l'emprunta et commença sa course contre le soleil.

CHAPITRE HUIT

Quatre ou cinq cents mètres plus bas, le sentier se changea en route — pas vraiment une route, mais deux renfoncements parallèles creusés dans le sol par le passage de pneus. Les traces continuaient en pente douce, dessinant une tortueuse série de virages en épingles à cheveux. Pitt dévala ce sentier au petit trot, en vacillant et le cœur battant avec violence à cause de ce rythme imposé. Il était blessé, pas trop grièvement, mais il avait perdu beaucoup de sang. N'importe quel docteur, s'il avait eu la possibilité de l'examiner, lui aurait aussitôt ordonné d'allonger son corps meurtri sur un lit d'hôpital.

Sans cesse, depuis qu'il était sorti du labyrinthe, des images des scientifiques sans défense et de l'équipe du *First Attempt* mitraillés par l'Albatros lui traversaient l'esprit comme des éclairs. Il pouvait voir avec un luxe incroyable de détails les balles labourant chairs et os, barbouillant la peinture blanche du navire de recherches océanographiques de taches d'un rouge profond. Le carnage serait accompli avant que les nouveaux jets intercepteurs de Brady Field aient été mis en alerte pour décoller, à condition bien entendu que les appareils de remplacement aient eu le temps de venir d'Afrique du Nord avant l'aube. Ces visions et d'autres encore incitèrent Pitt à redoubler d'efforts, et à outrepasser ses capacités normales.

Brusquement, il stoppa. Quelque chose avait remué dans la pénombre devant lui. Il quitta la piste au tracé imprécis et contourna avec prudence un bosquet de châtaigniers, pour se rapprocher à pas de loup de cet obstacle imprévu. Il se redressa pour jeter un coup d'œil par-dessus un tronc d'arbre abattu et pourrissant. Même dans cette pénombre, il n'y avait aucun doute possible concernant cette silhouette : il s'agissait d'un âne à la panse rebondie attaché à un rocher isolé. La bête laissée sans surveillance pointa une oreille en entendant Pitt approcher, et se mit à braire doucement, de façon presque pathétique.

— Tu ne ferais pas vraiment le bonheur d'un jockey, dit Pitt avec un sourire, mais les mendiants ne peuvent pas se montrer trop difficiles.

Il détacha la corde du rocher et en fit prestement un licou de fortune. Sans tergiverser, il s'employa à glisser la corde sous le nez de l'âne. Ensuite, il lui grimpa sur le dos.

— Allez, hue, bourrique !

L'animal ne fit pas un geste.

Pitt pesa sur les flancs dodus. Toujours rien. Il frappa, serra les cuisses et piqua des talons. Rien, pas même un braiment. Les longues oreilles restèrent couchées et leur obstiné propriétaire refusa de bouger.

Pitt ne connaissait aucun mot de grec, à part quelques noms. Cela devrait marcher, pensa-t-il. Cette stupide bourrique portait sans doute le nom d'un dieu ou d'un héros grecs.

— En avant Zeus... Apollon... Poséidon... Hercule. Qu'est-ce que tu penses d'Atlas ?

On aurait dit que l'âne s'était changé en pierre. Soudain, une idée traversa Pitt. Il se pencha et examina le bas-ventre de sa monture. Il était dépourvu de tuyauterie extérieure.

— Acceptez toutes mes excuses, splendide et ravissante créature, souffla Pitt à la pointe de oreilles. Allez, ma charmante Aphrodite, mettons-nous en route, à présent.

La mule tiqua, et Pitt comprit qu'il touchait presque au but.

— Atlanta ?

Pas plus de réaction.

— Athéna ?

Les oreilles se dressèrent aussitôt et la mule tourna la tête, pour regarder Pitt de ses gros yeux déconcertés.

— Allez, hue, Athéna !

Athéna, à la joie et au soulagement de Pitt, piaffa quelques instants avant de se mettre en marche avec obéissance, pour dévaler la route.

La fraîcheur du petit matin s'était installée et les prés bordant les bois étaient humides de rosée, lorsque Pitt atteignit les faubourgs de Liménas. Liménas était un de ces typiques villages côtiers grecs, fouillis d'immeubles modernes construits sur le site d'une cité antique, dont les ruines affleuraient çà et là au milieu des maisons récentes aux toits de tuiles. Sur le littoral à la limite du village, le port, avec sa jetée en forme de demi-lune, offrait une image pittoresque qu'on aurait dit tirée d'une brochure d'agence de voyages. Il était envahi de bateaux de pêcheurs et baigné d'odeurs de sel, de poisson et d'huile de moteur. Les grandes barques à coque de bois étaient abandonnées sur la plage comme une bande de baleines échouées, leurs mâts soigneusement arrimés au plat-bord et le filin d'ancre vaguement tendu vers le large. Par rangées, derrière la plage de sable blanc, étaient plantées de hautes perches supportant les filets de pêche, bruns et puants, qui formaient une espèce de longue barrière. Et, encore plus loin derrière eux, se trouvait la rue principale du village, avec sa multitude de petites portes et fenêtres fermées qui n'offraient aucun signe de vie à ce pauvre Pitt débraillé sur sa pesante monture à quatre pattes. Les maisons aux façades de plâtre blanc, garnies de leurs petits balcons, formaient un tableau paisible et saisissant de vérité dans le clair de lune, un tableau très peu en rapport avec les événements qui avaient conduit Pitt dans ce village.

A un petit carrefour, Pitt sauta de la mule et l'attacha à une boîte aux lettres. Ensuite, il sortit un billet de dix dollars de son portefeuille et le fixa au licou de l'animal.

— Merci pour la course, Athéna, tu peux garder la monnaie.

Il administra quelques tapes affectueuses sur les naseaux de l'animal puis, remontant ses pantalons d'apparence plutôt minable, il prit d'un pas chancelant la direction de la plage.

Pitt chercha les lignes électriques pour savoir s'il y avait un téléphone dans les environs, mais n'en vit pas. Il n'y avait ni voitures ni aucun autre véhicule dans les rues, excepté une bicyclette, mais il était trop exténué physiquement pour se permettre de pédaler tout au long des dix kilomètres qui le séparaient de Brady Field. Et de toute façon, pensa-t-il, même s'il avait la chance de dénicher un téléphone ou de rencontrer quelqu'un possédant une voiture, il ne parlait pas un mot de grec.

Les chiffres lumineux de son Omega indiquaient 3 heures 59. Une nouvelle aube se lèverait sur l'île dans quarante et une minutes. Quarante et une minutes pour prévenir Gunn et les hommes à bord du *First Attempt*. Pitt tourna son regard vers la mer, en suivant la courbure intérieure de l'île. S'il se trouvait à dix kilomètres de Brady Field par la terre, seuls six kilomètres le séparaient du navire, en ligne directe par la mer. Il n'y avait plus lieu d'hésiter, il lui fallait tout simplement voler une embarcation. Et pourquoi pas ? songea-t-il. S'il pouvait kidnapper une mule, il pouvait très bien devenir un pirate et s'emparer d'un bateau.

Au bout de quelques minutes, il découvrit un vieux Doris pourvu d'une coque largement évasée et d'un moteur monocylindre couvert de rouille. Tâtonnant dans la pénombre, il finit par trouver le bouton d'allumage et la commande des gaz. La manivelle était énorme et il fallait absolument que Pitt s'en serve pour faire démarrer le moteur. Tous ses muscles endoloris se tendaient à chaque tour silencieux. De la sueur se mit à lui couler du front, jusque sur le moteur. Sa tête était traversée d'élancements et sa vue se brouilla. Encore et encore, il fit tourner la manivelle, en y laissant la peau de ses mains. C'était sans espoir : le moteur ne voulait pas démarrer.

Si la vitesse d'exécution s'était révélée essentielle au cours des heures précédentes, elle était désespérément vitale à présent. Il gaspilla de précieuses minutes en essayant vainement de mettre en marche l'engin récalcitrant. Pitt puisa dans ses dernières ressources, cachées au plus profond de lui-même. Serrant les mâchoires, il tira aussi fort que possible sur la manivelle. Le moteur toussota un bref instant puis s'arrêta. Il donna un dernier coup de manivelle et s'écroula, à bout de forces, au beau milieu d'une flaque huileuse au fond de la barque. Le moteur toussa à nouveau, un coup puis un autre, ahana, toussota encore, démarra enfin et se mit à pétarader tandis que l'unique piston allait et venait dans son manchon. Trop fatigué pour ramener l'ancre, Pitt se pencha par-dessus bord et coupa le filin avec son précieux couteau à dessert, puis mit le levier des gaz sur «reverse». Le minable petit bateau, dont la peinture de coque s'en allait en écailles, vrombit pour s'éloigner du bord en marche arrière, effectua un virage à cent quatre-vingts degrés pour doubler l'antique digue romaine et pointa vers le large.

Pitt coinça les gaz sur la pleine vitesse tandis que le Doris tanguait dans la faible houle, et atteignit bientôt sa vitesse maximale d'environ sept nœuds. Pitt se hissa sur le siège de poupe et empoigna le gouvernail des deux mains, qui saignaient depuis qu'il s'était arraché la peau en se démenant avec la manivelle rouillée.

Une demi-heure passa, interminable sous le ciel sans nuages qui se teintait peu à peu des lueurs de l'aube. L'embarcation continuait de pétarader avec régularité au large de l'île. Pitt trouvait cette progression mortellement lente. Mais chaque mètre parcouru était un mètre de plus vers le *First Attempt.* De temps à autre, il se surprenait en train de sommeiller, la tête penchée en avant, et se réveillait en sursaut. Il s'encouragea mentalement, malgré le chaos qui régnait dans son esprit, à reprendre vigueur, avec une frénésie qui le surprenait lui-même.

Alors, à travers son regard lourd, il finit par apercevoir, la forme grise et basse à l'horizon, juste après la dernière pointe de l'île, à quinze cents mètres environ. Il reconnut les signaux lumineux de proue et de poupe, deux blancs et trente-deux, qui indiquaient un navire à l'ancre. Les rayons du soleil levant se répandaient rapidement dans le ciel, et à l'est, la silhouette du *First Attempt* se dessina finement sur l'horizon, d'abord la superstructure, puis la grue et le pylône radar, pour finir par les nombreux équipements scientifiques entassés pêle-mêle sur le pont.Pitt se mit à parler au vieux moteur bruyant, en l'implorant de fonctionner quelques minutes encore. En réponse, l'unique cylindre se mit à claquer, à crépiter et à cafouiller, communiquant à l'axe de l'hélice, avec des gargouillements de mauvais augure, des rotations de plus en plus lentes et fatiguées. La course contre l'aube était près de se terminer.

La boule orange et chaude du soleil n'émergeait encore qu'à peine au-dessus de l'horizon liquide quand Pitt ralentit brusquement la petite embarcation, puis fit lentement passer les commandes sur «reverse» et s'en alla cogner maladroitement les flancs du *First Attempt*.

— Holà, du bateau, lança Pitt faiblement, trop fatigué pour bouger.

— Espèce de fichu connard ! répliqua une voix furieuse. Tu ne peux pas regarder où tu vas ?

Une silhouette sombre se pencha par-dessus le bastingage et jeta un coup d'œil à la barque, qui cognait la coque du gros navire.

— La prochaine fois, préviens-nous de ton arrivée, comme ça on pourra peindre une cible sur le côté, reprit la voix.

Malgré la tension et la douleur atroce causée par ses blessures, Pitt ne put s'empêcher de sourire avant d'ajouter :

— Il est beaucoup trop tôt pour ce genre de blagues. Arrête ton char, descends ici et donne-moi un coup de main.

— Pourquoi est-ce que je ferais ça ? dit l'homme de veille, en plissant les yeux dans la pénombre. Mais qui êtes-vous, Bon Dieu ?

— Je suis Pitt, et je suis sérieusement blessé. Assez glandouillé. Remue-toi le cul.

— C'est vraiment vous, Major ? demanda la vigie avec hésitation.

— Mais qu'est-ce qu'il te faut, nom d'un chien, lança sèchement Pitt, un certificat de naissance ?

— Non, sir.

La vigie disparut derrière le bastingage et réapparut quelques instants plus tard à l'échelle de coupée, une gaffe dans la main. Il accrocha la barque par son plat-bord arrière, à bâbord, et l'attira vers l'échelle. Après avoir maintenu la petite embarcation à l'aide d'un filin attaché à sa poupe, il sauta à bord, mais se coinça le pied sous un taquet et s'étala en plein sur Pitt.

Pitt serra les paupières, et ne put retenir un grognement causé par le poids du corps qui venait de s'effondrer sur lui. Lorsqu'il rouvrit les yeux, il se trouva en train de fixer la barbe jaune de Ken Knight.

Knight voulut dire un mot, mais il s'aperçut que le corps qu'il avait sous lui était couvert de sang et de blessures. A la vue de l'état dans lequel se trouvait Pitt, le jeune scientifique tressaillit et son visage blêmit.

Les lèvres de Pitt se tordirent.

— Ne reste pas planté là comme une souche. Porte-moi jusqu'à la cabine du Commandant Gunn.

— Mon Dieu, Mon Dieu, murmurait Knight, en dodelinant de la tête, parfaitement abasourdi. Seigneur ! Mais qu'est-ce qui a bien pu vous arriver ?

— Plus tard, dit Pitt sèchement. Chaque chose en son temps.

Il bascula en avant, et arrêta sa chute des deux mains.

— Aide-moi, espèce d'abruti, reprit-il, avant qu'il soit trop tard.

Le ton désespéré mêlé à une fureur intense fit enfin réagir Knight.

Supportant Pitt à moitié, le tirant le reste du temps, Knight fit grimper Pitt le long de l'échelle jusque sur le pont. Il s'arrêta devant la cabine de Gunn et frappa à la porte.

— Ouvrez, Commandant Gunn. C'est une urgence.

Gunn tira la porte, vêtu seulement d'une paire de shorts et de ses lunettes à monture d'écaille, l'air confus d'un professeur surpris dans un motel en compagnie de l'épouse du doyen de l'Université.

— Qu'est-ce que cela signifie...

Il s'interrompit brusquement en apercevant le corps couvert de sang coagulé que transportait Knight. Ses yeux marrons s'agrandirent plus que jamais derrière les verres de ses lunettes.

— Mon Dieu, Dirk, c'est toi ? Qu'est-ce qui t'arrive ?

Pitt tenta de sourire à nouveau, mais ne parvint qu'à retrousser légèrement sa lèvre supérieure.

— Je viens d'être flanqué à la porte des Enfers ! dit-il d'une voix lente, avant d'ajouter plus énergiquement :

— Est-ce que tu disposes d'un quelconque équipement météo à bord ?

Gunn ne répondit pas. Au lieu de cela, il ordonna à Knight d'aller chercher le docteur. Ensuite, le petit capitaine binoclard porta Pitt dans sa cabine et l'installa délicatement sur la couchette.

— Ne bouge pas, Dirk. On va te rafistoler dans pas longtemps.

— C'est tout à fait ça, Rudi. Dans pas longtemps, dit Pitt en serrant le poignet de Gunn de sa main blessée. Est-ce que tu as du matériel météorologique à bord ? répéta-t-il de manière pressante.

Gunn baissa les yeux sur Pitt, son regard trahissant sa perplexité.

— Oui, nous avons des appareils qui enregistrent différentes données météorologiques. Pourquoi me demandes-tu ça ?

La main de Pitt relâcha son étreinte et abandonna le poignet de Gunn. Un faible sourire de satisfaction lui fit plisser les paupières et serrer les lèvres tandis qu'il se redressait, en s'appuyant sur les coudes.

— Ce navire va être attaqué d'une minute à l'autre, par l'appareil qui a bombardé Brady Field.

— Tu délires, dit Gunn, s'avançant pour aider Pitt à s'asseoir.

— J'ai peut-être l'air de sortir de l'enfer, dit Pitt, mais à cette minute même, mon cerveau est plus clair que le tien. Maintenant, écoute, et écoute bien. Voilà ce qu'il faut faire.

Ce fut l'homme posté en vigie tout en haut de la structure de la grue qui le premier distingua le petit avion jaune sur le vaste fond d'azur. Ensuite, Pitt et Gunn le virent à leur tour, à environ trois kilomètres, volant à une altitude de huit cents pieds. Ils auraient dû l'apercevoir plus tôt, mais il s'approchait du *First Attempt* en plein dans le soleil.

— Il a dix minutes de retard, grommela Pitt, un bras posé sur l'épaule d'un médecin à barbiche blanche qui, avec diligence et habileté, s'employait à bander sa poitrine.

Le vieux docteur, suivant les allées et venues de Pitt sur le pont du navire, avait nettoyé les vilaines coupures et les avaient pansées, sans un regard en direction de l'avion qui approchait. Il serra le dernier nœud avec fermeté et fit tressaillir Pitt, qui ne put s'empêcher de grimacer.

— Voilà tout ce que je peux faire pour vous, Major, si vous n'arrêtez pas d'arpenter le pont de long en large en criant des ordres comme Surcouf avant un abordage.

— Désolé, Doc, dit Pitt sans quitter le ciel des yeux. Mais il est hors de question que je subisse une visite médicale réglementaire pour l'instant. Vous feriez mieux de descendre à présent. Si mon petit plan de bataille ne réussit pas, il va vous falloir installer une antenne médicale d'urgence d'ici dix minutes.

Sans répondre, le vieux médecin maigre et à la peau tannée referma sa grande trousse de cuir, fit demi-tour et descendit prestement l'échelle de pont.

Pitt se recula du bastingage et se tourna vers Gunn.

— Tu es branché ?

— C'est quand tu veux.

Gunn était tendu, mais semblait prêt et même impatient. Il tenait en main une petite boîte noire rattachée à un fil qui grimpait le long du mât du radar et qui pointait ensuite dans le ciel clair de l'aube.

— Tu crois que le pilote de ce vieux machin va mordre à l'hameçon ?

— L'Histoire est un éternel recommencement, dit Pitt d'un ton assuré, le regard braqué sur l'avion qui approchait.

Même au milieu de toute cette tension et de cette anxiété, Gunn n'avait pas pu s'empêcher d'être étonné de la complète transformation de Pitt : l'homme exténué qui avait grimpé à bord du *First Attempt* en chancelant n'avait rien de commun avec l'individu qui se tenait sur le pont, les yeux brillants, dans une attitude digne d'un cheval de combat, inhalant l'odeur de la bataille de ses naseaux fumants. Cela pouvait paraître étrange, mais Gunn ne pouvait s'empêcher de songer à ce qui avait eu lieu plusieurs mois auparavant, sur le pont d'un autre navire, un steamer appelé *Dana Gail*. Il s'en souvenait comme si c'était hier. Il avait ce jour-là surpris la même expression sur le visage de Pitt juste avant que le vieux rafiot rouillé largue les amarres et parte en direction d'une mystérieuse colline se trouvant au fond du Pacifique, au nord de Hawaii. Soudain, Gunn fut rappelé à la réalité présente par quelqu'un qui lui empoignait le bras.

— Baisse-toi, dit Pitt précipitamment, sinon l'onde de choc va te propulser par-dessus bord. Tiens-toi prêt pour la mise à feu à l'instant où je le dirai.

L'avion d'un jaune étincelant était à cet instant occupé à virer sur l'aile, pour effectuer un cercle autour du navire, et évaluer ses défenses. Le bourdonnement de son moteur venait rebondir sur les flots, et faisait vibrer les tympans de Pitt. Il observa l'appareil à l'aide d'une paire de jumelles, et sourit d'un air satisfait en apercevant les petits trous d'impact dans l'entoilage des ailes et sur le fuselage : un rappel des tirs de carabine de Giordino. Redressant les jumelles, il les dirigea vers le fil noir qui pendait dans le ciel au-dessus de lui, et au même instant, il sentit grandir en lui un espoir qui finit par se transformer en profonde conviction.

— Voilà... C'est bien... Encore..., dit-il d'un ton tranquille. Je crois qu'il va mordre dans le fromage.

Le fromage, songea Gunn étonné. Il appelle fromage ce fichu ballon là en haut. Qui aurait imaginé que Pitt pensait à ce fichu ballon quand il avait demandé si le *First Attempt* possédait des équipements d'observation météo. A présent ce fichu ballon flottait dans l'air, dans ce fichu ciel, avec cinquante kilos de charge explosive, sortis du fichu labo d'études sismiques, attachés à ce ballon. Gunn leva les yeux par-dessus le bastingage vers le gros ballon captif, couleur d'argent, et sa mortelle cargaison qui brinquebalait sous lui. Le câble retenant le ballon et le fil électrique commandant l'explosion étaient attachés ensemble, sur plus de deux cent cinquante mètres dans les airs, et sur cent cinquante ensuite, la longueur de trois terrains de football. Il remua la tête, en goûtant l'ironie de la situation : cette charge explosive, utilisée d'ordinaire pour créer des ondes de choc sous-marines et analyser ainsi le fond des mers, allait servir à faire exploser un avion en plein ciel.

Le vrombissement du moteur de l'aéroplane se fit plus puissant et, un court instant, Pitt pensa qu'il était en train de piquer directement sur le navire, puis il se rendit compte que son angle de chute était trop faible. Le pilote avait manœuvré pour faire passer l'Albatros à proximité du ballon. Pitt se redressa pour ne rien perdre du spectacle, tout en sachant qu'il constituait de la sorte un cible exposée et bien tentante. Le moteur fit entendre un grondement féroce et les mitrailleuses se braquèrent sur l'enveloppe bourrée de gaz, qui paressait au-dessus du miroir des flots. Il n'y eut aucun temps d'arrêt, pas de réglage de portée de tir, les ailes jaunes étincelèrent dans le soleil, en masquant le feu des deux mitrailleuses installées sur le capot. Le bruit jaillit staccato et la plainte des balles marqua le début de l'assaut.

La peau de nylon caoutchouté du ballon empli d'hélium fut secouée sous le feu roulant des mitrailleuses. Il commença par s'affaisser, puis se rida comme une vieille prune en se dégonflant, et se mit à claquer en tournoyant vers la mer. L'Albatros survola le ballon qui tombait, et se rua sur le *First Attempt.*

— Maintenant ! hurla Pitt, en frappant le pont du pied.

Gunn appuya sur le bouton.

La seconde suivante parut durer des siècles. Puis il y eut une gigantesque explosion qui remua le navire de la quille à la pointe des mâts. La tranquillité de l'aube vola en éclats dans un vacarme infernal, comme si une tornade fracassait un millier de vitres. Et, dans le ciel, une tour d'épaisse fumée et de flammes se mit à tourbillonner pour former une énorme boule de feu orange et noire. La déflagration projeta son souffle sur Pitt et Gunn, écrasant leurs organes internes contre leur épine dorsale avec la puissance d'un bélier.

Lentement, se mouvant avec une raideur pénible à cause du bandage serré, et respirant avec difficulté, Pitt se remit sur pied et scruta le nuage qui ne cessait de s'étendre dans le ciel, à la recherche de l'Albatros. Un peu secoué, il braqua son regard un peu trop haut, et ne distingua rien, excepté les volutes de fumées ; l'avion et son pilote étaient partis. Ensuite, il comprit ce qui s'était passé. Le bref laps de temps qui s'était écoulé entre l'ordre qu'il avait crié et l'explosion effective avait évité à l'appareil une désintégration immédiate. En baissant les yeux vers l'horizon, il finit par le repérer. Le biplan planait avec maladresse dans les airs, son moteur hors service.

Pitt s'empara des jumelles et les braqua rapidement sur l'Albatros. L'appareil laissait derrière lui une traîne de fumée, ainsi que des débris rougeoyants, pareils à la queue d'une comète. Avec une fascination morbide, Pitt vit l'une des ailes inférieures se replier avant de tomber, faisant faire la culbute à l'appareil.

L'Albatros se mit à effectuer une série de girations incontrôlées, comme un feuille de papier jetée du haut d'un building. Puis il resta suspendu dans le ciel un bref instant avant de s'abîmer en mer, en laissant un paraphe de fumée dans l'air chaud.

— Ça y est, dit Pitt avec excitation. Nous avons gagné.

Gunn était affalé au bas d'une cloison. Il rampa sur le pont pour se rapprocher de Pitt et, toujours hébété, leva la tête.

— A quelle distance et dans quelle direction ?

— Environ trois kilomètres à tribord, répondit Pitt.

Il abaissa les jumelles et jeta un coup d'œil au visage blême de Gunn.

— Tu vas bien ?

Gunn hocha la tête.

— C'était juste un petit vent, rien de plus.

Pitt sourit, mais il n'y avait pas trace d'humour dans son regard. Il avait pris un air de suffisance, et était très content d'avoir vu réussir son plan.

— Envoie la baleinière et quelques hommes là-bas. Qu'ils plongent pour examiner l'épave. Je suis impatient de savoir à quoi ressemble notre fantôme.

— Bien évidemment, dit Gunn. Je dirigerai personnellement les plongeurs. Mais à une condition... Tu vas me faire le plaisir de poser ton cul dans ma cabine immédiatement. Le docteur n'en a pas fini avec toi.

— C'est toi le capitaine, dit Pitt en haussant les épaules.

Il retourna s'appuyer au bastingage et porta à nouveau le regard vers la tache qui marquait l'endroit où l'Albatros jaune s'était abattu.

Il se tenait toujours au bastingage dix minutes plus tard quand Gunn et quatre hommes d'équipage du *First Attempt* embarquèrent leur matériel de plongée à bord de la baleinière et larguèrent les amarres. La petite embarcation ne perdit pas une seconde à décrire des cercles pour s'orienter, mais pointa immédiatement vers l'endroit où l'aéroplane s'était abîmé. Pitt continua d'observer jusqu'à ce que les plongeurs aient disparu à intervalles réguliers au milieu des flots scintillants, avant de converger vers la dernière demeure de l'épave.

— Suivez-moi, Major, dit une voix derrière Pitt.

Il se retourna lentement et échangea un regard avec le docteur barbichu.

— Ce n'est pas bien de me poursuivre comme ça, Doc, dit Pitt avec un large sourire. Je n'ai aucune envie de vous épouser.

Le vieux médecin aux yeux bleus ne lui retourna pas son sourire. Il se contenta d'indiquer l'échelle qui menait à la cabine de Gunn.

Pitt n'avait d'autre solution que d'obéir et de confier son corps meurtri aux bons soins du docteur. Dans la cabine, il lutta sans beaucoup de conviction pour ne pas perdre conscience, mais les sédatifs qu'on lui avait administrés finirent par l'emporter, et il plongea rapidement dans un profond sommeil.

CHAPITRE NEUF

Pitt fixait le visage sévère et repoussant que lui retournait un petit miroir, accroché sur une des parois de la cabine. Les cheveux noirs pendouillaient sur sa face et ses oreilles, et formait une couronne ébouriffée au dessus de ses yeux d'un vert sombre, cernés et injectés de sang. Il n'avait pas dormi très longtemps. Sa montre indiquait que quatre heures seulement étaient passées. C'est la chaleur qui l'avait éveillé, cette couverture d'air chaud qui dérivait sur la mer en provenance d'Afrique et qui venait enfoncer ses doigts brûlants sous sa peau. Il se rendit compte que le ventilateur était fermé, alors il le mit en marche, mais le mal était fait. L'air chaud et sec avait envahi la cabine, et le conditionneur ne parviendrait jamais à l'en chasser pour rafraîchir l'atmosphère, du moins pas avant le début de soirée. Il ouvrit le robinet et s'envoya de l'eau au visage, laissant la fraîcheur imprégner son épiderme tandis que le liquide s'écoulait le long de ses épaules et de son dos.

Il essuya vivement sa peau mouillée et tenta de se remémorer le fil des événements qui avaient eu lieu la nuit précédente. Willie et la Maybach-Zeppelin. La villa. L'apéritif avec von Till. La beauté de Teri, et la pâleur de ses traits. Ensuite le labyrinthe, le chien et l'évasion. Athéna : est-ce que son propriétaire l'avait retrouvée ? La barque, ce matin, l'Albatros jaune et l'explosion. Pour l'heure, l'attente du retour de Gunn et de son équipe, partis récupérer l'épave de l'avion et le corps de son mystérieux pilote. Quel pouvait bien être le rapport avec von

Till ? Quelles étaient les motivations du vieux Boche ? Et Teri. Connaissait-elle l'existence du traquenard ? Avait-elle tenté de l'avertir ? Ou bien avait-elle servi d'appât à son oncle, pour lui permettre d'obtenir des renseignements ?

Il essaya de vider son esprit de toutes ces questions. Sa peau le démangeait sous les bandages et il se sentait l'envie irrépressible de les arracher... Dieu, ce qu'il faisait chaud... Si seulement il avait devant lui un bon verre bien glacé. La seule pièce de vêtements que le docteur n'avait pas réduit en charpie était son short. Il le rinça dans l'évier et l'enfila encore humide. Au bout de quelques minutes, il était déjà parfaitement sec.

On frappa quelques légers coups à la porte. Elle s'ouvrit ensuite lentement et le garçon de service aux cheveux roux passa la tête dans l'entrebâillement.

— Vous êtes éveillé, Major Pitt ? demanda-t-il à voix basse.

— Oui, mais tout juste, répondit Pitt.

— Je... Je ne voulais pas vous déranger, reprit le garçon avec hésitation. Le docteur m'a demandé de venir jeter un coup d'œil tous les quarts d'heure pour m'assurer que vous vous portiez bien.

Pitt lança un regard cinglant au garçon de cabine.

— Bon Dieu, je me demande qui pourrait se porter bien dans une fournaise pareille, avec le conditionnement d'air éteint ?

Un air de grande perplexité traversa le jeune visage bronzé.

— Oh, mince alors, je suis désolé, sir. Je croyais que le Commandant Gunn l'avait laissé branché.

— Ce qui est fait est fait, dit Pitt avec un haussement d'épaules. Et si tu me proposais de boire un truc bien frais ?

— Qu'est-ce que vous souhaitez ? Une bouteille de FIX ?

Les paupières de Pitt se plissèrent.

— Une bouteille de quoi ?

— FIX. C'est une bière grecque.

— Si tu le dis, c'est d'accord, dit Pitt sans pouvoir retenir un sourire. J'avais déjà entendu parler de prendre un fix, mais jamais d'en boire.

— Je reviens tout de suite, sir.

Le garçon fit volte-face et referma la porte. Brusquement, elle s'ouvrit à nouveau et les cheveux flamboyants du jeune garçon réapparurent.

— Je suis désolé, Major. J'avais presque oublié. Le Colonel Lewis et le Capitaine Giordino vous attendent. Le Colonel avait envie de débarquer ici pour vous réveiller, mais le docteur n'a rien voulu entendre. Il a même menacé de balancer le Colonel par-dessus bord s'il essayait.

— D'accord, dis-leur qu'ils peuvent venir, dit Pitt sur un ton impatient. Mais rapporte-moi cette bière avant que je sois complètement fondu.

Pitt s'allongea à nouveau sur la couchette et laissa la sueur rouler le long de son corps jusque sur les draps froissés et imprégner les endroits qui étaient en contact avec sa peau. Son cerveau continuait de fonctionner à plein régime, fouillant chaque détail du passé, en essayant de les rattacher au présent, puis les projetant en avant, pour tenter de déterminer les directions futures.

Lewis et Giordino.

Ils n'avaient pas perdu de temps. Si Giordino avait reçu une réponse du quartier général de la NUMA, elle pouvait se révéler l'une des nombreuses pièces manquantes de ce puzzle. Les quatre côtés étaient presque reconstitués, mais le centre restait un conglomérat dispersé de pièces incertaines ou même inconnues. La face démoniaque de von Till lorgnant l'entrée du labyrinthe, ses fines lèvres tordues en une grimace de dédain. Le grand chien blanc. Il essaya d'imbriquer de force ces éléments dans l'ensemble, mais cela ne marchait pas. Ce qui est bizarre, pensa-t-il, c'est que le chien ne correspond pas à la pièce à laquelle il semble se rapporter. Pour quelque insondable raison, il ne parvenait pas à insérer l'animal entre von Till et Kurt Heibert.

Tout à coup, Lewis s'engouffra dans la cabine avec toute la finesse d'un bang supersonique. Son visage était rouge et il transpirait, les gouttes de sueur dégoulinant sous son nez et dans ses moustaches, où elles disparaissaient comme la pluie au sein d'une forêt.

— Eh bien, Major, vous ne regrettez toujours pas d'avoir refusé mon invitation à dîner ?

Pitt sourit à moitié.

— Je dois reconnaître qu'à deux ou trois reprises au cours de la nuit passée, je m'en suis voulu d'avoir dédaigné vos escalopes.

Il montra la gaze et les bandes adhésives qui entouraient sa poitrine.

— Mais après tout, mon autre rendez-vous pour dîner m'a permis d'accumuler quelques souvenirs que je compte bien garder longtemps, très longtemps.

Giordino apparut derrière la masse imposante de Lewis et adressa un salut à Pitt.

— Regarde un peu ce qui t'arrive à chaque fois que je te laisse sortir tout seul pour faire la noce.

Pitt pouvait apercevoir le large sourire qui éclairait le visage de Giordino, mais il remarqua également un air d'inquiétude fraternelle dans les yeux de son ami.

— La prochaine fois, Al, je t'enverrai à ma place.

Giordino éclata de rire.

— Epargne-moi cette faveur, si tu es l'exemple vivant du matin d'après.

Lewis se laissa tomber de tout son poids sur une chaise devant la couchette.

— Seigneur, ce qu'il fait chaud ici dedans. Est-ce que ces fichus musées flottants ne sont pas équipés de conditionnement d'air ?

Pitt ressentit une pointe de plaisir sadique face au malaise de Lewis, qui bouillait littéralement.

— Désolé, Colonel, le groupe électrogène doit être à bout de force. J'attends une bière qui devrait rendre la chaleur un peu plus supportable.

— Pour le moment, grogna Lewis, j'accepterais même de boire un verre de l'eau du Gange.

Giordino se pencha au-dessus de la couchette.

— Pour l'amour du ciel, Dirk, dans quelle sale affaire es-tu allé te fourrer après nous avoir quittés la nuit dernière ? Le message radio de Gunn parlait d'un chien enragé.

— Je vais tout te raconter, dit Pitt, mais avant ça, j'aimerais qu'on réponde à quelques unes de mes questions.

Il se tourna vers Lewis.

— Colonel, connaissez-vous Bruno von Till ?

— Si je connais von Till ? répéta Lewis. Juste un peu. Je lui ai été présenté et je l'ai vu ensuite de temps à autre, à l'occasion de soirées organisées par les dignitaires locaux, mais c'est à peu près tout. D'après ce que j'en ai conclu, c'est quelqu'un de plutôt mystérieux.

— Sauriez-vous, par hasard, de quoi il s'occupe ? demanda Pitt avec espoir.

— Il est propriétaire d'une petite flotte de navires.

Lewis s'arrêta un instant, fermant les yeux pour réfléchir. Puis, il les rouvrit brusquement, donnant l'impression d'avoir trouvé ce qu'il cherchait.

— Minerva, dit-il, voilà, c'est ça. La Compagnie Minerva, c'est le nom de sa flotte.

— Je n'en ai jamais entendu parler, dit Pitt à voix basse.

— Rien d'étonnant, aboya Lewis. A en juger aux vieux rafiots rouillés que j'ai vus en train de fumer aux environs de Thasos, je me demande si qui que ce soit est au courant de son existence.

Pitt plissa les paupières.

— Les navires de von Till croisent le long des côtes de Thasos ?

— Oui, dit Lewis en hochant la tête. Il y en a un qui passe chaque semaine, à peu près. Ils sont faciles à repérer : ils ont tous un énorme M peint sur la cheminée.

— Restent-ils ancrés au large, ou bien viennent-ils à quai à Liménas ?

Lewis remua à nouveau la tête, en précisant :

— Ni l'un ni l'autre. Chaque navire que je me suis donné la peine de remarquer est venu du sud, a fait le tour de l'île et est reparti d'où il était venu, vers le sud.

— Sans s'arrêter ?

— Ils stoppent environ une demi-heure, pas plus, juste en face des vieilles ruines.

Pitt se redressa sur la couchette. Il jeta un regard interrogatif à Giordino, puis à Lewis.

— C'est étrange.

— Pourquoi ? demanda Lewis, en allumant un cigare.

— Thasos se trouve au moins à huit cents kilomètres au nord des couloirs principaux vers le canal de Suez, répondit Pitt lentement. Pourquoi von Till obligerait-il ses navires à effectuer un détour de mille six cents kilomètres ?

— Je n'en sais rien, dit Giordino avec impatience, et, franchement, ça m'intéresse encore moins. Est-ce que tu n'arrêterais pas de tourner autour du pot, pour nous parler de ton escapade nocturne ? Qu'est-ce que ce personnage de von Till a à voir avec la nuit passée ?

Pitt se mit debout et étira ses membres endoloris en grimaçant. Il avait un goût de sable et de gravier dans la bouche ; il n'arrivait pas à se rappeler quand pour la dernière fois sa gorge avait été aussi sèche. Que fabriquait donc ce nigaud avec sa bière ? Pitt aperçut le paquet de cigarettes de Giordino, et d'un signe lui en demanda une. Il l'alluma et tira une bouffée, ce qui ne fit qu'accroître le mauvais goût dans sa bouche.

Il haussa les épaules, avec un sourire désabusé.

— C'est entendu, je vais tout vous raconter du début à la fin, et je vous autorise à me regarder comme si j'étais fou. Je comprendrai.

Dans la fournaise de cette cabine, dont les parois métalliques étaient presque trop chaudes pour être touchées, Pitt raconta son aventure. Il ne passa rien sous silence, pas même sa faible conviction que Teri ait pu, d'une façon ou d'une autre, le trahir pour aider von Till. Lewis hochait pensivement la tête de temps à autre, mais ne fit aucun commentaire ; son esprit semblait flotter dans l'air, et retrouver sa clarté seulement lorsque Pitt relatait un événement de façon animée. Giordino s'était mis à faire les cent pas dans la cabine, en prenant tout son temps et en suivant le léger roulis du navire.

Lorsque Pitt eut terminé, nul ne dit mot. Dix secondes passèrent, puis une trentaine. Leur transpiration avait chargé d'humidité l'atmosphère déjà envahie par la fumée des cigares et cigarettes.

— Je sais, dit Pitt un peu fatigué. Ça ressemble à un conte de fées et ça n'a pas l'air d'avoir beaucoup de sens. Mais c'est exactement ce qui m'est arrivé. Je vous ai tout dit.

— Daniel dans la fosse aux lions, lança Lewis, d'une voix assurée. Je l'admets, ce que vous venez de nous raconter me semble assez invraisemblable, mais les faits ont parfois des façons bien étranges de vous donner raison.

Il sortit un mouchoir de sa poche-revolver et s'essuya le front.

— Vous aviez parfaitement prévu que ce vieil avion allait attaquer le navire, et vous saviez même à quel moment.

— Von Till m'a bien aidé avec ses insinuations. Le reste n'était que conjectures.

— Je n'arrive pas à croire à cet étrange coup monté, dit Giordino. Utiliser un vieux biplan pour bombarder la mer et le paysage simplement pour être débarrassé du *First Attempt* me paraît d'une complication exagérée.

— Pas vraiment, dit Pitt. Il est très vite apparu aux yeux de von Till que ses tentatives de sabotage des opérations scientifiques de l'expédition de la NUMA ne rencontraient pas le succès escompté.

— Qu'est-ce qui l'a contrarié ? interrogea Giordino.

— Cette tête de mule de Gunn, dit Pitt avec un sourire. Malgré tout ce qui arrivait et qu'il considérait comme des accidents et des contretemps dus à des causes naturelles, il a refusé de lever l'ancre et d'abandonner.

— C'est bien de sa part, grogna Lewis.

Il s'éclaircit la gorge pour poursuivre, mais Pitt prit les devants.

— Von Till était obligé de chercher dans d'autres directions. Se servir du vieil aéroplane fut un éclair de génie. S'il avait envoyé un jet moderne attaquer Brady Field, tout le bordel se serait aussitôt transformé en une crise internationale. Le gouvernement grec, les Russes, les Arabes, tout le monde s'en serait mêlé, et sous peu la totalité de l'île aurait grouillé de militaires en état d'alerte. Non, von Till s'est montré plus intelligent : l'antique Albatros a été la cause d'un embarras certain pour notre gouvernement, et a coûté à la Force Aérienne la bagatelle de plusieurs millions de dollars, mais a d'un autre côté permis d'éviter un cafouillage diplomatique et un conflit armé.

— Très intéressant, Major, dit Lewis d'une voix éteinte, teintée de scepticisme. Très intéressant... Et particulièrement instructif. Mais accepteriez-vous de répondre à une question qui me traverse l'esprit ?

— De quoi s'agit-il, sir ?

C'était la première fois que Pitt s'adressait à Lewis en l'appelant «sir», et il trouva cela étrangement déplaisant.

— J'aimerais bien savoir ce que ces intellos des mers sont en train de chercher pour que quelqu'un ait fichu un pareil bordel dans les environs.

— Un poisson, répondit Pitt avec le sourire.

Les yeux de Lewis s'arrondirent et il faillit laisser tomber son cigare sur ses genoux.

— Un quoi ?

— Un poisson, répéta Pitt. Il porte le surnom de *taquin*, et c'est une espèce rare considérée comme un fossile vivant. Gunn prétend que la capture d'un des poissons serait la découverte scientifique capitale de ces dix dernières années.

Pitt se dit, avec ironie, qu'il exagérait quelque peu, mais les fanfaronnades et les poses de Lewis l'énervaient.

Le visage de Lewis n'était pas agréable à regarder tandis qu'il se levait en tremblant de sa chaise.

— Vous voulez dire que j'ai pour quinze millions de dollars de débris d'avions éparpillés sur une base qui se trouve sous mon commandement personnel, et que ma carrière militaire est quasiment ruinée, tout ça à cause d'un foutu poisson ?

Pitt se força à rester sérieux.

— En effet, Colonel, j'estime que vous pouvez présenter les choses de cette façon.

Lewis remua la tête de gauche à droite, un air de profonde affliction et de défaite sur le visage.

— Mais Seigneur, ce n'est pas juste, ça n'est vraiment pas...

Il fut interrompu par des coups frappés à la porte métallique. Le garçon de cabine entra, portant trois bouteilles de bière sur un plateau.

— Ramènes-en d'autres, dit Pitt, et bien froides.

— Oui, sir, marmonna le garçon.

Il alla déposer le plateau sur le bureau et quitta aussitôt la cabine.

Giordino tendit une bouteille à Lewis.

— Tenez, Colonel, buvez ça et oubliez les dégâts de Brady. Ce sont les contribuables qui vont payer la note, de toute manière.

— Je serai probablement mort d'une crise cardiaque d'ici là, dit Lewis d'un air lugubre.

Il se rassit sur sa chaise, s'affaissant comme une chambre à air percée.

Pitt s'empara d'une des bouteilles couvertes de givre, et se la passa sur le front. L'étiquette rouge et argent se décollait sur les bords. Il jeta un coup d'œil distrait aux mots imprimés qui proclamaient fièrement : «Fournisseur de la Cour Royale de Grèce».

— Alors, quelle est la situation ? demanda Giordino entre deux gorgées.

— Je n'en suis pas encore très sûr, dit Pitt en haussant les épaules. Tout ça dépend de ce que va trouver Gunn dans l'épave de l'Albatros.

— Tu as une petite idée ?

— Aucune pour le moment.

Giordino écrasa sa cigarette dans le cendrier.

— Même si ce n'était que ça, je dirais que nous sommes déjà mieux lotis, en comparaison de ce que nous savions hier à la même heure. Grâce à toi, notre spectre datant de la Première Guerre mondiale est kaput, et on sait plus ou moins quel était l'instigateur de ces attaques surprises. Tout ce qu'il nous reste à obtenir maintenant, c'est que les autorités grecques procèdent à l'arrestation de von Till.

— Ce n'est pas suffisant, dit Pitt en réfléchissant. Nous nous retrouverions dans la position d'un juge d'instruction demandant la mise en accusation d'un suspect, sans connaître le motif qui l'a poussé. Non, il faut qu'on découvre les raisons d'agir de von Till, même si elles ne nous semblent pas très plausibles. Il nous faut un motif derrière ces intrigues et ces destructions.

— Tout ce que je peux te dire, c'est qu'il ne s'agit pas d'un trésor.

Pitt lança un regard à Giordino.

— J'allais oublier de te demander. L'Amiral Sandecker a fait parvenir une réponse à tes questions ?

Giordino jeta sa bouteille vide dans la corbeille, avant de répondre.

— C'est arrivé ce matin, un peu avant qu'on quitte Brady

Field pour rejoindre le *First Attempt*, le Colonel Lewis et moi.

Il s'interrompit, levant les yeux en direction d'une mouche qui marchait au plafond. Puis, il rota.

— Et alors ? demanda Pitt avec impatience.

— L'Amiral a branché une équipe d'une dizaine de personnes sur un programme de recherche d'accidents, aux Archives nationales. A la fin des investigations, ils en sont arrivés à la même conclusion : il n'existe aucun document enregistré qui signale un trésor caché dans une épave au large des côtes de Thasos.

— Et les cargaisons ? Est-ce que certains des navires dont on a enregistré le naufrage dans le coin transportaient une cargaison précieuse ?

— On ne mentionne rien de valeur, dit Giordino en sortant une feuille de papier de sa poche de poitrine. La secrétaire de l'Amiral m'a dicté par radio les noms de tous les navires qui ont coulé aux environs de Thasos, au cours des deux cents dernières années. La liste n'est pas très longue.

Pitt essuya les gouttes de sueur qui perlaient au coin de ses paupières et déclara :

— Donne-nous un échantillon.

Giordino posa la liste sur ses genoux et se mit à lire à voix haute, d'un ton monotone.

— *Mistral*, frégate française, coulée en 1753. *Clara G.*, charbonnier britannique, coulé en 1856. *Amiral Defossé*, cuirassé français, coulé en 1872. *Scyla*, brick italien, coulé en 1876. *Daphne*, canonnière britannique, coulée en...

— Passe directement à 1915, le coupa Pitt.

— *H.M.S. Forshire*, croiseur britannique, coulé par les batteries allemandes installées sur le continent, en 1915. *Von Schroder*, destroyer allemand, coulé par un navire de guerre britannique, en 1916. *U-19*, sous-marin allemand, coulé par l'aviation britannique, en 1918.

— Tu peux t'arrêter là, dit Pitt en bâillant. La plupart des épaves sur ta liste sont des navires de guerre. Il y a peu de chances que l'un d'entre eux ait transporté un magot en pièces d'or.

Giordino acquiesça de la tête.

— C'est ce qu'ont dit les gars de Washington, «aucun document enregistré au sujet d'un trésor englouti».

L'évocation d'un trésor avait rendu son brillant au regard de Lewis.

— Et les vestiges grecs ou romains ? La plupart des rapports ne remontent pas aussi loin.

— C'est exact, dit Giordino, mais comme Dirk l'a déjà précisé, Thasos se trouve très éloigné des routes maritimes habituelles. Et ça reste vrai en ce qui concerne les trajets effectués pendant l'antiquité.

— Mais s'il y a vraiment une fortune là en-dessous, insista Lewis, et si von Till le trouve, il garderait certainement ça secret.

— Il n'existe aucune loi interdisant de chercher des trésors engloutis, dit Giordino en soufflant deux jets de fumée par les narines. Pourquoi s'en cacherait-il ?

— La cupidité, dit Pitt, une cupidité maladive, qui tient à garder cent pour cent, qui refuse de partager avec qui que ce soit, ou de payer une taxe au gouvernement et même de lui fournir une estimation.

— En tenant compte de l'énormité de la ponction qu'effectuent la plupart des gouvernements, dit Lewis avec emportement, je dois avouer que je ne blâmerais pas von Till de garder le secret sur sa découverte.

Le garçon de cabine entra, apportant trois autres bouteilles de bière. Giordino avala la sienne d'un coup et puis l'envoya rejoindre sa collègue dans la poubelle.

— Toute cette affaire me semble mal engagée, se plaignit-il. Je n'aime pas beaucoup ça.

— Je ne l'aime pas plus que toi, dit Pitt doucement. Toutes les routes logiques mènent à un cul-de-sac. Même cette discussion au sujet d'un trésor n'a pas beaucoup de sens. J'ai essayé d'appâter von Till pour qu'il admette qu'il était à la recherche de ce trésor, mais ce vieux bâtard rusé n'a pas montré le moindre intérêt. Il essaye de dissimuler quelque chose, mais il ne s'agit ni de lingots d'or, ni de diamants.

Il ouvrit un hublot, et montra la mer autour de Thasos, endormie sous les vagues de chaleur grandissante, et ajouta :

— La solution se trouve là, quelque part, soit aux alentours de l'île, soit sur l'île, ou bien les deux. Nous en saurons bientôt davantage quand Gunn aura mis la main sur l'Albatros et son occupant.

Giordino, les mains nouées derrière la tête, souleva deux pieds de sa chaise en se balançant.

— En fin de compte, nous pourrions nous en aller maintenant et être de retour à Washington dans la journée de demain. Puisque le vieux biplan renégat est détruit, et que nous savons qui se cache derrière les accidents à bord du *First Attempt*, les choses vont reprendre d'elles-mêmes leur cours normal. Je ne vois pas pourquoi on ne plierait pas bagage pour rentrer chez nous.

Il jeta un regard indifférent à Lewis, et reprit.

— Je suis persuadé que le Colonel Lewis saura faire face à n'importe quelle situation d'urgence qui pourrait survenir à Brady Field.

— Vous ne pouvez pas partir maintenant ! lança Lewis, en transpirant abondamment, le souffle court, et en se retenant à grand-peine d'exploser. Je vais contacter l'Amiral Sandecker, et je vais...

— Ne vous faites pas de souci, Colonel, le coupa Gunn qui se tenait dans l'entrée.

Il avait poussé la porte de la cabine en silence, et se tenait appuyé à la cloison.

— Le major Pitt et le Capitaine Giordino ne vont pas quitter Thasos de si tôt, reprit-il.

Pitt l'observa, dans l'expectative. Le visage de Gunn ne présentait aucun sentiment d'allégresse, mais au contraire reflétait un mélange de vide profond et d'abattement. C'étaient les traits d'un homme qui a cessé de se tracasser. On apercevait la forme de ses clavicules et de ses autres os, saillant de ses épaules affaissées par la fatigue, tandis que sa peau était couverte de gouttes d'eau salée qui dégoulinaient le long des poils de son corps. Il ne portait rien, excepté ses éternelles lunettes à monture d'écaille et un slip de bain noir qui ne faisait rien pour dissimuler les formes qu'il recouvrait. Quatre heures de plongée d'affilée avaient exténué Gunn. Chaque os et chaque muscle s'étaient mis à le faire souffrir.

— Désolé, sir, marmonna Gunn. Je crains que les nouvelles ne soient mauvaises.

— Pour l'amour de Dieu, Rudi, dit Pitt. Que se passe-t-il ? Tu n'as pas réussi à remonter l'épave, ou bien tu n'as pas retrouvé le corps du pilote ?

— Ni l'un ni l'autre, dit Gunn en haussant les épaules.

— A ce point-là ? demanda Pitt, d'un air et sur un ton mortellement sérieux.

— Pire, répondit Gunn maussade.

— Explique-toi.

Pendant les trente secondes qui suivirent, Gunn resta silencieux. Les autres occupants de la cabine pouvaient percevoir les légers craquements du navire, qui roulaient doucement sur les flots de la Méditerranée, et ils gardaient les yeux fixés sur les lèvres serrées de Gunn.

— Croyez-moi, nous avons essayé, finit-il par déclarer avec lassitude. Nous avons utilisé toutes les ficelles du métier de plongeur. Mais nous ne sommes pas arrivés à localiser l'épave.

Il eut un geste d'impuissance avec les mains.

— L'avion est parti, il a disparu, Dieu seul sait où.

CHAPITRE DIX

«Les habitants de Thasos étaient de grands amateurs de théâtre, et le considéraient comme une part vitale de leur éducation. Chacun était invité à assister aux représentations, y compris les mendiants. Dans l'ancienne cité de Thasos, au cours des premières de pièces venues du continent, toutes les échoppes restaient fermées, toute activité cessait et les prisonniers étaient libérés. Même les prostituées de la ville, qui étaient tenues à l'écart de la plupart des manifestations publiques, étaient autorisées à pratiquer leur commerce dans les bosquets qui entouraient les théâtres, sans craindre les poursuites légales.»

Le guide basané, membre de l'Office National du Tourisme Grec, retroussa les lèvres en une joyeuse grimace quand il apperçut les expressions horrifiées déformant les visages des membres féminins du groupe de touristes. C'est toujours la même chose, pensa-t-il. Les femmes se mettaient à chuchoter avec un embarras affecté tandis que les hommes, portant des bermudas et bardés d'appareils photos et de posemètres, pouffaient de rire en s'envoyant des coups de coude avec des clins d'yeux entendus.

Le guide tordit le bout de ses magnifiques moustaches et étudia le groupe avec plus d'attention. Il y avait là quelques exemplaires des inévitables hommes d'affaires à la retraite, avec leurs panses replètes et leurs épouses qui ne l'étaient pas moins. Ils visitaient les ruines non pas par intérêt historique mais pour avoir le plaisir d'impressionner, à leur retour, leurs amis et connaissances. Les yeux du guide glissèrent ensuite sur quatre jeunes institutrices venues d'Alhambra, en Californie. Les trois premières n'avaient rien de remarquable, portaient d'affreuses lunettes et pouffaient à tout bout de champ. Mais la quatrième retint son attention. Excellentes potentialités. Larges seins proéminents, chevelure rousse, longues jambes — ainsi que beaucoup d'Américaines — et presque bien roulée. Le genre de fille portée sur le flirt, avec un regard qui suggérait que le meilleur restait à venir. Le guide se promit d'inviter cette fille, plus tard, dans le courant de la soirée, pour une visite des ruines au clair de lune.

Il tira ensuite sur les revers de sa jaquette serrante et en fit soigneusement rentrer le bas sous une ceinture rouge vif.

Lentement, avec une insouciance toute professionnelle, il déplaça son regard vers l'arrière du petit groupe, et le posa avec un léger malaise sur deux hommes qui s'appuyaient d'un air indifférent sur une colonne effondrée. La plus abominable paire de durs, coriaces et burinés, qu'il ait jamais vus. Le plus petit, visiblement italien, avec sa poitrine gonflée, ressemblait davantage à un singe qu'à un homme. L'autre brute, avec ses yeux d'un vert glacial, avait un tel air d'assurance et de sophistication blasée que c'était comme s'il portait accroché au-dessus de sa tête un panneau disant : «Attention : très dangereux». Le guide se remit à tortiller ses moustaches et se dit qu'il s'agissait plus que probablement d'un Allemand. Plutôt porté sur la bagarre, à en juger aux pansements qui couvraient ses mains et son nez. Etrange, très étrange, songea le guide. Pour quelle raison ces deux-là avaient-ils décidé de prendre part à cette visite des ruines, parfaitement soporifique ? Peut-être étaient-ce deux marins venant de déserter leur navire. Oui, c'est sûrement ça, dit-il en essayant de s'en persuader lui-même.

— Ce théâtre a été redécouvert en 1952, reprit-il, en découvrant deux rangées de dents étincelantes. Si bien enseveli par des siècles de limon descendu des montagnes qu'il fallut plus de deux années pour le dégager complètement. Remarquez, je vous prie, les motifs géométriques des mosaïques qui décorent le sol de l'orchestre. Elles sont constituées de cailloux teintés de pigments naturel, et l'ensemble porte une signature qui indique *Cœnus l'a fait.*

Il s'interrompit un moment, laissant à son troupeau d'excursionnistes le temps d'admirer la décoration florale du carrelage usé et décoloré. Puis il ajouta :

— A présent, si vous voulez bien me suivre, nous allons emprunter cet escalier sur votre gauche, et franchir cette petite butte, ce qui nous permettra d'admirer le Tombeau de Poséidon.

Pitt, jouant à fond le rôle du touriste las, fit semblant d'être épuisé et s'assit sur les marches, en observant le reste du groupe escalader les degrés de granit jusqu'à ce que leurs têtes aient disparu au sommet. Quatre heures et demie, lut-il sur sa montre. Exactement trois heures depuis que lui et Giordino avaient quitté le *First Attempt*, s'étaient promenés de-ci de-là dans la direction de Liménas, et avaient fini par se joindre à la visite guidée des vestiges antiques. A présent, tandis que le petit Capitaine arpentait impatiemment le sol de pierre, en étreignant un petit sac d'avion, ils attendirent encore quelques minutes, pour être tout à fait sûrs que la visite avait bien continué sans eux. Satisfait de voir qu'ils avaient été oubliés, Pitt fit un geste silencieux en direction de Giordino pour lui indiquer l'entrée de scène de l'amphithéâtre.

Pour la centième fois, Pitt tira sur son bandage de poitrine qui l'irritait, ce qui le fit penser au docteur de bord avec un sourire amusé. L'autorisation de quitter le navire et de retourner à la villa de von Till avait été formellement refusée par le médecin barbichu, et par Gunn également. Mais devant l'insistance de Pitt, qui s'était dit prêt à se battre avec l'équipage au grand complet et à nager pour rejoindre Liménas, le vieux toubib avait levé les bras au ciel en signe de défaite et avait quitté la cabine comme un ouragan. Après cela, il avait payé les tournées de vin qu'ils avaient bu dans une petite taverne pour tuer le temps, en attendant que commence la visite guidée. C'avait été sa façon à lui d'aider à reconnaître les environs de la villa. C'est Giordino qui, jurant et transpirant, s'était battu avec la couche de rouille entourant l'arbre de direction de l'hélice de la barque, et qui s'était escrimé sur la manivelle pour rendre vie au moteur. Et c'est toujours Giordino qui avait ramené le rafiot déglingué dans le port de Liménas. Par chance, personne ne s'était avisé de la disparition de la vieille barque, et sur la plage ne l'attendait ni propriétaire en colère, ni officier de police local ayant dans l'idée de punir les pirates yankee pour ce vol de bateau. Faire accoster le Doris à son emplacement d'origine, et traverser la plage à pied pour rejoindre le centre de la petite cité n'avait pris que quelques minutes. Pitt, alors même qu'il était persuadé que c'était une perte de temps, avait détourné Giordino de leur chemin vers la villa, pour voir si Athéna était toujours attachée à sa boîte aux lettres. La mule s'en était allée, mais juste de l'autre côté de l'étroite chaussée, au-dessus d'un petit immeuble de bureau, à la façade de plâtre blanc, une pancarte, rédigée en anglais, indiquait la présence de l'Office National du Tourisme Grec. Le reste avait suivi facilement : se joindre à une visite guidée, dont le circuit incluait l'amphithéâtre, et se mêler à un groupe de touristes, était la parfaite couverture pour regagner l'entrée du labyrinthe et se frayer un chemin vers la retraite de von Till sans être repéré.

Giordino s'essuya le front avec la manche.

— Faire irruption là-bas en plein milieu de l'après-midi. Pourquoi est-ce qu'on n'attendrait pas qu'il fasse nuit, comme tout cambrioleur qui se respecte ?

— Au plus tôt nous coincerons von Till, au mieux ce sera, dit Pitt sèchement. Si ce matin la destruction de l'Albatros l'a estomaqué, la dernière chose à laquelle il s'attend, c'est à la visite en plein jour d'un Dirk Pitt ressuscité.

Giordino pouvait percevoir sans difficulté la revanche qui

brillait dans les yeux de Pitt. Il se souvint de Pitt se mouvant avec lenteur et énormément de peine, faisant tous les efforts possibles pour grimper sans se plaindre le long des sentiers escarpés en direction des ruines. Giordino avait aussi remarqué l'amertume et le désespoir qui avaient envahi les traits de Pitt lorsque Gunn avait annoncé que l'avion mystérieux était resté introuvable. Il y avait quelque chose d'inquiétant dans la sinistre expression de Pitt et dans son air de concentration indifférente. Giordino s'interrogea vaguement pour essayer de déterminer si Pitt agissait poussé par le sens du devoir, ou bien sous le coup d'une vengeance maladive.

— Tu es bien sûr que c'est la meilleure manière ? Il serait plus simple de...

— C'est la seule façon, dit Pitt en l'interrompant. L'Albatros n'a pas été avalé par une baleine, et pourtant il a disparu sans laisser de trace. Apprendre l'identité du pilote aurait pu nous permettre de régler de nombreux détails en suspens. Nous n'avons plus le choix. La seule route qui s'offre encore à nous, c'est d'investir la villa.

— Je continue de penser qu'on aurait mieux fait de prendre une escadrille de police de l'air, dit Giordino sombrement, et d'aller enfoncer la porte d'entrée.

Pitt se tourna vers lui, puis jeta un nouveau coup d'œil en direction de l'escalier, par-dessus son épaule. Il savait pertinemment bien ce que ressentait Giordino, pour la bonne raison qu'il ressentait la même chose... L'irritation et le manque d'assurance qui faisaient qu'ils s'agrippaient à chaque solution de rechange paraissant offrir un léger espoir, dans le but d'obtenir une explication, la plus infime soit-elle, au sujet des étranges événements de ces derniers jours. Presque tout dépendait de ce qui allait se passer au cours de l'heure suivante : parviendraient-ils à pénétrer dans la villa sans être repérés ? Découvriraient-ils des preuves contre von Till ? Teri se révélerait-elle un pion volontaire dans le plan de son oncle, plan qui restait toujours inconnu ? Pitt observa à nouveau Giordino, détaillant les yeux marrons, les mains serrées, remarquant tous les signes d'une intense concentration mentale, concentration dirigée vers tous les dangers possibles qui les attendaient. C'était l'homme qu'il fallait avoir à ses côtés lorsque le sort était contre vous.

— Je ne sais pas comment je pourrais te faire entrer ça dans le crâne, dit-il calmement. Nous sommes sur le sol grec. Nous n'avons aucune autorité légale pour envahir une résidence privée. Est-ce que tu peux t'imaginer les problèmes que cela causerait à notre gouvernement si on enfonçait la porte de von Till ? Alors que dans la situation présente, si nous nous faisons attraper par les autorités grecques, on nous prendra pour deux membres d'équipage du *First Attempt* qui se sont introduits dans ce passage souterrain pour cuver une cuite pendant l'escale. C'est ce qu'ils penseront, parce qu'ils n'auront aucune raison de ne pas le faire.

— C'est pour ça que nous n'avons pas emporté d'arme ?

— Tu t'es sans doute dit que nous prenions des risques supplémentaires pour nous ménager une porte de sortie.

Pitt s'arrêta devant la voûte en ruine. La grille de fer semblait différente, à la lumière du jour, pas aussi massive et inexpugnable que dans son souvenir.

— Voilà l'endroit, reprit Pitt en frottant négligemment du bout de l'ongle une tache de sang séché sur un des barreaux rouillés.

— Tu es passé à travers ça ? demanda Giordino incrédule.

— Ce n'était rien, répondit Pitt avec un large sourire. Juste l'un de mes nombreux talents.

Le sourire disparut rapidement, et il ajouta :

— Allons-y tout de suite, nous n'avons pas de temps à perdre. La prochaine visite va passer dans le coin dans moins de quarante-cinq minutes.

Giordino s'approcha des solides barreaux et en moins d'une seconde donna l'image d'un homme absorbé par une tâche ardue et périlleuse. Il ouvrit le sac d'avion et le vida précautionneusement de son contenu, rangeant les objets au fur et à mesure sur une vieille serviette. Prestement, il fixa deux petites charges de T.N.T. sur un des barreaux, les séparant d'une cinquantaine de centimètres, inséra l'amorce et recouvrit chaque charge de plusieurs couches de bande métallique, semblable à celle dont se servent les plombiers. Ensuite, il enroula les brins d'un fil solide autour de ces deux bandages en bulbe et recouvrit le tout de couches supplémentaires d'adhésif. Après un dernier coup d'œil aux charges, lovées au sein de leur emballage de bande comme deux cocons, il connecta les fils au détonateur. Manifestement satisfait de son travail, et alors que toute l'opération n'avait pas pris plus de six minutes du début à la fin, il fit signe à Pitt d'aller se mettre à l'abri derrière un énorme pan de mur écroulé. Puis, il prit le même chemin, lentement, à reculons, en déroulant le fil qui rattachait le détonateur aux charges explosives. Près du mur, Pitt le prit par le bras pour attirer son attention.

— A combien de mètres à la ronde pourra-t-on entendre l'explosion ?

— Si j'ai bien travaillé, répondit Giordino, ça ne devrait pas faire plus que bruit qu'un coup de pistolet à bouchon pour quelqu'un qui se trouverait à trois cent mètres.

Pitt grimpa sur le pan de mur et scruta rapidement les environs, sur trois cent-soixante degrés. N'apercevant aucun signe d'activité humaine, il fit un signe de tête à Giordino, et ajouta, en souriant :

— J'espère que débarquer ainsi chez les gens sans être invité, et en empruntant l'entrée de service, n'offusque pas ta dignité.

— Nous, les Giordino, sommes plutôt larges d'idées, fit-il en rendant son sourire à Pitt.

— Nous y allons donc ?

— Si tu y tiens.

Ils s'accroupirent tous deux derrière le pan de mur, et

appuyèrent les mains sur les pierres brûlées par le soleil, pour parer aux chocs. Puis Giordino actionna le petit interrupteur de plastique du détonateur.

Même à cette distance plutôt réduite, de trois ou quatre mètres, le bruit de l'explosion ne produisit pas plus qu'un léger fracas. Aucune onde de choc ne fit trembler le sol, aucun nuage de fumée noire ni aucune flamme ne jaillit du porche, aucune déflagration assourdissante ne vint heurter leurs tympans. Il y eut juste cette faible détonation à l'origine indéfinissable.

Rapidement, dans un silence chargé d'impatience, ils se levèrent et se précipitèrent vers la grille de fer. Les deux bourses de bande adhésive étaient déchirées et fumaient, répandant une âcre odeur de brûlé, pareille à celle des gros pétards. Une mince volute de fumée s'insinuait à la manière d'un serpent entre deux barreaux de la grille et disparaissait vers l'intérieur du passage, plongé dans l'obscurité. Le barreau sur lequel avait été placés les explosifs était toujours en place.

Pitt jeta à Giordino un regard interrogatif.

— Pas assez de puissance ?

— C'était largement suffisant, dit Giordino avec confiance. Les charges étaient d'une taille parfaite pour ce boulot. Regarde bien, tu veux ?

Il administra au barreau un vigoureux coup de talon. Il resta solide et ne céda pas. Il le frappa à nouveau, avec plus de force cette fois, la bouche tordue par la secousse qui traversa sa semelle et son talon. Le haut du barreau finit par céder, et se replia, en laissant pendre à l'horizontale un large bout du métal déchiqueté. Un sourire tendu plissa les lèvres de Giordino, laissant peu à peu apparaître la rangée de ses dents.

— Et maintenant, mon tour de magie suivant...

— Une autre fois, lança Pitt sèchement. Remuons-nous un peu les fesses. Il faut qu'on pénètre dans la villa et qu'on soit de retour ici pour se mêler à la prochaine visite.

— Ça va nous prendre combien de temps pour y arriver ?

Pitt était déjà occupé à s'introduire dans l'espace dégagé par le barreau cassé.

— La nuit dernière, j'ai mis huit heures pour en sortir, je pense qu'on peut y être en huit minutes.

— Comment ? Tu as un plan ?

— Quelque chose de bien meilleur, dit Pitt avec calme, presque souriant.

Il indiqua le sac d'avion.

— Passe-moi la torche.

Giordino fouilla l'intérieur du sac, en sortit une grosse lampe jaune, de près de quinze centimètres de diamètre, et la faufila dans l'ouverture.

— Sacrée taille, dit-il. Ça sert à quoi ?

— Allen Dive Bright. Son revêtement d'aluminium résiste à des profondeurs de 2.500 mètres en plongée. Je sais que nous ne sommes pas en train de plonger, mais cette torche est plutôt solide et elle envoie un jet de lumière très puissant, de l'ordre des 1.800 bougies. C'est pour ça que je l'ai prise sur le navire.

Giordino n'ajouta rien, et se contenta de hausser légèrement les épaules, avant de se glisser entre deux barreaux, pour rejoindre Pitt dans le passage.

— Attends une seconde que j'aie trouvé les marques, dit ce dernier.

Giordino, de ses doigts épais, détacha prestement les lambeaux de bandages — il cacha les débris encore fumants sous un tas de pierres écroulées — avant de se tourner vers Pitt. Il plissa les paupières pour accoutumer son regard à la faible luminosité.

Pitt braquait sa torche vers les ténèbres.

— Jette un coup d'œil au sol. Tu verras pourquoi un plan ne nous serait pas très utile.

Le puissant rayon faisait apparaître une ligne brisée de sang coagulé et sec qui courait sur les marches raides et irrégulières. Les taches rouges apparaissaient en petits groupes éparpillés çà et là, séparés par de fines mouchetures rondes. Pitt descendit l'escalier en frissonnant, non tant à la vue de son sang ainsi répandu, que parce que la température avait brusquement baissé. La chaleur de l'après-midi régnant au dehors succédait à la fraîcheur humide du labyrinthe moisi. Au bas des marches, il se lança au petit trot, et la lampe se mit à tressauter dans sa main, projetant une série d'ombres bondissantes qui s'étalaient du plafond crevassé jusqu'au sol taillé à même la roche. Le sentiment de solitude et de peur qui l'avait envahi la nuit précédente avait disparu. Giordino, ce paquet de muscles court sur pattes mais indestructible, ami fidèle depuis de longues années, était à présent à ses côtés. Bon Dieu, rien ni personne ne l'arrêterait cette fois, pensa-t-il avec détermination.

Passage après passage, ils s'enfoncèrent dans l'obscurité comme dans une bouche béante. Pitt gardait un œil sur le sol, pour suivre les taches d'un rouge sombre. Au carrefour de plusieurs voies, il s'arrêta brièvement, pour examiner la piste. Si le sang s'enfonçait dans un des tunnels, et puis s'en revenait, cela signifiait un cul-de-sac. Il choisit de suivre la trace là où elle se réduisait à une seule ligne. Son corps le faisait souffrir et sa vision se voilait sur les bords, ce qui était mauvais signe. Il était exténué et le sentait dans tous ses nerfs. Pitt fit un faux pas et voulut se remettre debout pour continuer, mais Giordino lui prit le bras et l'agrippa avec force, tout en le relevant.

— N'en fais pas trop, Dirk, dit Giordino d'une ferme voix suivie d'un léger écho. Ça n'a pas de sens de te fatiguer à ce point-là. Tu n'es pas en condition pour jouer le Grand Héros Américain.

— Ce n'est plus très loin, dit péniblement Pitt. Le chien doit se trouver à proximité du prochain tournant.

Mais le chien avait disparu. Seules restaient les flaques de sang séché à l'endroit où le grand animal blanc avait répandu ses tripes en mourant. Pitt observa en silence les larges taches. L'odeur moite du sang s'était répandue dans le couloir, se mélangeant à l'atmosphère humide, sans vraiment la surmonter.

Il se remémora l'attaque, comme s'il la revivait : les yeux flamboyants du chien, le bond dans l'obscurité, son couteau s'enfonçant dans la chair fraîche, et les hurlements de l'animal à l'agonie.

— Continuons, dit Pitt avec un sourire, toute fatigue envolée. L'entrée se trouve à moins de deux cents mètres.

Ils plongèrent dans l'obscurité profonde de la montagne. Pitt ne se préoccupait plus de suivre la piste de sang, il savait au centimètre près quelle était leur position. Il se souvenait dans les moindres détails de la configuration des murs et du sol, à tel point qu'il aurait pu avancer de confiance en direction de la porte, sans même la lumière de la torche. La lampe dans sa main oscillait en décrivant des arcs sauvages tandis qu'ils s'avançaient dans le corridor de construction récente.

Tout à coup, le rayon éclaira la masse de la porte, dessinant à sa surface un cercle de lumière aveuglante.

— C'est là, dit Pitt à voix basse entre deux souffles de sa respiration pénible.

Giordino continua de marcher et se mit à genoux sur le sol, pour examiner les verrous encastrés. Sans perdre un instant, ses doigts avaient déjà commencé à explorer la fente étroite entre la porte et le montant du chambranle.

— Nom de Dieu, grommela-t-il.

— Quoi ?

— Il y a un gros loquet coulissant à l'intérieur. Je n'ai pas l'équipement pour le crocheter d'ici.

— Essaye les charnières, murmura Pitt.

Il dirigea le faisceau sur l'autre côté de la porte. Avant même qu'il ait parlé, Giordino s'était emparé d'une petite barre pointue qu'il portait dans son sac et dégageait les gros goujons de leur couverture de rouille.

Giordino laissa tomber les vis des charnières sur le sol d'un air dégagé, et laissa Pitt ouvrir la porte. A la seule pression de ses doigts, elle bascula sans un bruit, sur deux ou trois centimètres.

Pitt jeta un coup d'œil par l'entrebâillement, fit rapidement promener son regard aux alentours. Personne n'était en vue, et on ne discernait aucun son, excepté le bruit de leurs deux respirations.

Pitt poussa la porte de côté, se précipita sur le balcon, en clignant des yeux dans l'ardente lumière du soleil, et escalada l'escalier quatre à quatre. Giordino, il le savait, se trouvait sur ses talons. La porte du bureau était ouverte, les rideaux ondulant dans la légère brise venue du large. Il se plaqua contre le mur, l'oreille aux aguets, pour repérer les voix. Plusieurs secondes passèrent, jusqu'à former une demi-minute. Le bureau était silencieux. Il n'y a personne à la maison, pensa-t-il, ou bien alors c'est un sacré tas d'endormis. Pitt prit une respiration profonde, se tourna rapidement et s'avança dans la pièce.

Le bureau semblait parfaitement désert. La pièce était exactement pareille au souvenir de Pitt : les colonnes, les meubles antiques, le bar. Ses yeux firent un rapide tour du bureau, s'arrêtant sur l'étagère sur laquelle trônait la maquette de sous-marin. Il s'en approcha et examina plus en détail la parfaite exécution du vaisseau miniature. Le sombre acajou dans lequel étaient sculptés la coque et le kiosque étincelait comme une étoffe de satin. Le moindre détail des rivets d'un minuscule drapeau brodé aux couleurs de l'Empire Germanique avait une apparence extraordinairement réelle, au point que Pitt, un bref instant, s'attendit à voir un équipage miniature jaillir des écoutilles pour prendre position derrière les canons. Les chiffres peints avec soin sur le bord du kiosque donnaient au sous-marin le nom de U-19, un engin très proche de l'U-Boat qui avait torpillé le *Lusitania*.

Pitt se détourna brusquement de la maquette comme les doigts de Giordino serraient fermement son bras, et qu'il approchait sa tête de celle de Pitt.

— Je crois que j'ai entendu quelque chose, souffla-t-il.

— Où ? demanda Pitt en murmurant lui aussi.

— Je ne suis pas certain, je n'arrive pas à déterminer d'où ça vient.

Giordino dressa l'oreille. Puis il haussa les épaules.

— C'est mon imagination, à mon avis.

Pitt revint à la maquette de sous-marin.

— Est-ce que tu te souviens du numéro du sous-marin de la Première Guerre qui a coulé pas loin d'ici ?

Giordino hésita.

— Ouais... C'était U-19. Pourquoi tiens-tu à savoir ça maintenant ?

— Je t'expliquerai plus tard. Viens, Al, fichons le camp d'ici.

— On viens d'arriver, se plaignit Giordino, haussant le ton jusqu'au murmure.

Pitt tapota la maquette.

— Nous avons trouvé ce que nous cherchions...

Il se figea brusquement, écouta, adressant un signe de la main à Giordino pour le faire taire.

— Nous avons de la compagnie, susurra-t-il. Séparons-nous. Contourne la pièce et va te mettre derrière la deuxième colonne. Je vais longer les fenêtres.

Giordino acquiesça en silence. Il n'avait même pas dressé un sourcil.

Une minute plus tard, après une progression à pas de loup, leurs chemins se rejoignirent. Ils se faufilèrent derrière le haut dossier d'un canapé de belle longueur. Les deux hommes se rapprochèrent avec précaution et jetèrent un coup d'œil pardessus le dossier.

Sans un mot, sans un geste, Pitt parut prendre racine, planté sur le tapis. Il resta dans cette position pendant une éternité, c'est du moins ce qu'il sembla à Giordino, tandis que l'esprit de Pitt assimilait le choc causé par la vision de Teri paisiblement endormie sur le canapé. Mais il ne se passa pas une éternité, peut-être cinq secondes seulement, avant que Pitt réagisse.

Teri s'était pelotonnée, la tête posée sur l'arrondi d'un haut accoudoir, ses cheveux noirs tombant en désordre et touchant presque le sol. Elle portait un long négligé de couleur rouge dont les manches bouffaient autour de ses bras. Ce vêtement la couvrait de la tête aux pieds, mais son étoffe diaphane révélait de manière bien aguichante le triangle sombre sous son ventre et les deux cercles roses de sa poitrine. Pitt sortit son mouchoir et l'enfonça rapidement dans la bouche de Teri avant même qu'elle soit tout à fait éveillée. Puis saisissant les bords de son négligé, il les souleva au-dessus de sa tête et les enroula autour de ses bras, ce qui eut pour résultat d'immobiliser complètement la jeune fille. Teri finit par reprendre conscience — mais il était trop tard. Avant qu'elle ait pu comprendre ce qui lui arrivait, elle avait été jetée avec rudesse sur les épaules de Giordino, et coltinée à l'extérieur, dans l'éclatant soleil.

— Je crois bien que tu es cinglé, marmotta Giordino avec irritation alors qu'ils se dirigeaient vers l'escalier. Tout ce bataclan pour aller bâiller devant un jouet et enlever une nana.

— Tais-toi et cours, dit Pitt sans même se retourner.

Il repoussa la porte du passage sur le côté et laissa passer Giordino d'abord, avec sur les épaules son fardeau distribuant des coups de pieds dans l'air. Ensuite Pitt remit la porte en place, alignant les charnières avec les trous du chambranle.

— Pourquoi est-ce que tu te fais chier à remettre la porte ? demanda Giordino avec impatience.

— Jusqu'ici, personne ne nous a remarqués, répondit Pitt, en s'emparant du sac d'avion. Je préfère ne pas mettre la puce à l'oreille de von Till, aussi longtemps que possible. J'imagine qu'il a découvert la tracc de mes blessures, suite à l'assaut du chien. Il a dû se dire que je m'étais perdu dans le labyrinthe et que j'avais fini par mourir après avoir perdu tout mon sang.

Rapidement, Pitt se retourna et se rua dans le corridor, en maintenant le faisceau de la torche assez bas pour que Giordino, qui grognait sous son remuant fardeau, puisse apercevoir le sol devant ses pas. L'épais manteau de ténèbres, percé de ce petit îlot de lumière incandescente, s'ouvrait brièvement à leur approche, pour se refermer aussitôt, replongeant le labyrinthe dans la nuit éternelle. Un mètre après l'autre, l'infinie routine se répéta encore et encore. Leurs pas claquaient sur le sol ferme, et ce bruit se répandait dans l'obscurité en un étrange écho caverneux.

La torche et le sac bien arrimés dans les mains, juste un peu inquiet d'un curieux fourmillement qui venait de naître à l'entrée de son estomac, Pitt fonçait à toute vitesse. Rapidement, sans prendre garde à ne pas faire de bruit, sans plus craindre les ennuis, mais avec cette étrange sensation intérieure, avec l'air d'un homme à moitié convaincu d'avoir accompli un acte qu'il croyait impossible. Je suis sur les traces du secret de von Till et je détiens sa nièce, se dit Pitt en lui-même, encore et encore. Néanmoins, un sentiment de peur insistante lui titillait l'esprit.

Cinq minutes plus tard, ils arrivaient en vue de l'escalier de pierre. Pitt se rangea de côté, en braquant le rayon de la lampe sur les marches, et laissa Giordino les escalader en premier. Ensuite, il pivota, en retournant le faisceau vers le passage, pour y jeter un dernier coup d'œil, et son expression se fit sinistre. Il se demanda combien d'hommes et de femmes s'étaient battu pour échapper à ce dédale infernal. La seule chose certaine, pensa-t-il, c'est que personne ne connaîtrait jamais l'histoire complète de ce labyrinthe. Seuls subsistaient les fantômes, alors que les corps s'étaient depuis longtemps changés en poussières. Ensuite, il serra les lèvres et détourna la tête. Sans plus un regard pour ce qui se trouvait derrière lui, il grimpa les marches pour la dernière fois, avec un immense soulagement en apercevant la lumière du soleil en haut de l'escalier. Il avait à moitié franchi les barreaux rouillés, vaguement conscient de la présence de Giordino qui se tenait debout, étrangement calme, avec Teri toujours posée sur ses épaules, lorsqu'il entendit un énorme éclat de rire méprisant qui jaillissait du porche.

— Mes compliments, messieurs, pour vos goûts exquis en

matière de souvenirs. Cependant, je crois qu'il est de mon devoir de vous avertir que le vol d'objets de valeur, pris dans des sites archéologiques, est formellement interdit par la législation grecque.

CHAPITRE ONZE

Pitt se figea tandis que son esprit s'emballait pour encaisser le coup. Il resta planté dans cette position, une jambe sortie, et l'autre qui pendait toujours maladroitement vers l'intérieur du passage, pendant ce qui lui parut une éternité. Il lança la torche et le sac derrière lui sur les marches et puis grimaça dans le soleil, en attendant que ses yeux s'accommodent à la lumière éclatante. Il parvenait tout juste à distinguer une vague silhouette qui se détachait sur le mur de pierres basses et qui s'agitait devant lui.

— Je... Je ne comprends pas, se mit à marmonner Pitt un peu bêtement, avec l'air d'un péquenot un peu stupide. On n'est pas des voleurs.

Il y eut un autre rire tonitruant. Et la silhouette floue se transforma en un guide de l'Office National du Tourisme Grec, qui arborait un large sourire étincelant de blancheur sous ses grosses moustaches, et qui tenait dans sa main basanée un pistolet automatique Clisenti de neuf millimètres, canon pointé vers la poitrine de Pitt.

— Pas des voleurs ? dit le guide d'un ton sarcastique, dans un anglais parfait. Alors des kidnappeurs, peut-être ?

— Non, non, bredouilla Pitt, avec un trémolo forcé dans la voix. On est simplement deux marins, et on a profité de l'escale dans l'idée de s'amuser un peu dans ce pays inconnu.

Il fit un clin d'œil et adressa au guide une grimace entendue.

— Vous voyez ce que je veux dire, reprit-il.

— Oui, je comprends parfaitement.

Le pistolet resta braqué, sans bouger d'un centimètre.

— C'est bien la raison pour laquelle je vous arrête.

Pitt pouvait sentir le nœud qui s'était formé dans son estomac, et le goût de sable sec dans sa bouche sentait la défaite. Bon Dieu, l'échec était plus cuisant que ce qu'il avait craint : cela pouvait signifier la fin de tout, un procès suivi de l'expulsion du pays. Il garda son expression stupide sur le visage. Ensuite, il s'éloigna de la grille et s'avança, les mains ouvertes en un geste suppliant.

— Vous devez me croire. On n'a kidnappé personne. Tenez, dit-il en indiquant Teri, qui était toujours renversée sur l'épaule de Giordino, et dont le derrière était exposé. Cette femme n'est qu'une pute du village qui faisait la retape dans une taverne. Ça ressemblait plutôt à une porcherie. Elle nous a dit de faire le tour des ruines, et elle a promis de nous retrouver près de l'amphithéâtre.

Le guide semblait s'amuser. Il avançait sa main libre et apprécia du bout des doigts l'étoffe du négligé de Teri, puis les fit négligemment glisser sur les fesses rondes et délicates, ce qui déclencha une nouvelle ruée de coups de pieds de la part de la jeune fille.

— Dites-moi, reprit le guide d'une voix lente. A combien était la passe ?

— Elle a d'abord demandé deux drachmes, dit Pitt de mauvaise grâce. Mais après le petit... le petit jeu, elle a essayé de nous arnaquer en demandant vingt drachmes. Evidemment, nous, on a refusé de payer.

— Evidemment, répéta le guide sur le même ton.

— Il raconte la vérité, lâcha Giordino, les mots jaillissant de ses lèvres comme s'il n'arrivait pas à les sortir assez vite. C'est cette sale traînée qui est une voleuse, pas nous.

— Improvisation de premier ordre, dit le guide. Il est dommage que tout ce talent soit gaspillé face à une audience aussi réduite. Nous, les Grecs, avons des existences plutôt simples et un peu banales comparées à la sophistication dont vous faites preuve chez vous, mais ce n'est pas pour ça que nous sommes des simples d'esprit, déclara-t-il en indiquant Teri du bout de son pistolet. Cette fille n'est pas une prostituée à bon marché. Une prostituée de luxe, peut-être, mais sûrement pas de bas étage. La couleur de sa peau indique bien que vous êtes des menteurs, elle est beaucoup trop claire. Les filles de l'île sont réputées pour leur cul large et accueillant, à la peau foncée. Le sien est beaucoup trop petit.

Pitt ne répondit rien. Il observait attentivement le guide, guettant le moment opportun. Le moindre mouvement de sa part, il le savait, lancerait automatiquement Giordino dans l'action. Le Grec paraissait redoutable, vif et rusé, mais il n'y avait pas trace de velléités sadiques dans ses traits burinés par le soleil.

Le guide fit un signe à Giordino.

— Libérez la fille, que nous puissions examiner l'autre côté.

Giordino, sans quitter Pitt du coin de l'œil, déposa lentement Teri, en la faisant glisser de son épaule sur le sol. Elle remua un instant, comme une ivrogne, pour retrouver son équilibre, les bras toujours liés dans le dos, et se balança telle une tulipe géante dans le vent jusqu'à ce que Giordino dénoue le négligé qui lui cachait la tête. Dès qu'elle se sentit libre, Teri retira le bâillon de sa bouche et foudroya Giordino d'un regard flamboyant de haine.

— Espèce de salopard ! s'écria-t-elle. Qu'est-ce que ça signifie ?

— Ce n'était pas mon idée, ma jolie, dit Giordino, ses sourcils arqués de façon espiègle. Parles-en plutôt à ton ami là-bas.

Il agita le pouce pour indiquer Pitt.

La tête de Teri pivota dans cette direction, elle ouvrit la bouche pour parler, mais ravala ses mots dans un hoquet. Pendant un bref instant, ses grands yeux noisette reflétèrent son étonnement, puis ils furent traversés par un éclair de froid glacial, et finirent par pétiller chaleureusement. Elle se jeta dans les bras de Pitt et se mit à l'embrasser avec ferveur, un peu trop de ferveur, pensa-t-il, vu les circonstances.

— Dirk, c'était bien toi, dit-elle en sanglotant. Quand j'avais la tête dans le noir, j'avais cru... Reconnaître ta voix. Mais je n'étais pas sûre... Je pensais que tu étais... Je croyais ne plus jamais te revoir.

— On dirait bien, ajouta Pitt, que nos rencontres sont destinées à être une source continuelle de surprises.

— Oncle Bruno a prétendu que tu ne m'appellerais plus, plus jamais.

— Ne crois pas tout ce que raconte ton oncle.

Teri remarqua le pansement sur le nez de Pitt et y posa délicatement le bout des doigts.

— Tu es blessé, dit-elle d'une voix emplie de compassion et d'affliction. C'est Oncle Bruno qui t'a fait ça ? Il t'a menacé ?

— Non, j'ai dévalé quelques marches, j'ai trébuché et je suis tombé, dit-il en déformant quelque peu la réalité. Voilà tout ce qui s'est passé.

— Est-ce vraiment tout ? demanda le guide exaspéré, alors que la main qui tenait le pistolet commençait à retomber. La jeune demoiselle serait-elle assez aimable pour nous dire son nom ?

— Je suis la nièce de Bruno von Till, dit-elle d'un ton irrité. Et je ne vois pas en quoi cela vous concerne.

Le Grec poussa une exclamation aiguë, puis s'avança de quelques pas, pour examiner plus en détail le visage de Teri. Pendant presque une demi-minute, il resta là à l'observer, puis, lentement, après mûre réflexion, releva le canon du pistolet, et le braqua à nouveau sur Pitt. Il tordit les bouts de sa moustache, en dodelinant de la tête d'un air perplexe.

— Il se pourrait que vous disiez la vérité, reprit-il calmement. Mais il se pourrait aussi que vous mentiez pour protéger ces deux salauds.

— Vos ridicules insinuations ne présentent par la moindre

importance à mes yeux, déclara Teri en pointant le menton en avant, ce qui le fit saillir à l'égal de sa poitrine. J'exige que vous cessiez de braquer cet arme horrible et que vous nous laissiez seuls. Mon oncle possède une grande influence sur les autorités insulaires. Un seul mot de sa part et vous iriez aussitôt moisir en prison jusqu'à la fin de votre misérable existence.

— Je suis bien conscient de l'influence de Bruno von Till, dit le guide avec une légère indifférence. Malheureusement, cela ne m'impressionne guère. La décision finale concernant votre arrestation ou votre remise en liberté n'appartient qu'à une personne, mon supérieur à Panaghia, l'Inspecteur Zacynthus. Vous allez le rencontrer. Tout mensonge de votre part en sa présence ne pourra que vous mettre en très fâcheuse position. Si vous aviez tous l'amabilité de franchir ce mur, vous pourriez emprunter un sentier, qui au bout de deux cents mètres, vous mènera à l'endroit où une voiture vous attend, dit le guide en cessant de pointer le pistolet sur Pitt pour le braquer sur Teri. Je vous préviens, messieurs, reprit-il, ne tentez aucun geste inconsidéré. Si je remarque le moindre signe, la plus petite crispation sur le visage de l'un d'entre vous, je m'empresserai d'envoyer une balle dans le cerveau de cette délicieuse et adorable créature. A présent, pouvons-nous nous mettre en route ?

Cinq minutes plus tard, ils avaient tous rejoint la voiture, une Mercedes noire rangée discrètement sous un bosquet de pins. La portière du conducteur était ouverte et un homme vêtu d'un impeccable costume crème se tenait, l'air désinvolte, derrière le volant, un pied solidement planté sur le sol au dehors. Les voyant approcher, il sortit et ouvrit la porte arrière.

Pitt observa l'individu un long moment. Le contraste entre le costume clair aux plis impeccables et le visage sombre à l'expression menaçante était impressionnant. D'une taille de cinq centimètres environ plus grande que Pitt, l'homme ressemblait à un colosse taillé dans la pierre, et semblait presque aussi robuste. Il avait la plus large paire d'épaules que Pitt ait jamais vues, et devait peser dans les 120 kilos. La face était disproportionnée et incroyablement repoussante, et pourtant quelque chose en elle lui conférait une sorte de beauté, du genre de celle que les artistes cherchent à saisir sur une toile. Mais Pitt n'était pas dupe. Il savait pertinemment qu'il était face à un homme que la mort et le meurtre laissaient indifférent. Sa route avait plus d'une fois croisé celle d'une de ces brutes sympathiques pour qui un assassinat n'était qu'un acte plutôt banal, une routine quotidienne.

Le guide s'avança et fit le tour de la voiture par l'avant.

— Nous avons des invités, Darius. Trois pauvres brebis égarées. Nous allons les emmener devant l'Inspecteur Zacynthus. Pour qu'ils puissent lui jouer une autre de leurs petites saynètes, dit-il, puis il ajouta, en se tournant vers Pitt : Je crois que vous apprécierez la compagnie de l'Inspecteur : c'est un très bon public.

Darius indiqua sobrement le siège arrière.

— Vous deux ici, la fille à l'avant.

Sa voix était exactement comme on s'y attendait : profonde et rocailleuse.

Pitt s'enfonça au fond de la banquette et se mit à échafauder une douzaine de plans d'évasion, dont chacun semblait avoir moins de chance de réussir que le précédent. Le guide les tenait par les couilles aussi longtemps que Teri était à leurs côtés. Sans elle, pensa-t-il, lui et Giordino auraient déjà risqué le tout pour le tout pour maîtriser le guide et s'emparer du pistolet. Il restait encore la possibilité que, s'ils tentaient une manœuvre, le guide n'ait pas le courage de tirer sur une femme, mais Pitt ne voulait pas prendre un risque pareil avec la vie de Teri.

Le guide s'inclina avec une évidente courtoisie forcée.

— Conduis-toi en vrai gentleman, Darius, dit-il, et offre ton veston à cette adorable jeune demoiselle. Ses... Comment dire... Ses appâts proéminents pourraient se révéler distrayants en cours de route.

— Ne vous inquiétez pas, dit Teri avec mépris, je n'ai nulle intention de porter cette fichue veste de singe. Je n'ai rien à cacher. En outre, cela me fait très plaisir de mettre au supplice un cafard luisant tel que vous.

Le regard du guide se fit glacial, puis il eut un mince sourire et haussa les épaules.

— Comme vous voulez.

Teri referma les pans de son négligé sur ses seins et pénétra dans la voiture. Le guide la suivit, en la coinçant entre lui et cette brute de Darius, qui avait pris place derrière le volant. Puis, le moteur diesel de la Mercedes reprit vie en cahotant et la voiture se mit à rouler sur le sentier sinueux, s'enfonçant au milieu des nombreux nids-de-poule et des flaques de boue sèche. Les yeux du guide sautaient de Pitt à Giordino, et inversément, sans qu'il cesse un seul instant de braquer l'automatique à bout portant sur l'oreille droite de Teri. Sa vigilance sans faille et son inlassable concentration étaient le signe, à ce qu'il parut à Pitt, d'un fanatisme excessif.

Pitt, en observant le guide pour voir s'il ne lui adressait pas de signe négatif, tira lentement une cigarette de sa poche de poitrine et l'alluma tout aussi lentement.

— Dites-moi, quel que soit votre nom...

— Polyclitus Anaximandre Zénon, l'interrompit le guide. A votre service.

— Dites-moi, reprit Pitt sans même tenter de prononcer le nom du guide en entier, pourquoi étiez-vous posté l'œil aux aguets devant le passage quand nous en sommes sortis ?

— Je suis de nature plutôt curieuse, dit Zénon les lèvres tordues par un sourire. Quand je me suis rendu compte que vous et votre ami aviez mystérieusement disparu de la visite guidée, je me suis demandé : qu'y a-t-il dans les ruines qui a pu intéresser à ce point ces deux types bourrus ? La réponse n'a pas frappé mon humble cerveau, si bien que j'ai fait demi-tour, en abandonnant mon groupe de badauds à un confrère, et je suis retourné à l'amphithéâtre. Je ne vous ai trouvés nulle part. C'est alors que j'ai remarqué le barreau brisé... Ce n'était pas une grande prouesse de ma part, je vous assure. Je connais chaque pierre et chaque crevasse du site. J'étais persuadé que vous alliez réapparaître, alors je me suis assis pour vous attendre.

— Vous auriez eu l'air plutôt bête si nous n'étions pas revenus.

— Ce n'était qu'une question de temps. Il n'existe aucune autre issue à la Fosse d'Hadès.

— La Fosse d'Hadès ? demanda Pitt dont la curiosité venait de s'éveiller. Pourquoi lui donnez-vous ce nom ?

— Je trouve plutôt inattendu votre intérêt subit pour l'archéologie. Enfin, puisque vous me le demandez...

Il y avait une certaine perplexité dans le regard de Zénon, comme un mélange d'amusement et de considération.

— Au cours de l'âge d'or de la Grèce, reprit-il, les procès concernant des actes criminels avaient lieu dans cet amphithéâtre. Ce lieu avait été choisi parce que les jurys étaient constitués d'une centaine de citoyens élus. Ils s'imaginaient, ce qui n'était pas faux, qu'au plus il y avait de gens rendant une sentence, et au plus celle-ci avait de chances d'être juste. Dans le cas de preuves circonstanciées, l'accusé, s'il avait été reconnu coupable, avait le choix entre la mort sans délai et la Fosse d'Hadès.

— Qu'y avait-il de si redoutable dans cette fosse ? demanda Giordino, les yeux attirés par le reflet de Darius dans le rétroviseur et qui s'était mis à le jauger.

— La fosse n'en était pas réellement une, poursuivit Zénon. Il s'agissait plutôt d'un gigantesque labyrinthe souterrain comportant une centaine de passages différents et deux ouvertures seulement, une entrée et une sortie, dont l'existence faisait l'objet d'un secret bien gardé.

— En fin de compte, les condamnés se voyaient offrir l'opportunité de retrouver leur liberté, dit Pitt en secouant sa cendre dans le cendrier de l'accoudoir.

— Le choix n'était pas aussi opportun qu'il paraissait. Voyez-vous, le labyrinthe abritait un lion affamé que l'on ne nourrissait pas, excepté, bien entendu, avec l'un ou l'autre de ces criminels.

Le calme étudié de Pitt s'évanouit et ses traits devinrent sinistres, mais il parvint à reprendre le contrôle de lui-même. L'image de von Till et de son sourire narquois lui traversa une fois encore l'esprit. Pourquoi donc le vieux Boche, se demanda Pitt, fait-il appel à ces événements historiques pour masquer ses plans mystérieux ? Peut-être cette obsession pour les effets théâtraux finirait-elle par se révéler le défaut dans la cuirasse de von Till. Pitt se recula au fond de la banquette et tira une longue bouffée sur sa cigarette.

— Voilà un mythe bien fascinant.

— Je vous assure qu'il ne s'agit pas d'un mythe, dit Zénon avec sérieux. Le nombre de Grecs condamnés qui sont morts dans la Fosse d'Hadès est phénoménal, ainsi que leurs cris résonnant dans les ténèbres. Même au cours de ces dernières années, plusieurs personnes se sont introduites dans la fosse et y ont disparu, englouties dans l'inconnu. Nul n'a jamais réussi à sortir de là vivant.

Pitt jeta sa cigarette au-dehors par la fenêtre ouverte. Il jeta un coup d'œil à Giordino, puis un autre, plus lentement, à Zénon. Une grimace de satisfaction naquit sur son visage et se transforma bien vite en un large sourire.

Zénon contemplait Pitt avec beaucoup de perplexité. Il finit par hausser les épaules, en signe d'incompréhension, et se tourna vers Darius pour lui indiquer le chemin d'un geste. Darius hocha la tête et quelques secondes plus tard, la Mercedes virait pour emprunter la route principale. Les roues prirent de la vitesse sur les pavés de la chaussée à deux voies. Les arbres, rangés sur les bas-côtés comme des sentinelles oubliées, passaient en un éclair dans un brouillard de poussières et de feuilles. La température de l'air avait de nouveau grimpé et, pivotant sur son siège, Pitt put apercevoir, illuminé de rayons de soleil, le pic d'Hypsarion, chauve et sans un arbre, qui était le point culminant de l'île. Il se souvint avoir lu quelque part qu'un poète grec avait décrit Thasos comme «le cul d'un âne fou, couvert de bois fous». Même si cette description datait de deux mille sept cents ans, pensa-t-il, elle n'en restait pas moins valable.

Puis, Darius rétrograda et la Mercedes se mit à rouler à vitesse plus lente. Elle vira à nouveau, cette fois pour quitter la chaussée, ses pneus venant mordre les graviers qui parsemaient un rude chemin de campagne qui semblait mener à un ravin boisé.

Pitt ne comprit pas pourquoi Darius avait abandonné la route principale avant d'atteindre Panaghia, tout comme il n'arrivait pas à découvrir la raison pour laquelle Zénon jouait le rôle d'un sympathique guide touristique, couverture sous laquelle se cachait en fait un policier. Le sentiment d'un danger imminent vint frapper à nouveau Pitt entre les épaules, et il se sentit envahi d'une légère et incontrôlable angoisse.

La Mercedes dévala brutalement une pente, puis grimpa une longue rampe assez raide et pénétra dans un haut bâtiment semblable à une grange, en passant sous un porche qui avait dû être construit pour permettre le passage d'énormes camions. Les parois de bois, dégradées par les conditions climatiques, étaient couvertes de restes de peinture vert-de-gris, depuis longtemps écaillée et boursouflée sous la morsure du soleil égéen. Un instant avant que l'obscurité régnant à l'intérieur n'engloutisse la voiture, Pitt parvint à entrevoir un panneau accroché au-dessus de la porte et dont les lettres noires à moitié effacées semblaient former des mots allemands. Puis, comme Darius coupait le contact, Pitt entendit le bruit de la porte qui se refermait derrière eux, dans un grincement de roulettes rouillées.

— L'Organisme National du Tourisme Grec doit fonctionner avec un budget sacrément misérable si c'est tout ce qu'ils ont réussi à obtenir comme bureau, dit Pitt sarcastiquement, tandis que ses yeux exploraient le grand bâtiment désert.

Zénon eut un léger sourire, et ce sourire se mit à exercer une énorme pression sur le cœur de Pitt, comme si quelque chose l'enserrait, pour l'empêcher de battre. Une sensation de froid naquit en lui et le submergea, en même temps qu'il admettait son échec, et qu'il comprenait enfin qu'il s'était d'une façon ou d'une autre jeté dans les bras de von Till.

Pitt s'était rendu compte depuis le début qu'un guide de l'Office du Tourisme n'avait aucune raison de porter une arme et n'avait aucune autorité pour effectuer une arrestation. Il savait tout aussi pertinemment que les guides se déplaçaient dans l'île au moyen de bus Volkswagen, peints de couleurs éclatantes et arborant des affiches criardes, et non pas dans des berlines Mercedes noires, ne portant pas le moindre insigne. Toute cette situation n'avait que trop duré. Il fallait que lui et Giordino fassent un geste, et le fassent vite.

Zénon ouvrit la portière arrière et se recula. Il fit une petite courbette et montra le pistolet.

— Rappelez-vous, je vous prie, dit-il d'une voix sévère, pas de bêtises.

Pitt sortit de la voiture et se tourna vers l'avant, pour offrir la main à Teri par la portière ouverte. Elle lui adressa un regard empreint de séduction, puis, au bout d'un moment, saisit délicatement cette main, et se souleva pour quitter la position assise. Ensuite, à toute vitesse, avant que Pitt ait pu réagir, elle lui jeta les bras autour du cou et attira la tête de Pitt à sa hauteur. Leurs yeux restèrent grands ouverts, ceux de Pitt à cause de la surprise, tandis qu'elle couvrait effrontément de baisers son visage en sueur.

Ça ne manque jamais, pensa Pitt avec une fascination quelque peu détachée, même si elles se montrent froides ou sophistiquées en public, présentez à une femme de l'aventure et du danger, et elles fondent aussitôt. Ce qui était vraiment dommage, c'est qu'elle semblait prête à tout. Malheureusement, ce n'était ni le bon endroit, ni le bon moment. Il l'obligea à reculer.

— Plus tard, murmura-t-il, quand les spectateurs seront rentrés chez eux.

— Une petite scène très stimulante, dit Zénon avec impatience. Suivez-moi. L'Inspecteur Zacynthus perd rapidement toute compassion si on le fait attendre.

Zénon se plaça à environ cinq pas derrière le reste du groupe, tenant toujours l'automatique braqué. Darius les escorta tandis qu'ils traversaient l'étendue du bâtiment, jusqu'à une volée de marches de bois branlantes qui menaient à un couloir, percé d'une rangée de portes de part de d'autre. Darius s'arrêta devant la seconde porte sur la gauche et la poussa, puis fit signe d'entrer à Pitt et Giordino. Teri se mit à les suivre, mais fut brusquement arrêtée par un bras immense.

— Pas toi, aboya Darius.

Pitt fit volte-face, le visage en colère.

— Elle reste avec nous, dit-il froidement.

— Aucune nécessité de jouer les héros au grand cœur, dit Zénon d'un ton dégagé, renforcé par son air parfaitement sérieux. Je vous le promets, il ne lui sera fait aucun mal.

Pitt examina attentivement les traits de Zénon, n'y trouvant nulle trace de fourberie. Pour quelque raison mystérieuse, Pitt éprouvait une certaine confiance envers son ravisseur.

— Je vais vous prendre au mot, grogna-t-il.

— Ne t'inquiète pas, Dirk, ajouta Teri en jetant un regard glacial à Zénon. Aussitôt que ce stupide inspecteur, quelle que soit son identité, aura appris qui je suis, nous serons débarrassés de ces minables.

Zénon parut n'avoir pas entendu et fit un signe de la tête à Darius.

— Surveille nos amis, dit-il. Surveille-les de près. Je les soupçonne d'être très rusés.

— Je serai sur mes gardes, promit Darius avec assurance.

Il attendit que Zénon et Teri, dont les pieds nus laissaient des traces dans la poussière du sol, se soient éloignés. Puis il referma la porte et s'y appuya nonchalamment, bras croisés sur son imposante poitrine.

— Si tu veux mon avis, dit Giordino à voix basse, parlant pour la première fois depuis qu'ils avaient quitté les ruines, je préfère les chambres de l'Hôtel Saint-Quentin.

Son regard se posa sur Darius, et il ajouta :

— Les cafards sont d'une taille démesurée, dans le coin.

Pitt sourit à cette remarque insultante, tout en scrutant la pièce, s'assurant de chaque détail de sa construction. Les murs étaient constitués de planches gauchies clouées grossièrement sur des montants mal équarris qui apparaissaient à intervalles réguliers, raides, secs et à moitié pourris. La pièce était dépourvue du moindre meuble et ne possédait pas de fenêtre, la seule lumière disponible filtrant au travers de larges fissures horizontales dans les murs et d'un trou dentelé percé dans le toit.

— Si quelqu'un me le demandait, reprit Pitt, je dirais que cet endroit est un entrepôt abandonné.

— Tu y es presque, répondit spontanément Darius. Les Allemands utilisaient ce bâtiment comme dépôt d'artillerie quand ils occupaient l'île en quarante-deux.

Pitt sortit une nouvelle cigarette et l'alluma d'un air désinvolte. Offrir une cigarette à Darius aurait immédiatement mis la brute sur ses gardes. Au lieu de cela, Pitt recula d'un pas et se mit à lancer son briquet dans les airs, en le projetant à chaque reprise un peu plus haut, jusqu'à ce qu'il remarque que Darius suivait son manège du coin de l'œil. Une fois, deux fois, quatre fois, le briquet vola dans l'air. Au cinquième coup, il glissa des mains de Pitt et tomba sur le sol en claquant. Pitt haussa les épaules de façon stupide et se baissa, comme pour le ramasser.

Et soudain, il fonça vers Darius en chargeant plus fort qu'il ne l'avait jamais fait, plus fort que contre aucun défenseur, à l'époque où il jouait au football américain à l'académie militaire. Il se lança en avant, à partir de cette position de foot, prenant fermement appui de ses pieds sur le sol de bois irrégulier, projetant tête et épaules comme un bélier, et profitant du moindre atome de puissance musculaire disponible et du poids de ses quatre-vingt-dix kilos. A l'instant qui précéda l'impact, il se redressa quelque peu, frappant Darius à l'endroit le plus exposé de son estomac, juste au-dessus de la ceinture. Ce fut comme s'il fonçait à toute vitesse dans un mur de briques, et le choc coupa le souffle de Pitt. Il avait l'impression que son cou venait de se briser net.

En termes de football américain, cela s'appelait un blocage en pleine course, et cet arrêt vicieux aurait pu estropier tout individu qui ne s'y attendait pas et l'envoyer sur un lit d'hôpital. Si vous y étiez préparé, cela vous jetait néanmoins au tapis où vous restiez un bon moment étendu, dans une totale incapacité. C'est ce qui ce serait passé avec tout homme normalement constitué — excepté Darius. Le géant émit un simple grognement, en se pliant légèrement sous la puissance de l'assaut, puis empoigna Pitt par les biceps, et le souleva de terre.

Pitt resta paralysé. Le choc et la douleur qui s'était installée dans ses bras et son cou firent place à une stupeur telle que personne n'aurait pu la supporter tout en restant planté sur ses deux jambes. Darius poussa Pitt vers le mur, en repliant lentement son corps, comme un vulgaire petit pain, et l'envoya cogner un des montants de la charpente. C'est à ce moment-là que la souffrance se fit réellement sentir. Pitt serra les mâchoires et leva la tête vers le visage inexpressif de Darius, à quelques centimètres seulement. Sa colonne vertébrale lui donna l'impression de vouloir se rompre dans la seconde suivante. Sa vision commença à se brouiller. Darius se tenait là, les yeux brillants, et il augmentait sa pression.

Brusquement, la pression cessa et Pitt se rendit vaguement compte que Darius reculait, en remuant les lèvres, comme s'il cherchait son souffle. Sans dire un mot, Darius exhala un soupir d'agonie et tomba à genoux sur le plancher, en s'agitant silencieusement de droite à gauche.

Giordino, surpris par l'assaut frontal de Pitt, avait été forcé de rester sans bouger jusqu'à ce que Darius se retourne, pour clouer Pitt contre le mur. Alors, sans plus hésiter, il s'était rué à travers la pièce, et se servant de ses jambes comme d'une bascule, avait envoyé son pied dans les reins de Darius. Il avait rassemblé ses forces, s'attendant plus ou moins à ce que le corps du géant accuse la violence de ce nouveau choc. Mais ce n'est pas ce qui arriva. Ce fut comme si une balle avait rencontré un obstacle : Giordino rebondit sur Darius avec un soubresaut qui faillit lui briser les dents et alla s'étaler sur le sol, sérieusement étourdi. Pendant un instant, il demeura étendu quasiment sans bouger, puis d'un air stupéfait, il se mit à quatre pattes, en remuant la tête pour se débarrasser des vagues sombres qui menaçaient d'envahir sa conscience.

Il était déjà trop tard. Darius fut le premier à récupérer, un air de triomphe gravé sur chaque cicatrice de son abominable face. Il plongea sur Giordino et, de toute sa masse, l'écrasa sous lui. Le visage de Darius arborait pour l'heure une grimace démoniaque, signe que la violence sadique était encore à venir. Ses mains d'acier se rapprochèrent, ses doigts se nouèrent autour du crâne de Giordino, et c'est alors qu'il pressa — pressa avec l'implacable puissance d'un étau qui se referme.

Tout au long de ce qui parut d'interminables secondes, Giordino demeura inerte, luttant contre la douleur intolérable qui envahissait son crâne sous les paumes qui le broyaient. Puis il remua, leva lentement les mains et empoigna Darius par les pouces et se mit à les repousser en arrière. Au regard de sa taille, Giordino était fort comme un bœuf, mais il ne faisait vraiment pas le poids face à la tour qui se tenait devant lui. Darius, sans paraître dérangé le moins du monde par le geste de Giordino, haussa les épaules et augmenta sa pression.

Pitt était toujours debout, mais tenait à grand-peine sur ses jambes. Son dos n'était qu'une vague de douleur qui gagnait peu à peu tous les recoins de son corps. Complètement paralysé, il contemplait la scène de meurtre se déroulant devant lui sur le plancher. Remue-toi, espèce d'imbécile, se cria-t-il à lui-même, et remue-toi vite. Il se cramponna au mur des deux mains, en se préparant à se lancer sur Darius. Quelque chose en lui lui donna un nouvel espoir, et il pivota, les yeux à nouveau flamboyants.

Une planche du mur était brisée et, détachée de la charpente, pendait dans la pièce. A son extrémité étaient encore plantés quelques gros clous rouillés. Pitt tira dessus avec frénésie, dans un sens puis dans l'autre, jusqu'à ce que les fibres cèdent et qu'il puisse arracher de la charpente la planche, longue d'un mètre cinquante environ. Dieu, j'espère qu'il n'est pas trop tard, se dit Pitt en soulevant la planche au-dessus de sa tête. Puis, faisant appel aux dernières forces qui ne l'avaient pas abandonné, il l'abattit sur la nuque de Darius.

Pitt n'oublierait jamais la vague de désespoir qui submergea son esprit à l'instant où la planche pourrie se fracassa sur les épaules du géant avec le bruit anodin d'une coquille de noix qui se brise. Sans même se retourner, Darius libéra les tempes de Giordino, accordant un bref répit à sa victime, et frappa Pitt d'un large revers qui l'atteignit à l'estomac et qui l'envoya bouler à travers la pièce, jusqu'à ce qu'il aille cogner mollement contre la porte et finisse par s'affaler avec lenteur sur le plancher.

Et pourtant, en s'agrippant à la poignée de la porte, Pitt réussit à se remettre debout, et tituba un moment comme un ivrogne, n'ayant plus conscience de rien, ni de la douleur, ni du sang qui s'était mis à filtrer de ses pansements et qui imbibait sa chemise, ni du visage de Giordino qui avait viré au bleu sous la pression des mains énormes.

Essaye encore, se dit-il, en sachant que la prochaine tentative serait la dernière. Le cerveau de Pitt fonctionnait au ralenti. Les paroles d'un sergent instructeur de la marine, qu'il avait rencontré dans un bar à Honolulu, ces paroles qu'il croyait avoir oubliées, lui revinrent en mémoire. «Le plus gros, les plus dur et le plus vicieux de tous les fils de pute sur cette terre, tu peux l'envoyer au tapis, et l'envoyer rapidement, avec rien qu'un bon coup dans les couilles.»

En vacillant, il se posta derrière Darius, qui se tenait légèrement baissé et qui était trop absorbé à tuer Giordino pour remarquer sa présence. Pitt visa l'entrejambes de Darius et lui balança un coup de pied. Ses orteils entrèrent en collision avec des os, et aussi avec quelque chose de plus doux et de caoutchouteux. Darius lâcha la tête de Giordino et dressa ses mains monstrueuses vers le plafond, en agitant les doigts dans l'air. Ensuite, il roula sur lui-même, et se tordit sur le sol dans une agonie silencieuse.

— Bienvenue au pays des morts vivants, dit Pitt en redressant Giordino pour l'asseoir.

— On a gagné ? demanda Giordino dans un murmure.

— Tout juste. Comment va ta tête ?

— Je n'en sais rien tant que je n'ai pas regardé.

— Ne t'en fais pas, dit Pitt avec un sourire. Elle est toujours attachée à ton cou.

Giordino explora délicatement la racine de ses cheveux du bout des doigts.

— Seigneur, on dirait que mon crâne est fendu comme un pare-brise éclaté.

Pitt jeta un coup d'œil prudent sur Darius. Le géant, le teint plombé et le souffle court, était étendu de tout son long sur le plancher, les deux mains serrées sur son entrejambes.

— La fête est finie, dit Pitt en aidant Giordino à se relever. Filons d'ici avant que Frankenstein ait récupéré.

Tout à coup, le cliquetis menaçant, puis le bruit sourd de la porte qui s'ouvrait largement, figèrent Pitt et Giordino sur place. Ils n'avaient pas eu d'avertissement, et n'eurent pas même la possibilité de rassembler leurs forces. Et ils furent bien obligés de reconnaître que le temps avait passé et qu'ils n'avaient plus la force de se battre.

C'est alors qu'un haut bonhomme maigre aux grands yeux tristes pénétra d'un pas nonchalant dans la pièce, une main négligemment fourrée dans la poche de son pantalon, et vêtu d'un costume très chic et très coûteux. Il contempla Pitt d'un air pensif un long moment, par-dessus le fourneau d'une pipe à long tuyau, qu'il tenait obstinément serré entre deux rangées de dents étrangement régulières. Tel un directeur financier sortant d'une agence de publicité, il avait un air doucereux, soigné et citadin. De sa main libre, et d'un geste mesuré, il saisit sa pipe et l'ôta de sa bouche.

— Excusez-moi de troubler vos méditations, messieurs. Je suis l'Inspecteur Zacynthus.

CHAPITRE DOUZE

Zacynthus ne ressemblait pas du tout à l'idée que s'en était fait Pitt. Mais il n'y avait aucun doute : l'accent très particulier, la coiffure, l'irruption désinvolte : Zacynthus était américain.

Dix secondes passèrent, que Zacynthus mit à profit pour détailler minitieusement Pitt et Giordino, avant de se détourner lentement pour jeter un coup d'œil à Darius, toujours en train de gémir. Le visage de Zacynthus garda son air de froideur et d'indifférence étudiée, mais le ton de sa voix trahit son étonnement.

— Remarquable, tout à fait remarquable. Je ne croyais pas que ce fût possible.

Il regarda à nouveau Pitt et Giordino, cette fois avec un mélange de doute et d'admiration dans les yeux.

— Pour un professionnel parfaitement entraîné, porter la main sur Darius serait déjà considéré comme un grand exploit, mais de la part de deux malheureux quidams tels que vous, s'en servir comme d'une lavette pour nettoyer le plancher tient du miracle. Comment vous appelez-vous, mes amis ?

Une lueur diabolique traversa les yeux de Pitt.

— Mon petit compagnon s'appelle David, et moi, je suis Jack, le nain qui tue les géants.

Zacynthus eut un sourire las.

— La journée est longue et chaude, et vous venez de mettre hors combat l'un de mes meilleurs hommes. S'il vous plaît, n'aggravez pas ma tritesse avec de stupides plaisanteries.

— Dans ce cas, murmura sournoisement Giordino, tu ferais mieux de lui raconter celle de la nymphomane et du guitariste.

— Voyons, dit Zacynthus comme s'il s'adressait à des enfants. Je n'ai pas de temps à perdre avec des sornettes de ce genre. Des informations, je vous prie ! Commençons par vos noms, les vrais cette fois.

— Va te faire foutre, lâcha Pitt avec colère. On n'a jamais demandé à être traînés ici par ce singe qui se donne le nom de Zénon, et on n'a pas plus demandé à servir de punching-ball à ce géant Atlas, qui remue là par terre. Nous n'avons commis aucun acte illégal. Immoral peut-être, mais pas illégal. Si vous espérez obtenir une quelconque réponse à vos questions, je vous suggère d'y mettre un peu du vôtre.

Zacynthus contemplait Pitt, les lèvres serrées.

— Votre arrogance excite ma curiosité professionnelle, finit-il par déclarer avec aigreur. Au cours de ces dernières années, depuis que j'ai choisi la profession d'investigateur à temps plein, j'ai été confronté à une multitude de criminels habiles et dangereux. Certains m'ont craché au visage et m'ont menacé de se venger, d'autres sont restés silencieux et inébranlables, d'autres encore se sont jetés à genoux pour implorer mon pardon. Mais vous, cher ami, avec votre air plutôt dépenaillé, vous me semblez être différent, déclara-t-il en pointant sa pipe de manière accusatrice vers Pitt. Mais mon Dieu, reprit-il, c'est classique, franchement classique. Je me réjouis d'opposer mes talents aux vôtres pendant cet interrogatoire.

Il s'arrêta, alors que Zénon pénétrait dans la pièce. Le Grec commença à dire quelque chose, mais il demeura bouche bée d'étonnement, et ses moustaches s'affaissèrent d'un coup, lorsqu'il aperçut Darius, qui était occupé à s'asseoir, les mains toujours serrées sur son entrejambes.

— Tonnerre de Dieu ! Inspecteur ! s'écria-t-il. Que s'est-il passé ?

— Vous auriez dû prévenir Darius de se montrer vigilant.

— Mais je l'ai prévenu, dit Zénon en manière d'excuses. Et même sans ça. Qu'on puisse battre Darius ! Je ne pensais pas que c'était possible.

— Ce sont mes propres termes, dit Zacynthus en secouant la cendre de sa pipe. Voyez ce que vous pouvez faire pour notre pauvre ami. Je vais emmener ces deux hommes dans mon bureau, pour voir s'ils sont aussi adroits en paroles, qu'ils le sont de leurs mains et de leurs pieds.

— Après ce qu'ils ont fait dans cette pièce, croyez-vous qu'il soit prudent, inspecteur, de se retrouver seul avec eux ?

— Je pense qu'ils ont compris qu'ils n'avaient rien à gagner à faire plus longtemps usage de la force physique, dit Zacynthus en adressant à Pitt et Giordino un sourire badin. Mais pour en être plus sûr, Zénon, passez une paire de menottes autour du poignet droit du plus petit et attachez-la à la cheville gauche du grand diable. Ce n'est pas un procédé à toute épreuve, loin de là, mais tout de même, ça freine les velleités de rebellion.

Prestement, Zénon attrapa une paire de menottes platinées qui étaient accrochées à sa ceinture, les ouvrit et les mit en place comme on le lui avait ordonné, ce qui obligea Giordino à se pencher dans une position malcommode.

Pitt jeta un coup d'œil vers le plafond, pour observer le ciel à travers le trou. Il commençait déjà à faire plus sombre, depuis que le soleil avait entamé sa descente. Le dos de Pitt le faisait encore souffrir, et il était plutôt content que ce soit Giordino, et pas lui, qui soit forcé de se plier en deux. Il remua les épaules, et ne put s'empêcher de faire la grimace à cause de la douleur qui émanait de chaque centimètre de son torse. Puis il se tourna vers Zacynthus.

— Qu'avez-vous fait de Teri ? demanda-t-il calmement.

— Elle est en sécurité, répondit Zacynthus. Dès que j'aurais pu vérifier qu'elle est bien la nièce de von Till, elle sera libre.

— Et nous ? dit la voix de Giordino.

— Nous verrons en temps utile, dit Zacynthus d'un ton

brusque, en indiquant la porte. Après vous, messieurs.

Deux minutes plus tard, avec Giordino traînant lourdement les pieds derrière Pitt, ils pénétrèrent dans le bureau de Zacynthus. C'était une pièce de dimensions modestes, mais confortablement meublée. Aux murs étaient punaisées des photographies aériennes de Thasos, il y avait trois téléphones, et une radio ondes courtes, disposée de façon fort commode sur une table juste derrière un vieux bureau griffé et délabré. Pitt jeta un coup d'œil circulaire, un peu étonné. L'allure générale était trop soignée, trop professionnelle. Brusquement, il comprit que sa meilleure chance d'en sortir consistait à se montrer grossier et agressif.

— Cela ressemble plus au quartier général d'un colonel qu'au bureau d'un minable inspecteur de police.

— Vous êtes, vous et votre ami, de braves garçons, dit Zacynthus avec lassitude. Vous l'avez prouvé par vos actes. Mais il serait stupide de votre part de continuer à jouer ce rôle de mufle. Rôle que vous tenez à la perfection, je dois l'avouer.

Il contourna la bureau et alla s'asseoir dans un fauteuil pivotant, qui manifestement n'avait plus été graissé depuis longtemps.

— Et maintenant, reprit-il, la vérité. Comment vous appelez-vous, s'il vous plaît ?

Pitt attendit avant de répondre. Il était en même temps perplexe et en colère. La façon d'agir de ses ravisseurs, étrange et excentrique, l'intriguait.

Il était envahi d'un curieux sentiment, une quasi-certitude, qui flottait dans son subconscient et qui lui disait qu'il n'avait rien à craindre. Ces personnages ne cadraient pas avec l'idée que l'on se faisait des policiers grecs ordinaires. Et s'ils faisaient partie de la bande de von Till, pourquoi auraient-ils montré tellement d'instance à obtenir son nom et celui de Giordino ? A moins, ce qui était toujours possible, que le chat ait décidé de s'amuser avec les souris.

— Eh bien ? reprit Zacynthus d'une voix plus perçante.

Pitt se redressa et tenta le tout pour le tout.

— Pitt, Dirk Pitt. Directeur des Projets Spéciaux, Agence Nationale de Recherches Océanographiques des Etats-Unis. Et ce monsieur à ma gauche est Albert Giordino, mon assistant.

— Bien évidemment. Et quant à moi, je suis le Premier Ministre de...

Zacynthus s'interrompit au milieu de sa phrase. Il fronça brusquement les sourcils et, s'appuyant sur le bureau, plongea son regard dans celui de Pitt.

— Recommençons, voulez-vous. Pouvez-vous me répéter le nom que vous venez de me donner ? reprit-il sur un ton plus doux et avec condescendance cette fois.

— Dirk Pitt.

Zacynthus ne répondit rien et ne fit pas un geste au cours de la dizaine de secondes qui suivit. Ensuite, il se recula au fond de son siège, visiblement interloqué.

— Vous mentez, je suis sûr que vous mentez.

— Vous croyez ?

— Quel est le nom de votre père ? demanda Zacynthus, le regard braqué sur Pitt, sans ciller.

— George Pitt, Sénateur de Californie.

— Décrivez-le, son apparence physique, son histoire, sa famille — tout.

Pitt alla s'asseoir sur le bord du bureau et prit une cigarette. Il fouilla pour retrouver son briquet, puis se rappela l'avoir laissé sur le plancher, à l'endroit où il était tombé lorsqu'il avait chargé Darius.

Zacynthus frotta une allumette sur le bois d'un des tiroirs et la lui tendit.

Pitt hocha la tête pour le remercier.

Puis il parla une bonne dizaine de minutes sans s'arrêter. Zacynthus l'écouta pensivement, et ne remua qu'à un seul moment, pour allumer une petite lampe suspendue, lorsque la lumière du jour filtrant dans la pièce se mit à baisser. Finalement, il leva la main.

— C'est bon. Vous devez être son fils, c'est-à-dire celui que vous prétendez être. Mais que faites-vous donc à Thasos ?

— Le Directeur Général de l'Agence, l'Amiral James Sandecker, nous a confié à Giordino et moi une mission d'enquête, au sujet des étranges accidents qui se sont récemment produits à bord d'un de nos vaisseaux de recherches océanographiques.

— Ah oui, le navire blanc ancré au large de Brady Field. A présent, je commence à comprendre.

— C'est parfait, dit Giordino d'un ton sarcastique, toujours plié en deux dans une position inconfortable. Mais si je ne soulage pas ma vessie d'ici quelques minutes, il va y avoir un accident ici même dans ce bureau.

Pitt adressa un sourire à Zacynthus.

— Il en est bien capable.

Un air méditatif traversa le regard de Zacynthus, puis il haussa les épaules et appuya sur un bouton dissimulé sous le plateau de son bureau. Presque aussitôt, la porte s'ouvrit brutalement, pour laisser passage à Zénon, un revolver fermement agrippé dans la main.

— Des ennuis, inspecteur ?

Zacynthus ne répondit pas, mais se contenta de dire :

— Rangez votre arme, détachez ces menottes et indiquez à Monsieur... euh... Monsieur Giordino l'endroit où se trouvent nos installations sanitaires.

Zénon haussa les sourcils.

— Vous êtes certain que...

— Tout va bien, mon ami. Ces hommes ne doivent plus être considérés comme des prisonniers, mais comme des invités.

Sans plus faire montre d'aucune surprise, Zénon replaça son automatique dans son holster et après avoir libéré Giordino, l'emmena au dehors.

— A mon tour à présent de poser quelques questions, dit Pitt en soufflant un léger nuage de fumée bleutée. Quelles sont vos relations avec mon père ?

— Le Sénateur Pitt est célèbre et respecté à Washington. Il a fait partie de nombreuses commissions sénatoriales, et il y a servi honorablement et avec efficacité. L'une d'elles était la Commission chargée d'enquêter sur le trafic de drogues et stupéfiants.

— Cela n'explique toujours pas ce que vous venez faire là dedans.

Zacynthus sortit un paquet de tabac à l'emballage fatigué de la poche de son veston et bourra négligemment sa pipe, en tassant soigneusement le tabac à l'aide d'une petite pièce de monnaie.

— De par ma grande expérience en matière de stupéfiants, acquise au cours des nombreuses enquêtes que j'ai menées sur le terrain, j'ai souvent servi d'agent de liaison entre la Commission de votre père et mon employeur.

— Votre employeur ? dit Pitt étonné.

— Oui, l'Oncle Sam paie mon salaire tout comme il paie le vôtre, mon cher Pitt, répondit Zacynthus avec un sourire. Je vous présente mes excuses pour la façon dont je me suis présenté tout à l'heure. Je suis l'Inspecteur Hercules Zacynthus, du Bureau Fédéral des Stupéfiants. Mes amis m'appellent simplement Zac. Je serais honoré que vous fassiez de même.

Tous les doutes disparurent de l'esprit de Pitt et la conviction de se trouver enfin en sécurité l'enveloppa comme une vague de fraîcheur réconfortante. Ses muscles se relâchèrent, et ce ne fut qu'à cet instant qu'il se rendit compte à quel point il avait été tendu et combien s'étaient raidis ses nerfs et ses pensées face aux éventuels dangers de la situation. Précautionneusement, en essayant de maîtriser un léger tremblement, il écrasa sa cigarette dans le cendrier.

— N'êtes-vous pas en train de déborder quelques peu de votre territoire ?

— Géographiquement parlant, c'est exact. Professionnellement, non.

Zac s'interrompit pour rallumer sa pipe.

— Il y a environ un mois, reprit-il, le Bureau a reçu un rapport venu d'Interpol, qui disait qu'une énorme cargaison d'héroïne avait été embarquée à bord d'un cargo à Shangaï...

— Un des navires de Bruno von Till ?

— Comment savez-vous cela ? demanda Zac d'un ton surpris.

Un sourire désabusé apparut sur les lèvres de Pitt, qui poursuivit :

— C'était juste une supposition. Excusez-moi de vous avoir interrompu.

— Le navire, un cargo de la Compagnie Minerva portant le nom de *Queen Artemisia*, a quitté le port de Shangai il y a trois semaines avec une déclaration de fret apparemment anodine, du soja, du porc congelé, du thé, du papier et des tapis, déclara Zac sans pouvoir retenir un sourire. Chargement plutôt disparate, je dois l'admettre, ajouta-t-il.

— Et sa destination ?

— La première escale fut Colombo, à Ceylan. C'est là que le navire a abandonné son chargement de marchandises venues de Chine communiste, et a embarqué une nouvelle cargaison, graphite et cacao, cette fois. Après un arrêt pour faire le plein à Marseille, l'escale suivante et destination finale du *Queen Artemisia* sera Chicago, via le canal du Saint-Laurent.

Pitt resta un moment pensif.

— Pourquoi Chicago ? dit-il enfin. A mon avis, New York, Boston et les autres ports de la côte Est sont mieux garnis, question pègre, pour s'occuper des cargaisons de drogues en provenance de l'étranger.

— Et pourquoi pas Chicago ? rétorqua Zac. Cette ville est le noyau le plus important de distribution et d'acheminement de la drogue aux Etats-Unis. Il n'y a pas meilleur endroit pour écouler cent trente tonnes d'héroïne pure.

Pitt releva la tête, un air d'incrédulité sur le visage.

— C'est impossible. Personne sur cette terre ne pourrait franchir une inspection douanière avec une quantité aussi énorme.

— Personne, c'est le mot, excepté Bruno von Till.

La voix n'était qu'un murmure, et soudain Pitt fut submergé par une vague de froid.

— Ce n'est pas son vrai nom, évidemment, continuait Zac. Le sien s'est perdu quelque part dans son passé, bien longtemps avant qu'il ne devienne ce contrebandier insaisissable, le plus diabolique et le plus malin des pourvoyeurs de misère humaine de tous les temps.

Il pivota sur son siège et se tourna vers la fenêtre, perdu dans ses pensées.

— Le Capitaine Kidd, et tous les pirates, et tous les marchands d'esclaves mis ensemble n'arrivent pas à la cheville de l'organisation de von Till, reprit-il.

— Vous en parlez comme du plus grand criminel du siècle, remarqua Pitt. Qu'a-t-il donc bien pu faire pour mériter pareil honneur ?

Zac lui lança un rapide coup d'œil, puis se tourna à nouveau vers la fenêtre.

— Les nombreux bains de sang perpétrés par les révolutionnaires en Amérique Centrale et en Amérique du Sud au cours de ces vingt dernières années n'auraient jamais eu lieu sans les livraisons d'armes secrètes provenant d'Europe. Vous souvenez-vous de l'énorme vol d'or qui a eu lieu en Espagne en 1944 ? L'économie espagnole, qui était déjà chancelante, a failli s'effondrer après qu'une large partie des réserves d'or gouvernementales a disparu des chambres fortes du Ministère des Finances. Peu après, le marché noir en Inde s'est mis à regorger de lingots d'or portant les armoiries espagnoles. De quelle manière une cargaison de cette taille a-t-elle pu transiter clandestinement sur plus de onze mille kilomètres ? Cela reste un mystère. Mais nous avons appris qu'un cargo de la Compagnie Minerva a quitté Barcelone la nuit qui a suivi le vol et est arrivé à Bombay un jour avant que l'or n'apparaisse sur le marché noir.

Le fauteuil pivotant couina, et Zac dirigea à nouveau son regard vers Pitt. Les yeux de l'inspecteur, emplis de mélancolie, demeuraient dans le vague comme s'il était plongé dans de profondes méditations.

— Un peu avant la reddition de l'Allemagne à la fin de la Deuxième Guerre mondiale, reprit-il, quatre-vingt-cinq haut gradés nazis sont brusquement apparus le même jour dans les rues de Buenos Aires. Comment étaient-ils arrivés là ? Une fois encore, le seul navire ayant accosté était un cargo de la Compagnie Minerva. Autre chose : pendant l'été de 1954, une classe entière de jeunes filles disparut lors d'une excursion dans les environs de Naples. Quatre ans plus tard, un assistant de l'ambassade italienne découvrit l'une d'elles errant dans les rues mal famées de Casablanca.

Zac s'interrompit une bonne minute, ensuite poursuivit d'un ton étrangement calme.

— Elle avait complètement perdu la raison. J'ai eu sous les yeux des photographies de son corps. Et ce spectacle aurait suffi à faire pleurer un homme adulte.

— Que lui était-il arrivé ? demanda doucement Pitt.

— Elle se souvenait avoir été embarquée sur un bateau avec un grand «M» peint sur la cheminée. C'est la seule chose sensée qu'elle a pu dire. Tout le reste n'était qu'un babillage incompréhensible.

Pitt attendit la suite, mais Zac n'ajouta plus rien, et ralluma sa pipe en silence, ce qui emplit la pièce d'une odeur chargée d'arômes douceâtres.

— La traite des blanches est un boulot de salopard, dit Pitt laconiquement.

Zac hocha la tête.

— Ces quatre affaires ne sont qu'une minuscule part parmi

les centaines d'autres en connexion directe ou indirecte avec von Till. S'il me fallait rapporter mot à mot tous les dossiers d'Interpol le concernant, nous en aurions pour des mois à rester assis dans ce bureau.

— Vous pensez que von Till organise tous ces crimes ?

— Non, le vieux démon est bien trop malin pour s'impliquer dans des actions concrètes. Il se contente d'effectuer les transports. Tout son jeu n'est que contrebande, et cela sur une grande échelle.

— Mais pourquoi diable ce vieux salaud n'a-t-il jamais été arrêté ?

— J'aimerais pouvoir vous fournir une réponse sans ressentir de honte, dit Zac en hochant tristement la tête. Mais je ne le peux pas. Quasiment toutes les agences de police et de sécurité dans le monde ont tenté de prendre von Till la main dans le sac, si l'on peut dire, mais il a réussi à se sortir de tous les pièges, et il a liquidé tous les agents que nous avons infiltrés dans la Compagnie Minerva. Ses navires ont été fouillés et refouillés un millier de fois, sans qu'on puisse mettre la main sur quoi que ce soit d'illégal.

Pitt suivit distraitement des yeux les volutes de fumée qui s'échappaient de la pipe de Zac.

— Personne n'est aussi rusé. Si ce n'est pas le diable, on doit pouvoir le coincer.

— Dieu sait que nous avons essayé. Les efforts combinés de toutes les forces de police et de renseignement pour examiner chaque pouce des navires de la Minerva n'ont rien donné. Nous les avons filés de nuit comme de jour, nous les avons surveillés pendant qu'ils étaient à quai et nous avons même passé toutes leurs cloisons aux détecteurs électroniques. Je pourrais vous débiter une liste longue d'une vingtaine de noms d'enquêteurs, et pas des moindres, loin de là, qui donneraient le reste de leur vie pour arrêter von Till.

Pitt alluma une deuxième cigarette et contempla fermement

Zac.

— Pourquoi me racontez-vous tout cela ?

— Parce que je crois que vous pouvez nous aider.

Pitt demeura silencieux, tout en grattant son bandage de poitrine qui s'était mis à l'irriter. Donne l'impression de mordre à l'appât, se dit-il.

— De quelle manière ?

Pour la première fois, une lueur de malice traversa le regard de Zac, qui disparut aussi vite qu'elle était apparue.

— J'ai cru comprendre que vous étiez un ami proche de la nièce de von Till.

— Nous avons couché ensemble, si c'est ce que vous voulez dire.

— Depuis combien de temps la connaissez-vous ?

— Nous nous sommes rencontrés pour la première fois hier sur la plage.

La surprise sur le visage de Zac se mua rapidement en un sourire espiègle.

—Ou bien vous allez vite en besogne, ou bien vous êtes un expert en mensonge.

— Pensez ce que vous voulez, dit Pitt avec désinvolture.

Il se redressa, en s'étirant pour détendre ses muscles endoloris.

— Je sais ce que vous êtes en train de penser, reprit-il. Et vous pouvez oublier ça.

— Je serais très intéressé d'apprendre ce que vous lisez dans mes pensées.

— La plus vieille tactique du monde, dit Pitt avec un sourire entendu. Vous voudriez que je poursuive mes relations amicales avec Teri, dans l'espoir que von Till finisse par m'accepter comme membre de la famille. Cet arrangement me donnerait accès à la villa et j'aurais du même coup la possibilité d'épier en direct les faits et gestes du vieux Boche.

Zac lui retourna son regard.

— Vous êtes très perspicace, mon cher Pitt. Alors qu'en

dites-vous ? Jouez-vous le jeu ?

— Pas question !

— Puis-je savoir pourquoi ?

— J'ai fait la connaissance de von Till au cours du dîner d'hier soir, et on ne peut pas dire que nous nous soyons quittés bons amis. En réalité, il a jeté son chien sur moi.

Pitt savait que Zac n'apprécierait pas cet humour. Mais sacré bon Dieu, se dit-il, pourquoi raconter une fois de plus cette histoire à dormir debout. Il commençait à avoir très envie d'un verre.

— Baiser le matin avec la nièce et dîner le soir avec l'oncle, tout cela dans la même journée, dit Zac en hochant la tête d'un air incrédule. Vous allez vite en besogne.

Pitt haussa légèrement les épaules.

— C'est regrettable, continua Zac. Vous auriez pu nous être d'une grande utilité, de l'intérieur de la villa.

Il tira sur sa pipe jusqu'à ce que les braises dans le fourneau étincellent, puis déclara :

— Nous surveillons de loin la villa en permanence, mais jusqu'ici, nous n'avons rien pu observer qui sorte de l'ordinaire. Deux cents ans, voilà le temps que nous pourrions passer à l'épier sans même éveiller les soupçons de von Till. Nous pensions que notre petite mascarade de guides touristiques avait finalement porté ses fruits lorsque vous et sa nièce avez été appréhendés par le Colonel Zénon.

— Le *Colonel* Zénon ?

Zac acquiesça de la tête, sans dire un mot, sûr de son petit effet.

— Oui. Lui et le Capitaine Darius font partie de la gendarmerie grecque. Techniquement parlant, Zénon possède un grade bien supérieur au mien, d'une certaine façon.

— Un grade de colonel dans la police ? demanda Pitt. C'est plutôt inhabituel.

— Pas si vous connaissez leur système de police et de répression. Voyez-vous, à part la ville d'Athènes et quelques autres grandes cités qui possèdent leurs propres services, les banlieues et les zones rurales grecques sont contrôlées par la gendarmerie. Elle constitue une section des forces armées, et se montre une troupe d'élite très efficace.

— Ce qui explique leur présence, mais en ce qui vous concerne, inspecteur ? Un agent des Stups sur la trace de drogues illégales en Grèce, c'est pareil à un agent du FBI poursuivant un espion en Espagne : ça ne se fait pas.

— Dans un cas ordinaire, vous auriez tout à fait raison.

Le visage de Zac devint maussade et sa voix se fit plus forte.

— Mais le cas de von Till n'est pas ordinaire. Lorsque nous l'aurons poussé derrière les barreaux et mis fin à ses abominables opérations de contrebande, nous aurons d'un seul coup réduit les affaires criminelles internationales de vingt pour cent. Ce qui, je vous l'assure, n'est pas une proportion négligeable.

Un sentiment de colèreavait pris possession de Zac, si bien qu'il fit une pause, en respirant profondément à plusieurs reprises, jusqu'à ce que cette rage se soit calmée.

— Dans le passé, reprit-il, chaque pays travaillait de son côté, en utilisant les relais d'Interpol pour transmettre les informations essentielles par-dessus les frontières nationales. Par exemple, si j'avais appris par un informateur secret du Bureau des Narcotiques qu'une cargaison illégale de drogue était en route pour l'Angleterre, j'aurais simplement transmis ces informations au bureau d'Interpol à Londres, qui aurait alors alerté Scotland Yard. En temps voulu, ils auraient tendu un piège pour arrêter les contrebandiers.

— Ce qui paraît un arrangement ingénieux et efficace.

— Mais qui malheureusement n'a pas encore marché avec von Till, dit calmement Zac. Quel que soit le nombre de précautions prises, et quel que soit le type de piège, il s'est toujours débrouillé pour se faufiler au travers des mailles du filet et pour s'en sortir avec la proverbiale fraîcheur d'une rose retirée d'un tonneau de merde. Mais cette fois, la situation est différente.

Il posa les mains sur son bureau pour appuyer son effet.

— Nos gouvernements nous ont permis de constituer une équipe internationale d'investigation, qui a le pouvoir d'ignorer les frontières, de faire appel à toutes les forces de police, et qui possède un commandement et des équipements militaires.

Zac soupira, puis reprit en guise d'excuses :

— Je suis désolé, Pitt, je ne tenais pas à me montrer aussi long. Mais j'espère avoir répondu à votre question concernant ma présence sur Thasos.

Pitt observa attentivement Zac. L'inspecteur donnait l'image d'un homme qui n'a pas l'habitude d'échouer. Chacun de ses gestes, chacun de ses actes semblait avoir été soupesé longuement. Même ses paroles paraissaient mûrement réfléchies. Et cependant, Pitt ne pouvait s'empêcher de discerner une lueur de crainte dans le regard de Zac, la crainte d'échouer face à von Till. Pitt se mit plus que jamais à avoir envie d'un verre.

— Où sont les autres membres de votre équipe ? demanda-t-il. Jusqu'ici, je n'ai rencontré que vous trois.

— Pour l'instant, un Inspecteur britannique se trouve à bord d'un destroyer de la Royal Navy, qui suit le *Queen Artemisia* à la trace, tandis qu'un représentant de la police turque le surveille depuis les airs à l'aide d'un antique DC-3 sans signes distinctifs, dit Zac sans expression particulière, comme s'il rapportait un document officiel. Deux détectives de la Sûreté Nationale Française, poursuivit-il, sont également en alerte dans le port de Marseille, et attendent, en se faisant passer pour deux dockers, que le *Queen Artemisia* arrive pour faire le plein.

Un sentiment d'irréalité envahissait Pitt. Zac devenait assommant et ses phrases perdaient toute signification. Presque avec indifférence, et avec une espèce d'intérêt purement académique, il se demanda combien de temps encore il parviendrait à rester éveillé. Il n'avait joui que de quelques heures de sommeil au cours des deux derniers jours et à présent la fatigue pesait lourdement. Pitt se frotta les yeux et remua vigoureusement la tête, pour forcer son esprit à la vigilance.

— Zac, mon vieux, dit Pitt en employant ce nom pour la première fois. Pourriez-vous me rendre un service personnel ?

— Tout ce qui sera en mon pouvoir... mon vieux, répondit Zac après un instant d'hésitation.

— Je veux que Teri soit placée sous ma protection.

— Sous *votre* protection ?

Zac haussa les sourcils tout en ouvrant de grands yeux candides. Steve McQueen n'aurait pas pu faire mieux.

— Quel plan libidineux avez-vous en tête ? demanda-t-il.

— Rien de libidineux, dit Pitt avec sérieux. Vous n'avez pas d'autre solution que de la relâcher. Dès qu'elle sera libre, Teri va retourner comme une furie à la villa, ce qui ne lui prendra qu'une vingtaine de minutes — l'enfer n'est rien comparé à la fureur d'une femme humiliée. Elle va exiger réparation à son oncle, au sujet de cet enlèvement scandaleux. Le vieux salaud va puiser une astuce dans son cerveau, comme d'habitude, et en moins d'une heure, votre réseau d'espions clandestins aura volé en éclats et vous serez renvoyés aux Etats-Unis.

— Vous nous sous-estimez, dit Zac avec courtoisie. Je suis bien conscient des conséquences. Des plans ont été imaginés pour parer à de telles éventualités. Nous pouvons quitter ces quartiers et reprendre une autre couverture de protection avant demain matin.

— Trop tard, répliqua sèchement Pitt. Le mal est fait. Von Till sera averti de votre présence. Il redoublera sans aucun doute de précautions.

— Voici un argument des plus convaincants.

— Il l'est sacrément.

— Et si je vous la confie ? demanda Zac intéressé.

— Aussitôt qu'on aura découvert que Teri a disparu, si ce n'est déjà fait, von Till va se lancer à sa recherche et mettre Thasos sens dessus dessous. La manière la plus sûre de la dissimuler pour le moment est de la faire monter à bord du *First Attempt*. Il ne la cherchera pas là-bas, au moins pas avant d'être certain qu'elle ne se trouve pas sur l'île.

Zac contempla Pitt un long moment, examinant chaque centimètre de l'homme comme s'il le voyait pour la première fois, en se demandant pourquoi quelqu'un possédant une situation aussi excellente et une famille aussi influente acceptait de prendre de tels risques et d'encourir de tels dangers, sans jamais être sûr qu'une erreur de calcul n'allait pas précipiter la fin de sa carrière, sans même parler de sa mort. Zac tapota négligemment sa pipe sur le rebord du cendrier, pour faire tomber les cendres éteintes du fourneau de bruyère.

— Nous ferons comme vous l'entendez, dit Zac dans un murmure. En espérant, bien évidemment, que la jeune demoiselle ne nous causera aucun ennui.

— Je ne le pense pas, dit Pitt avec le sourire. Elle a autre chose en tête que le trafic international de stupéfiants. Je dirais que monter subrepticement à bord d'un navire avec moi présente à ses yeux plus d'intérêt qu'une soirée supplémentaire d'ennui avec son oncle. En plus, montrez-moi une femme qui ne souhaite pas goûter un peu d'aventures, de temps en temps, et je vous montrerai une...

Il s'interrompit comme la porte s'ouvrait pour laisser passage à Giordino, suivi de Zénon. Un large sourire fendait le visage de chérubin de Giordino et il tenait fermement en main une bouteille de cognac grec, du Metaxa cinq étoiles.

— Regarde ce qu'a déniché Zénon, dit-il en débouchant la bouteille et en humant le contenu à travers le goulot, en faisant une grimace pour feindre l'extase. J'ai dans l'idée qu'ils ne sont pas aussi méchants qu'on le croyait.

Pitt éclata de rire et se tourna vers Zénon.

— Je vous prie d'excuser Giordino. La moindre goutte de gnôle le fait craquer.

— Si c'est ainsi, dit Zénon avec un sourire à moitié caché par ses moustaches, c'est une chose que nous avons en commun.

Il dépassa Giordino et alla déposer sur le bureau un plateau avec quatre verres.

— Comment va Darius ? demanda Pitt.

— Il est sur pied, répondit Zénon. Mais il va boiter quelques jours encore.

— Présentez-lui mes excuses, dit Pitt sincèrement. Je regrette...

— Les regrets ne sont pas de mise, le coupa Zénon. Vu le métier que nous faisons, ce sont des choses qui arrivent.

Il tendit un verre à Pitt, en remarquant pour la première fois sa chemise tachée de sang.

— Vous semblez avoir été blessé, vous aussi ?

— Cadeau du chien de von Till, dit Pitt en levant le verre.

Zac hocha la tête en silence. Il avait à présent saisi combien la haine de Pitt envers von Till était puissante. Il se détendit, les mains mollement posées sur les accoudoirs de son fauteuil pivotant, certain à présent que les pensées de Pitt étaient portées sur la vengeance et non pas sur le sexe.

— Lorsque vous serez à bord de votre navire, nous vous tiendrons au courant par radio des actes de von Till.

— Parfait, dit simplement Pitt.

Il but une gorgée de cognac, en sentant avec plaisir l'alcool descendre de sa gorge jusqu'à son estomac comme une coulée de lave brûlante. Puis, il ajouta :

— Encore une faveur, Zac. J'aimerais utiliser votre statut officiel pour envoyer quelques messages en Allemagne.

— Sans problème. Que souhaitez-vous savoir ?

Pitt avait déjà saisi un bloc et un crayon sur le bureau.

— Je vais écrire tout cela en détail, avec les noms et les adresses, mais il vous faudra excuser mon orthographe allemande.

Lorsqu'il eut terminé, il tendit le bloc à Zac.

— Demandez-leur d'envoyer leur réponse vers le *First*

Attempt. J'ai ajouté la fréquence radio de l'Agence Nationale de Recherches Océanographiques.

Zac examine le bloc.

— Je ne comprends pas vos motivations.

— Ce n'est qu'un pressentiment, dit Pitt en versant une autre rasade de Metaxa dans son verre. A propos, quand le *Queen Artemisia* va-t-il se détourner pour longer Thasos ?

— Comment... Mais comment savez-vous cela ?

— Je suis devin, dit Pitt laconiquement. Alors ? Quand ?

— Demain matin, dit Zac en accordant un long regard à Pitt. A un moment entre quatre et cinq heures. Pourquoi me demandez-vous cela ?

— Pas de raison particulière. Juste la curiosité.

Pitt se crispa en prévision du choc que l'alcool ne manquerait pas de provoquer et avala son verre d'un coup. Il remua la tête d'un côté et de l'autre, en clignant des paupières pour faire refluer les larmes qui perlaient au coin de ses yeux.

— Seigneur, murmura-t-il d'une voix enrouée. Ce machin vous brûle comme de l'acide sulfurique.

CHAPITRE TREIZE

Les frissons d'écume phosphorescente s'évanouirent progressivement et finirent par disparaître à la proue usée et cabossée du *Queen Artemisia*, tandis que le vieux navire ralentissait lentement avant de s'immobiliser complètement. Ensuite, l'ancre fut jetée et s'enfonça avec fracas dans plus de vingt mètres d'eau, et les feux de navigation s'éteignirent, laissant une silhouette noire flotter sur une mer plus noire encore. C'était comme si le *Queen Artemisia* n'avait jamais existé.

A environ six cent mètres, une petite caisse d'emballage en bois dansait paresseusement au gré des flots. Il s'agissait d'une caisse du type le plus courant, une parmi les milliers de caisses vides, dérivant à l'abandon sur toutes les mers du globe. Pour qui l'aurait aperçue par hasard, elle n'aurait été en fin de compte qu'une épave des plus ordinaires, même si les lettres indiquant «HAUT» pointaient de manière incongrue vers le bas, en direction du fond de la mer. Un détail, pourtant, rendait cette caisse différente des autres : elle n'était pas vide.

Il devait exister une meilleure façon de faire, songea Pitt de l'intérieur de la caisse, avec une ironie désabusée, alors qu'une vague venait de frapper le sommet de son crâne, mais en définitive ceci vaut mieux que de se retrouver en train de nager à la vue de tous lorsque l'aube se sera levée. Il avala une goulée d'eau salée, et la recracha aussitôt. Puis il souffla légèrement dans l'embouchure de son gilet de sauvetage, pour augmenter son efficacité, et se remit à observer le navire au travers d'une déchirure sur un côté de la caisse.

Le *Queen Artemisia* était parfaitement silencieux, seuls le léger ronflement causé par ses génératrices et le clapotis des vagues venant frapper sa coque trahissaient sa présence. Peu à peu, ces bruits eux-mêmes disparurent et le navire devint partie intégrante du silence. Pitt tendit l'oreille un long moment, mais aucun son nouveau ne traversa les flots jusqu'à son avant-poste dansant sur les eaux. Nul bruit de pas sur le pont métallique, nulle voix masculine criant des ordres, nul cliquetis d'engin manipulé par une main humaine, rien. Le silence était total et très mystérieux. Cela faisait penser à un vaisseau fantôme dirigé par un équipage fantôme.

L'ancre de tribord avait été jetée à l'eau, et Pitt s'en rapprocha lentement, en poussant la caisse de l'intérieur. Une légère brise et la marée montante jouaient en sa faveur, et bien vite la caisse vint délicatement cogner la chaîne de l'ancre. Pitt ôta rapidement la bonbonne d'oxygène et l'attacha à l'aide de sa sangle à l'un des anneaux de la chaîne d'acier. Puis, en utilisant le tuyau de régulation d'air comme une corde, il ficela palmes, masque et tuba autour de la deuxième embouchure et les abandonna. Ils se mirent à flotter juste sous la surface des eaux.

Pitt empoigna la chaîne, levant les yeux vers les anneaux apparemment sans fin qui disparaissaient dans l'obscurité au-dessus de lui. Il se sentit comme Jack escaladant son haricot magique. Il eut une pensée pour Teri, endormie sur une couchette douillette à bord du *First Attempt*. Il songea à son corps doux et accueillant et il commença à se demander ce que diable il était en train de faire *là*.

Teri s'était également posé des questions, mais d'une nature différente.

— Pourquoi m'emmènes-tu sur ce bateau ? Je ne peux pas débarquer là-bas et faire la connaissance de tous ces scientifiques et de tous ces cerveaux dans cette tenue-là.

Elle avait écarté un pan de son négligé transparent, en passant ses jambes dans l'échancrure.

— Oh, et pourquoi pas, bon Dieu, avait dit Pitt en riant. Ce sera probablement le spectacle le plus sexy auquel ils auront assisté depuis des années.

— Et au sujet d'Oncle Bruno ?

— Raconte-lui que tu es allée faire des achats sur le continent. Raconte-lui n'importe quoi. Tu es majeure.

— Je savais que ce serait amusant de faire les vilains, avait-elle ajouté en pouffant. Ça ressemble aux aventures romantiques qu'on voit au cinéma.

— C'est une façon de voir, avait répondu Pitt.

Il s'était imaginé qu'elle penserait cela, et il avait eu raison.

Pitt escalada la chaîne de l'ancre, avec le savoir-faire d'un indigène polynésien en train de grimper le long d'un tronc de palmier, à la recherche de noix de coco. Il atteignit rapidement le trou de la haussière et jeta un coup d'œil par-dessus le bastingage. Il hésita, les oreilles et les yeux aux aguets, pour discerner le moindre mouvement dans l'obscurité. Aucune âme n'était en vue. Le pont avant était désert.

Il bascula pour monter à bord, puis s'accroupit et, dans cette position, traversa le pont en direction du mât de misaine. Par chance, le navire était plongé dans les ténèbres. Si les lampes d'embarquement du cargo avaient été allumées, le pont avant et même le milieu du navire auraient baigné dans des flots de lumière blanche. Ce qui n'était pas la situation idéale pour fureter dans le coin sans être repéré. Pitt était aussi reconnaissant à l'obscurité de dissimuler ses traces humides qui parsemaient le pont avant. Il fit une pause, guettant bruits et mouvements, mais il n'y en avait toujours aucun. Tout était tranquille, beaucoup trop tranquille. Il y avait quelque chose au sujet de ce navire qui ne tournait pas rond, c'est ce que semblait lui dire son subconscient, mais Pitt n'arrivait pas à mettre le doigt dessus. Cela lui échappait pour le moment.

Pitt se remit à avancer, en sortant de son étui le couteau de plongée qu'il portait attaché à son mollet, et pointa droit devant lui les quinze centimètres d'acier trempé de la lame.

Cela semblait incroyable, mais Pitt avait à présent une vue dégagée du pont et, aussi loin qu'il pouvait voir, celui-ci semblait abandonné. Il se fondit dans l'ombre et grimpa l'échelle menant à la passerelle, ses pieds escaladant les échelons d'acier dans le plus grand silence. La timonerie, plongée dans la pénombre, était vide. On apercevait les rayons de la barre dans l'obscurité, et tout l'habitacle avait l'air d'une sentinelle de cuivre, muette et abandonnée. Pitt ne pouvait pas en être sûr, mais il devinait, d'après la position de la manette, que les commandes étaient placées sur All Stop, l'arrêt complet. A la faible lueur des étoiles, il parvint à atteindre un râtelier attaché à un rebord près de la porte à bâbord. Ses doigts s'avancèrent pour examiner le contenu : une lampe Aldis, un pistolet à fusées éclairantes, quelques fusées. La chance finit par lui sourire. Sa main se posa sur la forme cylindrique et familière d'une torche électrique. Il ôta son slip de bain et l'enroula autour de la lampe jusqu'à ce que son éclat ne produise plus qu'une légère lueur. Ensuite, il examina chaque centimètre de la timonerie, le plancher, les cloisons, l'équipement. Le minuscule voyant de contrôle de la console constituait la seule étincelle de vie.

Les rideaux étaient tirés dans la salle des cartes qui se trouvait à l'arrière de la timonerie. Il était inconcevable qu'une salle des cartes soit aussi propre. Les cartes étaient rangées dans un ordre parfait, avec leurs étendues de carrés et de chiffres parcourues de fines lignes au crayon tracées avec précision. Pitt replaça le couteau dans sa gaine, dirigea le rayon lumineux vers un exemplaire de l'Almanach Nautique de Brown et examina les marques apparaissant sur les cartes. Le tracé coïncidait exactement avec la route qu'avait dû emprunter le *Queen Artemisia* depuis Shangai. Il se rendit compte que celui qui avait effectué les corrections de compas n'avait commis aucune erreur, ni même aucune rature. Le travail était soigné, un peu trop soigné.

Le livre de bord était ouvert à la dernière entrée : *03 heures 52 - Balise de Brady Field à 312°, approximativement huit miles. Vent du sud-ouest, 2 nœuds. Dieu protège la Minerva.* L'heure inscrite indiquait que cette entrée avait été rédigée moins d'une heure avant qu'il ne s'élance de la plage. Mais où était passé l'équipage ? Il n'y avait pas trace des hommes de quart et les canots de sauvetage pendaient à leur bossoir. Le fait que la barre ait été abandonnée était incompréhensible. Rien de ce qui se passait à bord n'était compréhensible.

La bouche de Pitt était sèche — comme une caverne poussiéreuse dans laquelle sa langue avait l'air d'une éponge en caoutchouc. Un marteau s'était mis à cogner dans sa tête, en brouillant sa réflexion. Il quitta la timonerie, en refermant délicatement la porte derrière lui, et découvrit un passage qui devait mener à la cabine du capitaine. La porte était entrebâillée. Il la repoussa doucement pour l'ouvrir plus avant et s'introduisit sans un bruit dans la cabine aux parois de métal.

Un décor de cinéma, tout cela ressemblait à un décor de cinéma. C'était la seule manière dont Pitt parvenait à décrire l'ensemble. Tout était rangé avec soin, et chaque objet se trouvait à la place où il aurait dû être. A l'une des parois était suspendue une peinture à l'huile, manifestement exécutée par un amateur, et qui représentait le *Queen Artemisia* dans sa tranquille splendeur. Pitt frémit face au choix des couleurs : le navire flottait sur une mer pourpre. La signature dans le coin inférieur droit portait le nom de Sonia Remick. Il y avait également sur le bureau la traditionnelle photo, dans un cadre en fer blanc à bon marché, d'une femme aux formes imposantes et au visage plein. Une inscription disait : *Au Capitaine de mon cœur, de la part de son épouse affectueuse*. Ce n'était pas signé, mais cela émanait visiblement de la main qui avait inscrit son nom dans le coin du tableau. Et juste à côté de cette photo, sur le bureau presque nu, reposait une pipe soigneusement placée sur un cendrier vide. Pitt s'en empara et huma le fourneau noir de fumée. Elle n'avait pas été utilisée depuis des mois. Pas un objet ne donnait l'impression d'être usagé, ni même d'avoir été manipulé. Cela tenait du musée soigneusement épousseté, de la maison sans odeur. Et, ainsi que le navire entier, tranquille comme un tombeau.

Il retourna dans la coursive, en tirant la porte derrière lui, souhaitant presque qu'une voix éclate, n'importe quelle voix, et qu'elle crie : «Qui va là ?» ou bien «Qu'est-ce que vous faites ici ?». Ce calme complet finissait par lui donner des sueurs froides. Pitt distinguait à présent de vagues silhouettes dans la pénombre des encoignures. Son poul se mit à cogner à un rythme accéléré. Il demeura figé pendant une bonne dizaine de secondes, sans bouger un muscle, en essayant de reprendre ses esprits.

L'aube va bientôt se lever, pensa-t-il. Dépêche-toi, il faut te hâter. Il suivit au pas de course la coursive à bâbord, sans plus rien faire pour ne pas être repéré, et ouvrit les portes des autres cabines. Chaque petit compartiment était comme un trou noir. Un seul et rapide mouvement circulaire à l'aide de la torche encapuchonnée révéla le même spectacle que la cabine du capitaine. Il se mit ensuite en quête de la cabine radio. L'émetteur était chaud et réglé sur une fréquence VHF, mais l'opérateur radio brillait par son absence. Pitt reclaqua la porte et poursuivit son investigation.

Les échelles de cabines, les allées bâbord et tribord, tout cela semblait plongé dans un long et obscur tunnel souterrain. Il fallait faire très attention à ne pas perdre son sens de l'orientation au sein de ce dédale. Ce n'était qu'un homme nu, couvert de son seul gilet de sauvetage dans un sombre cauchemar de peinture grise et de murs d'acier. Il trébucha sur la marche d'une des cloisons et s'affala, en se cognant le tibia et en lâchant la torche, tout cela ponctué d'un «Nom de Dieu» sonore.

La torche était tombée sur le sol, en fracassant sa lentille. La lumière s'était éteinte. Il se mit à quatre pattes, en poussant de nouveaux jurons à voix basse, et chercha autour de lui avec frénésie. Au bout de quelques secondes d'angoisse, ses mains finirent par retrouver le cylindre d'aluminium platiné. Le verre de la lentille tinta, ce qui était un inquiétant présage, sous son enveloppe de tissu. Il braqua la torche et appuya sur le bouton. L'ampoule se mit à briller, de son éclat toujours affaibli. Pitt déglutit en retenant un cri de soulagement et dirigea le faible pinceau de lumière vers le couloir. Il découvrit dans la faible lumière une porte sur laquelle un panneau annonçait «Voie de secours en cas d'incendie — Cale Numéro Trois».

La caverne d'Ali-Baba n'aurait pas eu l'air aussi terrible que la Cale Numéro Trois. Partout où la lumière de Pitt passait, ce n'était que sacs innombrables entassés dans cette gigantesque grotte d'acier, rangés sur des palettes de bois, sur plusieurs couches, du sol au plafond. L'atmosphère était chargée d'une douceâtre odeur d'encens. Le cacao de Ceylan, présuma Pitt. Il saisit le couteau de plongée et déchira sur quelques centimètres l'épaisse toile d'un des sacs. Un flot de graines dures comme des cailloux se répandit sur le sol, où elles rebondirent en crépitant comme de la grêle sur un toit de tôle. Un rapide coup d'œil à la lueur de la torche lui prouva que les graines à la peau racornie étaient bien ce qu'elles étaient sensées être.

Tout à coup, il entendit un bruit. C'était faible et imprécis, mais il y avait un bruit. Il se figea, et tendit l'oreille. Alors le bruit cessa aussi brusquement qu'il avait commencé, et le silence envahit à nouveau le navire fantôme, ce vaisseau abandonné avec tous ses secrets enfouis dans les ténèbres. Peut-être s'agit-il effectivement d'un navire hanté, après tout, songea Pitt. Comme la *Marie-Céleste* ou le *Hollandais volant*. Il ne manquait plus qu'une mer déchaînée, la pluie cinglant le pont, les éclairs déchirant les cieux, le vent soufflant en tempête et hurlant dans les mâts.

Il n'y avait rien de plus à voir dans les soutes. Pitt s'en alla et se mit à chercher la salle des machines. Il perdit huit précieuses minutes avant de trouver le bon chemin. Le cœur du navire était plein de la chaleur des moteurs et sentait l'huile brûlée. Il s'avança sur la passerelle par-dessus les énormes machines sans vie et scruta les alentours à la recherche du signe d'une véritable activité humaine. Il discerna dans la lueur de la torche l'éclat de tuyaux polis qui couraient le long des parois en lignes géométriques et parallèles, et qui se rencontraient sous des amas de valves et de jauges. Puis le faisceau passa sur un chiffon imbibé d'huile qui traînait négligemment sur le sol. Au-dessus du chiffon se trouvait une étagère où étaient disposées plusieurs tasses à café sales et, plus à gauche, une pile de serviettes portant des taches de doigts et de graisse. En fin de compte, quelqu'un a travaillé dans cette partie du navire, se dit-il, presque avec soulagement. Il savait que la plupart des salles des machines étaient nettoyées et propres comme une salle d'hôpital, même si celle-ci était plutôt sale. Mais où se trouvaient le chef mécanicien et son graisseur ? Ils n'avaient pas pu s'évaporer dans l'atmosphère égéenne.

Pitt décida de s'en aller, puis s'immobilisa. Cela avait recommencé, le même bruit mystérieux, renvoyé en écho par la coque du navire. Il demeura cloué sur place, en retenant son souffle pendant ce qui lui parut une éternité. C'était un bruit étrange et inquiétant, comme la quille d'un bateau raclant des rochers engloutis ou un récif de corail. Malgré lui Pitt frissonna. Cela lui faisait en même temps songer à une craie crissant sur un tableau noir. Le bruit dura dix secondes à peu près puis fut ponctué par un cliquetis étouffé d'un métal cognant un autre métal.

Pitt ne s'était jamais trouvé, trempé de sueur glacée, dans une des cellules du couloir de la mort à la prison de Saint-Quentin, attendant que le directeur et les gardiens de prison l'entraînent vers la chambre à gaz. Pas plus qu'il ne s'était trouvé dans une situation si grave qu'il soit incapable de décrire ce qu'il ressentait exactement. Être plongé seul dans ce climat de claustrophobie, guettant les pas de la mort dans l'obscurité insondable était une expérience propre à vous glacer le sang. En cas de doute, se dit-il, détale comme un fils de pute. Si bien qu'il détala comme un fils de pute, empruntant les allées en sens inverse, dévalant les échelles, jusqu'à ce qu'enfin l'air pur et salubre du pont extérieur envahisse ses poumons.

Le ciel du petit matin était encore sombre et les mâts se détachaient sur ce fond mauve constellé d'étoiles étincelantes. Il n'y avait qu'un léger souffle de vent. De l'autre côté du pont, le pylône de l'antenne radio se balançait d'un côté puis de l'autre, sur fond de Voie Lactée, et sous les pieds de Pitt, la coque faisait entendre des craquements causés par le roulis d'une légère houle. Il hésita un instant, en observant la ligne sombre que dessinait la côte de Thasos, à moins de quinze cents mètres. Ensuite, il baissa les yeux vers la surface égale et sombre des flots. Ils avaient l'air si attirants et si paisibles.

La torche brillait toujours. Pitt maudit sa stupidité, il aurait dû l'éteindre en revenant sur le pont. J'aurais pu tout aussi bien signaler ma présence avec un néon, se dit-il. En hâte, il coupa le contact. Puis, précautionneusement, en prenant garde à ne pas se couper avec les éclats de verre, il dénoua son slip de bain et le débarrassa des débris de lentille. Il balança les minuscules éclats par-dessus bord et perçut le léger clapotis de l'eau, pareil à de la pluie sur un étang. Un instant, il fut tenté de lancer la torche elle aussi, mais il changea d'avis et parvint à réfréner son élan. Ne pas remettre la lampe dans le bac de la timonerie était une erreur aussi grave que d'envoyer au capitaine, si capitaine il y avait, un télégramme précisant «Un peu avant l'aube, un rôdeur est monté à bord de votre navire et l'a fouillé de la poupe à la proue.» Ce n'était vraiment pas un coup à tenter, pas avec des gens comme ceux-ci qui s'étaient montrés plus malins qu'à peu près toutes les forces de police du globe. Le fait qu'il manquait à présent une lentille à cette torche était un risque minime que Pitt était obligé de courir.

Il jeta un coup d'œil à sa montre, alors qu'il regagnait précipitamment la timonerie. Les aiguilles phosphorescentes indiquaient 4 heures 13. Le jour allait se lever dans pas longtemps. Il grimpa rapidement sur le pont supérieur et replaça la torche dans le casier. Il agissait avec une hâte quasiment frénétique. Il lui fallait avoir quitté le navire, avoir récupéré son matériel de plongée et s'être éloigné d'au moins deux cents mètres avant que naisse la lumière du jour.

Le pont avant était toujours désert, c'est du moins ce qui lui sembla. Un bruit tourbillonnant arriva dans son dos. Instantanément il fit volte-face, avec un sentiment de peur renouvelé, et dégaina son couteau avec agilité. Ses nerfs étaient à ce point tendus qu'il se sentait au bord de la panique, avec dans la tête comme un roulement de tambour. Bon Dieu, se dit-il, je ne peux pas me faire prendre maintenant, alors que j'allais être en sécurité.

Ce n'était qu'une mouette qui avait jailli de l'obscurité et qui avait volé jusqu'à un manche à air pour s'y poser. Le volatile pointa son œil rond sur Pitt et remua la tête d'un air intrigué. Nul doute qu'il s'agissait d'une espèce d'humain un peu timbré, qui se baladait sur le pont d'un navire au petit matin, habillé de son seul gilet de sauvetage, et qui tenait un couteau dans une main et un maillot de bain dans l'autre. Le soulagement faillit faire tomber Pitt à genoux. Cette peur bleue l'avait méchamment secoué. Lorsqu'il avait grimpé à bord de ce navire, il ne savait pas à quoi il devait s'attendre. Il n'avait trouvé que le silence teinté d'une terreur inconnue. Sans plus beaucoup d'énergie, il s'appuya au bastingage, en tentant de reprendre le contrôle de lui-même. A ce train-là, il allait subir une crise cardiaque ou bien devenir fou avant le lever du soleil. Il prit plusieurs longues goulées d'air, en expirant lentement jusqu'à ce que la peur ait reflué.

Sans plus un regard en arrière, il passa par-dessus le bastingage et s'agrippa à la chaîne de l'ancre, avec un énorme soulagement à l'idée de quitter ce vaisseau fantôme. C'est avec réconfort qu'il se retrouva flottant aux milieux des eaux tranquilles. La mer lui ouvrit les bras et lui donna le sentiment de l'éloigner du danger.

En hâte, Pitt enfila son maillot et récupéra son attirail de plongée. Mettre en place une bonbonne d'oxygène dans votre dos, en pleine obscurité, avec la houle qui vous pousse contre une coque d'acier, n'est pas chose facile. Mais l'expérience acquise depuis ses premiers cours de plongée se révéla bien utile, et il vint à bout de cette tâche sans beaucoup d'effort. Il jeta un coup d'œil aux environs pour retrouver la caisse de bois, mais elle avait dû dériver au hasard et avait disparu dans la nuit sombre. Le mouvement de vagues et la marée montante allaient à présent aider Pitt à progresser vers la plage.

Il resta un moment immobile, flottant dans l'eau, et examina la possibilité de nager sous le *Queen Artemisia*, pour jeter un coup d'œil à la coque. L'étrange bruit de raclement qu'il avait entendu alors qu'il se trouvait dans la salle des machines semblait provenir de derrière les tôles, quelque part sous la quille. Ensuite, il comprit que son plan était sans espoir. Sans torche sous-marine, il ne pourrait rien distinguer. Et il n'avait aucune envie de tâtonner comme un aveugle sur toute la longueur d'une coque de cent-vingt mètres, où avaient dû s'incruster des coquilles coupantes comme des rasoirs. Il avait entendu de vieilles légendes qui racontaient en détail le sort brutal réservé aux marins britanniques qui s'étaient rebellés et qu'on obligeait à passer sous la quille. Il se souvenait en particulier d'une de ces histoires à vous figer le sang, l'histoire d'un maître artilleur qui avait été tiré par-dessous la quille du *H.MS. Confident*, au large des côtes de Timor en 1786. Puni pour avoir dérobé une tasse de cognac dans l'armoire de son capitaine, le pauvre homme avait été passé sous la quille du navire jusqu'à ce que son corps ne soit plus que lambeaux sanguinolents et qu'apparaisse le blanc de ses côtes et de ses vertèbres. Le malheureux avait survécu, mais avant même que l'équipage ait pu le hisser à bord, deux requins, attirés par l'odeur du sang, l'avaient attaqué et réduit en pièces sous les yeux horrifiés des hommes se trouvant sur le pont. Pitt savait de quoi était capable un requin. Il lui était arrivé de dégager du ressac de Key West un garçon, qui venait d'être méchamment mordu par un requin. Le garçon s'en était sorti, mais il lui manquerait toujours un grande partie de sa cuisse gauche.

Pitt poussa un juron. Il fallait qu'il cesse de penser à des choses aussi sordides. Ses oreilles s'étaient mises à résonner, emplies d'un vrombissement. D'abord, il se dit que c'était un nouveau tour que lui jouait son imagination. Il remua violemment la tête. C'était toujours là, et plus puissant encore. Le bruit semblait enfler sans cesse. Alors Pitt comprit enfin d'où provenait ce vrombissement.

Les génératrices du navire s'étaient remises en marche. Les feux de navigation brillèrent à nouveau, et le *Queen Artemisia* revint brusquement à la vie avec bruit. S'il existait un moment où le courage tenait pour une grande part dans la discrétion, c'était bien à présent. Pitt serra les dents autour de l'embouchure du régulateur et s'éloigna du navire en plongée. Il agita ses palmes de toute la puissance des ses jambes, ne voyant au milieu de l'eau d'un noir d'encre, que l'étrange gargouillis des bulles d'eau qu'il exhalait. C'était dans des occasions comme celle-ci qu'il aurait préféré n'avoir jamais fumé de tabac. Après avoir nagé une cinquantaine de mètres, il fit surface et se tourna vers le navire.

Le *Queen Artemisia* se balançait à l'ancre, dans sa solitude de pierre tombale, sa silhouette se découpant sur l'orient blêmissant, semblable à une ombre chinoise de l'ancien temps. De fins traits de lumière blanche avaient fait leur apparition un peu partout sur le navire, sauf là où brillaient l'éclat vert des feux de navigation à tribord. Pendant plusieurs minutes, il ne se passa rien d'autre. Ensuite, sans aucun signe annonciateur et sans qu'aucun ordre n'ait été crié, l'ancre fut ramenée du fond des eaux et vint cogner contre la coque. La timonerie était éclairée et Pitt pouvait facilement distinguer l'intérieur : la pièce était toujours vide. Ce n'est tout simplement pas possible, se répéta-t-il encore et encore, ce n'est pas possible. Mais le vieux rafiot n'était pas encore arrivé au bout de son petit numéro de fantôme. Comme s'il jouait un rôle, le télégraphe du *Queen Artemisia* fit entendre son cliquetis dans le calme précédant l'aube. Les moteurs répondirent à l'appel en se mettant à battre doucement, et le navire reprit sa route, sans avoir révélé le secret de sa cargaison funeste, toujours dissimulée derrière ses tôles d'acier.

Pitt n'avait nul besoin d'observer le navire pour savoir qu'il s'était mis en marche. Il pouvait sentir les pulsations des hélices qui battaient l'eau. Cinquante mètres étaient bien suffisants. A cette distance, personne ne pouvait le remarquer et il n'avait quasiment rien à craindre des énormes hélices, qui ne parviendraient pas à l'attirer dans leur sillage pour le réduire en amorces à poissons.

Un furieux sentiment de frustration envahit Pitt alors que l'énorme coque passait, glissant avec lenteur devant sa tête dansant à la surface des flots. C'était comme s'il était en train de contempler un missile balistique quittant sa rampe de lancement et fendant l'air selon la trajectoire prévue pour aller répandre mort et dévastation. Il se sentait impuissant, car il ne pouvait rien tenter pour l'arrêter. Etait cachée quelque part au sein du *Queen Artemisia* une quantité d'héroïne suffisante pour faire perdre la tête à la moitié de la population de l'hémisphère nord. Dieu seul savait quel chaos naîtrait dans chaque cité et chaque ville où elle serait fournie à ces salauds de dealers qui tiraient profit de cette dépendance malfaisante. Combien de gens allaient être transformés en lavettes, et combien d'autres mourraient à cause de cette drogue fatale ? Il y avait cent trente tonnes d'héroïne à bord du navire.

Alors Pitt songea à sa propre situation. Pas avec orgueil pour avoir détruit l'Albatros jaune ou pour être monté à bord du *Queen Artemisia* et de l'avoir fouillé sans se faire repérer. Non, il se traita au contraire d'idiot pour avoir risqué sa vie dans un boulot qui ne le concernait pas, un tâche pour laquelle il n'était pas payé. Il avait l'ordre de veiller au bon déroulement des recherches océanographiques. Nul n'avait mentionné la poursuite de contrebandiers. A quoi pouvait-il servir, *lui* ? Il n'était pas l'ange gardien de l'humanité toute entière. Qu'il laisse Zacynthus, Zénon, Interpol et tous les autres satanés flics du globe jouer au chat et à la souris avec von Till. C'était leur affaire, ils avaient été entraînés pour ça. Et ils étaient payés également pour ça.

Une fois de plus, Pitt pesta contre lui-même. Il avait déjà perdu trop de temps à rêvasser. Il était temps de mettre le cap sur le rivage. Machinalement, ses yeux contemplaient les feux du cargo qui faiblissaient peu à peu en s'enfonçant dans la pénombre du petit matin. Il atteignait tout juste la plage quand le soleil apparut à l'horizon et lança ses premiers rayons vers les sommets rocailleux des monts de Thasos.

Pitt se débarrassa de sa bonbonne et la laissa choir sur le sable humide, à côté du masque et des palmes. La fatigue avait enroulé ses tentacules autour de lui et l'engourdissait à tel point qu'il n'y résista pas plus longtemps. Il tomba à quatre pattes. Tout son corps était douloureux, exténué, mais il s'en rendait à peine compte. Son esprit était concentré sur autre chose.

Pitt n'était parvenu à découvrir aucune trace d'héroïne à bord du navire, pas davantage que le Bureau des Narcotiques ou l'inspection des douanes. Voilà au moins une chose d'acquise. Il restait une possibilité, celle d'aller jeter un coup d'œil sous la ligne de flottaison. Mais il était à peu près sûr que des enquêteurs méfiants avaient utilisé des plongeurs pour examiner chaque centimètre carré de la coque lorsque le navire était à quai. En outre, une cargaison de cette taille ne pouvait pas être déplacée facilement, à moins qu'on ne la jette à l'eau pour aller la récupérer plus tard. Mais même cela ne pouvait pas marcher, se dit-il, c'était évident. Repêcher un container étanche bourré de cent trente tonnes de matière nécessitait une opération à grande échelle. Non, il devait à coup sûr exister une méthode plus ingénieuse, qui jusqu'ici avait été couronnée de succès et n'avait pas attiré l'attention.

Il s'empara du couteau de plongée et, de la pointe, se mit à esquisser distraitement la silhouette du *Queen Artemisia* dans le sable humide. Puis, brusquement, l'idée d'un schéma lui vint à l'esprit. Il se mit debout, et entreprit de dessiner une coque qui s'étendait sur environ dix mètres de sable. Le pont, les cales, la salle des machines, chaque détail dont il se souvenait se retrouvait gravé dans la couche molle de sable blanc. Les minutes passèrent et le navire commença à prendre fière allure. Pitt avait fini par être si parfaitement absorbé par son travail qu'il ne se rendit pas compte de la présence d'un vieil homme et de son âne, qui cheminaient avec lassitude le long de la plage.

Le vieil homme s'arrêta et contempla Pitt, avec son très vieux visage qui semblait avoir traversé trop de décennies d'épreuves pour être encore capable d'étonnement. Après quelques instants, il haussa les épaules en signe d'incompréhension et se remit en marche d'un pas tranquille pour rattraper son âne.

Finalement, le dessin fut presque complet, jusqu'à la dernière échelle de coupée. La lame du couteau étincela dans l'éclat du soleil levant alors que Pitt ajoutait une touche finale humoristique : un minuscule oiseau sur un minuscule manche à air. Ensuite, il se recula pour admirer son œuvre. Il la contempla un long moment, puis éclata de rire.

— Pas de doute, je ne serai jamais célébré pour ma technique. Ça ressemble plus à une baleine enceinte qu'à un navire.

Pitt continua d'examiner d'un air absent le dessin sur le sable. Soudain ses yeux s'arrondirent comme s'il était tout à coup paralysé, et toute expression disparut de son visage aux traits rugueux. L'étincelle d'une idée bizarre et originale se mit à briller faiblement dans sa conscience. Tout d'abord, cette idée lui parut trop étrange pour qu'il s'y intéresse davantage, mais plus il en examinait les possibilités, puis elle lui apparaissait comme réalisable. Il ajouta prestement quelques lignes supplémentaires sur le sable. Complètement concentré à nouveau, il s'efforça de faire correspondre le dessin avec l'image qu'il avait en tête. Lorsque la dernière amélioration eut été apportée, ses lèvres se tordirent lentement en un sourire de satisfaction. Ce sale petit malin de von Till, songea Pitt, ce sale petit malin.

Sa fatigue s'en était allée, son esprit n'était plus torturé par d'insolubles questions. Il avait trouvé une nouvelle façon de voir, un nouveau genre de réponses. Il fallait que tout cela soit révélé dans les plus brefs délais. Rapidement, il ramassa l'attirail de plongée et se mit à grimper la petite pente qui séparait la plage de la route côtière. Il n'avait plus aucune intention de laisser tomber, à présent. C'est le prochain tour qui serait sans aucun doute le plus intéressant. Au sommet de la pente, il se retourna pour jeter un dernier coup d'œil au schéma du *Queen Artemisia* sur le sable.

La marée montante était en train d'effacer tout cela et atteignait déjà la cheminée du navire, la cheminée marquée du grand «M» de la Compagnie Minerva.

CHAPITRE QUATORZE

Giordino était étendu à l'arrière d'une camionnette bleue de l'Armée de l'Air, profondément endormi, la tête posée sur un étui à jumelles et les pieds calés négligemment contre une grosse pierre. Une file de fourmis escaladaient son avant-bras et, en ignorant complètement cet obstacle, continuaient inexorablement leur chemin en direction d'une petite excroissance de saleté. Pitt lui jeta un coup d'œil amusé. S'il y avait bien une chose dont Giordino était capable, et avec beaucoup de talent, se dit-il, c'était de s'endormir n'importe où, à n'importe quel moment et quelle que soit la situation.

Pitt agita ses palmes, pour faire tomber une pluie de sel séché sur le visage tranquille de Giordino. Aucun grognement ensommeillé, ni de réaction soudaine ne suivit cette aspersion. La seule réponse vint de l'un des gros yeux marron, qui s'ouvrit d'un coup, et qui adressa à Pitt un regard de contrariété manifeste.

— Aha ! Voici revenir à la vie notre intrépide gardien à l'œil vigilant, dit Pitt d'un ton indubitablement sarcastique. Je frémis en songeant au nombre de morts, si tu te décidais un jour à devenir garde du corps.

La seconde paupière se releva lentement comme un store, et découvrit l'œil correspondant.

— Juste pour que le rapport soit correct, dit Giordino d'un ton las. Ces deux bons vieux yeux sont restés collés aux jumelles à infrarouge depuis le moment où tu t'es collé ta caisse d'emballage sur la tête jusqu'à ce que tu reprennes pied sur la plage et que tu te mettes à dessiner sur le sable.

— Mes excuses, mon vieil ami, dit Pitt en riant. Je suppose que le fait d'avoir mis en doute ta vigilance sans faille va me coûter un autre verre ?

— Deux verres, murmura Giordino avec malice.

— Entendu.

Giordino se mit en position assise, clignant des yeux dans le soleil. Il remarqua les fourmis et s'en débarrassa avec désinvolture.

— Comment s'est passé ta plongée ?

— Robert Southey devait avoir le *Queen Artemisia* en tête lorsqu'il a écrit : «Pas un mouvement dans l'air, pas un mouvement dans l'eau, le navire était aussi calme que possible.» Tu pourrais ajouter que j'ai trouvé quelque chose en ne trouvant rien.

— Je ne pige pas.

— Je t'expliquerai plus tard, dit Pitt en déposant le matériel de plongée sur le plateau de la camionnette. Des nouvelles de Zac ?

— Pas encore, répondit Giordino en pointant ses jumelles sur la villa de von Till. Lui et Zénon ont emmené un peloton de la gendarmerie locale et ont pris position devant la demeure seigneuriale de von Till. Darius est resté planté devant la radio à l'entrepôt, en balayant les ondes au cas où il y aurait un contact entre la côte et le navire.

— Tout ça me paraît du travail consciencieux, mais malheureusement, c'était du temps perdu, déclara Pitt en s'essuyant les cheveux avec une serviette puis en y passant un peigne. Où un honnête homme peut-il obtenir une boisson et une cigarette dans le coin ?

Giordino indiqua la cabine du véhicule, et dit :

— Je ne peux rien faire pour toi question boisson, mais il y a un paquet de clopes cancérigènes grecques sur le siège avant.

Pitt grimpa dans la cabine et exhuma une cigarette de forme

ovale d'une boîte noire et or d'Hellas Specials. Il n'en avait jamais goûté auparavant, et fut surpris par sa douceur. Après les épreuves endurées ces deux derniers jours, il aurait même trouvé agréable de fumer des algues.

— Quelqu'un t'a donné un coup sur le tibia ? demanda Giordino l'air de rien.

Pitt expira un nuage de fumée et jeta un coup d'œil à sa jambe. Il y avait une écorchure d'un rouge profond sous son genoux droit et du sang en suintait lentement sur toute la longueur. Sur cinq centimètres dans toutes les directions, la peau présentait un mélange de vert, de bleu et de pourpre.

— J'ai fait une mauvaise rencontre, avec le bas de la cloison d'une porte.

— Je ferais mieux de t'arranger ça.

Giordino se détourna et alla chercher une boîte de premiers soins de l'Armée de l'Air dans la boîte à gants.

— Une opération bénigne comme celle-là, reprit-il, n'est qu'un jeu d'enfant pour le Docteur Giordino, le chirurgien de renommée internationale. Sans me vanter, je suis très bon aussi pour les transplantations cardiaques.

Pitt essaya de se retenir de rire, mais en vain.

— Essaie seulement de placer la gaze avant la bande adhésive, et pas après.

Giordino fit semblant d'être peiné.

— Voilà des paroles terribles à entendre.

Puis il reprit, l'air à nouveau malicieux :

— Tu changeras de ton quand tu recevras ma note d'honoraires.

Pitt n'avait plus le choix. Il haussa les épaules en signe de résignation et confia sa jambe meurtrie aux mains de Giordino. Ils restèrent silencieux pendant les quelques minutes qui suivirent. Pitt resta assis, plongeant au sein du silence, contemplant la mer aussi bleue que le ciel et la côte qui disparaissait sous les couches de sable blanc accumulées depuis l'aube des temps. La plage étroite qui bordait la route s'étendait sur une dizaine de kilomètres avant de se terminer en une fine bande qui disparaissait derrière la pointe ouest de l'île. Il n'y avait aucune âme en vue à la lisière des vagues ; et cette étendue déserte à l'ambiance mystique présentait le charme romantique des clichés d'agences de voyages, vantant les mers du Sud. C'était en réalité un coin de paradis.

Pitt remarqua que le ressac déferlait sur une soixantaine de centimètres avec un intervalle de huit secondes entre deux crêtes. Les vagues naissaient lentement à moins d'une centaine de mètres. Puis, dans un élan final et furieux, elles se gonflaient et se lançaient à l'assaut de la plage, en soulevant un majestueux panache d'embruns, tout cela pour venir se dissoudre et mourir avec de petits remous sur le sable. Pour un nageur, les conditions étaient parfaites ; pour un surfeur, elles restaient correctes ; mais pour un plongeur, le fond sablonneux et l'eau d'un bleu profond constituaient un gaspillage inutile. Pour une exploration sous-marine digne de ce nom, c'étaient les flots plus verts des fonds semés de récifs qui convenaient le mieux, et qui attiraient les plongeurs, car c'était là que l'on pouvait observer la beauté de la vie sous-marine dans toute sa magnificence.

Pitt effectua un panoramique de cent quatre-vingts degrés pour observer le nord. Là, c'était une autre histoire. De hautes falaises escarpées, dépourvues de toute trace de végétation, jaillissaient de la mer, leurs flancs crevassés et burinés par les assauts inlassables des brisants. De grands éboulis de rochers et des fissures béantes étaient les témoins muets de ce dont était capable la vieille Mère Nature lorsqu'elle disposait des outils appropriés. Une partie de la ligne de falaises attira en particulier l'attention de Pitt.

De façon assez étrange, ce secteur n'était pas pilonné comme les autres. Les flots sous l'énorme massif de rocs étaient calmes et plats, comme un étang de jardin bordé sur trois de ses côtés par des remous d'eaux et d'écume. Sur une centaine de mètres carrés, la mer était verte et paisible, et nul bouillonnement blanc n'apparaissait. C'était un spectacle irréel.

Pitt cherchait à deviner ce qu'un plongeur pourrait découvrir à cet endroit. Dieu seul en personne avait pu observer la formation de l'île, les allées et venues tout au long des époques glaciaires, les modifications du niveau d'eau depuis la formation de la mer antique. Peut-être, se dit-il, peut-être que ce sont tout naturellement les brisants énormes qui ont imprimé leur furie dans le flanc de ces falaises, et qui ont creusé les fonds marins d'innombrables cavernes englouties.

— Et voilà le travail, dit Giordino d'un ton joyeux. Un triomphe de plus pour la science médicale, réalisé par le grand Giordino.

Pitt ne se laissa pas prendre une seconde à cet étalage de vanité. Giordino avait déjà par le passé employé ces tournures comiques pour dissimuler l'affection que lui inspirait Pitt. Giordino se releva, examinant le corps de Pitt, et hocha la tête avec un léger étonnement.

— Avec tous ces pansements sur le nez, la poitrine et la jambe, tu commences à ressembler à la roue de secours d'une bagnole des années trente, comme celles qu'on voit dans les bandes dessinées.

— Tu as raison, dit Pitt en faisant quelques pas pour se débarrasser de la raideur qui avait envahi sa jambe. Je me sens plutôt comme un pneu à l'avant d'une auto-tamponneuse.

— Voilà Zac, dit Giordino en pointant le doigt.

Pitt pivota et regarda dans la direction que Giordino indiquait.

La Mercedes noire faisait route vers eux, en dévalant une des mauvaises pistes qui traversaient les collines, et répandant un nuage de poussière brunâtre. Cinq cents mètres plus loin, le véhicule vira pour emprunter la chaussée côtière, garnie de pavés, et abandonna sa traîne poussiéreuse. Pitt put bientôt percevoir le ronronnement régulier du moteur diesel qui couvrait le bruit du ressac. La voiture vint s'immobiliser aux côtés de la camionnette, et Zacynthus et Zénon en jaillirent. Ils étaient suivis de Darius, qui ne faisait aucun effort pour dissimuler une claudication pénible. Zacynthus portait un vieux treillis décoloré de l'armée, et ses yeux fatigués étaient injectés de sang. Il donnait l'image d'un homme qui venait de passer une nuit blanche et maussade. Pitt lui adressa un sourire de sympathie.

— Alors, Zac, comment ça va ? Vous avez vu quelque chose d'intéressant ?

Zacynthus ne parut pas l'entendre. Il sortit sa pipe de sa poche, d'un geste las, la bourra de tabac et l'alluma. Puis il s'affala lentement sur le sol, où il s'allongea, en s'appuyant sur un coude.

— Les salopards, jura-t-il amèrement, les foutus petits salopards. Nous avons passé la nuit à nous abîmer les yeux et à fureter derrière les arbres et les rochers, avec les moustiques qui nous attaquaient sans arrêt. Et qu'avons-nous récolté ?

Il prit une grande respiration avant de répondre lui-même à sa question, mais Pitt le devança.

— Vous n'avez rien trouvé, vous n'avez rien vu et vous n'avez rien entendu.

Zacynthus eut un faible sourire.

— Ça se voit tellement ?

— Ça se voit, répondit Pitt laconiquement.

— Toute cette affaire m'exaspère au plus au point, dit Zacynthus, en ponctuant ses paroles de petits coups de poings qu'il assénait à la couche de sable.

— Au plus au point ? répéta Pitt. Est-ce que c'est vraiment votre limite maximum ?

Zacynthus s'assit et haussa les épaules en signe d'impuissance, puis ajouta :

— Je crois bien que je suis au bout du rouleau. J'ai l'impression de m'agripper au flanc d'une montagne escarpée, dans le seul but de parvenir au sommet du pic enveloppé de brouillard.

Il est possible que vous me compreniez, je n'en sais rien, mais j'ai consacré ma vie à traquer des ordures du genre de von Till.

Il s'interrompit un instant, puis reprit, plus calmement.

— Je n'ai jamais baissé les bras. Je ne peux pas laisser tomber. Ce navire doit être stoppé, et pourtant, merci à notre code de justice pur et innocent, il ne peut pas être arraisonné. Seigneur, pouvez-vous imaginer ce qui va se passer si cette cargaison d'héroïne atteint les Etats-Unis ?

— J'y ai pensé souvent.

— Balancez votre code de justice, lança Giordino d'un ton irrité. Laissez-moi planter une mine-ventouse sur le flanc de ce vieux rafiot et boum, dit-il en écartant les mains pour figurer la détonation. C'est les poissons qui hériteront de la came.

Zacynthus hocha lentement la tête.

— Vous avez une approche très directe, mais un...

— Un esprit simple, coupa Pitt.

— Croyez-moi, reprit Zac d'un ton sinistre, je préférerais voir une centaine d'écoles pour poissons drogués qu'un seul lycéen accroché à la came. Mais détruire ce navire ne résoudrait qu'un problème en particulier : ce serait comme couper une seule des tentacules d'une pieuvre. Nous aurions toujours sur le dos von Till et sa bande de contrebandiers rusés, sans parler de la devinette non résolue sur la façon dont se déroule cette opération — qui est très ingénieuse, je dois bien l'avouer. Non, il faut nous montrer patients. Le *Queen Artemisia* n'est pas encore arrivé à Chicago. Nous avons encore une chance à tenter à Marseille.

— Je doute que vous ayez plus de succès à Marseille, dit Pitt. Même si l'un de vos faux douaniers français monte à bord, vous avez la garantie de Pitt, pièces et main-d'œuvre, il ne trouvera rien qui vaille la peine d'en parler à sa petite famille.

— Comment pouvez-vous en être aussi sûr ? dit Zacynthus en relevant brusquement la tête, surpris. A moins... A moins que vous n'ayez d'une façon ou d'une autre fouillé vous-même le navire.

— Avec lui, rien n'est impossible, fit Giordino à voix basse. Il a nagé vers le navire pendant qu'il était à l'ancre. Je l'ai suivi avec des jumelles infrarouges, mais je l'ai perdu de vue pendant presque une demi-heure.

Les quatre hommes présents regardaient maintenant Pitt d'un air interrogatif.

Pitt éclata de rire et secoua la cendre de sa cigarette.

— Le temps est venu, comme dit le magicien, de vous parler de toutes ces choses. Faites cercle autour de moi, Messires, et écoutez les aventures de cape et d'épée de Dirk Pitt, le gentleman-cambrioleur.

Pitt s'appuya contre la camionnette et se tut un instant. Pendant un long moment, il contempla les visages perplexes qui l'entouraient.

— Alors voilà, finit-il par déclarer en souriant avec malice. Il s'agit d'un petit tour de passe-passe bien exécuté. Le *Queen Artemisia* n'est rien de plus qu'une façade. Oh ! bien sûr, il vogue sur le bleu des mers, embarquant des cargaisons et les emmenant ailleurs. C'est là que s'arrête la ressemblance entre un véritable cargo et le *Queen Artemisia.* Il s'agit d'un vieux navire, un ancien et vrai navire, mais sous sa peau d'acier fonctionne un système de contrôle centralisé du tout dernier modèle. J'ai vu la même installation sur un vieux rafiot dans le Pacifique, l'année dernière. Ça ne nécessite qu'un équipage réduit. Six ou sept hommes peuvent s'en occuper facilement.

— Ni vu ni connu, dit Giordino d'un air admiratif.

— Exactement, reprit Pitt en acquiesçant de la tête. Tous les compartiments et toutes les cabines sont aménagées comme sur une scène de théâtre. Lorsque le navire arrive dans un port, l'équipage sort des coulisses et se met à jouer son rôle, comme une troupe d'acteurs.

— Excusez ma perspicacité un peu aveugle, Major, je ne suis qu'un simple mortel, dit Zénon, sans parvenir à cacher son accent distingué sous ce ton un peu frustre. Je ne comprends pas comment le *Queen Artemisia* peut prendre en charge ce commerce de transport, sans la maintenance nécessaire durant ces voyages au long cours.

— C'est comme une demeure historique, expliqua Pitt. Disons un château célèbre où le feu brûle encore dans les cheminées, où la tuyauterie fonctionne, et où les planchers sont propres et astiqués. Pendant cinq jours par semaine, le château est fermé, mais le week-end, il est ouvert pour les touristes, ou plutôt dans ce cas-ci, pour l'Inspection des Douanes.

— Et les concierges ? demanda Zénon avec ironie.

— Les concierges, dit Pitt à voix basse, vivent dans la cave.

— Seuls les rats vivent dans les caves, fit remarquer Darius d'un ton sec.

— Voici une observation tout à fait appropriée, Darius, dit Pitt en signe d'approbation. En particulier, si l'on considère l'espèce à deux jambes qui nous intéresse ici.

— Des caves, des scènes de théâtre, des châteaux. Un équipage enterré quelque part dans les cales. Où est-ce que cela vous mène ? demanda Zacynthus. Venons-en au fait, je vous prie.

— J'y arrive. Pour commencer, l'équipage n'est pas cantonné au fond des cales, mais sous les cales.

Zacynthus plissa les paupières.

— Ce n'est pas possible.

— Au contraire, dit Pitt en souriant, c'est parfaitement possible si le bon vieux *Queen Artemisia* est enceinte.

Il y eut un silence incrédule de toutes parts. Les quatre hommes contemplèrent Pitt avec scepticisme. Ce fut Giordino qui rompit le silence en premier.

— Tu essayes de nous faire comprendre quelque chose, mais que je sois damné si j'y pige quoi que ce soit.

— Zac a reconnu que la méthode employée par von Till pour passer ces marchandises en contrebande était ingénieuse, dit Pitt. Et il avait raison. L'ingéniosité tient à la simplicité. Le

Queen Artemisia et les autres navires de la Compagnie Minerva peuvent manœuvrer en toute indépendance, ou bien peuvent être contrôlés par un vaisseau satellite attaché à leurs coques. Ce n'est pas aussi ridicule que cela paraît, déclara-t-il d'un ton à ce point sûr de lui qu'il commençait à entamer la suspicion générale. Le *Queen Artemisia* ne s'écarte pas pendant deux jours de sa route juste pour venir embrasser von Till sur les joues. C'est tout simplement la seule occasion dont ils disposent pour établir des contacts.

Il se tourna vers Zacynthus et Zénon.

— Vous et vos hommes avez épié la villa et n'avez remarqué aucun signe ni aucun signal.

— Et personne qui entre ou qui sorte, ajouta Zénon.

— Même chose pour le navire, dit Giordino sans quitter Pitt du regard, avec curiosité. Nul n'a posé le pied sur la plage, à part toi.

— Et en ce qui concerne Darius et moi, nous sommes d'accord, dit Pitt. Il n'a capté aucune transmission radio et j'ai trouvé la cabine radio déserte.

— Je commence à comprendre où vous voulez en venir, dit Zac pensivement. Toute communication entre le navire et von Till doit avoir eu lieu sous le niveau de la mer. Mais je ne suis pas encore sûr de prendre pour argent comptant votre idée d'un vaisseau satellite.

— Attendez la suite, alors, dit Pitt.

Il fit une légère pause, puis ajouta :

— Qu'est-ce qui effectue de longues distances sous la mer, qui transporte un équipage, possède la capacité d'emporter cent trente tonnes d'héroïne, et qui ne sera jamais découvert par les Douanes ou la Brigade des Stupéfiants ? La seule réponse logique est un sous-marin de grande taille.

— Bel essai, mais je ne me rends toujours pas, dit Zac en hochant la tête. Nos plongeurs ont effectué des recherches sous la ligne de flottaison de tous les navires de la Minerva, peut-être une centaine de fois déjà. Ils n'auraient pas manqué de remarquer un sous-marin.

— Je crois qu'il y a plutôt de fortes chances pour qu'ils ne trouvent jamais.

La bouche de Pitt était sèche, et sa cigarette avait un goût de carton brûlé. Il envoya le mégot sur la chaussée et l'observa qui fumait jusqu'à ce que le goudron qui se trouvait sous les braises ardentes ait fondu en une minuscule flaque noire, puis il reprit :

— Ce n'est pas la méthode qui est en faute. Vos plongeurs ont manqué le sous-marin, à cause du moment où ils ont plongé.

— Suggérez-vous que le sous-marin est largué avant que le navire vienne à quai ? demanda Zacynthus.

— C'est l'idée générale, admit Pitt.

— Et ensuite ? Où s'en va-t-il ?

— Pour trouver la réponse, voyons d'abord ce qui s'est passé avec le *Queen Artemisia* à Shangai.

Pitt s'interrompit, pour rassembler ses pensées.

— Si vous vous étiez trouvé sur les quais de la rivière Huang Pu, pour observer le navire et sa cargaison, vous n'auriez assisté qu'à une opération de chargement tout à fait normale. Des grues soulevant des sacs — c'est ce qu'il y a de plus pratique pour transporter l'héroïne jusque dans les soutes du navire. L'héroïne a été chargée en premier lieu, mais elle n'est pas restée dans les soutes. Elle a été transférée vers le sous-marin, probablement par une trappe secrète qui a échappé aux appareils de détection des Douanes. Le fret légal est alors amené à bord et le *Queen* file vers Ceylan. Là, le soya et le thé sont échangés contre du cacao et du graphite — une cargaison toujours aussi autorisée. C'est ensuite qu'intervient le détour par Thasos. Pour recevoir les ordres de von Till, plus que vraisemblablement. Puis, direct sur Marseille pour faire le plein, et l'escale finale à Chicago.

— Il y a quelque chose qui me chipote, dit Giordino à voix basse.

— Quoi donc ?

— Je ne suis pas expert en sous-marin, et je n'arrive pas à m'imaginer comment l'un d'eux pourrait jouer les bébés kangourous sous un cargo. Je me demande aussi comment il se débrouillerait pour loger cent trente tonnes de came à son bord.

— Il a certainement subi des aménagements, reconnut Pitt. Mais il n'a sans doute pas fallu réaliser d'énormes prouesses techniques pour déplacer le kiosque et tout ce qu'il y avait en saillie sur le pont supérieur pour que le sous-marin puisse venir se coller à la coque du navire. Le type de submersible le plus courant pendant la Deuxième Guerre avait un déplacement de quinze cents tonnes, une longueur d'un peu moins de cent mètres, une hauteur de coque de trois mètres — c'est-à-dire approximativement deux fois le volume d'une maison de banlieue. Une fois enlevés les chambres des torpilles, les quartiers pour dix-huit hommes d'équipage et tout l'attirail inutile, vous disposez de plus de place que nécessaire pour entreposer l'héroïne.

Pitt se rendit compte que Zacynthus s'était mis à le regarder de façon très étrange, avec un air de profonde méditation. Puis ses traits exprimèrent les premiers signes de compréhension véritable.

— Dites-moi, Major, demanda-t-il. Quelle vitesse pourrait atteindre le *Queen Artemisia* avec un sous-marin collé à sa coque ?

Pitt réfléchit un instant.

— Je dirais environ douze nœuds. Sans cette surcharge, sa vitesse de croisière normale doit être plus proche de quinze ou seize nœuds.

Zacynthus se tourna vers Zénon.

— Il est bien possible que le Major soit sur la bonne piste.

— Je comprends ce que vous voulez dire, Inspecteur, dit Zénon avec un sourire qui laissait apercevoir ses dents sous sa moustache. Nous nous sommes plusieurs fois creusé la tête pour comprendre pourquoi les navires de la Minerva modifiaient leur vitesse de croisière.

Le regard de Zacynthus se reporta sur Pitt.

— Et le largage de l'héroïne ? Quand et comment est-il effectué ?

— La nuit, à marée haute, dit Pitt. C'est trop risqué pendant la journée. Le sous-marin pourrait être aperçu du ciel et...

— Ça concorde, le coupa Zacynthus. L'arrivée au port des cargos de von Till est toujours programmée pour après le coucher du soleil.

— Et le largage aussi, avait continué Pitt comme s'il ne s'était pas rendu compte de l'interruption. Le sous-marin est libéré immédiatement après l'entrée dans le port. Sans kiosque et sans périscope, il doit être guidé depuis une petite embarcation qui se trouve à la surface. C'est à ce moment qu'intervient la seule possibilité d'échec, s'il était percuté dans l'obscurité par un navire inattendu.

— Ils possèdent sans aucun doute un pilote expérimenté à bord qui connaît parfaitement chaque centimètre des docks, déclara pensivement Zacynthus.

— Un pilote de port de première force est une nécessité absolue pour le genre d'opérations que dirige von Till, précisa Pitt. Eviter des obstacles sous l'eau et dans des bas-fonds n'est pas vraiment un exercice réservé à un amateur de régates.

— Le problème suivant sur notre agenda, déclara lentement Zacynthus, sera de déterminer l'endroit où le submersible peut décharger et distribuer l'héroïne sans risque de se faire repérer.

— Qu'est-ce que vous pensez d'un entrepôt abandonné ? lança Giordino.

Ses yeux étaient clos et il donnait l'impression de dormir, mais Pitt savait de par sa longue expérience qu'il n'avait pas perdu un mot de la conversation.

Pitt éclata de rire puis ajouta :

— Tout méchant bandit se promenant dans les environs d'un entrepôt abandonné a tôt au tard affaire à Sherlock Holmes. Les constructions de bord de mer en premier lieu. Un bâtiment inoccupé ne ferait qu'éveiller instantanément les soupçons. Et en plus, Zac pourrait te le confirmer, un entrepôt serait le premier endroit où un enquêteur irait fourrer le nez.

Un petit sourire naquit sur les lèvres de Zacynthus.

— Le Major Pitt a raison, dit-il. Tous les quais et tous les entrepôts sont surveillés de près par notre brigade et par les Douanes, sans parler de la police portuaire. Non, quelle que soit la méthode employée, elle doit être particulièrement intelligente. Assez en tout cas pour avoir fonctionné sans aucun problème durant toutes ces années.

Il s'interrompit un long moment, puis il reprit, d'un ton calme :

— Mais à présent, nous tenons enfin une piste précise. Ce n'est qu'un fil ténu, mais s'il est attaché à une corde, et que cette corde est attachée à une chaîne, alors, avec une peu de chance, nous trouverons von Till accroché à l'autre bout.

— Si vous avez l'intention de suivre la piste que le Major vient d'exposer, dit Zénon, il est de première importance que Darius en informe nos agents à Marseille.

Son ton était celui de quelqu'un qui essaye de se persuader lui-même de faits pas vraiment concrets.

— Non, au moins ils en sauront, au mieux ce sera, dit Zacynthus en remuant la tête. Je ne veux pas que leur attitude puisse mettre la puce à l'oreille de von Till. Le *Queen Artemisia* et l'héroïne doivent atteindre Chicago sans être inquiétés.

— Très malin, dit Pitt en souriant. Se servir de la cargaison de von Till pour attirer les requins.

— Ce n'est pas difficile à deviner, dit Zacynthus. Tous les grands truands et toutes les organisations de la pègre qui participent au trafic de drogue seront dans les parages pour accueillir ce sous-marin.

Il s'arrêta pour tirer une bouffée sur sa pipe, puis ajouta :

— La Brigade des Stupéfiants sera plus qu'heureuse d'organiser la réception.

— Pourvu que vous ayez découvert l'endroit où doit s'effectuer le largage.

— Nous le trouverons, dit Zacynthus d'un ton confiant. Le *Queen* n'atteindra pas les Grands Lacs avant trois semaines. Cela nous laisse bien assez de temps pour fouiller chaque embarcadère, chaque chantier naval et chaque club de plaisance se trouvant sur le littoral ou aux alentours. Avec discrétion, bien évidemment, sans faire hurler les sirènes d'alarme qui éparpilleraient les joueurs.

— Ça ne sera pas facile.

— Vous sous-estimez la Brigade, lança Zacynthus d'un ton blessé. Nous avons l'habitude de faire preuve de beaucoup d'adresse lors d'opérations de ce genre. Pour mettre votre esprit à l'aise, je vous dirai que nous n'avons pas même besoin de découvrir l'emplacement exact. Un radar peut très bien suivre le sous-marin jusqu'à sa destination finale. Et nous pourrons nous montrer au moment le plus opportun.

Pitt lui adressa un regard maussade.

— Vous semblez très sûr de vous.

— A moi de me montrer surpris, Major, dit Zacynthus en lui retournant son regard. C'est vous qui venez de nous indiquer la marche à suivre. La première piste plausible, devrais-je ajouter, qu'Interpol et la Brigade obtiennent en vingt ans d'enquêtes. Seriez-vous en train de douter de vos propres déductions ?

Pitt remua la tête.

— Non, je suis certain d'avoir raison en ce qui concerne le sous-marin.

— Quel est donc votre problème ?

— Je pense que vous êtes en train de mettre tous vos œufs dans le même panier, en concentrant tous vos efforts sur Chicago.

— Vous connaissez un meilleur endroit où tendre un piège ?

Pitt répondit lentement, en pesant ses paroles.

— Mille et une choses peuvent survenir entre l'instant présent et le moment où les Douanes grimperont à bord du *Queen Artemisia*. Vous avez vous-même déclaré que trois semaines étaient largement suffisantes pour fouiller toutes les villes en bordure de mer. Pourquoi précipiter les choses ? Je vous conseille vivement d'essayer d'en apprendre un peu plus avant d'aller plus loin.

Zacynthus observa Pitt d'un air perplexe.

— Qu'avez-vous en tête ?

Pitt s'appuya à la camionnette. La carrosserie bleue métallique était déjà brûlante. Il tourna son visage buriné vers le large, et contempla la mer avec une expression d'intense concentration. Il inspira longuement, inhalant l'air chargé d'embruns salés venus de la Mer Egée, et cette sensation enivrante le surprit au point qu'il resta sans bouger pendant plusieurs secondes. Il força son esprit à revenir à la froide réalité du moment. Lorsqu'il reprit la parole, il savait ce qu'il devait faire.

— Zac, il me faut dix hommes sur qui je peux compter et un vieux loup de mer qui connaît les alentours de Thasos comme sa poche.

— Pourquoi ? demanda simplement Zacynthus.

— Parce qu'il y a de bonnes raisons de croire que si von Till dirige ses activités de contrebande à partir de sa villa et parvient à entrer en communication avec ses navires en passant sous le niveau de la mer, cela signifie qu'il doit posséder une base d'opération dissimulée quelque part le long de la côte.

— Et vous avez l'intention de la découvrir.

— C'est l'idée, en gros, déclara Pitt.

Il plongea son regard dans celui de Zacynthus.

— Eh bien ? Qu'en pensez-vous ?

Zacynthus joua pensivement avec sa pipe avant de répondre.

— Impossible, dit-il d'un ton ferme. Je ne peux pas vous le permettre. Vous êtes quelqu'un de très habile, Major. Jusqu'ici, vos réflexions m'ont semblé d'une parfaite logique. Et nul plus que moi n'apprécie l'aide inestimable que vous nous avez apportée. Cependant, je ne peux en aucune façon autoriser des actions qui pourraient alerter von Till. Je le répète, le navire et son héroïne doivent atteindre Chicago sans être inquiétés.

— Von Till est déjà alerté, dit Pitt d'un ton assuré. Vous savez bien qu'il ne s'agit pas d'un idiot. Le destroyer britannique et l'appareil turc qui ont suivi la trace du *Queen Artemisia* depuis Ceylan jusqu'à la Mer Egée étaient des signes plutôt clairs qui indiquaient qu'Interpol se trouvait sur la piste de l'héroïne. Je vous conseille de l'arrêter tout de suite, avant qu'aucun de ses navires n'embarque ou ne débarque une autre cargaison illégale !

— Jusqu'à ce que ce navire dévie de sa route prévue, j'insiste pour qu'il n'y ait aucune intervention policière concernant von Till.

Zacynthus fit une pause, durant quelques secondes, puis reprit d'un ton calme :

— Vous devez comprendre : le Colonel Zénon, le Capitaine Darius et moi-même faisons partie de la brigade des stupéfiants. Pour remplir notre tâche avec le plus d'efficacité possible, nous ne pouvons pas prendre en compte la traite des blanches, l'or volé ou le commerce illégal de criminels notoires. Cela peut sembler cruel et sans pitié, je l'admets, mais Interpol possède d'autres hommes de valeur et d'autres départements, spécialisés dans ce genre de crimes. Et ils vous diraient la même chose si ce navire transportait une cargaison se trouvant sous leur juridiction. Non, je suis vraiment désolé, il se pourrait que von Till nous échappe en fin de compte, mais cela ne nous empêchera pas de mettre sous les verrous les plus importants trafiquants de drogue d'Amérique du Nord, sans même parler du fait que nous allons enrayer de façon radicale l'importation massive d'héroïne.

Il y eut un bref moment de silence, puis la colère fit exploser Pitt.

— Quelle connerie ! Même si vous raflez l'héroïne, le sous-marin et son équipage, et tous les dealers de came des Etats-

Unis, vous n'arrêterez pas von Till. A la minute même où il aura déniché de nouveaux acheteurs, il sera de retour avec une nouvelle cargaison de drogue.

Pitt attendit la réaction, mais il n'y en eut aucune.

— Vous n'avez aucune autorité sur Giordino et moi, reprit-il. Tout ce que nous pourrons faire à partir de cet instant, nous le ferons sans votre coopération.

Les lèvres de Zacynthus étaient serrées. Ses yeux lançaient à Pitt un regard féroce. Il jeta un coup d'œil à sa montre.

— Nous perdons du temps. Il ne me reste qu'une heure pour rejoindre l'aéroport de Kavalla et attraper le vol du matin pour Athènes.

Il pointa sa pipe sur Pitt, comme une arme.

— Je déteste employer ce genre d'argument, mais vous ne me laissez pas d'alternative. Même si je vous suis grandement obligé, je suis au regret de vous placer en garde à vue, vous et le Capitaine Giordino.

— Tu parles ! dit froidement Pitt. Nous n'avons pas l'intention d'obéir.

— Vous aurez à subir l'outrage d'une arrestation forcée si vous n'obtempérez pas, dit Zacynthus en tapotant un quarante-cinq automatique rangé dans son étui et qui pendait à sa hanche.

Giordino se redressa paresseusement et saisit le bras de Pitt.

— Tu ne crois pas que ce serait le bon moment pour Giordino-le-Kid de montrer comme sa détente est rapide ?

Giordino portait un t-shirt et des pantalons kaki. Il n'y avait aucune trace visible d'une arme qu'il aurait portée. Pitt était perplexe, mais d'un autre côté, il avait tout à fait confiance en son vieux complice. Il observa Giordino avec un mélange d'espoir et de doute dans le regard.

— Je crois qu'il n'y aura jamais de moment plus approprié.

Zacynthus dégrafa l'étui, et le souleva pour libérer le quarante-cinq.

— Que diable avez-vous encore en tête cette fois ? Je dois

vous avertir...

— Attendez, dit la voix grinçante de Darius. S'il vous plaît, Inspecteur. J'ai un compte à régler avec ces deux-là.

Giordino ignora la menace que constituait Darius et reprit la parole aussi calmement que s'il demandait à Pitt de lui passer un plat de pommes de terre.

— Mon tir croisé est très artistique, mais en fait je suis tout aussi rapide avec le revolver sur la hanche. Qu'est-ce que vous aimeriez voir en premier ?

— Pour commencer, dit Pitt plus curieux qu'amusé, je verrais bien un tir rapide, entre les jambes.

— Stop ! Assez ! lança Zacynthus en agitant sa pipe dans l'air de manière irritée. Je vous conseille de vous montrer raisonnables et coopératifs.

— De quelle façon avez-vous l'intention de nous garder au frais pendant ces trois semaines ? demanda Pitt.

— La prison sur le continent, dit Zacynthus en haussant les épaules, possède d'excellents aménagements pour accueillir les prisonniers politiques. On pourrait facilement persuader le Colonel Zénon que voici, pour qu'il use de son influence et qu'il vous réserve une cellule donnant sur...

Zacynthus demeura soudain bouche bée, sans terminer sa phrase. Une rage impuissante lui fit serrer les paupières et il se figea sur place telle une statue dans un parc.

Un petit pistolet, pas plus grand qu'un banal pistolet à amorce, s'était brusquement matérialisé dans la main de Giordino, le canon fin comme un crayon braqué directement sur un point se trouvant exactement entre les deux sourcils de Zacynthus. Pitt lui-même avait été pris par surprise. La logique aurait voulu que Giordino ait essayé de bluffer. La dernière chose que Pitt s'attendait à le voir sortir était une arme à feu aussi réelle que celle-là.

CHAPITRE QUINZE

Un arme, petite et insignifiante ou bien massive et l'air franchement méchante, attire toujours l'attention générale. Prétendre que Giordino était devenu le centre d'intérêt était au-dessous de la vérité. Il jouait son rôle à la perfection, l'automatique serré au bout de son bras tendu, et un sourire menaçant sur les lèvres. Si l'on avait décerné des Oscars pour l'étalage de bravoure, il en aurait au moins mérité trois.

Pendant un long moment, nul ne prononça le moindre mot. Puis Zénon finit par se cogner la paume d'une main avec l'autre serrée en poing. Un sourire amer plissa son visage basané.

— C'est moi qui ai déclaré que vous étiez deux individus malins et dangereux, et j'ai pourtant été assez idiot pour vous offrir une chance supplémentaire de le démontrer.

— Nous n'apprécions pas ces gênantes petites comédies plus que vous, déclara tranquillement Pitt. Alors, si ces messieurs veulent bien nous excuser, nous allons fermer boutique et rentrer chez nous.

— Il serait ridicule de se faire tirer dans le dos, dit Giordino en agitant le minuscule automatique en direction des trois officiers des Stupéfiants. On ferait mieux de leur emprunter leurs armes avant de quitter la scène.

— Cela ne sera pas nécessaire, dit Pitt. Aucun d'eux ne va presser sur la gâchette.

Il plongea son regard dans celui de Zacynthus, puis fit de même avec Zénon, et les trouva tout deux graves et songeurs.

— Nous sommes dans une impasse, reprit Pitt. Je sais que vous serez tentés de nous tirer dessus par derrière, mais vous ne le ferez pas parce que vous êtes tous deux des hommes d'honneur. En outre, cela vous causerait certains problèmes. L'enquête concernant notre mort à Giordino et à moi ne serait rien d'autre qu'une sale affaire. Von Till l'apprécierait énormément. D'un autre côté, vous savez bien que nous ne riposterions pas parce que nous n'avons vraiment pas intérêt à tuer l'un d'entre vous. Alors, je ne vous demande qu'une chose : la patience. De la patience de votre part pour les dix prochaines heures. Je vous le promets, Zac, nous nous reverrons avant le coucher du soleil, et nous aurons un échange de vues en termes beaucoup plus amicaux.

Le ton de Pitt semblait étrangement prophétique, et l'air méditatif de Zacynthus se mua en une expression empreinte de perplexité.

Pitt fut un instant tenté de poursuivre ce petit jeu du chat et de la souris, mais il songea qu'il avait mieux à faire. Zacynthus et Zénon donnaient l'impression de s'être résignés à la défaite, ce qui n'était pas le cas de Darius. La brute épaisse s'avança de deux pas, le visage rouge de colère et les mains s'ouvrant et se refermant comme les coquilles d'un mollusque géant. Visiblement, il était temps de sonner une retraite rapide et disciplinée.

Pitt passa lentement devant la camionnette, pour mettre le capot et l'aile entre lui et Darius. Il se glissa derrière le volant, en grimaçant un peu à cause du siège surchauffé par le soleil et qui brûlait ses cuisses nues et son dos, puis fit démarrer le moteur. Giordino le rejoignit dans la cabine, sans quitter des yeux les hommes qui se tenaient à côté de la Mercedes, et le pistolet toujours braqué au bout du bras. Ensuite, avec calme, et sans faire montre du moindre signe de nervosité, Pitt passa la première et fit rouler la camionnette en direction de Brady Field et du quai d'embarquement où la baleinière du *First Attempt* était amarée. Il jeta un coup d'œil dans son rétroviseur, puis sur la route, ensuite dans le rétroviseur, et ainsi de suite jusqu'à ce que les trois silhouettes aient disparu, lorsque la camionnette eut amorcé un virage derrière un bosquet de vieux oliviers.

— Rien de tel qu'un pistolet pour résoudre les problèmes, dit Giordino dans un soupir, en se reculant plus profondément au fond de son siège.

— Laisse-moi voir ce petit pétard, dit Pitt.

Giordino le lui tendit, la crosse en avant.

— Tu admettras qu'il nous a rendu un sacré service.

Pitt examina l'arme lilliputienne, en relevant de temps à autre la tête pour éviter les nids de poule sur la chaussée. Il finit par identifier le pistolet. C'était un Mauser de calibre vingt-cinq, que l'on pouvait glisser dans la poche d'une veste, et qu'utilisaient souvent les femmes européennes en guise de protection. On pouvait aisément le dissimuler dans un sac à main, ou le faufiler sous une jarretelle. Il n'était vraiment efficace que de près. Passé trois mètres, la précision du tir, même dans les mains d'un expert, était quasiment nulle.

— J'estime qu'on peut se considérer comme extrêmement veinards.

— Veinards ? Tu rigoles ? répliqua Giordino d'un air catégorique. Ce petit bébé a réglé nos problèmes. Qu'est-ce que tu veux de plus ?

— Est-ce que tu aurais appuyé sur la gâchette si Zac et ses gars avaient décidé de ne pas coopérer ? demanda Pitt.

— Sans hésitation, répondit Giordino avec assurance. Je me serais contenté de les blesser au bras ou aux jambes. Ce serait ridicule de tuer quelqu'un qui vous a ravitaillé en Metaxa.

— Je constate que tu as encore de nombreuses choses à apprendre au sujet des armes allemandes.

— Qu'est-ce que tu veux dire ? demanda Giordino en plissant les paupières.

Pitt ralentit pour dépasser un jeune garçon qui menait une

mule lourdement bâtée.

— Deux choses, reprit-il ensuite. La première : un pistolet de calibre vingt-cinq arrête très difficilement un homme. Tu aurais pu vider le chargeur sur Darius, mais sans le toucher mortellement au cœur ou à la tête. Tu ne l'aurais même pas fait ralentir. Deuxième chose : je n'aurais pas voulu manquer la tête que tu aurais faite après avoir tiré ton premier coup.

Pitt jeta négligemment le pistolet sur les genoux de Giordino et ajouta :

— Tu as laissé le cran de sûreté.

Puis il se tourna vers Giordino pour lui adresser un regard de l'autre bout de la cabine. Les yeux de ce dernier observaient l'arme sur ses genoux d'un air interdit. Il ne fit pas mine de reprendre le pistolet. Son visage demeura sans expression, mais Pitt le connaissait assez pour savoir qu'il était tout à fait déconfit.

Giordino haussa les épaules et adressa un léger sourire à Pitt.

— Le genre de truc qui a permis à Giordino-le-Kid de remporter le prix de l'idiot de l'année. J'avais complètement oublié la sûreté.

— Tu n'as jamais possédé de Mauser. Où est-ce que tu l'as déniché ?

— Il appartenait à ta petite amie du mois. Je l'ai trouvé pendant que je la transportais sur mes épaules dans le tunnel. Il était attaché à sa jambe.

— Espèce d'imbécile, dit Pitt sans s'énerver. Tu veux dire que tu l'avais déjà sur toi pendant qu'on se faisait casser la tête par Darius ?

— Evidemment, dit Giordino en hochant la tête. Je l'avais glissé dans une de mes chaussettes. Je n'ai pas eu l'occasion de m'en servir. Tu as sauté sur Frankenstein avant que j'arrive à le sortir. Après ça, la bagarre a été trop rapide. La chose suivante dont je me rappelle, c'est de m'être retrouvé allongé sur le dos avec la tête broyée. A ce moment-là, c'était trop tard, je ne pouvais plus atteindre le flingue.

Pitt demeura silencieux, car son esprit s'était déjà reporté sur un autre sujet. La matinée n'était pas encore très avancée, et les arbres bordant la route allongeaient leurs ombres d'une longueur disproportionnée en direction de l'ouest. Pitt conduisait machinalement, tandis qu'une centaine de questions et autant de doutes lui traversaient l'esprit. Il ne savait par où commencer, mais un plan avait pris forme en lui tandis qu'il examinait les falaises battues par les vagues. Ce plan n'était tout au plus qu'un coup à tenter, un coup qui n'avait pas vraiment d'autre raison d'être que l'urgence irrésistible qu'il ressentait et qui le poussait à tout faire pour le mener à bonne fin. Un peu après, dans un geste automatique, il appuya sur le frein pour ralentir la camionnette et l'immobiliser face à l'entrée principale de Brady Field.

Quarante minutes plus tard, ils étaient en train d'escalader l'échelle de coupée du *First Attempt*. Le pont était désert, mais un chœur de gros éclats de rire masculins accompagnés des gloussements aigus d'une femme retentissaient, en provenance du mess. Pitt et Giordino pénétrèrent dans la salle, et y découvrirent Teri, entourée par tous les hommes d'équipage et par les scientifiques au grand complet. Elle était couverte, ou plutôt découverte, d'un bikini de fortune donnant l'impression qu'il allait se dénouer au moindre souffle de brise venue du large. Elle était perchée sur la table du mess, constituant le centre d'attraction, telle une reine au milieu de sa cour, et il était clair qu'elle appréciait tous ces regards mâles posés sur elle. Pendant un moment, Pitt observa avec stupéfaction tous ces visages masculins. Il était facile de faire la différence entre les scientifiques et les hommes d'équipage. Ces derniers se tenaient plutôt tranquilles et contemplaient d'un air lubrique cet étalage de chair féminine, leurs esprits se projetant des scènes pornographiques derrière les parois de leurs crânes, comme de véritables séances de cinéma. La plupart des éclats de voix provenaient des scientifiques. Les biologistes marins, les météorologues, les géologues, tous rivalisaient d'un zèle frénétique pour attirer l'attention de Teri et se comportaient comme des lycéens dans un dortoir où vient d'entrer une célèbre reine du sexe.

Le Commandant Gunn aperçut Pitt et s'avança vers lui.

— Je suis content de te revoir. Notre opérateur radio est en train de devenir cinglé. Depuis l'aube il reçoit des messages plus vite qu'il n'arrive à les retranscrire. La plupart te sont destinés.

Pitt hocha la tête.

— O.K.. Allons jeter un coup d'œil à mes lettres de fans.

Il se tourna vers Giordino.

— Vois si tu peux arracher la reine des abeilles à son parterre d'admirateurs pour quelques minutes, et conduits-la à la cabine de Gunn. J'aimerais lui poser deux ou trois questions personnelles.

Giordino sourit.

— A voir l'air de cette foule, je vais probablement me faire lyncher si je tente une chose pareille.

— Si la situation devient critique, sors ton pistolet, dit Pitt d'un ton sarcastique. Mais n'oublie pas de relever le cran de sûreté.

La bouche de Giordino s'ouvrit comme celle d'un poisson hors de l'eau, mais avant qu'il ait eu le temps de répliquer, Pitt s'en était allé avec Gunn.

L'opérateur radio, un jeune Noir d'une vingtaine d'années, se tourna vers eux tandis qu'ils entraient.

— Ceci vient tout juste d'arriver pour vous, sir, dit-il en tendant un message à Gunn.

Celui-ci l'étudia un moment, ensuite ses lèvres se retroussèrent pour dessiner un large sourire.

— Ecoute ça. «Au Capitaine de frégate Gunn, Commandant du *First Attempt*, bâtiment de la NUMA. Dans quel foutu merdier êtes-vous allé farfouiller ? Je vous ai envoyés en Mer Egée pour étudier la vie marine, pas pour jouer aux gendarmes et aux voleurs. Par la présente, je vous donne l'ordre d'apporter toute assistance, je répète, toute assistance aux autorités locales d'Interpol. Et ne rentrez pas sans ce foutu *taquin*. Amiral James Sandecker, NUMA, Washington.»

— On dirait que l'Amiral ne tient pas la grande forme, dit Pitt à voix basse. Il n'a utilisé que deux fois le mot «foutu».

— Eclaire ma lanterne, tu veux bien, demanda Gunn. Quelle assistance pourrions-nous apporter à Interpol ?

Pitt attendit avant de répondre. Il ne servait à rien de placer Gunn face à un choix crucial. Il était décidément trop tôt pour le mettre au courant de toute la situation. Pitt éluda la question.

— Il se pourrait que nous soyons le dernier espoir de détruire von Till et son empire. Cela signifie qu'il sera sans doute nécessaire de prendre quelques risques, mais l'enjeu est considérable.

Gunn ôta ses lunettes et observa Pitt d'un air sévère.

— Considérable à quel point ?

— Il s'agit d'une masse d'héroïne suffisante pour intoxiquer la population entière des Etats-Unis et du Canada, dit Pitt lentement. Cent trente tonnes pour être plus précis.

Gunn ne montra aucun signe de surprise. Il leva tranquillement ses lunettes dans la lumière, pour voir si les verres n'étaient pas tachés. Satisfait de constater qu'ils étaient parfaitement propres, il replaça les montures d'écaille sur son nez.

— De prime abord, je dirais qu'il s'agit d'une jolie quantité. Pourquoi ne m'as-tu pas parlé de ça la nuit dernière quand tu es arrivé avec cette fille ?

— Il me fallait plus de temps, et des réponses aux questions que je me posais. Pour le moment, je n'ai pas encore obtenu suffisamment des deux. Mais je pense tenir une piste qui va me permettre d'assembler ce puzzle insensé et de le terminer.

— Je ne vois toujours pas ce que tu attends de moi.

— Il faut que l'on frappe von Till sous la ceinture, bien en dessous de la ceinture. Je te parle d'un spectacle sous-marin. J'ai besoin de tout homme robuste dont tu pourras te passer, ainsi que de scaphandres et d'armes utilisables sous la mer, des couteaux de plongée, des fusils à harpon, tout ce que tu trouveras.

— Quelle garantie peux-tu me fournir qu'il n'y aura pas de blessé ?

— Absolument aucune, dit Pitt calmement.

Gunn contempla Pitt pendant une dizaine de secondes, sans expression particulière.

— Est-ce que tu réalises la gravité de ce que tu me demandes ? La plupart des hommes à bord de ce navire sont des scientifiques, pas les membres d'un commando. Ce sont des génies lorsqu'ils manipulent un salinomètre, une bouteille nansen ou un microscope, mais leur aptitude à enfoncer un couteau dans le ventre d'un autre homme ou à tirer un harpon dentelé en direction d'un nombril laisse un peu à désirer.

— Et les hommes d'équipage ?

— Ils seraient tous parfaits pour être à tes côtés dans une rixe de comptoir, mais comme la plupart des marins professionnels, ils ressentent une antipathie maladive pour les activités qui se passent sous la surface des eaux. Ils ne peuvent pas, ou plutôt ne veulent pas, mettre un masque sur leur visage et plonger.

Gunn remua la tête.

— Je suis désolé, Dirk, tu m'en demandes trop...

— Arrête ton cinéma, s'écria Pitt avec rudesse. Il ne s'agit pas de Little Big Horn et je ne te demande pas d'envoyer la Septième Cavalerie contre Sitting Bull et la nation apache dans son entier. Ecoute, à une trentaine de kilomètres d'ici, un cargo de la Compagnie Minerva traverse la Mer Egée avec à son bord un fret aussi dangereux qu'une bombe nucléaire. Si cette quantité d'héroïne est injectée sur le marché des Etats-Unis, l'onde de choc se fera toujours sentir à l'époque de nos petits-enfants. C'est une idée à vous flanquer des cauchemars.

Pitt s'interrompit, pour laisser ses paroles pénétrer l'esprit de Gunn. Il alluma une cigarette avant de poursuivre.

— La Brigade des Stupéfiants et le Département des Douanes ont choisi d'attendre. Ils ont tendu un piège. Si, et ce «si» est bigrement grand, si tout va bien, l'héroïne et les contrebandiers, ainsi que la moitié des trafiquants de drogue des Etats-Unis vont être cueillis et envoyés derrière les barreaux.

— Eh bien ? Quel est le problème ? déclara Gunn. Que viennent faire des plongeurs dans cette histoire ?

— Disons que j'ai un doute plutôt persistant. Von Till ne s'est jamais trouvé en danger d'être pris la main dans le sac, et c'est ainsi depuis des dizaines d'années. Légalement, les agents de notre gouvernement ne peuvent pas monter à bord des navires avant qu'ils aient atteint la côte des Etats-Unis, ce qui arrivera dans trois semaines. D'ici là, von Till peut se rendre compte qu'Interpol le suit de près. Au lieu de coopérer avec ces gentils petits flics et de tomber dans leur piège, il pourrait très bien dérouter le navire à la dernière minute ou même balancer l'héroïne dans l'Atlantique. Ce qui ferait que les agents des Stups et les inspecteurs des Douanes n'auraient plus qu'à s'amuser entre eux, sans rien ni personne à coffrer. La seule façon de procéder, la seule manière sûre est d'arrêter le navire, avant qu'il quitte la Méditerranée.

— Mais tu viens de le dire toi-même : légalement, c'est impossible.

— Il y a une façon de s'en sortir.

Pitt tira sur sa cigarette, exhala lentement la fumée par les narines, puis ajouta :

— Il faut trouver un solide chef d'accusation concernant von Till et la Compagnie Minerva avant demain matin.

Gunn remua de nouveau la tête.

— Même dans ces conditions, grimper à bord d'un navire se trouvant dans les eaux internationales, et en particulier un cargo croisant sous la bannière d'une nation amie, cela ne pourrait qu'avoir des répercussions politiques. Je crois qu'aucun pays n'accepterait de se mouiller dans un cas pareil.

— Il existe une opportunité, dit Pitt. Le navire va s'arrêter à Marseille pour faire le plein. Interpol pourrait aller vite en besogne. S'ils obtiennent des preuves suffisantes et qu'ils envoient d'urgence les documents légaux, ils peuvent saisir le cargo dans le port.

Gunn s'appuya à la porte et observa fixement Pitt.

— Mais pour ça tu dois mettre en danger la vie de ceux qui se trouvent sous mon commandement.

— J'y suis forcé, dit Pitt d'un ton calme.

— Je crois que tu ne me dis pas toute la vérité, déclara posément Gunn. On dirait que tu es plongé jusqu'au cou dans un sacré bourbier. Et tout ça ne me plaît pas. Je suis responsable envers la NUMA de ce navire et de son personnel. Tout ce qui m'importe, c'est de poursuivre ces investigations en toute sûreté. Pourquoi nous mêlerions-nous de cette affaire ? Je ne comprends pas pour quelle raison Interpol et la police locale ne pourraient mener leur propre enquête et agir comme ils l'entendent. Trouver des plongeurs disponibles sur le continent ne pose certainement aucun problème.

La situation se présente de plus en plus mal, se dit Pitt. A ce stade, il ne pouvait pas révéler que Zacynthus était plus que défavorable au plus léger harcèlement de von Till. Pitt connaissait Gunn depuis plus d'un an, et cela avait suffi pour qu'ils deviennent de bons amis. Le commandant était intelligent. Pitt était obligé de jouer de façon serrée, très serrée même. Il jeta un regard méfiant sur l'opérateur radio, qui semblait très occupé, puis se tourna à nouveau vers Gunn.

— Appelle ça le hasard, une coïncidence ou comme tu voudras. Mais le *First Attempt* est venu mouiller dans les eaux de Thasos au moment le plus propice pour démasquer un formidable complot criminel. Toutes les opérations de contrebande de von Till, du début à la fin, reposent sur l'usage d'un ou de plusieurs sous-marins, nous ne le savons pas encore avec certitude. L'héroïne est la plus grosse affaire dont il se soit jamais occupé. C'est sacrément difficile à se figurer, mais il peut facilement retirer plus de deux cent millions de dollars sur cette seule cargaison. Il avait tout prévu, et rien n'aurait dû venir se mettre au travers de sa route. Et c'est alors qu'un beau matin, il ouvre sa fenêtre et il découvre un navire de recherches océanographiques, qui flotte sur les eaux à moins de trois kilomètres. Il a fini par apprendre que vous étiez occupés à fouiller la mer pour trouver un poisson de légende, et il a commencé à paniquer sérieusement. Il y avait de fortes chances qu'un de tes plongeurs découvre sa base d'opération, et plus important encore, la façon dont il opérait pour passer ses marchandises en contrebande. Il a commencé à perdre espoir. Il ne pouvait pas vous faire exploser pour se débarrasser de vous. La dernière chose qu'il souhaitait, c'était de provoquer une enquête à grande échelle au sujet de la disparition du navire. Il savait qu'en essayant de faire naître des manifestations anti-américaines, il n'avait que peu de chance d'atteindre son but. Les gens qui vivent sur l'île sont des fermiers et des pêcheurs qui apprécient la vie tranquille. Ils se moquent pas mal de venir faire des démonstrations d'hostilité envers une expédition scientifique. Au contraire, ils vous avaient accueillis avec joie. Les commerçants locaux ne tenaient nullement à faire fuir des scientifiques qui ne demandaient qu'à dépenser leur argent. Alors, von Till a tenté le tout pour le tout. Il a imaginé cette attaque de Brady Field, dans l'espoir que le Colonel Lewis vous ordonne de replier bagage et vous fasse quitter la zone par mesure de précaution. Lorsqu'il a compris que sa manœuvre avait échoué, il a confié ses dernières chances aux vents, et s'est jeté sur le *First Attempt*.

— Je ne sais pas, hésita Gunn. Tu présentes cette affaire de façon logique. Excepté en ce qui concerne les sous-marins. Aucun civil ne peut se rendre chez son revendeur de bateau habituel pour lui acheter un sous-marin.

— La seule manière dont von Till a pu mettre la main sur un sous-marin sans attirer l'attention, c'est en allant le repêcher à l'endroit où l'un d'eux avait coulé, au cours d'une guerre.

— Ce que tu dis commence à prendre tournure, dit calmement Gunn.

Il semblait à présent sur la même longueur d'onde que Pitt. Il avait l'air astucieux d'un vieux prospecteur qui vient de dénicher le plan d'une mine d'or.

— C'est un travail pour des plongeurs professionnels, reprit Pitt. Mais avant qu'Interpol ait pu rassembler une équipe, il sera trop tard.

Cette dernière affirmation n'était qu'une demi-vérité, mais elle fut néanmoins très utile à Pitt pour continuer.

— Il est temps d'agir. Plus encore que Cousteau, tu diriges les meilleurs plongeurs et les mieux équipés de toute la Méditerranée. Je ne suis pas en train de te balancer des salades en te disant que tu es «la dernière chance pour l'espèce humaine» ou bien «qu'il vaut mieux en sacrifier quelques-uns pour en sauver des millions». Tout ce que je te demande, ce sont quelques volontaires prêts à m'aider à explorer les falaises, sous la villa de von Till. Il se pourrait qu'on se fatigue pour rien. D'un autre côté, nous pourrions mettre la main sur des preuves suffisantes pour saisir le navire et l'héroïne et boucler von Till pour de bon. Quoi qu'il en soit, nous devons risquer le coup.

Gunn ne répondit pas. Son expression trahissait sa profonde concentration. Pitt lui jeta un regard interrogateur, puis lança en guise de bouquet final :

— Ce serait intéressant de savoir ce qui est arrivé à l'Albatros.

Gunn lui retourna son regard de l'autre bout de l'étroite cabine radio et fit cliqueter pensivement quelques pièces de monnaie qu'il avait dans la poche. Pitt était l'homme le plus tenace et le plus déterminé qu'il ait jamais rencontré. Gunn se souvenait s'en être remis au jugement de Pitt dans cette affaire du Delphi Ea, à Hawaii l'année précédente, et il n'avait pas eu à le regretter. Si Pitt déclarait qu'il allait exterminer tous les requins de la mer, songea Gunn, il est probable qu'il y arriverait.

Il examina les pansements moites qui recouvraient de notables parties du corps de Pitt et qui étaient pour l'heure en train de se détacher. Il fit à nouveau tinter la monnaie dans sa poche en se demandant ce qu'il penserait demain de toute cette histoire.

— O.K., tu as gagné, dit-il d'un ton las. Il ne fait aucun doute que je regretterai cette décision face à la cour martiale. Mais j'aurai toujours la satisfaction de me dire que je serai parti en faisant les gros titres des journaux.

— Aucune chance que ça arrive, mon ami ! dit Pitt en riant. Quoi qu'il se passe, tu pourras toujours prétendre avoir ordonné une expédition de routine, en vue de recueillir des spécimens marins dans les écueils qui se trouvent au pied des falaises. S'il survient un incident embarrassant, tu diras qu'il s'agit d'un accident pur et simple.

— J'espère que Washington avalera ça.

— Ne t'inquiète pas, je pense que tu connais l'Amiral Sandecker aussi bien que moi pour savoir qu'il nous couvrira, quelles que soient les circonstances.

Gunn tira un mouchoir de la poche de son pantalon et s'essuya le front et le cou, humides de sueur.

— Eh bien, que décide-t-on, alors ?

— Rassemble tes volontaires, déclara brièvement Pitt. Réunis-les avec leur équipement près du gouvernail vers midi. Je leur expliquerai leur mission en quelques mots et nous partirons de là.

Gunn jeta un coup d'œil à sa montre.

— Il est 9 heures. Ils peuvent être prêts à plonger en un quart d'heure. Pourquoi attendre trois heures ?

— J'ai besoin d'un peu de temps pour me reposer, dit Pitt avec un sourire. Je ne tiens pas à m'endormir à vingt mètres de profondeur.

— Ce n'est pas une mauvaise idée, dit Gunn avec sérieux. Tu as l'air de quelqu'un qui vient de fêter le réveillon de Nouvel An.

Il se retourna pour ouvrir la porte de la cabine, puis ajouta :

— Tant que j'y pense. Fais-moi plaisir et renvoie cette fille à terre aussi vite que possible. Je vais déjà être dans un fichu pétrin comme ça, je ne tiens pas en plus à être accusé de tenir un bordel flottant.

— Pas avant que je sois revenu de plongée, dit Pitt. Il est primordial qu'elle reste à bord, là où quelqu'un peut garder un œil sur elle.

— O.K., c'est bon, dit Gunn calmement et d'un ton résigné. Tu recommences à me cacher des choses. Qui est-elle ?

— Qu'est-ce que tu dirais si c'était la nièce de von Till ?

— Oh non, dit Gunn l'air affligé. Il ne manquait plus que ça.

— Que ça ne te flanque pas un infarctus, dit gentiment Pitt. Tout va bien se passer. Je te le promets.

— Je l'espère, soupira Gunn.

Il leva les yeux au ciel, haussa les épaules en signe de désespoir et ajouta :

— Pourquoi moi, mon Dieu ?

Puis il quitta la pièce.

Pitt contempla un long moment la mer uniformément bleue par la porte ouverte. L'opérateur radio, penché sur le gros appareil Bendix, était occupé à transmettre des messages, mais Pitt ne l'entendait pas. Il était perdu dans un silence intérieur et aussi dans une autre espèce de silence, celui provoqué par la chaleur étouffante et sa petite soeur qui vous pompait l'énergie, la moiteur de l'air. Son organisme était engourdi — engourdi par le manque de sommeil et par le trop-plein d'effort mental. Ses nerfs lui semblaient tendus comme les filins de suspension d'un pont : si l'un d'eux venait à rompre, le reste s'en irait, brin par brin, jusqu'à ce que la structure se mette à vaciller et tombe dans le vide. Tel un joueur qui vient de miser tout ce qui lui restait sur un cheval coté à dix contre un, il sentait son cœur battre la chamade dans sa poitrine, sous le coup de la peur et des doutes.

— Excusez-moi, Major.

La voix basse mais sonore de l'opérateur radio lui sembla

venir de très loin.

— Ces messages sont pour vous.

Pitt ne dit rien. C'est tout juste s'il tendit la main pour saisir les papiers.

— Celui en provenance de Munich est arrivé à 6 heures.

Le ton de voix du jeune Noir était hésitant et peu assuré.

— Il a été suivi de deux autres messages venant de Berlin, à 7 heures.

— Merci, marmonna Pitt distraitement. Quelque chose d'autre ?

— Celui-ci, le dernier, sir. Mais il... Il est vraiment bizarre. Aucun signal d'appel, pas de répétition d'ordre, simplement le message.

Pitt se pencha sur le papier du dessus. Un sourire lugubre apparut lentement sur ses lèvres, tandis qu'il lisait à voix haute.

— «Major Dirk Pitt, à bord du *First Attempt*, bâtiment de la NUMA. Une heure de passée, encore neuf. H.Z.»

— Est-ce que... Est-ce qu'il y a une réponse, Major ? balbutia la voix hésitante.

Soudain, Pitt se rendit compte que l'opérateur radio n'avait pas l'air dans son assiette.

— Vous vous sentez bien ?

— Pour dire la vérité, Major, pas vraiment. Depuis le petit déjeuner, j'ai la plus terrible indigestion de ma vie. Et j'ai déjà vomi deux fois.

Pitt ne put s'empêcher de sourire, en déclarant :

— Mes compliments au cuisinier. C'est lui le responsable, non ?

L'opérateur remua la tête et se frotta les yeux en même temps.

— Ça m'étonnerait. Cooky est un vrai chef — je vous jure, on mange comme des gourmets, ici. Non, c'est peut-être une forme locale de grippe. Ou bien c'est à cause d'une bouteille de bière avariée, un truc du genre.

— Restez avec nous, dit Pitt. J'ai besoin de quelqu'un de

valable qui s'occupe de la radio pendant les prochaines vingt-quatre heures.

— Vous pouvez compter sur moi, dit le radio avec un sourire forcé. D'ailleurs, la petite nana que vous avez amenée à bord s'est occupée de moi et m'a dorloté comme une mère poule. Avec ce genre d'attention, comment est-ce que je pourrais encore me sentir mal ?

Pitt haussa les sourcils.

— Vous me semblez avoir découvert des facettes de sa personnalité que je ne connaissais pas.

— C'est pas une mauvaise fille. C'est pas vraiment mon genre, mais elle est bien gentille. En tout cas, elle nous a servi du thé, toute la matinée. Une vraie Florence Nightingale...

Le jeune Noir s'interrompit brusquement. Ses yeux s'arrondirent et il posa une main devant sa bouche. Ensuite, il se mit debout, en renversant sa chaise, se précipita au dehors et alla se pencher par-dessus le bastingage. Des grognements pareils à ceux d'une bête se firent entendre jusque dans la cabine radio, accompagnés de gémissements d'agonie.

Pitt sortit et s'en alla tapoter légèrement dans le dos l'opérateur malade.

— J'ai besoin que tu sois à ton poste, devant la radio, mon ami. Reste là pendant que je vais chercher le médecin.

Le jeune homme remua lentement la tête sans rien ajouter. Alors Pitt fit demi-tour et l'abandonna, en prenant garde de marcher contre le vent.

Après quelques minutes passées à la recherche du docteur, et lorsqu'il lui eut demandé d'aller examiner l'opérateur radio, Pitt pénétra dans la cabine de Gunn et la trouva plongée dans le noir, rideaux parfaitement tirés. De l'air froid s'échappait du ventilateur, conférant à la pièce aux parois métalliques une atmosphère accueillante et confortable, ce qui changeait de la chaleur intolérable qui y régnait la veille. Dans la pénombre, il aperçut Teri assise sur le bureau, le menton appuyé sur un genoux. Elle leva la tête vers lui et lui adressa un sourire.

— Qu'est-ce qui t'a retenu aussi longtemps ? demanda-t-elle.

— Le boulot, répondit-il.

— De sacrées combines, j'imagine, reprit-elle en arborant une moue typiquement féminine. Où est la grande aventure que tu m'avais promise ? Chaque fois que je m'approche de toi, tu disparais.

— Lorsque le devoir m'appelle, mon petit cœur, je dois répondre présent, dit Pitt en prenant une chaise et en s'y installant à califourchon, les bras appuyés au dossier. Plutôt étrange, ces habits que tu portes. Où as-tu déniché ça ?

— Ce ne sont pas vraiment des habits...

— C'est ce que je peux voir.

Elle sourit et ajouta :

— J'ai simplement découpé une taie d'oreiller. Le haut est attaché dans le dos avec un nœud et le bas est noué des deux côtés. Regarde !

Elle sauta sur ses pieds, et détacha le nœud qui se trouvait sur sa hanche gauche, en écartant de façon aguichante les deux parties de ce slip qui la couvrait de moins en moins.

— Astucieux, très astucieux. Tu ne voudrais pas recommencer ce petit numéro ?

— Qu'est-ce que ça vaut, à tes yeux ? fit-elle d'un air séducteur.

— Que dirais-tu d'un tour dans un vieux tram du Milwaukee ?

— Tu es impossible, lança-t-elle avec une moue de dépit. Je commence à croire que tu es stupide.

Il se força à détourner ses yeux du corps de Teri et déclara :

— Pour le moment, il me reste encore quelques détails à régler.

Elle le contempla le regard vide pendant une seconde ou deux, commença à dire quelque chose, puis parut songer qu'il y avait mieux à faire. Le visage de Pitt ne souriait plus et était devenu sérieux. Elle haussa les épaules, rattacha lentement son bikini et s'installa sur une chaise libre.

— Tu te conduis de façon tellement mystérieuse.

— Je reprendrai mes vieilles habitudes, et je me montrerai doux et adorable lorsque tu auras répondu à quelques petites questions.

Elle se gratta au-dessus du sein gauche, pour faire disparaître une soi-disant démangeaison.

— Eh bien, pose tes questions, alors.

— Numéro un : que sais-tu des opérations de contrebande de ton oncle ?

Elle fit de grands yeux.

— Je ne sais pas de quoi tu parles.

— Je croyais que tu étais au courant.

— Tu es fou, dit-elle, en lui lançant un regard furieux. Oncle Bruno possède une compagnie maritime. Pour quelle raison un homme aussi riche que lui et avec sa position sociale irait-il se mêler de contrebande minable ?

— Rien de ce dont il s'occupe ne peut être qualifié de minable, dit Pitt.

Il s'arrêta un instant, en guettant sa réaction, puis poursuivit.

— Question numéro deux : avant d'arriver à Thasos, quand avais-tu vu ton oncle pour la dernière fois ?

— Je ne l'avais pas revu depuis que j'étais une petite fille, répondit-elle de manière vague. Papa et maman se sont noyés dans le naufrage de leur voilier, pendant une brusque tempête au large de l'île de Man. Oncle Bruno était avec eux. Et j'étais également présente. C'est lui qui m'a sauvé la vie. Depuis cet horrible accident, il s'est montré très bon envers moi, il m'a payé les meilleurs pensionnats et ne s'est jamais montré chiche quand j'avais besoin d'argent. Il s'est toujours souvenu de mes anniversaires.

— En effet, c'est un cœur d'or, dit Pitt de façon sarcastique. N'est-il pas un peu trop âgé pour être ton oncle ?

— En réalité, c'est le frère de ma grand-mère.

— Question numéro trois : pourquoi ne lui avais-tu jamais rendu visite précédemment ?

— A chaque fois que je lui écrivais pour lui demander si je pouvais venir à Thasos, il me répondait toujours qu'il était trop occupé, à cause d'un énorme transport de marchandises qu'il était en train d'organiser, ou autre chose.

Elle ajouta en pouffant :

— Cette fois-ci, je l'ai eu. J'ai simplement débarqué et je l'ai pris par surprise.

— Que sais-tu de son passé ?

— Pas grand-chose. Il parle très peu de lui-même. Mais je sais pertinemment bien que ce n'est pas un contrebandier.

— Ton oncle adoré est la pire crapule qu'une mère ait jamais enfanté, dit Pitt d'une voix fatiguée.

Il ne tenait pas à la blesser, mais il était sûr qu'elle mentait.

— Dieu seul sait, reprit-il, combien de cadavres il a laissé sur sa route, des centaines, des milliers plus vraisemblablement. Et tu es plongée là dedans avec lui, jusqu'à ton adorable petit cou. Chaque foutu dollar que tu as dépensé tout au long de ces vingt dernières années a trempé dans le sang. Dans certains cas, il s'agissait du sang, et des larmes, oui aussi des larmes, d'enfants innocents. Des jeunes filles qui ont été enlevées de chez leurs parents et qu'on a envoyées finir leur adolescence sur un tas de paille pourrie et bouffée par les poux, au fin fond d'un bordel d'Afrique du Nord.

Elle sauta sur ses pieds.

— Des choses pareilles n'existent plus. Tu mens, tu mens, tu as inventé toute cette histoire.

Elle avait peur à présent, mais elle jouait magnifiquement la scène, songea Pitt.

— Je t'ai dit la vérité, reprit-elle. Je ne suis au courant de rien. Rien du tout !

— Rien ? Tu savais pourtant que ton oncle avait décidé de me tuer à la villa. J'avoue que j'ai été abusé par ta petite scène larmoyante sur la terrasse. Mais ça n'a pas duré longtemps. Tu as raté ta vocation, tu aurais dû devenir actrice.

— Je ne savais pas, dit-elle d'une voix faible et désespérée. Je te jure que je ne savais pas...

Pitt hocha la tête.

— Je ne peux pas croire une chose pareille. Tu t'es trahie toi-même au moment où nous sommes sortis du labyrinthe avant d'être arrêtés par le guide du tourisme. Tu n'étais pas simplement surprise de me revoir, tu étais foutrement secouée de me retrouver en un seul morceau.

Elle s'approcha, s'agenouilla devant lui et prit ses mains dans les siennes.

— S'il te plaît, s'il te plaît... Oh, mon Dieu ! Qu'est-ce que je pourrais faire pour que tu me croies ?

— Tu pourrais commencer par me fournir des faits.

Il se leva et se planta juste en face d'elle. Puis il défit les pansements détrempés qui entouraient son torse et les lui lança sur les genoux.

— Regarde-moi. Voilà ce que j'ai gagné d'avoir accepté ton invitation. Je me suis retrouvé en train de jouer le rôle du plat de résistance qu'on présentait à ce mangeur d'hommes qu'est le chien de ton oncle. Regarde. Mais regarde-moi !

Elle le regarda.

— Je crois que je vais me sentir mal.

Pitt mourait d'envie de la prendre dans ses bras pour embrasser ses yeux embués de larmes, et de lui dire avec douceur à quel point il était désolé de lui faire du mal. Au lieu de ça, il s'était forcé à poursuivre, d'une voix ferme et unie.

Elle se retourna et laissa errer son regard sur les parois de métal de la cabine, en se demandant si elle allait réellement être malade, puis elle obligea ses yeux mouillés de larmes à revenir sur Pitt.

— Tu es un monstre, dit-elle dans un murmure. Tu peux

parler d'Oncle Bruno. Tu es pire, bien pire que lui. Je voudrais que tu sois mort.

La haine aurait dû l'envahir à ce moment-là, mais Pitt ne ressentit qu'une pointe de tristesse.

— Jusqu'à nouvel ordre, tu resteras sur ce navire.

— Tu ne peux pas me garder ici, tu n'en as pas le droit.

— Je n'en ai pas le droit, c'est d'accord, mais je peux faire en sorte que tu ne bouges pas d'ici. Et à propos : ne te mets pas en tête de t'échapper. Les hommes qui travaillent sur ce navire sont tous des nageurs émérites. Tu ne pourrais pas t'éloigner à plus de quinze mètres, même en y mettant toutes tes forces.

— Tu ne peux pas me garder éternellement prisonnière.

Son visage s'était crispé de dégoût. Jamais aucune femme n'avait regardé Pitt de cette manière. Cela le mit mal à l'aise.

— Si mon plan de cet après-midi se déroule ainsi que je l'ai imaginé, tu seras hors de mes pieds et aux mains de la gendarmerie pour l'heure du dîner.

Brusquement, Teri lui jeta un regard interrogateur.

— C'est pour cette raison que tu as disparu la nuit passée ?

Une fois de plus, Pitt fut étonné par la façon qu'avaient ses grands yeux noisette — ses yeux splendides et irrésistibles — de faire passer tant d'émotions différentes en un seul battement de paupières.

— C'est exact. Pour tout te dire, je suis monté en cachette à bord d'un des vaisseaux de ton oncle, un peu avant l'aube. Ce fut une excursion très instructive. Tu ne devineras jamais ce que j'ai découvert.

Il l'observa attentivement, en essayant de deviner ce qu'allait exprimer le battement de paupières suivant.

— Je ne peux pas l'imaginer, dit-elle avec découragement. Les seuls bateaux sur lesquels je suis jamais montée étaient des ferry-boats.

Il fit quelques pas et alla s'asseoir sur la couchette. La délicatesse du matelas était accueillante. Il s'allongea et croisa les mains sous la nuque. Puis il se mit à bâiller longuement et profondément.

— Je te prie de m'excuser. Toute cette affaire a été très éprouvante pour moi.

— Alors ?

— Alors quoi ?

— Tu étais en train de me raconter ce que tu avais découvert sur le navire d'Oncle Bruno.

Pitt remua la tête en souriant.

— Piquez la curiosité d'une femme, et elle sera insatiable. Puisque tu insistes, j'ai trouvé le plan d'une caverne sous-marine.

— Une caverne ?

— Bien sûr. D'où crois-tu donc que ton bon oncle dirige son ignoble business ?

— Pourquoi me racontes-tu toutes ces bêtises ? dit-elle alors que son air blessé avait fait sa réapparition. Rien de tout cela ne peut être vrai.

— Oh, bon Dieu, arrête de faire comme si tu n'étais au courant de rien. Je ne t'apprends rien de neuf. Von Till a peut-être réussi à berner Interpol, les gendarmes et les agents des Stupéfiants, mais il ne t'a certainement pas abusée.

— Tu dis n'importe quoi, déclara-t-elle d'une voix lente.

— Tu crois ? demanda-t-il pensivement. A 4 heures 30 très précises, ce matin, le navire de ton oncle, le *Queen Artemisia*, se tenait à l'ancre le long des falaises proches de la villa. Le bateau était bourré d'héroïne jusqu'à la gueule. Tu dois être au courant pour l'héroïne. Tout le monde l'est. On dirait que c'est le secret le plus mal gardé de l'année. Je dois au moins laisser ça à ton oncle : il exécute son vieux numéro de magicien de main de maître. Attirer l'attention du public d'un côté, pendant qu'on fait son truc de l'autre. Mais on arrive à la fin du numéro pourtant. J'ai moi aussi un petit tour dans mon sac, et une fois que je l'aurai utilisé, on pourra tirer le rideau.

Elle demeura silencieuse un moment, puis demanda :

— Qu'as-tu l'intention de faire ?

— Rien de plus que ne ferait un bon Américain vigoureux. Je vais emmener Giordino et quelques autres hommes. Nous allons plonger en longeant la côte, jusqu'à ce qu'on trouve la caverne. J'ai dans l'idée qu'elle doit se trouver à la base des falaises, juste sous la villa. Une fois que nous aurons déniché l'entrée, nous pénétrerons à l'intérieur, nous saisirons tout le matériel et nous aurons en mains les preuves de la culpabilité de ton oncle. A la suite de quoi, nous appellerons la gendarmerie pour qu'elle procède à son arrestation.

— Tu es fou, dit-elle une fois de plus, avec davantage de fougue cette fois. Toute cette histoire, ton plan comme tu l'appelles, tout ça est stupide. Tu n'arriveras à rien de cette manière. S'il te plaît, crois-moi, je t'en prie. Ça ne marchera pas.

— Supplier ne sert plus à rien. Tu peux dire adieu à ton oncle et à son fric pourri. Nous commencerons la plongée à 1 heure précise.

Pitt bâilla à nouveau et reprit :

— A présent, si tu veux bien m'excuser, je m'en vais piquer un petit roupillon.

Les larmes étaient revenues. Teri remua lentement la tête.

— C'est stupide, répéta-t-elle dans un murmure, encore et encore, tandis qu'elle se retournait et quittait la pièce, reclaquant la porte sur son passage.

Pitt resta étendu, les yeux vers le plafond. Elle avait raison, bien sûr, songea-t-il. Toute l'histoire avait l'air d'une astuce plutôt stupide. Et encore, quoi qu'elle pense, elle n'en connaissait que la moitié.

CHAPITRE SEIZE

La mer tranquille ondulait pour former une haute crête et pointait tel le doigt menaçant du destin, avant de venir s'écraser sur la base inflexible des falaises grises. L'air était chaud et clair, agité par une légère brise venue du sud ouest. Un fantôme, puisque c'est à cela que faisait penser le *First Attempt*, un fantôme d'acier blanc, glissait à vitesse réduite sur les flots, s'approchant de plus en plus de ce chaudron en furie, jusqu'à ce que la catastrophe semble inévitable. A cet instant précis, et pas avant, Gunn fit tourner la barre à tribord, pour placer le *First Attempt* parallèlement à la base des falaises rocheuses. Il garda un œil prudent sur l'aiguille du profondimètre et sur le tracé qui en sortait, tout en ne perdant pas de vue la ligne des flots, à une cinquantaine de mètres plus bas, son regard passant sans cesse de l'un à l'autre.

— Qu'est-ce que tu penses de la manœuvre ? demanda-t-il sans tourner la tête.

Son ton de voix était tranquille et assuré ; il était aussi calme qu'un pêcheur à bord d'une barque sur un des lacs paisibles du Minnesota.

— Ton vieil instructeur de la marine, à Annapolis, serait fier de toi, répondit Pitt.

A la différence de Gunn, il avait les yeux fixés droit devant lui.

— Ce n'est pas aussi difficile que ça en a l'air, dit Gunn en montrant le profondimètre. Le fond est à une bonne quinzaine de mètres sous la quille.

— C'est plutôt profond.

Gunn continua à tenir la barre d'une main, et de l'autre souleva sa casquette de la Navy, entourée d'un galon doré, pour essuyer les gouttes de sueur qui perlaient à la racine de ses cheveux.

— Ça arrive assez souvent dans les zones où il n'y a pas de récifs qui affleurent.

— C'est bon signe, dit Pitt pensivement.

— Pourquoi donc ?

— Ça veut dire assez d'espace pour qu'un sous-marin puisse manœuvrer sans se faire repérer d'en haut.

— La nuit, peut-être, dit Gunn. Mais impossible pendant la journée. La visibilité dans l'eau est quasiment d'une trentaine de mètres. Toute personne se tenant sur les falaises à quinze cents mètres à la ronde pourrait facilement baisser les yeux et apercevoir une coque longue de quatre-vingt-dix mètres en train de glisser sur le fond.

— Il ne serait pas non plus trop difficile de repérer un plongeur, dit Pitt en se tournant pour jeter un coup d'œil à la villa, nichée comme une forteresse sur le flanc rocheux de la colline.

— Il faut que tu tentes ta chance, dit lentement Gunn. Von Till peut suivre chacun des gestes que tu fais. Je te parie à cent contre un qu'il pointe une paire de jumelles sur nous depuis qu'on a levé l'ancre.

— Je le parie aussi, dit Pitt dans un murmure.

Il se perdit un instant en contemplation face à la beauté du spectacle. Les bras d'azur de la Mer Egée encerclaient l'antique panorama de l'île d'un éblouissant miroir de soleil et d'eau. Seul le bruit des vagues se fracassant sur les rochers venait rythmer le vrombissement régulier des moteurs, ponctué de temps à autre par le cri d'une mouette solitaire. En haut des falaises rocailleuses, un troupeau de bêtes broutaient sur la pente verte d'un pré, pareilles à de minuscules silhouettes dans un paysage à la Rembrandt. Et tout en bas, au sein des criques creusées à la base des falaises, de nombreux troncs d'arbres abattus séchaient au soleil, couchés au milieu des petites plages couvertes de coquillages.

Pitt faillit perdre trop de temps en contemplation. Il se força à reprendre ses esprits, et à revenir à la tâche qui l'attendait. Cette mystérieuse enclave de tranquillité était en vue à présent, à environ un kilomètre par bâbord devant. Il posa un main sur l'épaule de Gunn, et indiqua la direction.

— Cette espèce d'étang plat.

Gunn hocha la tête.

— O.K., je vois. A la vitesse à laquelle nous avançons, nous y serons dans une dizaine de minutes. Ton équipe est prête ?

— Tout le monde est fin prêt, répondit brièvement Pitt. Ils savent ce qu'il faut chercher. Je les ai fait se ranger sur le pont des cabines, à tribord. A l'abri de tout regard indiscret venu de la villa.

Gunn souleva une fois de plus sa casquette.

— Dis-leur bien de sauter le plus loin possible de la coque. Être aspiré par une hélice n'est jamais très agréable.

— Je ne crois pas qu'on doive le leur répéter, dit tranquillement Pitt. Ce sont tous des hommes de valeur, c'est toi-même qui me l'as assuré.

— Tu as sacrément raison, grogna Gunn en se tournant vers Pitt. Je vais continuer à longer la côte avec ce navire sur trois ou quatre kilomètres encore. On va essayer de faire croire à von Till qu'il s'agit d'une opération de routine en vue d'un repérage complet des fonds marins. Ça peut marcher, mais je n'en suis pas sûr. De toute façon, j'espère pour toi que c'est ce qu'il croira.

— On s'en rendra compte très vite, dit Pitt en réglant sa montre sur le chronomètre du navire. A quelle heure fixons-nous le rendez-vous ?

— Je vais exécuter une série de virages sur la route du retour, et je serai de nouveau dans les parages vers 14 heures 10. Ça te laisse exactement cinquante minutes pour trouver le sous-marin et ressortir.

Gunn tira un cigare de sa poche de poitrine, l'alluma, puis ajouta :

— Il faut que tu sois là avec mes hommes à ce moment-là, tu m'as bien compris ?

Pitt ne répondit pas immédiatement. Un large sourire éclaira son visage, et l'on aurait dit que même ses yeux d'un vert éclatant se mettaient à rire.

Gunn eut l'air étonné.

— Qu'est-ce que j'ai dit de si amusant ?

— Pendant un moment, tu m'as fait songer à ma mère. Elle avait l'habitude de dire que lorsque mon navire arriverait, je serais probablement en train d'attendre à l'arrêt de bus.

Gunn hocha tristement la tête.

— Si tu ne reviens pas, je saurai au moins où te chercher. Bon, allons-y maintenant. Je crois que tu ferais bien de sauter dans ta combinaison de plongée.

Pitt leva simplement la main en signe de remerciement, quitta l'atmosphère confinée et brûlante de la timonerie, et emprunta l'échelle qui menait au pont des cabines, à tribord. L'y attendaient cinq individus à la peau tannée, probablement, songea Pitt, les cinq hommes les plus impatients et les plus rusés qu'il ait jamais rencontrés. A l'instar de Pitt, ils ne portaient qu'un slip de plongée de couleur noire. Tous étaient occupés à ajuster des respirateurs et à mettre en place des bonbonnes d'oxygène. Chaque homme contrôlait l'équipement des autres, pour s'assurer que les valves des bonbonnes et que les sangles des harnais étaient placées en position correcte.

Le plongeur le plus proche, Ken Knight, leva les yeux vers Pitt qui s'approchait.

— J'ai préparé votre matériel, Major. J'espère que tout ira bien avec un respirateur à tuyau simple, la NUMA ne nous a pas fourni de double embouchure pour cette expédition.

— Une embouchure simple fera parfaitement l'affaire, répliqua Pitt.

Il enfila une paire de palmes, et attacha un couteau à son mollet droit. Puis il se passa un masque autour de la tête et ajusta l'embouchure. Le masque était du type grand angle, qui donnait à celui qui le portait un champ visuel de cent quatre-vingts degrés. Puis il saisit la bonbonne d'oxygène et le respirateur. Il était en train de s'escrimer pour régler le harnais quand brusquement les vingt kilos de matériel furent soulevés et placés sur ses épaules, manipulés par deux mains massives et poilues.

— Comment pourrais-tu te passer une seule journée de mes services, fit pompeusement la voix de Giordino, voilà qui reste un mystère pour moi.

— Le vrai mystère, c'est comment j'arrive à supporter ton caquet incessant et ton ego démesuré, dit Pitt d'un ton sec.

— Allez, vas-y, paie-toi ma tête une fois de plus, déclara Giordino en essayant de paraître blessé, mais sans y parvenir tout à fait.

Il se détourna pour jeter un coup d'œil à la mer, et après une pause, dit lentement à voix basse :

— Bon Dieu ! Qu'est-ce que cette eau est claire. C'est plus transparent qu'un bocal à poissons rouges.

— Oui, j'ai vu, dit Pitt en découvrant la pointe barbelée d'un harpon de près de deux mètres et en contrôlant l'élasticité du caoutchouc accroché à l'autre extrémité.

— Tu as bien étudié ta leçon ? reprit-il.

— Cette vieille matière grise, dit Giordino en posant l'index sur sa tempe, contient toutes les réponses rangées et indexées.

— Comme d'habitude, il est réconfortant de constater à quel point tu es sûr de toi.

— Sherlock Giordino sait tout et voit tout. Aucun secret ne peut échapper à ma sagacité.

— Ta sagacité, tu ferais bien de la huiler soigneusement, dit

Pitt avec sérieux. Tu vas avoir un programme plutôt chargé.

— Fais-moi confiance, dit Giordino en le regardant bien en face. Bon, je crois qu'il est temps d'y aller. J'espère que tout va bien se passer, et que tu vas t'amuser pendant cette petite plongée.

— J'en ai bien l'intention, murmura Pitt. J'en ai bien l'intention.

Deux coups de cloche envoyés par Gunn à partir de la timonerie indiquèrent qu'il ne restait plus qu'une minute. Pitt, un peu gêné dans sa progression par ses palmes, s'avança sur une petite plate-forme installée en bordure de coque.

— Au prochain coup de cloche, messieurs, nous y allons !

Il n'en dit pas davantage, parce que chaque homme savait ce qu'il avait à faire, et aussi parce que tout ce qu'il aurait pu ajouter n'aurait pas eu beaucoup de sens.

Les plongeurs serrèrent leur fusil à harpon un peu plus fort et échangèrent des regards muets. Une unique pensée occupait leur esprit à tous à cet instant précis : s'ils ne sautaient pas assez loin du bord, ils pouvaient perdre une jambe dans l'aspiration de l'hélice. A un geste de Pitt, ils s'alignèrent sur une file à proximité de la plate-forme.

Avant de baisser le masque sur ses yeux, Pitt jeta un dernier coup d'œil aux hommes qui se trouvaient là, et pour la dixième fois étudia leurs signes caractéristiques, des signes qu'il allait devoir reconnaître à distance, en plongée. L'homme le plus proche de lui, Ken Knight, le géophysicien, était le seul blond du lot ; Stan Thomas, l'ingénieur naval râblé, portait des palmes bleues et était sans doute le seul, présuma Pitt, qui garderait le contrôle de lui-même en cas de coup dur. Ensuite venait un biologiste marin à barbe rousse, nommé Lee Spencer, puis Gustaf Hersong, un botaniste dégingandé d'un mètre quatre-vingt-quinze. Ces deux derniers semblaient se sourire mutuellement comme s'ils venaient de se raconter une bonne blague. Le pilier de l'équipe était le photographe de l'expédition, Omar Woodson, qui était à coup sûr le personnage à la mine la plus grave que Pitt ait jamais vu et qui avait l'air vraiment ennuyé par toute cette affaire. Au lieu d'un fusil à harpon, Woodson transportait un appareil Nykonos 35 mm, muni de son flash, et laissait se balancer ce coûteux appareil de prise de vues sous-marines par dessus le bastingage, comme s'il ne s'agissait que d'un vieil appareil photo déglingué.

Pitt mit le masque en place devant ses yeux, en sifflotant doucement, et examina une fois de plus les flots. Ils passaient sous la plate-forme à une allure beaucoup moins rapide à présent — Gunn avait réduit la vitesse du *First Attempt* à une allure d'environ trois nœuds — ce qui était suffisamment lent. Ses yeux se portèrent au devant du navire, et contemplèrent fixement, dans une espèce de transe, l'endroit approximatif de la mer où, dans quelques secondes maintenant, il allait devoir plonger.

Presque au même moment, Gunn examinait le profondimètre et les falaises déchiquetées pour la dernière fois. Sa main se leva lentement, en quête du cordon de la cloche, le trouva, attendit, puis le secoua avec vigueur. Le tintement métallique résonna dans l'air chaud et glissa sur la surface des eaux jusqu'à la paroi escarpée de la falaise, où il rebondit en un écho affaibli qui retourna vers le navire.

Pitt, en équilibre au bord de la plate-forme, n'attendit pas cet écho. Maintenant le masque pressé sur son visage d'une main, tandis qu'il serrait la hampe du harpon de l'autre, il sauta.

L'impact fit voler en éclat la surface étincelante de la mer, d'un bleu brillant. Dès que les flots se furent refermés au-dessus de sa tête, Pitt roula sur lui-même et agita ses palmes aussi vite, lui parut-il, que les roues à aubes de ces vieux navires remontant le Mississippi. Après cinq secondes et cinq mètres, il jeta un coup d'œil par-dessus son épaule et vit la forme sombre de la coque du navire qui glissait lentement. Les deux hélices jumelles semblaient dangereusement plus proches qu'elles ne l'étaient en réalité : leur vacarme sourd s'élançait dans les eaux à une vitesse de quinze cents mètres à la seconde, tandis que cette vitesse n'était que de trois cent trente mètres par seconde dans l'air. De plus, à cause de la réfraction de la lumière, leurs lames étincelantes étaient grossies de près de vingt-cinq pour cent.

Les dents serrées sur l'embout du respirateur, Pitt se retourna vers le navire qui s'éloignait, pour voir comment les choses s'étaient passées pour les autres. Son soulagement fut accompagné du chuintement des bulles d'air qui s'échappaient de son respirateur. Dieu soit loué, ils étaient tous là, et d'une seule pièce. Knight, Thomas, Spencer et Hersong, tous en un petit groupe rapproché. Seul Woodson semblait traîner les pieds : il flottait à cinq ou six mètres derrière les autres.

La visibilité était fascinante. Les longues tentacules violacées d'une physalie gélatineuse étaient clairement visibles à près de six mètres. Un couple de poissons callionymes, très laids, nageaient paresseusement sur le fond, avec leurs corps sans écailles, bleu et jaune vif, garni de longues épines acérées. C'était un monde englouti, le monde du silence, dominé par des créatures aux formes bizarres et décoré avec élégance par une imagination fantasque, dans une débauche de teintes et de formes qui défiait toute description humaine. C'était aussi le monde du mystère et du danger, protégé par toute une panoplie d'armes, qui allaient des dents carnassières du requin jusqu'au venin mortel du poisson zèbre à l'air parfaitement innocent ; combinaison inquiétante de beauté immortelle et de péril constant.

Sans attendre les premiers signes de malaise, Pitt se mit à respirer par les narines pour mettre au même niveau la pression de son oreille interne avec celle de l'eau. Lorsque ses oreilles se débouchèrent, il nagea lentement pour s'enfoncer dans le paysage marin qui s'étalait sous lui, et en fit aussitôt partie.

A neuf mètres de profondeur, la couleur rouge disparut, pour laisser la place à un doux mélange de verts et de bleus. Pitt descendit jusqu'à quinze mètres et examina le fond. Il n'y avait là aucune excroissance sous-marine, ni aucun rocher, juste une étendue de désert immergé, avec ici et là des dunes de sable miniatures qui ondulaient à la surface. A l'exception d'une rascasse blanche, enterrée dans le sable, et dont n'apparaissaient que les yeux semblables à des pierres et une partie de ses énormes lèvres grotesques, le tapis de sable était désert.

Huit minutes exactement après qu'ils aient sauté du *First Attempt*, le fond commença à remonter, et l'eau se fit légèrement plus trouble, à cause du mouvement des vagues en surface. Un amas de rochers, couvert d'algues se balançant dans l'onde, surgit devant eux, dans la pénombre. Et puis brusquement, ils se trouvèrent face à la base d'une falaise abrupte, qui grimpait verticalement vers la surface miroitante des eaux, selon un angle de 90°, et qui disparaissait ensuite. Tel le Capitaine Nemo et ses compagnons explorant un jardin sous les mers, Pitt enjoignit son équipe de scientifiques à se disperser, pour se mettre à la recherche de la caverne sous-marine.

La chasse ne dura pas plus de cinq minutes. Ce fut Woodson, écarté de plus de trente mètres du périmètre prévu, qui fut le premier à la découvrir. En attirant l'attention de Pitt et des autres en cognant le côté de sa bonbonne à oxygène avec son couteau, il leur fit signe de s'approcher, et se mit à nager le long de la face nord de la falaise, en direction d'une crevasse à l'entrée dissimulée par les algues. Arrivé là, il s'arrêta et leva la main. C'est alors que Pitt vit lui aussi ce qu'ils cherchaient : une ouverture noire et sinistre à environ quatre mètres sous la surface. La taille était parfaite, assez grande pour livrer passage à un sous-marin, ou le cas échéant, à une locomotive qu'on aurait conduite jusqu'ici. Ils s'approchèrent tous, et se laissèrent flotter dans l'eau cristalline, les yeux braqués sur l'entrée de cette caverne, échangeant des regards perplexes.

Ce fut Pitt qui réagit le premier, en s'enfonçant dans l'ouverture. A l'exception de quelques éclats de lumière, provoqués par la blancheur de ses talons, il disparut aussitôt complètement, avalé par la cavité béante.

Il battait légèrement l'eau de ses palmes, tout en laissant un courant pénétrant l'aider à traverser lentement ce tunnel. Le bleu-vert étincelant de la mer se transforma vite en une sorte de bleu profond et crépusculaire. D'abord, Pitt ne parvint pas à distinguer quoi que ce soit, mais bientôt ses yeux s'habituèrent à l'obscurité, et il commença à discerner quelques détails aux alentours.

Il aurait dû y avoir de la vie marine à profusion agrippée aux parois de ce tunnel... Des crabes agitant leurs pinces, des patelles et des bernacles, des mollusques ouvrant leur coquille comme pour cligner de l'œil, ou même des homards s'agitant en quête d'un délicieux plancton. Il n'y avait rien de tout cela. Les parois de pierre étaient nues, et recouvertes d'une substance rougeâtre qui rendait l'eau trouble lorsque Pitt posait la main sur cette surface douce et artificielle. Il pivota sur lui-même pour examiner la voûte, et observa avec fascination les bulles d'air qu'il rejetait s'assembler en file indienne sur ce plafond, petites gouttes vif-argent, à la recherche d'une voie vers l'air libre.

Brusquement, le plafond disparut, et la tête de Pitt émergea à la surface des eaux. Il jeta un regard aux environs mais ne distingua rien ; un nuage de brouillard gris enveloppait tout. Interloqué, il plongea à nouveau la tête dans l'eau et nagea pour s'enfoncer de deux ou trois mètres. Sous lui, le rayon cylindrique d'une lampe au cobalt brillait dans les profondeurs du tunnel. L'eau était aussi claire que de l'air ; Pitt parvenait à discerner tous les coins et recoins de cette caverne immergée.

Un aquarium. C'est la seule manière dont Pitt pouvait décrire l'ensemble. Mais en dépit du fait qu'il n'y avait aucune ouverture pratiquée dans les parois, la caverne aurait très bien pu passer pour le caisson principal de Marineland, en Californie. La situation était très différente de celle du tunnel ; la vie marine s'étalait abondamment. Les homards étaient là, et les crabes, les patelles, les bernacles, ainsi que du varech un peu partout. Il y avait également des bancs de poissons nomades, aux couleurs éclatantes. L'un d'eux attira particulièrement le regard de Pitt, mais avant qu'il ait pu s'en approcher, le poisson perçut sa présence et se précipita en un éclair dans une fissure des rochers.

Pendant quelques instants, Pitt enregistra cette scène stupéfiante. Puis, brusquement, il sentit une main qui lui empoignait la jambe. C'était Ken Knight, et il semblait se diriger vers la surface. Pitt hocha la tête pour acquiescer et nagea dans cette direction. A la surface, il fut une fois de plus accueilli par la grisaille de brume.

Pitt sortit l'embouchure de sa bouche.

— Qu'est-ce que vous pensez de ce brouillard, demanda-t-il, de sa voix amplifiée jusqu'au grognement par les parois de roc.

— Cela arrive assez fréquemment, répondit Knight, dans un grognement beaucoup plus terre-à-terre. Chaque fois qu'une houle frappe l'ouverture, l'onde s'enfonce dans le tunnel comme un piston, et vient compresser l'air qui se trouve coincé dans la caverne. Au moment où la pression décroît, l'air chargé d'humidité se refroidit et se condense en un fin brouillard.

Knight s'interrompit un instant, pour ôter le mucus qui encombrait ses narines, puis reprit :

— Les vagues se succèdent à intervalles de douze secondes, si bien que l'atmosphère pourrait s'éclaircir d'un moment à l'autre.

Il n'avait pas fini de prononcer ces mots quand la brume disparut d'un coup, en révélant les profondeurs de la caverne obscure, dont la voûte s'arrondissait à une vingtaine de mètres au-dessus des eaux. Ce n'était qu'une grotte engloutie, et rien de plus ; il n'y avait aucune trace de matériel humain. Pitt eut l'impression qu'il venait de pénétrer dans une cathédrale dont les flèches avaient été détruites par un bombardement d'artillerie au cours de la Première Guerre mondiale ou par un pilonnage aérien pendant la Seconde. Les parois étaient irrégulières et parcourues de fissures dentelées, et les éboulis de rocailles à leur base indiquaient clairement qu'un autre morceau de rocher pouvait tomber à chaque instant. Puis la brume fit sa réapparition et brouilla la vision.

Pitt, pendant les quelques secondes au cours desquelles il avait examiné la caverne, n'avait été conscient que d'une chose : une angoisse torturante qui le faisait douter de lui-même. Puis celle-ci laissa la place à une vague rampante d'incrédulité, qui le laissa d'abord paralysé, et qui finalement fut balayée par le dépit.

— Ce n'est pas possible, dit-il à voix basse, ce n'est tout simplement pas possible.

De sa main libre serrée en un poing aux articulations blanchies, il frappa la surface de l'eau en une bouffée de colère et de désespoir.

— Cette caverne aurait dû être la base de commande des opérations de von Till. Que Dieu nous aide à sortir du pétrin dans lequel je nous ai mis.

— Je crois bien que je voterais encore pour votre solution, Major, dit Knight en posant la main sur l'épaule de Pitt. La géologie confirme vos intuitions. Ça semble l'endroit le plus logique.

— C'est un cul-de-sac. Il n'y a aucune ouverture nulle part, excepté ce tunnel.

— J'ai aperçu une saillie dans le fond de la caverne. Peut-être que si je...

— Nous n'avons pas le temps, dit Pitt en l'interrompant avec impatience. Nous devons faire demi-tour et sortir d'ici aussi vite que possible, pour nous remettre à chercher.

— Excusez-moi, Major !

Hersong venait de saisir le bras de Pitt, ce qui fit sursauter ce dernier, parce qu'on aurait dit qu'Hersong avait jailli de nulle part.

— J'ai trouvé quelque chose qui pourrait présenter de l'intérêt, reprit-il.

La brume, qui avait poursuivi son cycle, se dissipa à nouveau, et Pitt eut l'attention attirée par une étrange expression sur le visage de Hersong. Il adressa un sourire au botaniste dégingandé.

— O.K., Hersong, faites vite. Nous n'avons pas vraiment le temps d'écouter une conférence sur la flore marine.

— Croyez-moi ou pas, c'est justement ce que j'avais en tête, dit Hersong en lui retournant son sourire, l'eau scintillante ruisselant dans les poils roux de sa barbe. Dites-moi, est-ce que vous avez remarqué ces groupes de *macrocystis pyrifera* sur le mur en face du tunnel ?

— Ça se pourrait bien, répondit Pitt, si seulement je savais de quoi vous parlez.

— Le *macrocystis pyrifera* est une algue brune de la famille de Phénocytes, mieux connue, sans doute sous le nom de varech.

Pitt regarda le botaniste d'un air perplexe, et le laissa poursuivre.

— Pour résumer la situation, Major, je vous dirais que cette espèce particulière de varech ne pousse que sur la côte du Pacifique, aux Etats-Unis. La température des eaux de cette partie de la Méditerranée est bien trop élevée pour permettre la survie du *macrocystis pyrifera*. En plus de cela, le varech, comme ses cousins terrestres, a besoin de la lumière du soleil pour procéder à la photosynthèse. Il est inconcevable que du varech se développe dans une caverne sous-marine. A vrai dire, c'est impossible.

Pitt tapotait lentement l'eau du plat de la main.

— Bon, si ce n'est pas du varech, qu'est-ce que c'est ?

Le brouillard était revenu, et Pitt ne parvenait plus à distinguer les traits de Hersong. Tout ce qu'il percevait encore, c'était la voix grondante du botaniste.

— C'est de l'art, Major, une véritable œuvre d'art. Sans aucun doute, la réplique en plastique du *macrocystis pyrifera* la plus réussie que j'aie eu l'occasion de voir.

— Du plastique ? s'écria Knight, dont l'exclamation rebondit en écho sur les parois de la caverne. Tu es sûr ?

— Mon cher ami, déclara Hersong avec dédain, ai-je jamais mis en question tes analyses d'échantillons ou...

— La matière rouge sur les parois du tunnel, dit Pitt en l'interrompant. Vous pensez qu'il s'agit de quoi ?

— Je ne peux pas l'affirmer avec certitude, dit Hersong. Ça ressemble à un type très particulier de peinture ou de revêtement.

— Je confirme, Major.

Le visage de Stan Thomas venait de se matérialiser brusquement dans le brouillard.

— Peinture rouge protectrice pour coque de navire. Elle contient de l'arsenic, c'est la raison pour laquelle rien ne survit dans le tunnel.

Pitt jeta un coup d'œil à sa montre.

— Le temps passe. Ce *doit* être le bon endroit.

— Un autre tunnel derrière le varech ? demanda Knight d'un ton prudent. Est-ce que ce n'est pas ça, Major ?

— Ça commence à prendre tournure, dit calmement Pitt. Un deuxième tunnel camouflé qui conduit à une deuxième caverne. A présent, je commence à comprendre pourquoi les opérations de von Till n'ont jamais été découvertes par les habitants de l'île.

— Bon, dit Hersong en purgeant l'embouchure de son respirateur. Je suggère que nous continuions.

— Nous n'avons pas d'autre solution, dit Pitt. Est-ce que tout le monde est prêt à recommencer à chercher ?

— Tous présents, répondit Spencer, à part Woodson.

Soudain, au même instant, l'éclair bleu d'un flash illumina la caverne.

— Personne n'a souri, déclara Woodson d'un ton amer.

Il s'était reculé le plus loin possible dans le fond de la caverne, pour utiliser le plus grand angle disponible.

— La prochaine fois, crie «Au sexe !», blagua Spencer.

— Ça ne marcherait pas, maugréa Woodson. Aucun de vous ne sait ce que ça signifie.

Pitt sourit, avant de se remettre en action. Il plongea en avant et en oblique, vers le fond, comme un avion qui se prépare à bombarder. Les autres le suivirent, à intervalles de deux ou trois mètres.

Les amas de varech factice étaient compacts et quasiment impénétrables. De minces branches poussaient du fond jusqu'à la surface, s'évasant pour former comme un large baldaquin déployé. Hersong avait raison, il s'agissait d'une œuvre d'art. Même en le prenant entre les doigts, Pitt avait des difficultés à faire la différence entre le varech naturel et celui-ci. Il dégaina son couteau et se mit à se frayer un chemin en fendant ce rideau brun et ondulant. Il s'avança, ne se retournant que pour dégager sa bonbonne d'oxygène, et finit par se retrouver dans une autre tunnel. Celui-ci était d'un diamètre plus grand que le premier, mais semblait moins long. Après quatre vigoureuses foulées, Pitt fit surface dans une autre caverne, où il fut une fois de plus entouré par la brume. A intervalles réguliers, le bruit d'une tête venant crever la surface des eaux signalait l'arrivée d'un membre supplémentaire de l'équipe.

— Vous voyez quelque chose ? demanda une voix qui était celle de Spencer.

— Pas encore, répondit Pitt.

Machinalement, ses yeux essayaient de forcer les ténèbres moites. Il pensa avoir discerné quelque chose, un objet plus imaginé que réel. Peu à peu, il finit par distinguer une forme sombre, qui sortait de la brume. Et puis tout à coup, ce fut là, de façon concrète et sans aucun doute possible : la coque métallique, lisse et noire, d'un sous-marin. Pitt enleva l'embouchure de ses lèvres, nagea vers le submersible et, en prenant appui sur l'avant du sous-marin, grimpa sur le pont.

L'esprit de Pitt s'était concentré sur le submersible. Dix fois au moins, il s'était demandé quelle serait sa réaction, et ce qu'il ressentirait lorsqu'il serait enfin face au transporteur d'héroïne sous-marin. L'allégresse d'avoir eu raison — il y avait de cela, et plus encore. La colère et le dégoût l'envahirent. Si seulement elles pouvaient parler, quelles histoires tragiques et ignobles raconteraient ces parois d'acier.

— Allons ! Jetez votre fusil sur le pont et restez calme, très calme.

La voix dans le dos de Pitt était ferme, tout aussi ferme que le canon du pistolet qui s'enfonçait dans son épine dorsale.

— Bien. Maintenant, dites à vos hommes d'envoyer leurs armes vers le fond. Et pas de bêtises. Une grenade jetée dans l'eau peut facilement transformer un plongeur en une horrible masse gélatineuse.

Pitt fit un signe de tête aux cinq têtes flottant à proximité.

— Vous avez entendu cet individu. Jetez vos fusils... Et les couteaux aussi. Cela n'aurait pas de sens de contrarier de si gentilles personnes. Je suis désolé, les gars. J'ai l'impression que c'est fichu.

Il n'y avait rien d'autre à ajouter. Pitt avait conduit ces cinq hommes dans un piège, dont ils ne sortiraient pas vivants. Toute émotion l'avait abandonné, seule lui restait la conscience du temps qui passait. Pitt leva les mains en l'air et se retourna lentement.

— Major Pitt, vous êtes un jeune homme incroyablement agaçant.

Bruno von Till se tenait sur le pont du sous-marin, souriant comme Fu Manchu avant de jeter une victime à ses crocodiles. Ses yeux étaient presque clos au bas de son crâne rasé, et de toute sa personne semblait irradier, c'est du moins ce que se dit Pitt, un caractère repoussant, bien particulier et qu'il avait dû mettre au point depuis de longues années. Mais quelque chose n'allait pas, un détail clochait terriblement. Le vieil Allemand avait les deux mains enfoncées dans les poches de sa veste ; il ne braquait pas de revolver. C'était l'homme se tenant derrière lui qui pointait l'arme — un homme grand comme une montagne avec une face taillée dans le roc et un torse large comme un tronc d'arbre. Les yeux de von Till s'ouvrirent largement, alors qu'il reprenait d'un ton moqueur :

— Excusez-moi de ne pas faire les présentations d'usage, Major, dit-il en montrant son compagnon. Mais je crois que vous connaissez déjà Darius.

CHAPITRE DIX-SEPT

— Vous semblez surpris de me voir, Major, dit Darius d'une voix basse et satanique. Vous ne pouvez pas savoir quel plaisir c'est pour moi de vous rencontrer à nouveau, dans des conditions beaucoup plus favorables.

Il pressa le Luger menaçant sur la gorge de Pitt, et ajouta :

— Je vous prie de ne pas faire un geste, pour ne pas m'obliger à vous tuer prématurément. Votre mort rapide et brutale me priverait d'une énorme satisfaction personnelle. J'avais un compte à régler avec vous et votre horrible petit collègue ; à présent, je crois que l'heure est venue de payer votre dette pour la souffrance que j'ai endurée entre vos mains, ou pour être plus correct, par la faute de vos pieds.

Pitt fit l'impossible pour paraître désinvolte.

— Désolé de vous décevoir, mais Giordino est resté à la maison cette fois-ci.

— Alors sa punition viendra après la vôtre.

Darius sourit plaisamment, puis baissa le Luger et tira tranquillement une balle dans la jambe de Pitt. La détonation éclata comme un coup de tonnerre, qui rebondit sur les parois de pierre de la caverne. Le choc — comme celui d'un coup de tisonnier chauffé à blanc — projeta Pitt sur le côté et le fit reculer de deux pas. Tant bien que mal, sans qu'il comprenne lui-même comment c'était possible, il parvint à rester sur pied. Le projectile de neuf millimètres avait déchiré la chair de sa cuisse, manquant l'os d'un ou deux centimètres seulement, et l'avait trouée d'un petit impact rougeâtre et bien net à l'entrée, et d'un trou légèrement plus large à la sortie. La sensation de brûlure disparut rapidement, et sa jambe resta paralysée sous le choc. La véritable douleur, il le savait bien, viendrait plus tard.

— Suffit à présent, Darius, dit von Till d'un air de reproche. Ne faisons pas montre d'un excès de cruauté. Nous avons des problèmes bien plus importants à régler avant que vous puissiez poursuivre cette petite conversation en tête à tête. Toutes mes excuses, Major Pitt, mais vous devez bien admettre que vous êtes le seul responsable de ce qui vous arrive. Votre coup au but, à un endroit du corps aussi fragile, va obliger Darius à boiter pendant au moins deux semaines encore.

— Je regrette simplement de ne pas l'avoir cogné deux fois plus fort, dit Pitt les dents serrées.

Von Till l'ignora. Il se tourna vers les hommes toujours dans l'eau.

— Jetez votre matériel de plongée vers le fond, et grimpez ensuite sur le pont. Vite, nous n'avons pas de temps perdre.

Thomas ôta son masque et lança un regard assassin à von Till.

— Nous sommes sacrément bien là où nous sommes.

— Parfait, dit von Till en haussant les épaules. Je vois que vous avez besoin d'un petit encouragement.

Il se tourna, avant de crier en direction de profondeurs obscures de la caverne.

— Hans, les lumières !

Brusquement, une rangée de projecteurs suspendus s'allumèrent, en illuminant la caverne de l'eau jusqu'au plafond. Pitt put alors se rendre compte que le sous-marin était amarré à un dock flottant, qui commençait à l'entrée du tunnel, près de la paroi la plus éloignée, et continuait sur une soixantaine de mètres au-dessus des eaux, telle une énorme langue de bois. La voûte bombée était bien plus basse dans cette caverne que dans la première, mais l'espace disponible en longueur était, lui, beaucoup plus important ; la surface totale aurait facilement égalée celle d'un terrain de football. Le long de la paroi de droite, sur une saillie en hauteur, se tenaient cinq hommes dans une immobilité de statues, tenant fermement braqués dans leurs mains des pistolets mitrailleurs. Tous portaient un uniforme du style de celui que Pitt connaissait déjà, puisque c'était le même qu'arborait le chauffeur de von Till. Il n'y avait rien à redire sur la manière très professionnelle avec laquelle ils pointaient leurs armes sur les hommes flottant dans l'eau.

— Je pense que vous feriez mieux d'obéir, conseilla Pitt.

La brume réapparut, mais l'éclat des projecteurs réduisit ses effets au maximum, empêchant par là même toute chance de s'échapper. Ce furent Spencer et Hersong qui grimpèrent en premier sur le pont, suivis de Knight et de Thomas. Woodson, comme d'habitude, fut le dernier. Il se cramponnait à son appareil photo comme par défi envers les ordres de von Till.

Knight aida Pitt à se débarrasser de sa bonbonne.

— Laissez-moi jeter un coup d'œil à votre jambe, sir.

Doucement, il amena Pitt en position assise. Puis il ôta les poids de plomb de sa ceinture et enroula la sangle de nylon autour de la blessure de Pitt, pour enrayer l'hémorragie. Il leva la tête vers Pitt, et ajouta, avec un sourire :

— On dirait bien que chaque fois que je suis présent, vous êtes blessé.

— Une sale habitude dont je n'arrive pas à me débarrasser depuis...

Pitt s'arrêta brusquement. La brume s'en était allée une fois de plus, et les lampes venaient de révéler l'existence d'un second sous-marin, amarré à l'autre extrémité du dock. Pitt compara rapidement les deux submersibles. Celui sur lequel lui et ses hommes se trouvaient possédait un pont plat de l'étrave à la poupe, sans aucune proéminence. L'autre sous-marin était différent : il possédait toujours son kiosque d'origine, une structure massive posée sur la coque avec l'air d'une demi-bulle tordue. Trois hommes, tournant le dos au drame qui se jouait derrière eux, étaient occupés à enlever les mitrailleuses installées sur un aéroplane en morceaux qui gisait sur le vaste pont.

— A présent, je comprends d'où sortait cet Albatros jaune, dit Pitt. Ce sous-marin est un I-Boat japonais, capable de servir de rampe de lancement à un petit appareil de reconnaissance. Ils ne sont plus en usage depuis la fin de la Deuxième Guerre mondiale.

— C'est exact, et il s'agit d'un spécimen en parfait état, répliqua von Till d'un ton jovial. Je suis fier que vous arriviez à l'identifier. Il a été coulé par un destroyer américain au large d'Iwo Jima en 1945. Repêché par la Compagnie Minerva en 1951. J'ai trouvé que cette combinaison de sous-marin et d'avion était une manière très efficace de livrer de petites cargaisons dans des endroits qui requièrent une extrême discrétion.

— Et un jouet très pratique pour attaquer les bases aériennes américaines et les navires de recherches, ajouta Pitt.

— Touché, Major, dit von Till dans un murmure. Au cours du dîner l'autre soir, vous aviez évoqué l'idée que l'avion puisse sortir de la mer. Ce n'était qu'un coup à l'aveuglette, mais vous étiez plus proche de la vérité que vous ne le pensiez.

— C'est ce que je constate.

Pitt jeta un coup d'œil rapide à l'entrée du tunnel. Deux gardes supplémentaires se tenaient négligemment appuyés au mur près de l'ouverture, leur pistolet mitrailleur à l'épaule.

— Le vieil Albatros..., commença à dire Pitt.

— Rectification, l'interrompit von Till. Une réplique de l'Albatros. Pour l'usage que je voulais en faire, un biplan, même avec sa vitesse réduite, était le moyen le plus efficace d'atterrir et de décoller sur des terrains peu étendus, des plages obscures, ou même sur l'eau, à proximité d'un navire. L'aile inférieure peut, ou plutôt devrais-je dire, pouvait s'adapter à une structure de flotteurs d'hydravion. J'ai utilisé le modèle de l'Albatros D-3, en y plaçant bien évidemment un moteur de conception plus récente, parce que son aérodynamique était parfaitement appropriée aux rôles que je voulais lui faire jouer. De plus, personne n'aurait eu l'idée de soupçonner un vieil appareil miteux de... disons, d'activités légèrement illégales. Il est très dommage qu'il ne puisse plus jamais voler.

Von Till sortit un paquet de cigarettes de sa poche de poitrine et en alluma une. Puis il reprit :

— Je n'avais jamais pensé auparavant armer mon avion de livraison pour l'utiliser en tant qu'appareil d'assaut. Ce n'est qu'après que je me sois rendu compte qu'il ne me restait pas d'autre solution que d'attaquer Brady Field et votre précieux navire de recherches que j'y ai fait placer des armes. Sans doute s'agissait-il d'une mesure radicale, mais votre cher Commandant Gunn n'avait pas semblé découragé par mes subtiles tentatives de sabotage de son expédition. Il n'y avait pas grand-chose à craindre d'un nageur du dimanche ou bien d'un touriste effectuant une plongée, et qui aurait pu découvrir mon petit modus operandi sous-marin. Mais, en ce qui concerne les scientifiques habitués à travailler en mer, la situation était bien différente. Je ne pouvais pas me permettre de prendre ce risque. Le raid, j'en suis toujours convaincu, était une idée excellente. Le Colonel Lewis n'aurait plus eu d'autre choix que d'ordonner au... Son nom m'échappe...Ah oui, le *First Attempt*. Il aurait donc reçu l'ordre de quitter les parages de Thasos si l'attaque s'était poursuivie sans encombre. Vous n'auriez jamais deviné, bien sûr, que l'Albatros avait l'intention d'effectuer un semblant de raid de bombardement contre le navire, aussitôt après avoir neutralisé la base aérienne et les appareils qui s'y trouvaient. Mais vous êtes apparu de façon bien inopportune, Major Pitt, et vous avez ruiné mes plans.

— La fortune des armes, suggéra Pitt d'un ton sarcastique.

— C'est dommage que Willie ne soit pas présent pour entendre cela.

— Où est donc ce bon vieux Willie le voyeur ? demanda Pitt.

— Willie était le pilote, répondit von Till. Lorsque l'Albatros s'est abîmé en mer, ce pauvre Willie est resté coincé dans l'épave. Il s'est noyé avant que nous ayons pu l'atteindre.

Les traits de von Till se firent soudain durs et menaçants.

— Il semble donc que vous êtes responsable de la disparition de mon chauffeur et pilote, en plus de celle de mon chien.

— C'est la crédulité de Willie qui est responsable, dit tranquillement Pitt. Je l'ai appâté avec cette astuce du vieux ballon, le même que celui que les Britanniques avaient utilisé pour Kurt Heibert. Et en ce qui concerne le chien, avant de jeter un autre de vos molosses sur votre prochain invité sans méfiance, je vous suggère de compter les couverts sur la table.

Von Till contempla un instant Pitt avec curiosité. Puis il hocha la tête d'un air entendu.

— Remarquable, tout à fait remarquable. Vous avez tué mon champion à l'aide d'un couteau subtilisé à ma propre table. C'était faire montre d'une ingratitude certaine, Major, il faut l'avouer. Puis-je vous demander ce qui vous avait mis sur vos gardes ?

— Une prémonition, répondit Pitt, ni plus ni moins. Vous n'auriez jamais dû essayer de me tuer. Ce fut votre première erreur.

— Il est dommage que votre évasion du labyrinthe n'aie prolongé votre existence que de quelques jours.

Pitt jeta un coup d'œil nonchalant par-dessus l'épaule de von Till et de Darius. Le sinistre et sombre tunnel était à présent étrangement vide ; les deux gardiens s'en étaient allés. Ce qui n'était pas le cas des cinq autres qui se tenaient alignés le long de la paroi de la caverne avec leur pistolet mitrailleur — ils avaient l'air plus menaçants que jamais.

— Votre comité d'accueil me porte à croire que vous nous attendiez, reprit Pitt d'une voix basse et tranquille.

— Bien sûr que nous vous attendions, reconnut volontiers von Till. Le cher ami Darius que voici m'avait informé de votre arrivée imminente. Le moment précis devint tout à fait clair lorsque le *First Attempt* se mit à remuer de manière suspecte. Aucun capitaine en possession de toutes ses facultés mentales ne ferait longer les falaises de Thasos d'aussi près.

— Combien de pièces d'argent avez-vous dû utiliser pour suborner Darius ?

— La somme exacte ne présenterait aucun intérêt à vos yeux, dit von Till. Le fait est que Darius est à mon service depuis bientôt dix ans. On pourrait en conclure que notre association est la preuve que nous nous apprécions mutuellement.

Pitt plongea son regard dans les yeux de Darius, noirs comme le jais.

— Peu importe ce qui s'est passé, de toute manière il s'agit de trahison. C'est votre deuxième erreur, von Till. Embaucher une espèce de cafard baveux comme Darius, c'est s'exposer à des ennuis.

Darius tressaillit d'une rage incontrôlée. Sa pogne massive cachait presque entièrement le Luger, si bien que l'ensemble avait l'air d'un prolongement mutant poussé au bout de son bras. L'arme était braquée avec fermeté sur le nombril de Pitt.

Von Till hocha la tête avec lassitude.

— Contrarier Darius aura pour unique résultat que vous serez mort, tout à fait mort.

— Et alors ? Vous avez l'intention de nous tuer tous, de toute manière.

— Encore une prémonition, Major ? Elles vous sont très utiles, dit joyeusement von Till, trop joyeusement pour Pitt.

— Je déteste les surprises, dit Pitt d'un ton sarcastique. Dites-moi quand et comment.

Dans un large mouvement théâtral, von Till remonta sa manche et étudia avec attention les aiguilles de sa montre.

— Dans onze minutes pour être précis. C'est tout le temps que je peux vous allouer.

— Pourquoi pas tout de suite ? grogna Darius. Pourquoi attendre plus longtemps ? Nous avons d'autres problèmes à régler.

— Patience, Darius, fit von Till sur un ton de réprimande. Vous n'avez pas songé au fait que nous pouvions utiliser ces bras supplémentaires pour amener notre cargaison à bord du sous-marin.

Il se tourna vers Pitt, avec le sourire.

— En raison de votre blessure, Major, vous êtes excusé. Le reste de vos hommes peut commencer à transporter le matériel que vous voyez là, sur le dock, et l'installer dans la cale avant.

— Nous ne travaillons pas pour des tueurs, déclara Pitt d'un ton calme et uni.

— Très bien, si vous insistez, dit von Till, qui ajouta, se tournant vers Darius : Tire-lui sur l'oreille droite. Et avec ta balle suivante, fais-lui exploser le nez. Après ça, tu...

— La ferme, espèce de vieux Boche sadique !

Ces mots avaient littéralement jailli des lèvres de Woodson, qui ajouta :

— On va le charger, ton foutu rafiot.

Ils n'avaient pas le choix. Pas plus que Pitt n'avait le choix. Tout ce qu'il put faire, ce fut s'asseoir sur le pont, en toute impuissance, et contempler Spencer et Hersong qui s'attaquèrent à une petite montagne de caisses de bois, qu'ils passèrent à Knight et à Thomas sur le pont du sous-marin. Woodson avait disparu dans la soute ; seuls ses bras, apparaissant de temps à autre au-dessus du pont pour saisir les caisses, révélaient sa présence.

La sensation de brûlure fit sa réapparition dans la jambe de Pitt, plus sérieusement cette fois. S'il n'avait pas su à quoi s'en tenir, il aurait cru qu'un homme d'une taille microscopique était en train de traverser sa blessure de long en large, porteur d'un lance-flammes. A deux reprises, il manqua s'évanouir, mais à chaque fois il se força à rester conscient, avec toute la force du désespoir, jusqu'à ce que les vagues de ténèbres enveloppantes aient reflué. Au prix d'un immense effort de volonté, il parvint à continuer à parler sur le ton de la conversation.

— Vous avez uniquement répondu à ma question. Quand, von Till.

— Est-ce que les circonstances de votre décès sont tellement importantes à vos yeux ?

— Comme je viens de le dire, je déteste les surprises.

Von Till étudia Pitt d'un air de spéculation froide, puis il haussa les épaules.

— Je crois qu'il n'y a aucun mal à ce que vous soyez mis au courant.

Il s'arrêta pour jeter un nouveau coup d'œil à sa montre.

— Vous et vos hommes allez être tués par balles. Pratique un peu brutale et cruelle, je l'admets, mais je préfère considérer cela comme une mort plutôt douce, en particulier si on compare cela au fait d'être brûlé vivant.

Pitt demeura un instant songeur.

— Cet embarquement de matériel, finit-il par déclarer, ces hommes qui enlèvent les mitrailleuses de l'Albatros détruit, tout cela sent la retraite. Vous pliez bagage, von Till, et vous allez disparaître dans l'obscurité. Ensuite, une minute, cinq minutes, une demi-heure peut-être après votre départ, des charges explosives vont sauter et ensevelir cette caverne sous des tonnes de rochers, qui vont nous écraser tous les six et effacer toute trace de vos opérations de contrebande sous-marine.

Von Till observa Pitt d'un air interloqué et suspicieux.

— Poursuivez, Major. Je trouve vos hypothèses positivement fascinantes.

— Vous suivez un plan d'exécution serré, et vous agissez pressé par le temps. Sous nos pieds, en dessous de ces docks, se trouvent cent trente tonnes d'héroïne — chargée à bord du sous-marin à Shangaï et acheminée d'un bout à l'autre de l'Océan Indien, puis à travers le Canal de Suez par un cargo de la Compagnie Minerva. Je dois vous reconnaître cette qualité : n'importe qui aurait tenté d'infiltrer l'héroïne aux Etats-Unis par une porte dérobée, et sans tambour ni trompettes. Mais pas

Bruno von Till. Toutes les agences de publicité du globe n'auraient pas réussi à faire autant de bruit autour du fret illégal du *Queen Artemisia* et de sa destination finale. C'était raisonner avec astuce. Même si les agents d'Interpol ont fini par percer à jour vos acheminements sous-marins, cela n'est pas très important. Tous les regards sont fixés sur le *Queen Artemisia.* Est-ce que vous me suivez ?

Nul ne dit mot, ni ne fit de geste pour acquiescer.

— Ainsi que Darius vous l'a sans aucun doute appris, poursuivit Pitt, l'Inspecteur Zacynthus et le Bureau de Narcotiques sont pour l'heure en train de perdre leur temps et de gaspiller leurs efforts dans la mise au point d'un piège pour le navire, lorsqu'il atteindra Chicago. Je frémis en pensant aux jurons qui vont voler sur la rive du Lac Michigan quand ils verront qu'il n'y a rien à bord du navire, excepté l'équipage arborant son plus beau sourire de cinéma et des cales bourrées de cacao en provenance de Ceylan.

Pitt s'interrompit pour placer sa jambe dans une position un peu plus confortable. Il se rendit compte que Knight et Thomas avaient rejoint Woodson derrière l'écoutille. Puis, il reprit :

— Ce doit être une source d'intense satisfaction de voir qu'Interpol a mordu à l'appât, et a du même coup avalé hameçon, ligne et plombs. Ils ignorent complètement que le sous-marin et l'héroïne ont été laissés ici, au cours de la nuit dernière, en attendant d'être transférés à bord d'un autre bâtiment de la Compagnie Minerva. Lequel, entre parenthèses, devrait être le *Queen Jocasta*, en route pour La Nouvelle-Orléans avec un fret de tabac turc, et qui doit venir s'ancrer au large des côtes de Thasos dans une dizaine de minutes. C'est la raison pour laquelle vous êtes pressé par le temps, von Till. Le temps est en train de vous manquer, et il va vous falloir courir le risque de prendre rendez-vous avec votre navire en plein jour.

— Votre imagination est impressionnante, dit von Till avec mépris, mais Pitt pouvait apercevoir les rides inquiètes qui venaient de naître sur les traits du vieil homme, qui ajouta :

— Vous ne pouvez apporter aucune preuve à vos folles théories.

Pitt dédaigna cette perche :

— Pourquoi est-ce je perdrais mon temps à vous raconter des bêtises ? dit-il. Je vais mourir d'ici quelques minutes.

— Vous marquez un point, Major, répondit lentement von Till. Je vous félicite. Vos prédictions sont excellentes. Je ne vois aucun mal à admettre que vous avez raison. Tout ce que vous avez dit est exact, à une exception : le *Queen Jocasta* ne va pas accoster à La Nouvelle-Orléans, mais va changer de cap au dernier moment, et faire route vers Galveston, au Texas.

Les trois hommes qui se trouvaient sur l'autre sous-marin avaient terminé de démonter les armes installées sur l'Albatros, et avaient ensuite mystérieusement disparu. Hersong sauta du dock et passa une caisse par l'écoutille à Spencer, qui se trouvait à présent lui aussi dans la soute, avec Thomas, Knight et Woodson. Pitt se mit à parler sur un débit plus rapide. Il avait besoin de chaque seconde disponible maintenant.

— Une question avant que Darius ne perde son sang-froid. Selon les usages du vieux monde, vous ne pouvez pas me refuser cela.

Darius se tenait là, les traits de son affreux visage trahissant ses intentions meurtrières. Il ressemblait à un gamin sadique qui attend avec impatience de disséquer une grenouille.

— Très bien, Major, dit von Till sur le ton de la conversation. De quoi s'agit-il ?

— De quelle manière l'héroïne sera-t-elle distribuée une fois qu'elle aura été déchargée à Galveston ?

Von Till sourit.

— L'une de mes entreprises commerciales, et l'une des moins connues d'ailleurs, consiste en une petite flottille de bateaux de pêche. Financièrement parlant, l'opération n'est pas brillante, je dois l'admettre, mais d'un autre côté, elle peut se montrer très utile, le cas échéant. Pour l'heure, mes bateaux sont en train de lancer leurs filets dans le Golfe du Mexique, en attendant mon signal. Lorsqu'il aura été donné, ils ramèneront ces mêmes filets, et rentreront au port au moment même où le *Queen Jocasta* viendra à quai. La suite est facile à deviner : le navire relâche le sous-marin, qui est alors conduit par les bateaux de pêche jusqu'à une conserverie. La cargaison est alors déchargée sous le bâtiment, et l'héroïne est conditionnée en boîtes de conserve, avec des étiquettes de nourriture pour chats. Je dois le dire, c'est pure ironie de ma part. Toute cette poudre acheminée dans chacun de vos cinquante états dans des boîtes de conserves pour chats. Cette petite plaisanterie est destinée au Bureau des Narcotiques. Avant même que leurs soupçons s'éveillent, il sera trop tard. L'héroïne aura déjà été distribuée et soigneusement dissimulée. Admettez, Major, que toute cette héroïne goûtée, avalée ou injectée par des millions de vos compatriotes est une idée qui choque vos principes d'Américain pharisien ?

— Cela se pourrait, dit Pitt avec un sourire, si seulement ça arrivait.

Les paupières de von Till se plissèrent. Pitt ne se comportait pas comme un homme proche de sa perte. Quelque chose ne tournait manifestement pas rond.

— Cela arrivera. Je vous le promets, reprit von Till.

— Des millions de gens, dit Pitt songeusement. Vous êtes là avec un sourire sur votre sale tête, occupé à vous enorgueillir de la misère que vous allez procurer à des millions de gens, et tout cela pour quelques malheureux dollars.

— Un peu plus que quelques malheureux dollars, Major. Je pense qu'un demi-milliard serait plus proche de la vérité.

— Vous ne vivrez pas assez longtemps pour en faire le compte, et encore moins pour les dépenser.

— Et qui a donc l'intention de m'en empêcher ? Vous, Major ? L'inspecteur Zacynthus ? Un éclair jailli du ciel, peut-être ?

— Cela ne me déplairait pas.

— J'en ai assez de toutes ces paroles stupides, dit sèchement Darius. Maintenant... Laissez-moi lui faire payer son arrogance maintenant.

Le visage grotesque n'était plus qu'un masque noir et malveillant. Cela ne plut pas vraiment à Pitt, cela ne lui plut même pas du tout. Il pouvait presque sentir le doigt de Darius presser sur la détente du Luger.

— Ce n'est pas juste, dit lentement Pitt. Me tuer maintenant ne serait pas très sportif. Mes onze minutes ne sont pas encore terminées.

En réalité, Pitt avait l'impression d'avoir parlé pendant des heures.

Von Till resta silencieux pendant plusieurs secondes, en jouant avec sa cigarette. Puis il reprit.

— Il y a un détail qui m'intrigue, Major. Pourquoi avez-vous kidnappé ma nièce ?

Un sourire rusé apparut sur les lèvres de Pitt.

— Pour commencer, il ne s'agissait pas de votre nièce.

— Vous... Comment pouvez-vous le savoir ? dit Darius, dont le visage avait blêmi.

— Je le sais, répondit Pitt d'un ton égal. Au contraire de vous, von Till, je n'ai pas tiré bénéfice d'un informateur, mais je suis au courant. Tout bien considéré, le plan de Zacynthus n'était pas mauvais, le seul problème c'est qu'il était faussé du début à la fin. Il a dissimulé la véritable nièce dans un endroit sûr en Angleterre, et a trouvé une autre fille qui lui ressemblait. Elles ne devaient pas être de parfaits sosies, puisque vous n'aviez pas vu votre nièce au cours de ces vingt dernières années. Zacynthus a soigneusement exposé son plan à la Mata-Hari, et a fait en sorte que vous pensiez qu'il ne s'agissait après tout que d'un membre charmant de votre famille, venu vous surprendre chez vous pour y passer d'innocentes vacances.

Darius contemplait von Till, ses imposantes mâchoires semblant grincer pour mettre en pièces les révélations de Pitt. Quant à l'expression de von Till, elle n'avait pas changé. Il se contentait de hocher doucement la tête, en signe d'acquiescement.

— Mais malheureusement, poursuivit Pitt, tout cela était en pure perte. Vous n'avez pas le moins du monde fait preuve de surprise. Darius l'a bien vu. A ce moment-là, vous étiez face à une alternative : vous pouviez soit éventer le secret, révéler que la fille n'était qu'un imposteur et vous débarrasser d'elle, ou vous pouviez décider de jouer le jeu et de lui fournir de fausses informations. Avec votre esprit naturellement pervers, vous avez choisi la deuxième attitude. Vous étiez dans votre élément. Vous deviez vous sentir dans la peau d'un marionnettiste tirant les ficelles. Vous aviez la fille et Darius à un bout, et vous pouviez les utiliser contre Zacynthus et Zénon.

— Situation irrésistible, dit von Till, vous êtes bien d'accord avec moi ?

— Vous ne pouviez pas échouer, ajouta tranquillement Pitt. Depuis le moment de son arrivée jusqu'à ce que Giordino et moi on l'emmène de la villa, chaque déplacement de la fille a été suivi par votre chauffeur. Sous couvert d'être une espèce de garde du corps, Willie s'est collé à elle comme une sangsue. Activité plutôt divertissante, en particulier lorsqu'elle se prélassait sur la plage. Mais à ce sujet, sa passion pour les baignades du petit matin n'était en fait due qu'aux contacts qu'elle voulait garder avec Zacynthus. C'était la seule occasion que vous lui aviez laissée de lui transmettre ses informations, alors même qu'elles n'avaient aucune valeur. Vous avez dû bien rire, en découvrant qu'elle avalait toutes les sornettes que vous lui lanciez. Ensuite, quelque chose a mis la puce à l'oreille de Zacynthus. En arrivant en retard à l'un de leurs rendez-vous matinaux, il a probablement aperçu Willie tapi dans les buissons, les yeux braqués sur la fille dans son bikini. Zacynthus ne pouvait pas savoir avec certitude si Willie s'était trouvé là ou non, les autres matins, à les épier. C'est ainsi qu'il a donc brutalement vu tomber à l'eau son plan minutieux. Une fois de plus, vous vous étiez montré plus malin que lui.

— Et nous aurions repris l'avantage, cracha Darius avec rage, sans votre présence.

Pitt haussa les épaules.

— Et voici notre héros, chers spectateurs, qui fait son entrée sur scène, sans savoir qu'il va être griffé, battu et abattu avant que le rideau tombe. Mon existence aurait été beaucoup moins compliquée si seulement j'étais resté au lit un certain matin, au lieu d'aller prendre un bain peu avant l'aube. Lorsque Teri est tombée sur moi, j'étais en train de piquer un petit somme au bord de la plage. Il faisait sombre, et elle m'a pris pour Zacynthus, en s'imaginant qu'un de vos hommes venait de l'assassiner. Elle a failli tomber dans les pommes quand elle a vu se dresser ce corps qu'elle croyait sans vie, et que je me suis mis à lui tenir une petite conversation.

Une nouvelle onde de douleur l'envahit, si bien qu'il empoigna sa jambe pour tenter de faire refluer la souffrance. Il s'obligea à poursuivre, même si ses paroles devaient se glisser entre ses dents serrées.

— La situation était en train de mal tourner pour elle, vraiment mal. Zacynthus ne s'était pas montré, et elle se trouvait en présence d'un étranger qui apparemment n'avait pas la moindre idée de ce qui était en train de se passer — ajoutez à cela le fait de s'être cognée contre un nageur, à quatre heures du matin, sur cette plage d'ordinaire déserte, et vous comprendrez à quel point la fille était décontenancée. Mais il faut lui reconnaître cette qualité : elle réfléchit vite. En examinant la situation, elle en est arrivée à la seule conclusion possible. Elle s'est dit que je devais faire partie de votre équipe, von Till. Alors, elle a gentiment sorti son couplet concernant sa biographie et elle m'a invité à la villa pour le dîner, avec l'espoir de vous balancer un bon crochet du gauche en vous amenant ainsi, en toute innocence, votre propre mercenaire.

Von Till sourit.

— J'ai bien peur que vous ayez vous-même ruiné vos projets, mon cher Pitt, avec vos racontars ridicules au sujet de votre travail d'éboueur de la base aérienne. Elle n'y a jamais cru, alors que, chose curieuse, moi, j'y ai cru.

— Ce n'est pas aussi curieux que cela paraît, dit Pitt. Aucun agent possédant toute sa tête n'irait choisir une couverture aussi grotesque que celle-là. Vous en étiez parfaitement conscient. Et de plus, vous n'aviez aucune raison de vous alarmer ; il n'y avait eu aucun avertissement venant de Darius. Il ne s'agissait vraiment que d'une plaisanterie de ma part — et qui en fin de compte a échoué lamentablement, avec de pénibles conséquences.

Pitt s'interrompit pour rajuster la ceinture qui entourait sa blessure.

— Lorsque je me suis présenté chez vous en arborant mes galons de major, vous avez immédiatement imaginé que j'étais un des agents de Zacynthus, qui participait à l'opération à l'insu de Darius. Involontairement, j'ai apporté de l'eau à votre moulin en lançant des suppositions sacrément proches de la vérité et en vous accusant d'être responsable du raid sur Brady Field. Je brûlais, je brûlais tellement que cela ne pouvait pas vous plaire, von Till. Vous avez alors décidé de jouer les Houdini et de me faire disparaître. Le risque à courir était mince, parce qu'il y avait de fortes chances que mon corps, ou ce qu'il en serait resté, n'aurait jamais été retrouvé dans les profondeurs du labyrinthe. Ce n'est qu'à ce moment que la fille s'est rendu compte qu'elle avait commis une erreur terrible. J'étais *effectivement* un spectateur innocent qui avait *effectivement* décidé d'aller prendre un bain de mer sur cette plage à quatre heures du matin. Il était trop tard, le mal était fait. Elle ne pouvait rien y faire, à part laisser les choses suivre leur cours, en toute impuissance, et de garder la bouche cousue pendant que vous vous occupiez de moi.

Von Till sembla un instant perdu dans ses pensées, puis

déclara :

— Je crois que je comprends, mais oui, bien sûr, je comprends. Vous pensiez toujours qu'il s'agissait de ma nièce, et vous l'avez kidnappée en guise de revanche.

— Vous avez à moitié raison, reprit Pitt. Obtenir des renseignements était ma seconde motivation. Lorsque quelqu'un essaye de me tuer, j'aime savoir pourquoi. Vous excepté, ma seule source d'informations était la fille. Mais le Colonel Zénon est apparu à la sortie du labyrinthe et m'a mis des bâtons dans les roues, avant même que j'aie pu l'interroger. Mais, de la manière dont se sont déroulées les choses, j'ai rendu un fier service à Zacynthus.

— Je ne vois pas en quoi, dit Darius d'un ton glacial.

— Dans l'esprit de Zacynthus, l'enlèvement était imminent. La fille ne pouvait plus lui être utile en rien et, aussi longtemps qu'elle continuerait de jouer le rôle de votre nièce, sa vie tiendrait à un fil. Il lui fallait s'arranger pour lui faire discrètement quitter la villa et l'île par la même occasion. C'est à ce moment-là que j'ai fait irruption dans son jeu et que j'ai déposé la fille à ses pieds sur un plateau d'argent. Et pourtant, Zacynthus n'était pas encore au bout de ses ennuis. Une paire de problèmes totalement imprévus se présentaient à lui : Giordino et moi. Il savait que nous avions bien l'intention de vous faire la peau et, même si l'idée ne lui déplaisait pas totalement, il était obligé de nous en empêcher. Légalement, il n'avait aucun pouvoir et ne pouvait pas nous retenir par la force. Il a donc eu une idée géniale, en nous demandant de collaborer avec Interpol. C'était la meilleure manière de suivre nos faits et gestes.

— Vous êtes très près de la vérité, Major, dit von Till en passant la main sur son crâne chauve, pour essuyer la sueur qui perlait sur sa peau luisante. J'avais bien l'intention de tuer la fille.

Pitt hocha la tête.

— Je me suis demandé pourquoi Zacynthus insistait tellement pour que je garde Teri à bord du *First Attempt*. Mais de cette façon, elle était à l'abri de vos mauvaises intentions, et elle pouvait du même coup nous tenir à l'œil, Giordino et moi. Cela ne m'est pas venu à l'esprit avant ce matin, et je n'avais pas compris quel jeu elle jouait et de quel côté elle se trouvait.

Darius accorda à Pitt un regard froid et perplexe.

— Comment avez-vous fait, Major ? Vous n'avez pas pu deviner tout cela.

— Les jolies filles ne se baladent pas d'ordinaire avec un Mauser de calibre vingt-cinq fixé à la cheville, dit Pitt. C'est le signe d'une professionnelle, il n'y a pas de doute là-dessus. Teri ne portait pas d'arme lorsque je l'ai rencontrée sur la plage — c'est Giordino qui a découvert le pistolet alors qu'il la transportait sur son épaule, depuis le bureau de la villa. Manifestement, elle avait peur de quelqu'un se trouvant à l'intérieur de la maison, et non pas à l'extérieur.

— Vous êtes plus perspicace que je ne le pensais, dit von Till d'un ton amer. Je crois que je vous ai légèrement sous-estimé. Mais en fin de compte, cela ne fait pas grande différence.

— Juste légèrement sous-estimé ? dit Pitt en ayant l'air de réfléchir. Je me le demande. Si j'étais au courant de la tromperie de la fille, pourquoi croyez-vous que je n'ai pas agi en conséquence, et que je l'ai laissé droguer l'opérateur radio du *First Attempt* ? De cette façon, elle pouvait subrepticement envoyer un message à l'Inspecteur Zacynthus, et lui annoncer mon intention d'explorer la caverne.

— Le seul ennui, dit von Till avec suffisance, c'est que vous ne saviez pas encore que Darius travaillait pour moi. Il a bien reçu le message de la fille, mais malheureusement, il a négligé de le transmettre à l'Inspecteur Zacynthus. Il faut vous faire une raison, Major, vous êtes dans les problèmes jusqu'au cou.

Pitt ne répondit pas immédiatement. Il demeura un instant sans bouger, pour encaisser la douleur qui lui enflammait la jambe, et se demandant si le bon moment était arrivé. Il lui serait impossible d'attendre beaucoup plus longtemps — sa vision commençait à se brouiller dans les coins — bientôt il ne parviendrait plus à faire face à la situation. Il tourna lentement la tête vers Darius et l'observa avec découragement. Le Luger était toujours pointé sur le nombril de Pitt. Il fallait y aller, se dit-il en lui-même, en priant Dieu que son timing soit correct.

— Je suis d'accord, dit-il avec désinvolture. Mais ce qui reste à démontrer, c'est que vous pouvez nous tenir tête à tous. Le pouvez-vous, Amiral Heibert ?

Von Till ne répondit pas d'emblée. Il demeura figé, ses traits dépourvus de toute expression. Puis un air d'incrédulité commença à envahir ses traits. Il avança d'un pas en direction de Pitt, et dit, en écartant à peine les lèvres, dans un murmure :

— Comment... Comment m'avez-vous appelé ?

— Amiral Heibert, répéta Pitt. Amiral Erich Heibert, Commandant de la flotte des transports maritimes de l'Allemagne nazie ; disciple fanatique d'Adolf Hitler ; et frère de Kurt Heibert, l'as de l'air de la Première Guerre.

Toute trace de couleur avait disparu du visage du vieil homme.

— Vous... Vous avez perdu la tête.

— L'U-19, voilà votre dernière faute.

— Inepties, pures inepties.

Les lèvres serrées laissaient filtrer une voix basse et incrédule.

— Le modèle réduit dans votre bureau. Cela m'a frappé dès la première fois que je l'ai vu. Pourquoi un ancien pilote de combat installerait-il dans son bureau une réplique de sous-marin, plutôt que celle de l'avion qu'il pilotait pendant la guerre ? A ce sujet, les pilotes sont aussi sentimentaux que les marins. Quelque chose clochait. La touche d'ironie finale tient au fait que c'est Darius, qui ignorait votre véritable identité, qui a utilisé la radio de l'Inspecteur Zacynthus pour entrer en contact avec les Archives navales allemandes à Berlin, à ma demande.

— C'est donc ça que vous vouliez savoir, dit Darius, le regard toujours vigilant.

— On a pris ça pour une demande de routine. Je voulais obtenir la liste des membres d'équipage de l'U-19. J'ai également contacté un vieil ami à Munich — un mordu de l'aviation de la Grande Guerre — et je lui ai demandé s'il connaissait un aviateur du nom de Bruno von Till. Sa réponse a été des plus intéressantes. Un von Till a effectivement volé au service des Forces Armées de l'empire prussien. Mais vous aviez prétendu avoir fait équipe avec Heibert à Jasta 73, et utilisé l'aérodrome de Xanthi en Macédoine. Le vrai von Till a volé à Jasta 9 en France, de l'été 1917 jusqu'à l'armistice de 1918, et n'a jamais quitté le front de l'ouest. Ensuite, la bonne surprise a été de lire le premier nom sur le tableau de service de l'U-19 — celui du Commandant Erich Heibert. Etant du genre plutôt curieux, je ne me suis pas arrêté là. J'ai rappelé Berlin par radio, cette fois à partir du navire, et je leur ai demandé de me faire parvenir toutes les informations disponibles au sujet d'Erich Heibert. Ce qu'ils ont fait. Je n'aurais pas pu causer plus de remue-ménage chez les autorités allemandes si j'avais ressuscité à la fois Hitler, Gœring et Himmler.

— Purs bobards — il est en plein délire.

L'air de Fu Manchu, calculateur et fourbe, avait réapparu sur le visage du vieil Allemand, qui ajouta :

— Personne en possession de toutes ses facultés mentales ne croirait le premier mot de ces ridicules élucubrations. Un modèle réduit de sous-marin — voilà bien une preuve évidente que Heibert et moi ne faisons qu'un.

— Je n'ai rien à prouver. Les faits parlent d'eux-mêmes. Lorsque Hitler a pris le pouvoir, vous êtes devenu l'un de ses plus dévoués fanatiques. En récompense de votre loyauté, et en gage de reconnaissance pour vos excellents états de services au combat, il vous a promu Officier Commandant de la Flotte des Transports, titre que vous avez porté tout au long de la guerre, jusqu'à ce que l'Allemagne accepte de se rendre, et que vous disparaissiez dans la nature.

— Tout cela n'a rien à voir avec moi, dit von Till avec colère.

— Vous mentez, répliqua Pitt. Le vrai Bruno von Till avait épousé la fille d'un vaillant homme d'affaires bavarois, qui, entre autres, possédait une petite flotte de navires marchands — des bâtiments qui battaient pavillon grec. Von Till savait reconnaître une bonne affaire quand elle se présentait. Il prit la nationalité grecque et devint directeur général de la Compagnie Minerva. Financièrement, la compagnie n'était pas très rentable, mais il la transforma en une flotte de première classe, grâce à la contrebande des armes et de matériel de guerre, qu'il fournissait à l'Allemagne en parfaite contradiction avec le Traité de Versailles. C'est de cette manière que vous l'avez rencontré, car vous l'avez aidé à organiser toutes ces opérations. L'affaire marchait bien pour vous deux, mais von Till n'était pas un attardé mental. Il s'est dit que les forces de l'Axe pouvaient très bien perdre la guerre, en fin de compte. Aussi a-t-il lié son sort à celui des Alliés au tout début des hostilités.

— Et quel est le rapport ? demanda Darius.

Pitt se rendit compte qu'il avait capté son attention, mais qu'elle pouvait facilement lui échapper à tout moment.

— C'est maintenant qu'arrive le meilleur. Votre patron, Darius, n'est pas le genre d'homme à laisser quoi que ce soit au hasard. Quelqu'un de moins intelligent se serait simplement contenté de disparaître. Pas l'Amiral Erich Heibert. Il était bien trop rusé. D'une façon ou d'une autre, il est parvenu à se frayer un chemin au sein des lignes alliées, jusqu'en Angleterre, où vivait le véritable von Till, il l'a alors assassiné, et il a pris sa place.

— Comment est-ce possible ? demanda Darius.

— Ce ne fut pas seulement possible, lui dit Pitt, ce fut exécuté à la lettre. Ils avaient plus ou moins la même taille, et étaient d'allure semblable. Quelques retouches ici et là effectuées par un habile chirurgien, quelques gestes habituels et quelques tics de langage répétés jusqu'à la perfection, et l'homme que vous avez devant vous est devenu le jumeau du Bruno von Till d'origine. Pourquoi pas ? Ils n'étaient pas des amis proches, von Till était une espèce d'ermite solitaire, nul ne le connaissait vraiment. Sa femme était morte, sans avoir mis d'enfants au monde. Il existait bien un neveu qui était né en Grèce et qui y avait été élevé. Même lui ne découvrit le subterfuge que des années plus tard. Et cela lui coûta la vie. Ce n'a été qu'un jeu d'enfant pour un tueur professionnel comme Heibert. Le neveu et sa femme ont été assassinés au cours d'un accident de voilier maquillé. Teri, leur jeune fillette, a été épargnée. Je vous assure que ce n'était pas une preuve de bienveillance de la part de Heibert. L'image publique d'un grand oncle prévenant et protecteur était trop utile pour qu'il la laisse passer.

Pitt accorda un autre regard aux gardes, au tunnel et à l'I-Boat japonais. Puis il revint à von Till.

— Après la substitution, la contrebande devint simplement votre activité secondaire. La géniale trouvaille grâce à laquelle un sous-marin pouvait venir s'attacher à la quille d'un navire naquit tout naturellement dans l'esprit d'un ancien commandant d'U-Boat. Aux yeux du monde, Heibert, alias von Till, avait réussi. La Compagnie Minerva était florissante, l'argent rentrait à flot. Mais quelque chose s'était mis à vous tracasser, tout allait trop bien. Plus vous preniez de l'ampleur, et plus vous aviez de chance que les regards se tournent vers vous. C'est pourquoi vous avez déménagé pour venir habiter à Thasos, vous avez reconstruit la villa et joué le rôle du reclus, millionnaire et excentrique. Vos activités ne vous causaient ordinairement aucun problème. On installa une radio ondes courtes de forte puissance pour que vous puissiez diriger la Compagnie Minerva sans plus jamais poser le pied sur le continent. Vous avez laissé péricliter votre flotte jusqu'à ce qu'elle devienne une entreprise de transport de quatrième rang, et vous avez concentré presque totalement vos talents sur la contrebande...

— Et où est-ce que tout cela nous mène ? interrompit Darius.

— A la cerise sur le gâteau, répondit Pitt. Il semble que l'Amiral Heibert que voici brillait par son absence lors du procès de Nuremberg. Son nom se trouvait sur la liste des criminels de guerre, juste en-dessous de celui de Martin Bormann. Il s'agissait d'un vrai petit ange. Tandis qu'Eichmann s'occupait de réduire les Juifs en fumée, Heibert vidait les camps en transportant les prisonniers de guerre alliés dans les soutes de vieux navires marchands qu'il abandonnait à la dérive dans la Mer du Nord, en comptant sur les bombardiers anglais et américains pour faire le sale boulot à la place des Nazis. En dépit du fait qu'il ait disparu à la fin de la guerre, il savait ce qui l'attendait s'il restait en Allemagne. Il a été jugé par contumace par le Tribunal Militaire International à Nuremberg et condamné à mort. Il est dommage qu'il n'ait pas été pendu à cette époque, mais mieux vaut tard que jamais.

Pitt venait de jouer sa dernière carte. Il ne lui restait plus qu'à espérer, car il n'arriverait plus à gagner davantage de temps.

— Voilà toute l'affaire. Quelques faits, quelques suppositions. J'admets que l'histoire comporte encore des lacunes. Les Allemands n'ont pu me fournir qu'un bref résumé des informations qu'ils possèdent dans leurs dossiers. Les détails ne seront jamais connus avec exactitude. Mais peu importe, Heibert, vous êtes un homme mort.

Von Till contempla Pitt d'un air froid et interrogatif.

— N'accordez aucune attention au Major, Darius. Tout ce qu'il vient de dire n'est qu'une histoire à dormir debout, la tentative désespérée d'un homme qui veut gagner du temps...

Von Till s'arrêta, pour tendre l'oreille. Le bruit, très faible, ne fut d'abord qu'un son sourd et inquiétant. Puis Pitt reconnut un lourd bruit de pas, provoqué par des souliers ferrés qui venaient vers eux le long du dock de bois. La brume était à nouveau présente, et son atmosphère moite dissimulait les contours et les formes, alors que dans le même temps, elle amplifiait le bruit des pas qui approchaient en un martèlement de timbale. L'on aurait dit que l'individu qui était la cause de ce bruit levait les pieds plus haut que la normale et en frappait le sol avec plus de force que nécessaire. Ensuite une silhouette spectrale et sans visage, arborant l'uniforme des gardes du corps de von Till, émergea du brouillard. A peine visible, la silhouette se figea à un mètre ou deux et fit claquer ses talons.

— Le *Queen Jocasta* vient de jeter l'ancre, sir, dit une voix sur un ton bas et guttural.

— Espèce d'imbécile ! s'écria von Till, sous le coup de la colère devant cette interruption. Retourne à ton poste.

— Il est temps, lança Darius avec hargne. Juste une balle dans l'aine du Major, pour que son agonie soit longue.

Le museau du Luger s'abaissa jusqu'au bas du torse de Pitt.

— Comme il vous plaira, dit tranquillement Pitt.

Il avait un étrange regard dépourvu d'expression qui mit von Till plus mal à l'aise que toutes les manifestations de peur auxquelles il avait déjà assisté.

Von Till se cambra en avant en un salut court et précis.

— Je suis désolé, Major, dit le vieil Allemand d'un ton lent et posé. Votre intéressante petite causerie est arrivée à sa fin. Je vous prie de m'excuser si je ne respecte pas la tradition du bandeau sur les yeux et de la dernière cigarette.

Il n'en dit pas plus, mais son sourire narquois, chargé de venin, parlait pour lui. Pitt se prépara à recevoir la balle qui allait jaillir du pistolet de Darius.

CHAPITRE DIX-HUIT

Une arme rugit. Ce n'était pas l'aboiement aigu d'un Lüger, mais le rugissement d'un Colt quarante-cinq à vous crever les tympans. Darius poussa une exclamation de douleur, alors que sa main laissait tomber le Lüger dans l'eau. Giordino, dans un uniforme d'au moins deux tailles trop grand pour lui, sauta prestement du dock sur le pont du sous-marin et appuya le Colt contre l'oreille droite de von Till. Puis il se tourna pour faire apprécier son habileté.

— Alors, qu'est-ce que tu dis de ça, je me suis même souvenu d'ôter le cran de sûreté.

— Beau geste, dit Pitt. Errol Flynn lui-même n'aurait pas réussi une entrée aussi dramatique.

Von Till et Darius, déconcertés et sans avoir l'air d'y comprendre quoi que ce soit, restèrent figés sans ouvrir la bouche. Les gros projecteurs brillants dissipaient presque totalement le brouillard, et les gardes se tenant sur le rebord pouvaient se rendre compte qu'un événement tout à fait inattendu était en train de se passer sur le pont du sous-marin. Comme s'ils étaient commandés par la même ficelles, les cinq hommes relevèrent leur pistolets mitrailleurs et les braquèrent en plein sur Pitt.

— Gardez vos doigts à l'écart de la gâchette, dit la voix de Giordino qui s'en alla rebondir sur les parois de pierre. Descendez le Major Pitt et je fais gicler la cervelle de votre patron jusqu'à Athènes. Essayez de tirer et vous êtes morts. Il y a des armes pointées sur vos poitrines — je ne suis pas en train de bluffer. Jetez un coup d'œil au tunnel.

S'il y avait une chose qui était en nombre plus que nécessaire dans la caverne, c'était bien le pistolet mitrailleur. Il y en avait dix de plus dans les mains d'une bande d'individus les plus costauds que Pitt ait jamais vus. Ils se tenaient plus ou moins groupés à l'entrée du tunnel, quatre d'entre eux allongés à plat ventre, trois autres un genou sur le sol, et trois autres encore debout derrière eux. Leurs uniformes de camouflage bruns et noirs se fondaient parfaitement dans la pénombre de rocaille. Seuls leurs bérets marron, attributs de soldats d'élite, auraient pu trahir leur présence.

— Et maintenant, reprit Giordino, je vous demande de porter votre attention au sous-marin derrière moi.

Ce ne fut pas exactement la goutte qui fit déborder le vase mais, cependant, à la vue de l'inquiétante mitrailleuse à refroidissement par air, manœuvrée par un Colonel Zénon au sourire diabolique, en haut du kiosque de l'I-Boat, les gardes du corps sentirent s'envoler leur ardeur au combat. Lentement, ils laissèrent tomber leurs armes et levèrent les mains en l'air. Tous firent de même, à l'exception d'un seul, qui hésita et qui en paya le prix.

Zénon pressa sur la gâchette de son arme. Deux balles, pas davantage, jaillirent du canon en un seul et bref éclair. Le garde s'effondra sans un bruit sur le sol et roula jusqu'à l'eau, où il alla teinter de rouge l'étincelant bleu cobalt.

— A présent, en avant marche vers la sortie la plus proche, sans précipitation, les mains posées sur la tête, dit Giordino d'un ton calme.

Pitt, une expression de fatigue sur le visage, signe de la douleur qui lui rongeait la cuisse, lança à Giordino :

— Tu as bien failli arriver en retard.

— Rome ne s'est pas construite en un jour, déclara Giordino d'un ton pontifiant. Après tout, rejoindre le rivage à la nage, retrouver Zacynthus, Zénon et leur bande d'hommes en vadrouille, et puis les conduire à travers ce foutu labyrinthe au pas de charge, ça n'était pas vraiment une sinécure.

— Vous avez eu du mal avec mes indications ?

— Aucun. La cage d'ascenseur se trouvait juste là où tu l'avais dit.

Von Till se rapprocha de Pitt, et lui lança un regard froid comme la glace.

— Qui vous avait renseigné l'existence de cet ascenseur ?

— Personne, dit laconiquement Pitt. En me baladant dans le labyrinthe, j'ai par mégarde emprunté un corridor latéral qui se terminait par une bouche de ventilation. J'ai entendu le bruit d'une génératrice quelque part à travers cette ouverture. J'ai compris à quoi elle servait lorsque j'ai fini par être sûr de l'existence d'une caverne sous-marine. Votre villa se trouve presque à la verticale au-dessus des falaises côtières. Un ascenseur secret était donc le meilleur moyen de se déplacer de la maison à la caverne, sans être repéré. Puits, cavernes et passages secrets sont des éléments habituels des activités de contrebande, et ce depuis les Phéniciens, il y a plus de deux mille ans.

— Attends une minute, fit Giordino. Est-ce que tu veux dire que des gens faisaient de la contrebande dans le coin avant la naissance de Jésus-Christ ?

— Tu n'as pas fait tes devoirs, dit Pitt avec un sourire. Si tu avais lu la brochure que Zénon nous a distribuée avant de commencer la visite des ruines, tu saurais que Thasos était à l'origine utilisée par les Phéniciens comme dépôt d'or et d'argent. Les tunnels et les puits font partie d'une ancienne mine. A la longue, elle a été mise hors service et abandonnée. Les Grecs l'ont découverte quelques centaines d'années plus tard et se sont dit qu'il devait s'agir d'une sorte de labyrinthe mystérieux, construit par les Dieux eux-mêmes.

Un mouvement sur le dock attira l'attention de Pitt, qui releva la tête.

Zacynthus semblait avoir surgi du néant. Il se tenait là, les yeux baissés vers Pitt. Après l'avoir observé un long moment, il demanda :

— Comment va la jambe ?

Pitt haussa les épaules.

— Elle va certainement piquer un peu quand le baromètre sera à la baisse, mais cela ne mettra pas vraiment un frein à mes activités sexuelles.

— Le Colonel Zénon a envoyé deux de ses hommes chercher un brancard. Ils seront de retour dans une minute ou deux.

— Avez-vous pu surprendre notre charmante petite conversation ?

Zacynthus hocha la tête.

— Du premier au dernier mot. L'acoustique de ces lieux est aussi bonne qu'à Carnegie Hall.

— Vous n'arriverez jamais à faire la preuve de ce que vous avancez, dit von Till avec mépris.

Ses lèvres étaient tordues en un sourire moqueur, mais dans son regard passaient des signes de désespoir.

— Comme je l'ai déjà dit, répliqua Pitt d'un air las, je n'ai rien à prouver. A cette minute même, quatre enquêteurs d'une commission chargée des criminels de guerre ont quitté l'Allemagne et volent en direction de Thasos, avec la bénédiction de l'Armée de l'Air des Etats-Unis, qui n'est que trop heureuse de pouvoir tendre ainsi une main secourable, suite à votre petite fiesta destructrice sur Brady Field. Chacun de ses quatre hommes est un spécialiste. Ils connaissent toutes les ficelles du changement d'identité sur le bout des doigts. Ni la chirurgie esthétique, ni le fait d'avoir changé de voix, pas plus que votre âge avancé ne parviendront à les abuser. J'ai bien peur que ce soit la fin du voyage pour vous, Amiral.

— Je suis citoyen grec, dit von Till plein d'arrogance. Ils n'ont aucun pouvoir légal de m'enlever pour me conduire en Allemagne.

— Cessez cette mascarade, lança Pitt en réponse. Von Till

était citoyen grec, pas vous. Colonel Zénon, auriez-vous l'obligeance de présenter à l'Amiral un petit résumé de la situation ?

— Avec plaisir, Major.

Zénon avait quitté le kiosque de l'I-Boat japonais et se tenait à présent aux côtés de Zacynthus. Il arborait un large sourire sous ses flamboyantes moustaches, et fixa von Till d'un regard pénétrant.

— Nous ne voyons pas d'un très bon œil les individus qui pénètrent illégalement sur notre sol, et nous détestons au plus haut point jouer les hôtes envers un criminel de guerre avéré. Si vous êtes bien l'Amiral Erich Heibert, ainsi que le prétend le Major Pitt, je veillerai personnellement à ce que vous soyez remis aux mains de ces enquêteurs, placé à bord du premier avion en partance vers l'Allemagne et envoyé à la potence.

— Ce qui serait une fin opportune et parfaitement adaptée, déclara lentement Zacynthus. De cette façon, les contribuables n'auraient pas à supporter les frais d'un long procès traîné en longueur, pour trafic de drogue. Ça nous ôterait d'ailleurs la possibilité de coffrer la moitié des dealers d'Amérique du Nord.

— Vous semblez oublier que l'occasion fait le larron, dit Pitt en souriant.

— Que voulez-vous dire ?

— Simple déduction, Zac. Vous savez comment et où l'héroïne sera déchargée. Cela ne devrait pas être très difficile de s'emparer du *Queen Jocasta*, de mettre l'équipage au secret, et de livrer la poudre en personne. Je suis certain que les autorités responsables parviendront à cacher l'arrestation de Heibert jusqu'à ce que votre piège se soit refermé sur la conserverie de Galveston.

— Oui, dit Zacynthus après réflexion, oui, mon Dieu, il se pourrait que cela marche. En espérant que je mette la main sur un équipage qui puisse manœuvrer le navire et le sous-marin sans avoir lu le mode d'emploi.

— La Dixième Flotte de Méditerranée, suggéra Pitt. Utilisez

votre influence pour adresser une requête d'urgence à notre force navale, et demandez-leur un équipage de secours. Il peut parfaitement être acheminé par avion jusqu'à Brady Field. Si l'on ne perd pas de temps, cela ne devrait pas retarder le *Queen Jocasta* de plus de cinq ou six heures. Et si vous poussez les vieux moteurs à fond, vous aurez terminé le travail en un jour et demi.

Zacynthus contemplait Pitt d'un air mitigé, empreint de curiosité et d'admiration.

— On dirait que vous avez pensé à tout.

Pitt haussa les épaules, en réfrénant un sourire.

— J'essaye de faire de mon mieux.

— Il y a une chose que je tenais à vous demander.

— Dites-moi.

— Comment saviez-vous que Darius était un indicateur ?

— J'ai commencé à me dire qu'il y avait anguille sous roche pendant que j'explorais le *Queen Artemisia*. L'émetteur dans la cabine radio était réglé sur la même fréquence que l'appareil dans votre bureau. Je dois vous avouer qu'à ce moment j'ai pensé qu'il devait s'agir de l'un de vous. La piste a fini par me conduire à Darius, lorsque j'ai retrouvé Giordino sur la plage. Il m'a appris que Darius était resté continuellement en poste devant votre radio depuis l'arrivée du *Queen Artemisia* jusqu'à son départ. C'était un arrangement qui devait le satisfaire. Pendant que vous et Zénon étiez à la chasse, en train de surveiller les abords de la villa et de vous battre avec les moustiques, Darius était confortablement installé dans votre bureau, sifflant son Metaxa et rendant compte à Heibert du moindre de vos mouvements. C'est pourquoi j'ai pu disposer du navire pour moi seul. Les membres d'équipage étaient tous au fond de la cale, occupés à libérer le sous-marin. Le capitaine n'avait pas même pris la peine de laisser un homme de guet parce que Darius l'avait assuré qu'il n'y avait rien à craindre. Ce qu'il ne savait pas, et ce que vous-même ne saviez pas, c'était que j'avais l'intention de m'approcher du navire à la nage et de grimper à bord pour voir ce qui s'y passait. Vous n'avez rien soupçonné lorsque Giordino et moi, nous nous sommes portés volontaires pour observer le navire depuis la plage. Ce n'est qu'à la dernière minute, et après que je me sois rendu compte qu'il n'y avait pas le moindre signe de vie à bord du *Queen Artemisia*, que j'ai décidé d'aller y jeter un coup d'œil de plus près. Je vous présente mes excuses pour ne pas vous avoir averti de mes intentions, mais je suis certain que vous auriez remué ciel et terre pour m'en empêcher.

— C'est plutôt à moi de vous présenter mes excuses, dit Zacynthus. Je mérite l'Oscar du cancre de l'année. Bon Dieu, comment ai-je pu être à ce point aveugle. J'aurais dû comprendre que quelque chose n'allait pas, en constatant que Darius n'était capable d'intercepter aucun message entre les navires de la Minerva et la villa.

— J'aurais dû vous avertir de mes soupçons en cours de route ce matin, dit Pitt, mais je n'ai pas trouvé le bon moment, en particulier concernant Darius. Deuxièmement, puisque je ne possédais pas de véritable preuve de cette trahison, je doute sincèrement que Zénon et vous auriez cru mes accusations.

— Vous avez tout à fait raison, reconnut Zacynthus. Mais dites-moi : comment avez-vous deviné ce qui allait se passer avec le *Queen Jocasta* ?

— L'Armée de l'Air a une drôle d'habitude concernant les véhicules qu'elle prête ; elle tient à les récupérer tôt ou tard. Après que l'on vous ait quitté, Giordino et moi, nous avons fait un arrêt à Brady Field pour rendre la camionnette au garage. Le Colonel Lewis nous attendait. C'est lui qui a attiré mon attention sur le *Queen Jocasta*. Une de ses patrouilles du matin avait repéré ce navire faisant route vers le nord, en direction de Thasos. L'étape suivante a été de contrôler le fret du cargo et sa destination, auprès de l'agent de la Compagnie Minerva à Athènes. Sa réponse révèle une intéressante coïncidence de plus. Il n'y avait pas seulement que ces deux bâtiments de la

Minerva allaient passer au large de la villa en moins de douze heures, mais aussi que leur destination à tous deux était des ports des Etats-Unis. J'ai commencé à comprendre la manœuvre — von Till, ou plutôt Heibert, avait l'intention de faire transiter le sous-marin et l'héroïne du *Queen Artemisia* vers le *Queen Jocasta*.

— Vous auriez dû me confier ce secret, déclara Zacynthus avec une pointe d'amertume évidente. J'ai été à deux doigts d'enfermer Giordino lorsqu'il a déboulé dans mes quartiers, en me demandant, ainsi qu'aux hommes du Colonel Zénon, de le suivre dans le labyrinthe.

Pitt l'observa un instant. Le visage de l'inspecteur était maussade.

— Je me suis demandé ce qui était préférable, dit Pitt en toute honnêteté. Mais je me suis dit que moins il y avait de gens au courant, moins il y avait de chance pour que Darius se doute de quelque chose. J'ai pour la même raison laissé la fille dans l'ignorance, parce qu'il était de la plus haute importance que le message qu'elle allait faire parvenir à vos quartiers concernant mes projets, sonne de la façon la plus véridique possible au moment où Darius allait l'intercepter. Ma façon de faire était sournoise, mais mes raisons étaient fondées.

— Penser que le meilleur enquêteur du Bureau a été démasqué par un vulgaire amateur, dit Zacynthus.

Son sourire, qui manifestait un soupçon de chaleur, contredisait l'amertume de ses paroles lorsqu'il ajouta :

— Mais cela valait la peine, cela valait vraiment la peine.

Pitt en fut grandement soulagé. Il n'avait jamais eu l'intention de se faire un ennemi de Zacynthus. Il se tourna pour jeter un regard à von Till. Le vieil Allemand lui retourna ce regard avec dans les yeux un mépris plus profond qu'une simple haine. L'unique sentiment qui envahit alors Pitt fut le dégoût. Il se remit à parler tranquillement, mais sa voix de marbre occupait chaque centimètre de la caverne.

— Il faudrait vous tuer cent mille fois et plus, pour vous faire payer chacune des vies que vous avez volées, von Till. La plupart des hommes naissent et meurent sans jamais tuer qui que ce soit. Mais, en ce qui vous concerne, la liste des noms de ceux qui vous doivent la mort est interminable, depuis les prisonniers sans défense que vous avez condamnés aux eaux froides de la Mer du Nord, jusqu'aux lycéennes que vous avez mises en esclavage dans les rues mal famées de Casablanca. Quelle ironie de voir qu'un homme qui a provoqué l'agonie de tant d'autres personnes, va mourir lui aussi d'une horrible façon. Mon seul regret est de ne pas pouvoir être présent lorsque votre cou se brisera, Heibert, et de voir votre corps usé gigoter et se balancer au bout d'une corde. On prétend qu'à ce moment-là les entrailles se vident. C'est une mort qui vous convient à merveille. Vous serez jeté dans une fosse commune anonyme, et vous y pourrirez dans vos excréments jusqu'à la fin des temps.

En marmonnant des paroles incohérentes, les traits convulsés par une rage folle, et en oubliant complètement la présence des hommes en arme qui le surveillaient, von Till se jeta sur Pitt. C'était le geste insensé d'un hystérique. Le lourd calibre quarante-cinq de Giordino s'abattit sur sa nuque avant qu'il ait pu faire un deuxième pas. Il s'affala lourdement sur le sol, se recroquevilla avant de cesser tout mouvement, comme s'il était mort. Giordino ne lui accorda même pas un regard avant de rengainer son pistolet.

— Vous y avez été plutôt fort, dit Zacynthus en manière de reproche.

— Ce genre de vermine ne meurt pas facilement, répliqua impassiblement Giordino. En particulier l'espèce vicieuse dont fait partie ce vieux salaud.

Darius n'avait pas fait un geste, ni prononcé une parole depuis que Giordino lui avait tiré dessus. Tout autre homme aurait comprimé sa main blessée, pour tenter d'endiguer la douleur ; mais pas Darius. La brute épaisse laissait simplement pendre sa main sur le côté, indifférent au sang qui dégouttait sur le pont du sous-marin. L'expression désorientée sur son visage rappelait à Pitt celle d'un gorille qu'il avait vu au zoo de San Diego et qu'on venait de mettre récemment en cage. Un horrible monstre difforme qui n'arrivait pas à saisir la signification des barreaux et des grilles, tout comme il ne comprenait pas qui étaient les étranges animaux qui se tenaient à quelques mètres, en train d'observer tous ses mouvements. Pitt était en réalité très satisfait de ce que cinq hommes de l'équipe de Zénon pointent leurs armes sur le petit espace entre les deux yeux noirs de Darius.

Pitt indiqua Darius d'un signe de tête.

— Que va-t-il lui arriver ?

— Un rapide procès, répondit Zacynthus. Ensuite le peloton d'exécution et...

— Il n'y aura pas de procès, l'interrompit Zénon. La gendarmerie n'a jamais toléré l'existence de traître dans ses rangs, poursuivit-il d'une voix grave, alors que son regard était empreint d'une certaine tristesse. Le Capitaine Darius a été tué dans l'exercice de ses fonctions.

Le silence envahit tout à coup la caverne. Pitt, Zacynthus et Giordino échangèrent des regards perplexes. Zénon avait effectivement employé le passé pour parler de Darius.

Ce dernier ne fit pas le moindre commentaire. Il ne fit montre d'aucune émotion, pas le plus petit signe de peur. Il n'était que résignation face à un sort qui ne lui laissait pas même le plus infime espoir. Lentement, avec précaution, comme un homme qui n'a pas dormi depuis des jours, il sauta du sous-marin sur le dock, et s'avança vers Zénon, la tête penchée.

— Je crois qu'on se connaît depuis de longues années, Darius, commença Zénon d'une voix lasse. Et pourtant, je ne te connaissais pas vraiment. Dieu seul sait pourquoi tu as fait ce que tu as fait. C'est dommage, la gendarmerie perd un bon élément...

Il hésita, cherchant ses mots, mais ne trouva rien de plus à dire. Avec un soin méticuleux, il fit basculer le barillet de son arme et en sortit toutes les balles sauf une. Puis il replaça le barillet, et tendit le revolver à Darius, la crosse en avant.

Hochant la tête, comme s'il comprenait quelque chose en son for intérieur, et en cherchant à saisir dans le regard de Zénon un signe qui ne vint pas, Darius se saisit de l'arme. Puis, il se tourna lentement vers le tunnel, et se mit à marcher d'un pas lourd pour traverser le dock.

— Pas d'au revoir, pas de regrets, pas d'«à bientôt en enfer» ? dit Giordino d'un air incrédule. Ça va se passer comme ça, il s'éloigne et il va se faire sauter la tête ? Je prends les paris à dix contre un qu'il va s'échapper.

— Sa vie a pris fin au moment où il a commencé à trahir, dit calmement Zénon. Darius le savait à l'époque, et il le sait à présent. Une mort anticipée était son sort depuis l'instant même où il est sorti des entrailles de sa mère. Donnez-lui cinq minutes pour s'entretenir avec son Dieu et pour préparer son âme — ensuite il appuiera sur la détente.

Giordino observa Darius qui disparaissait dans la pénombre du tunnel, mais n'ajouta rien. Le caractère irrévocable des paroles de Zénon avait dissipé tous ses doutes au sujet des intentions de Darius. Jusqu'au jour où il mourrait lui-même, Giordino ne comprendrait jamais comment quelqu'un pouvait se donner la mort aussi aveuglément.

Il se tourna vers Pitt.

— Le temps c'est de l'argent, et nous allons bientôt être à court. Gunn est probablement en train d'avoir une crise cardiaque en se demandant ce que deviennent ses précieux scientifiques.

— Je ne peux pas dire que je l'en blâme.

La voix était celle de Knight, qui sortait de l'écoutille du sous-marin, un sourire espiègle sur les lèvres.

— Les grands intellectuels se font de plus en plus rares de nos jours.

— Un comique, gémit Giordino. Où va la science !

En dépit de la douleur dans sa cuisse, Pitt ne put s'empêcher de rire.

— Peut-être qu'un peu de l'intelligence de Knight déteindra sur toi, pendant que tu le reconduit au *First Attempt* avec les autres grosses têtes. Je te tiendrai pour responsable jusqu'à ce qu'ils soient en sécurité à bord.

— Parlez-moi de reconnaissance, gémit une fois de plus Giordino. Après tout ce que j'ai fait pour toi.

— Il vaut mieux donner que recevoir, dit Pitt d'un ton lénifiant. Et maintenant, décampe. Puisque tu as l'intention de nager pour sortir des tunnels sous la mer, toi et les autres vous feriez bien d'aller rechercher le matériel de plongée qui se trouve là au fond.

Woodson se glissa par l'écoutille ouverte et s'avança vers Pitt.

— Je ferais peut-être bien de rester à vos côtés, Major, jusqu'à qu'on vous ait installé sur le brancard.

— Non, cela ira, répondit Pitt légèrement surpris par l'air de réelle inquiétude sur le visage de Woodson, habituellement sans aucune expression. Je vais bien. Zac ici présent va se faire un devoir de m'emmener à un hôpital plein d'infirmières nymphomanes. N'est-ce pas, Zac ?

— Désolé, dit Zacynthus avec un sourire. C'est impossible si l'Air Force n'a pas changé sa politique d'engagement. J'ai bien peur que l'infirmerie de Brady Field soit seule à posséder l'équipement nécessaire pour colmater les impacts de balle.

La civière arriva juste à cet instant, et les hommes qui la portaient aidèrent Pitt à s'y allonger.

— Eh bien, dit-il, je voyage enfin en première classe.

Il se remit en position assise.

— Oh, bon sang ! J'ai failli oublier. Une dernière chose. Où est Spencer ?

— Ici, Major, je suis ici.

Le biologiste marin à barbe rousse dépassa Woodson pour s'approcher.

— Que puis-je faire pour vous ?

— Transmettez mes compliments au Commandant Gunn et faites-lui un petit cadeau de ma part.

Spencer avait blêmi à la vue de la cuisse meurtrie de Pitt.

— C'est comme si c'était fait, reprit-il. Dites-moi de quoi il s'agit.

Pitt se recoucha sur le brancard en s'appuyant sur une épaule.

— Dans la première caverne, dit-il, celle la plus proche du dehors, à cinq ou six mètres de profondeur, il y a de nombreuses fissures le long de la base du mur nord. Vous verrez un rocher plat devant l'entrée de l'une d'elles. S'il n'a pas encore pris la poudre d'escampette, vous trouverez un *taquin* à l'intérieur.

Le visage de Spencer manifesta sa totale surprise.

— Un *taquin* ! Vous êtes sérieux, Major ?

— Je sais reconnaître un *taquin* quand j'en vois un, dit Pitt sur le ton de la plaisanterie. Essayez de ne pas le laisser échapper.

Spencer laissa fuser un long sifflement.

— Je ferai de mon mieux. Je commençais à croire qu'une pareille créature n'existait pas.

Il s'arrêta un instant, plongé dans ses pensées.

— Bon Dieu, je ne tiens pas à l'endommager en l'attrapant avec un fusil à harpon. Un filet, si seulement j'avais un filet.

— Il n'y a qu'une seule façon d'attraper un *taquin*, dit Pitt avec le sourire. Agrippez-le par les nageoires.

La douleur avait reflué pour le moment. On aurait dit que la jambe de Pitt ne faisait plus partie de son corps. L'éclat des projecteurs, réunis en une seule masse de lumière brillante, lui faisaient mal aux yeux. Tout semblait aller au ralenti, et les voix paraissaient venir de très loin. Puis les porteurs soulevèrent la civière sur laquelle Pitt était allongé, comme s'ils pataugeaient dans de la colle. Pitt redressa la tête pour la dernière fois de la journée.

— Zac, encore une question, dit-il d'une voix qui n'était plus qu'un murmure. Quel est le vrai nom de la fille ?

Zac se pencha vers lui, un sourire dans le regard.

— Elle s'appelle Amy.

— Amy, répéta Pitt. Première fille que je rencontre qui s'appelle Amy.

Il se détendit, en s'allongeant à nouveau sur la civière, les yeux clos. La dernière chose dont il se souvint, avant que les ténèbres apaisantes ne l'envahissent, ce fut le bruit d'un coup de feu, un unique coup de feu qui s'en alla rebondir en écho dans les profondeurs du labyrinthe.

EPILOGUE

Le ciel n'était qu'un plafond d'un bleu étincelant, aussi loin que portait le regard. L'atmosphère brûlante de l'été était chargée d'humidité, encore accrue par les ondes de chaleur émises par un soleil resplendissant. Sous ces rayons aveuglants, les hauts bâtiments blancs avaient l'air de petites montagnes taillées au burin, et réfléchissaient la chaleur en direction de la couche d'asphalte noir de la chaussée. Le trafic était intense, et une foule d'employés de bureau, prenant leur pause de midi, se pressaient sur les trottoirs. Pitt poussa les portes de verre et pénétra dans le hall, rafraîchi par air conditionné, de l'immeuble du Bureau des Narcotiques.

Aux yeux d'un célibataire, se dit-il, l'un des aspects les plus intéressants de Washington est l'abondance de jolies filles. Elles étaient de toutes tailles, de tous âges et de tous caractères, tel un essaim de sauterelles babillardes répandus dans chacun des bureaux officiels de la ville, pour subvenir aux envies des mâles affamés, qui observaient tout cela avec l'air de gosses de riches se baladant au rayon friandises. Pitt fit appel à son sourire le plus charmeur et le plus insouciant pour l'offrir à un trio de secrétaires qui sortaient en gloussant d'un ascenseur. Elles lui retournèrent son sourire, en lui accordant un regard furtif, celui que les femmes réservent habituellement aux hommes qu'elles ne connaissent pas, puis elles le dépassèrent en tortillant des hanches, et lui jetèrent un dernier regard par-dessus leur épaule avant de disparaître dans le hall.

Un instant plus tard, jouant à la perfection le rôle du guerrier blessé, Pitt s'appuya lourdement sur sa canne et grimpa dans l'ascenseur, jusqu'au huitième étage, dont le sol était garni d'une épaisse moquette. Au centre du vestibule, une douzaine de filles, présentant comme une forêt sans limites de jambes gainées de nylon, étaient assises à une douzaine de bureau et assaillaient avec fureur une douzaine de machines à écrire, sans même faire mine de lever un œil vers lui. Il s'avança lentement vers une blonde aux formes épanouies sur le bureau de laquelle était installée une pancarte annonçant «Informations». Puis il demeura un moment devant elle, admirant le spectacle.

— Excusez-moi.

Elle ne l'entendit pas, à cause du cliquetis des machines.

— Excusez-moi, répéta Pitt un ton plus haut.

Elle se tourna et s'aperçut de sa présence.

— Puis-je vous aider ?

Sa voix était froide, et les grands yeux noisette pas vraiment amicaux. Pitt se dit en lui-même qu'il allait devoir poursuivre avec elle, en dépit de cet accueil glacial. Le pull-over blanc à col montant, la veste de sport verte, le mouchoir bouffant négligemment dans sa pochette, tout cela le rangeait sans problème dans la catégorie des bureaucrates de Washington.

— J'aimerais parler au Directeur du Bureau.

— Je suis désolée, dit-elle, en se retournant vers sa machine à écrire. Le Directeur est très occupé et ne peut voir personne.

Pitt sentit la colère et le mépris qui lui montaient au nez.

— L'Inspecteur Zacynthus a pris rendez-vous pour moi et...

— Le bureau de l'Inspecteur Zacynthus se trouve au quatrième étage, récita mécaniquement la fille.

Un coup de feu n'aurait pas davantage attiré l'attention que le fracas sonore de la canne de Pitt s'abattant sur le bureau de la réceptionniste. Les yeux des dactylos s'ouvrirent en grand et leurs mains se figèrent au-dessus des claviers, alors que le vestibule était envahi d'un brusque silence de mort. Le visage blême, la blonde aux formes proéminentes leva les yeux vers Pitt, avec un sentiment de peur naissante.

— C'est bon, chérie, dit Pitt d'un air menaçant. Maintenant tu vas bouger ton petit cul bien moulé et tu vas aller dire au Directeur que le Major Pitt est là, pour le rendez-vous pris par l'Inspecteur Zacynthus.

— Pitt... Major Pitt de la NUMA, bredouilla la blonde. Oh, je suis désolée, sir, mais je ne pensais pas...

— Oui, je sais, reconnut Pitt. Je ne porte pas mon uniforme.

La blonde jaillit de derrière son bureau, en faisant un accroc à son bas dans sa précipitation.

— Suivez-moi, Major. Ils vous attendent.

Pitt lui sourit, et accorda un autre sourire à toutes les autres filles qui se tenaient l'air intimidé sur leur chaise, en ressentant une satisfaction personnelle certaine face à l'expression admirative de ces douze paires d'yeux, ce genre de regard d'adoration un peu bovin qui est d'ordinaire réservé aux célébrités et au stars de cinéma. Cela flatta son ego de mâle.

— Continuez à taper, les filles, dit-il d'un ton accommodant. Il ne faut pas faire attendre le Bureau avec toutes ces lettres et ces rapports en souffrance.

Il suivit la blonde qui emprunta un long couloir et ralentissait le pas de temps à autre pour lui permettre de la rattraper. Elle s'arrêta et frappa à une porte en noyer.

— Le Major Pitt, annonça-t-elle, à la suite de quoi elle recula pour lui laisser le passage.

Trois hommes se levèrent alors qu'il entrait dans la pièce. Le quatrième, Giordino, resta confortablement installé dans les profondeurs d'un long canapé de cuir.

— Je pensais bien ne jamais voir une chose pareille, dit-il. Dirk Pitt en train de clopiner avec une canne.

— C'est en guise d'exercice pour mes vieux jours, répliqua Pitt.

Un petit homme roux, avec un énorme cigare en barreau de

chaise fiché entre les dents, s'approcha pour serrer la main de Pitt.

— Bienvenue, Dirk. Et félicitations pour ce que tu as réussi en mer Egée.

Pitt observa le visage en museau de chien de l'Amiral Sandecker, le patron bourru de l'Agence Nationale de Recherches Océanographiques.

— Merci, Amiral. Vous avez des nouvelles du *taquin* ?

— Je sais juste qu'il est vivant et qu'il continue à nager, répondit Sandecker. Depuis que Gunn l'a emmené ici la semaine dernière dans un caisson spécial, je n'ai pas réussi à m'approcher de ce fichu poisson — une horde de scientifiques se bousculent tout autour, pour le reluquer avec des yeux qui sortent de leurs orbites. Ils m'ont promis un rapport préliminaire pour ce matin.

Zacynthus s'avança pour accueillir Pitt. Il avait l'air plus jeune, et beaucoup plus détendu que lorsque Pitt l'avait vu pour la dernière fois, trois semaines auparavant.

— Ça me fait plaisir de vous voir à nouveau sur pieds, dit Zacynthus avec un sourire. Vous me semblez plus dangereux que jamais.

Il prit Pitt par le bras et le conduisit face à un grand individu qui se tenait près de la fenêtre, et fit les présentations. Pitt examina le Directeur du Bureau des Narcotiques et fut en retour examiné avec attention par des yeux d'un gris sévère au milieu d'un visage grêlé et aux hautes pommettes. C'était une tête que l'on aurait dit sortie d'une séance d'identification de la police. Le Directeur ressemblait davantage à un trafiquant de drogue qu'au chef administratif de plusieurs milliers d'enquêteurs fédéraux.

Ce fut lui qui prit la parole en premier.

— J'étais impatient de vous rencontrer, Major Pitt. Le Bureau vous est profondément reconnaissant de l'aide que vous lui avez apportée.

La voix était basse et très nette.

— Je n'ai pas fait grand-chose, dit Pitt. L'inspecteur Zacynthus et le Colonel Zénon se sont chargés de la majeure partie du travail.

Le Directeur plongea son regard dans le sien, sans sourciller.

— C'est possible, mais c'est vous qui portez les cicatrices.

Il indiqua une chaise à Pitt et lui offrit une cigarette.

— Avez-vous fait bon voyage, pour rentrer de Grèce ?

Pitt alluma la cigarette et prit une longue bouffée.

— Les avions cargos de l'Armée de l'Air ne sont pas exactement réputés pour leur cuisine et leur personnel de service, mais je dois reconnaître que c'était bien plus reposant qu'à l'aller.

L'Amiral Sandecker accorda à Pitt un regard étonné.

— Pourquoi l'Armée de l'Air ? Vous auriez pu emprunter un vol de la PanAm ou de la TWA.

— Les souvenirs, dit Pitt en riant. Une des choses que j'ai emportées en quittant Thasos était trop encombrante pour tenir dans le compartiment bagages d'un appareil de ligne commerciale. Le Colonel Lewis est venu à mon secours, ce qui m'a permis de prendre place à bord d'un cargo de l'Armée de l'Air à moitié vide qui rentrait vers les Etats-Unis.

— Votre blessure ? demanda Sandecker en indiquant du menton la jambe de Pitt. Ça cicatrise bien ?

— Ma jambe est encore un peu raide, répondit Pitt. Mais au bout d'un mois de congé pour raison médicale, il n'y paraîtra plus.

Pendant un instant, l'Amiral observa Pitt d'un regard rusé, noyé dans un nuage de fumée bleue.

— Deux semaines, dit-il d'un ton autoritaire et glacé. J'ai davantage confiance que vous en vos possibilités de récupération.

Le Directeur s'éclaircit la gorge.

— J'ai lu le rapport de l'Inspecteur Zacynthus avec énormément d'intérêt. Mais il y a pourtant un détail dont il ne parle pas.

Rien d'important, mais pour satisfaire ma curiosité personnelle, j'aimerais que vous me disiez, Major, comment vous êtes arrivé à la conclusion que les navires de la Compagnie Minerva avaient la capacité de faire transiter des sous-marins.

Pitt répondit avec les yeux rieurs.

— Je crois que l'on pourrait dire, sir, que le secret est écrit sur le sable.

Les lèvres du Directeur se retroussèrent en un sourire dépourvu d'humour. Il n'appréciait guère les réponses détournées.

— C'est très homérique, Major, mais assez loin de la réponse que j'espérais obtenir.

— C'est incroyable, mais vrai, reprit Pitt. Après n'avoir découvert aucune trace d'héroïne à bord du *Queen Artemisia*, je suis retourné sur la plage en nageant et je me suis mis à griffonner distraitement sur le sable avec mon couteau. Un sous-marin amovible avait d'abord l'air d'une idée plutôt abstraite, mais plus je dessinais et plus elle devenait concrète.

Le Directeur se recula au fond de son siège et hocha la tête d'un air attristé.

— Quarante années de recherches, une centaine d'hommes de douze nationalités différentes, se démenant dans les conditions les plus défavorables que l'on puisse imaginer pour venir à bout des opérations de contrebande de von Till. Trois de ces hommes ont même laissé leur vie dans ce combat.

Il accorda un regard grave à Pitt par-dessus son bureau.

— Je ne sais pas pourquoi, mais je considère comme une farce tragique le fait que tous nos efforts ont échoué alors que la solution est apparue avec clarté à quelqu'un qui observait du dehors.

Pitt le regarda sans rien ajouter.

— Tant que nous y sommes, reprit le Directeur sur un ton brusquement enjoué. Je suppose que vous n'avez pas eu l'occasion d'apprendre les résultats de notre opération à Galveston ?

— Non sir, dit Pitt en secouant avec précaution la cendre de sa cigarette au-dessus d'un cendrier. Jusqu'il y a cinq minutes, je n'avais plus vu l'Inspecteur Zacynthus et je ne lui avais pas parlé depuis que nous nous sommes séparés sur Thasos, il y a presque trois semaines. Je n'ai pas pu savoir si ma petite assistance avait été fructueuse à Galveston, oui ou non.

Zacynthus jeta un regard au Directeur.

— Puis-je informer le Major Pitt, sir ?

Le Directeur acquiesça d'un signe de tête.

Zacynthus se tourna vers Pitt.

— Tout s'est passé selon les prévisions. A sept ou huit kilomètres du port, nous sommes tombés sur la petite flotte de bateaux de pêche de von Till — opération plutôt délicate en raison du fait que nous ne connaissions pas leurs signaux d'identification. Par chance, j'avais réussi à convaincre le capitaine du *Queen Jocasta* — en menaçant de le châtrer avec un couteau rouillé — de quitter les rangs de l'ennemi et de rejoindre nos forces.

— Est-ce que quelqu'un est monté à bord ? demanda Pitt.

— Il n'en était pas question, répondit Zacynthus. Si toute une équipe était montée à bord, cela aurait eu l'air très étrange pour un navire patrouilleur de passage. Les pêcheurs se sont simplement groupés autour de nous et nous ont envoyé le signal de relâcher le sous-marin. Il s'agit d'une pièce plutôt intéressante, ce sous-marin. Les ingénieurs de la Navy qui ont eu l'occasion de l'examiner pendant que nous traversions l'Atlantique se sont montré tout à fait impressionnés.

— Qu'est-ce qui le rend si unique ?

— Il est entièrement automatique.

— Téléguidé ? demanda Pitt incrédule.

— Oui. C'est une autre des trouvailles de von Till. Vous comprenez, même si le sous-marin avait eu un accident ou s'il avait été repéré par les patrouilles portuaires avant d'avoir atteint la conserverie, nul n'aurait jamais pu remonter la piste jusqu'à la Compagnie Minerva, ni même prouver la connexion entre les deux. Et sans équipage, on se retrouvait sans personne à interroger.

Quelque chose intrigua Pitt.

— Après qu'il ait quitté le navire, il a donc été pris en charge par un des bateaux de pêche ?

Zacynthus hocha la tête.

— C'est cela. On a traversé la canal principal du port, en restant bien au milieu, jusque sous les bâtiments de la conserverie. Mais pour ce voyage en particulier, le sous-marin transportait quelques passagers clandestins inattendus, c'est-à-dire moi-même et dix marines de la Dixième Flotte de Méditerranée. Je dois ajouter que la conserverie était entourée d'une trentaine parmi les meilleurs agents du Bureau.

— S'il y avait eu plus d'une conserverie à Galveston, dit pensivement Giordino, vous auriez été sacrément embêtés.

Zacynthus sourit d'un air entendu.

— Pour tout vous dire, Galveston s'enorgueillit de posséder pas moins de quatre conserveries, qui se trouvent toutes construites au bord du fleuve.

Giordino n'eut même pas à poser la question qui s'imposait. Elle était écrite sur son visage.

— Je vous rassure tout de suite, dit Zacynthus. Le département du Bureau en charge des ports du Golfe avait placé sous surveillance chacune des conserveries deux semaines avant l'arrivée du *Queen Jocasta*. Nous avons compris laquelle était la bonne, lorsqu'elle a reçu un chargement de sucre.

— Du sucre ? dit Pitt en dressant le sourcil.

— Le sucre, déclara le Directeur, est habituellement utilisé pour couper l'héroïne et accroître ainsi les quantités. Il arrive que l'héroïne pure soit coupée par l'intermédiaire et diluée une fois de plus par le dealer. Ce qui fait que la quantité d'origine se voit augmentée dans des proportions considérables.

Pitt resta un instant pensif.

— Ainsi, les cent trente tonnes, ce n'était qu'un début ?

— Cela aurait pu n'être que le début, répliqua Zacynthus, sans votre présence, mon vieil ami. Vous êtes le seul qui ayez percé à jour les plans de von Till. Si vous et Giordino n'aviez pas débarqué sur Thasos au moment où vous l'avez fait, tous autant que nous sommes nous serions pour l'instant à Chicago, en train de former une longue chaîne pour nous botter les fesses, avant de nous jeter dans le Lac Michigan.

— Mettez ça sur le compte de la chance, dit Pitt avec un sourire.

— Appelez cela comme vous voulez, répondit Zacynthus. Pour l'heure, une trentaine parmi les plus gros trafiquants de drogue de ce pays attendent de passer en jugement, y compris ceux qui étaient en relation avec la compagnie de transport routière chargée de l'acheminement de la marchandise. Et ce n'est pas tout. En fouillant les bureaux de la conserverie, nous avons mis la main sur un livre qui comportait les noms d'environ deux mille dealers, de New York à Los Angeles. Pour le Bureau, c'est comme si un prospecteur tombait sur une mine d'or.

Giordino laissa fuser un long sifflement.

— L'année va être difficile pour les drogués.

— C'est exact, dit Zacynthus. A présent que leur source principale est tarie, et que les bureaux de police locaux vont mettre les dealers sous les verrous, les utilisateurs vont être confrontés à la pire pénurie qui ait existé depuis vingt ans.

Le regard de Pitt quitta la pièce et se porta vers l'extérieur, où il flotta dans le vague.

— Il me reste une seule question, dit-il.

— Laquelle ? dit Zacynthus en se tournant vers lui.

Pitt ne répondit pas immédiatement, et resta un moment à jouer avec sa canne.

— Qu'est devenu notre vieil ami ? Je n'ai pas trouvé mention de son nom dans les journaux.

— Avant que je vous apporte une réponse, jetez un coup d'œil à ceci.

Zacynthus sortit deux photographies d'un porte-document et les posa sur le bureau, face à Pitt.

Celui-ci se pencha pour les examiner attentivement. La première était un instantané d'un homme aux cheveux clairsemés portant un uniforme d'officier de la marine allemande. Il avait été photographié dans une pose nonchalante, sur le pont d'un navire, en train de contempler le large, les mains négligemment posées sur une paire de jumelles pendant à son cou. Le visage sur le deuxième cliché lorgna Pitt avec le regard familier d'un Erich von Stroheim au crâne rasé. Un énorme chien blanc se tenait au bas de la photo, dans une attitude indiquant qu'il se tenait prêt à bondir. Un frisson incontrôlé parcourut Pitt, tandis que les souvenirs refaisaient surface — avec beaucoup trop de réalisme.

— La ressemblance n'est pas frappante, dit-il en montrant les deux clichés.

Zacynthus hocha la tête.

— L'Amiral Heibert a fait un remarquable travail — cicatrices, taches de naissance, et même les empreintes dentaires, tout cela correspondait aux signes distinctifs de von Till.

— Et les empreintes digitales ?

— Il a été impossible de prouver quoi que ce soit. Il n'existe aucun document comportant les empreintes de von Till, et Heibert a modifié les siennes chirurgicalement.

Pitt se redressa d'un air perplexe.

— Mais alors ? Comment pouvez-vous avoir la certitude...

— Grâce à un détail inattendu, dit lentement Zacynthus. Quels que soient les efforts que déploient les criminels et quels que soient les soins avec lesquels ils exécutent leurs plans, il arrive toujours qu'un grain de sable s'introduise dans la machine. Dans le cas de Heibert, ce fut le cuir chevelu de von Till.

Pitt hocha la tête.

— Je ne vous suis pas très bien.

— Quand von Till était jeune homme, il a contracté une maladie de peau appelée *Alpecia areata*, qui provoque la chute complète des cheveux. Heibert ne le savait pas. Il pensait que von Till s'était rasé le crâne selon la tradition prussienne. C'est pourquoi il a tout naturellement fait jouer le rasoir lui aussi. Cela n'a pas été très difficile pour les enquêteurs de la Commission des Crimes de guerre de remarquer que ses cheveux repoussaient. Cela a apporté la preuve finale, bien évidemment, concernant la véritable identité de l'Amiral Heibert, mais ces cheveux étaient son premier pas vers la tombe.

Pitt ressentit tout à coup un vague mélange de soulagement et de satisfaction.

— Il a fait le grand saut ?

— Il y a quatre jours, dit Zacynthus d'un ton neutre. Vous n'avez rien trouvé dans les journaux parce qu'il n'y avait rien à y trouver. Les Allemands ont tenu son arrestation et sa mort secrètes. Ils en ont assez de ce qu'on leur remette sans cesse leur museau dans la boue de leur passé nazi, chaque fois qu'un vieux criminel de guerre est attrapé. Et après tout, Heibert n'avait pas la notoriété d'un Bormann ou des autres membres de la clique personnelle d'Hitler.

— En sachant cela, on commence à comprendre pourquoi il en reste autant disséminés dans le monde entier.

Le téléphone posé sur le bureau se mit à sonner, et le Directeur décrocha.

— Oui... Oui. C'est entendu, je vais répandre ces bonnes nouvelles, merci.

Il replaça le combiné et, le visage fendu d'un large sourire, se tourna vers Sandecker.

— C'était votre bureau, Amiral. Permettez-moi d'être le premier à vous présenter mes félicitations.

Sandecker fit rouler son cigare à la commissure de ses lèvres.

— Et pourquoi diable ? dit-il.

Le Directeur, toujours souriant, se leva et vint poser la main sur l'épaule de l'Amiral.

— Il semble que votre curiosité des mers était une femelle

vivipare. En conséquence de quoi, sir, vous vous retrouvez à présent l'heureux papa d'un superbe bébé *taquin*.

La chaleur étouffante avait peu à peu reflué, et le soleil de l'après-midi finissant allongeait les ombres sur les trottoirs, lorsque Pitt sortit du bâtiment. Il s'arrêta un instant, et contempla le spectacle de la ville. Les rues étaient en proie au trafic des gens qui rentraient chez eux, et très bientôt tous les buildings des environs redeviendraient silencieux et déserts. Il jeta un coup d'œil au loin, vers le Capitole, dont le dôme blanc avait pris une teinte d'or étincelant dans la lumière du soleil couchant, et il se souvint d'une autre scène, sur une plage lointaine, avec un bateau blanc et une mer d'un bleu profond. Tout cela lui semblait loin, presque une éternité.

Giordino et Zacynthus descendirent les marches et s'approchèrent.

— Messieurs, dit Zacynthus d'un ton jovial, puisque nous sommes tous trois des célibataires civilisés qui apprécions les joies de la ville, joignons nos forces pour nous procurer un peu de plaisir et de bien-être.

— Ça me convient, dit spontanément Giordino.

Pitt haussa les épaules en un geste de tristesse feinte.

— Cela me peine profondément, mais je me vois obligé de décliner votre invitation pourtant bien tentante. J'ai déjà pris d'autres engagements.

— Je m'y attendais, maugréa Giordino.

— Vous commettez une grave erreur, dit Zacynthus en riant. J'ai en ma possession un petit carnet qui contient les numéros de téléphone des blondes les plus...

Il s'interrompit brutalement au milieu de sa phrase, le regard braqué vers la rue, les yeux grands ouverts par l'étonnement.

Une énorme voiture noire et chromée vint lentement se ranger le long du trottoir où elle s'immobilisa. D'une ligne élégante, d'une apparence majestueuse, la carrosserie princière jurait un peu au sein du trafic moderne, telle une reine au milieu de la populace nauséabonde et agitée. La touche finale, c'était une charmante demoiselle à la chevelure noire qui se tenait derrière le volant.

— Seigneur Dieu, s'écria Zacynthus. La Maybach de von Till.

Puis, se tournant vers Pitt, il ajouta :

— Comment l'avez-vous obtenue ?

— Le butin du vainqueur, dit Pitt avec un sourire espiègle.

Giordino haussa un sourcil.

— Maintenant je vois ce que tu voulais dire avec ton encombrant souvenir. Et je devrais ajouter que ton autre souvenir n'est pas trop mal non plus.

Pitt ouvrit la portière avant de la voiture.

— Je pense que vous connaissez déjà mon ravissant chauffeur ?

— Elle me fait penser à une fille que j'ai rencontrée il n'y a pas très longtemps en Mer Egée, dit Giordino en souriant. Mais celle-ci a l'air plus stylé.

La fille éclata de rire.

— Merci pour le compliment, dit-elle. Je vous pardonne.

— Quoi ? fit Giordino.

— La balade forcée dans le labyrinthe.

Giordino prit un air penaud. Elle ajouta :

— Seulement, la prochaine fois, prévenez-moi, que j'aie le temps de passer des vêtements décents.

— Je le promets, fit Giordino.

Pitt se tourna vers Zacynthus, avec dans le regard une pointe d'amusement.

— Accordez-moi une faveur, s'il vous plaît, Zac.

— Si c'est en mon pouvoir.

— J'aimerais louer les services d'un de vos agents pour une semaine ou deux. Pensez-vous pouvoir arranger ça ?

Zacynthus jeta un coup d'œil à la fille en hochant la tête.

— Le Bureau vous doit bien ça.

Pitt se glissa sur le siège avant et referma la portière. Puis il tendit sa canne à Giordino.

— Prends ça. Je crois que je ne vais plus en avoir besoin.

Avant que Giordino ait pu lui renvoyer une tirade bien sentie, la fille avait passé la première, et la grosse automobile se faufilait déjà dans une des bandes de circulation.

Giordino la suivit des yeux jusqu'à ce qu'elle amorce le virage tout proche et disparaisse. Puis il se tourna vers Zacynthus.

— Est-ce que tu pourrais nous préparer des escalopes au vin blanc avec des champignons ?

Zacynthus remua la tête.

— J'ai bien peur que mes talents culinaires n'aillent pas au-delà des plats surgelés à réchauffer au micro-ondes.

— Dans ce cas, tu peux au moins me payer un verre.

— Tu oublies que je ne suis qu'un pauvre serviteur de l'Etat.

— Alors, tu n'as qu'à mettre mon champagne sur ta note de frais.

Zacynthus essaya de garder son sérieux, mais en vain. Il finit par hausser les épaules.

— On y va ?

— Allons-y.

Et c'est ainsi, bras dessus, bras dessous, pour le plus grand amusement des passants, que le grand Zacynthus et le petit Giordino se dirigèrent vers le bar le plus proche.

Table des Matières

Collection
« Attitudes »

Déjà parus :

Jack-de-Minuit
de Jean Ray

Cherche-bonheur
d'André Tillieu

Crimes par ricochet
d'André-Paul Duchâteau

La Vieille Folle
de Nadine Monfils

Le sac à fouilles de Ricet Barrier
de Anne Maulwurffrau

Les joyeux contes d'Ingoldsby
de John Flanders

Boulevard des Ombres
de Paul Couturiau

Sherlock Holmes revient
d'André-Paul Duchâteau

Fausse Note
de Michèle Morhange

La guillotine ensorcelée
Une aventure inédite de Harry Dickson
de Jean Ray

Mayday !
de Clive Cussler

A paraître :

Le tombeau d'Edgar Poe
13 nouvelles histoires extraordinaires
rassemblées par Jacques Baudou

ISBN 2-87153-138-2

386 Chaussée d'Alsemberg - 1180 Bruxelles
Tél. (02) 344 49 34

Imprimé en France par
Brodard et Taupin

Dépôt légal : D/1993/4411/027